KB080171

페터 한트케의
삶과 문학

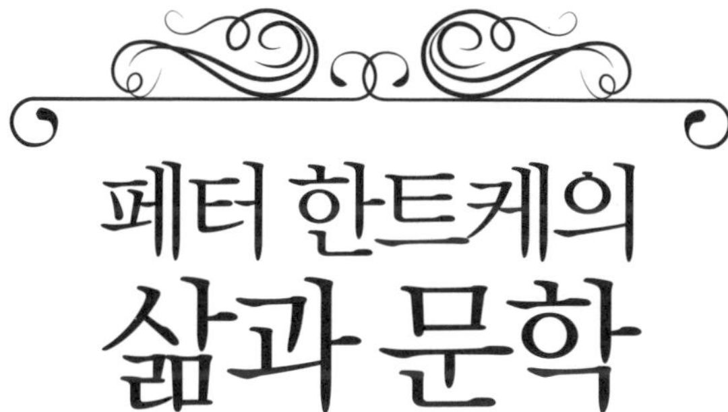

페터 한트케의 삶과 문학

Eine Biograpie und die Literatur von Peter Handke

| 윤용호 |

서문

한트케는 2019년 노벨문학상을 받았다. 이미 1980년대 후반부터 문학상 후보군에 들어 꾸준히 주목을 받아왔던 작가라 수상할 사람이 받았다는 일반적인 평가였다. 그는 1942년 생이니까 2019년은 77세의 나이다. 한림원은 한트케를 "für ein einflussreiches Werk, das mit sprachlichem Einfallsreichtum Randbereiche und die Spezifität menschlicher Erfahrungen ausgelotet hat."(독창적인 언어로 인간 경험의 섬세하고 소외된 측면을 탐구한 영향력 있는 작품을 썼다)고 평가했다. 이로써 독일어권 노벨문학상 작가들은 1910년 Paul Heyse(1830-1914)를 시작으로 1912년 Gerhart Hauptmann(1862-1946), 1929년 Thomas Mann(1875-1955), 1946년 Hermann Hesse(1877-1962), 1966년 Nelly Sachs(1891-1970), 1972년 Heinrich Böll(1917-1985), 1981년 Elias Canetti(1905-1994), 1999년 Günter Grass (1927-2015), 2004년 Elfriede Jelinek(1946-) 그리고 2019년 Peter Handke(1942-)까지 총 10명이 되었다. 이들 중 옐리넥과 한트케는 오스트리아 남쪽 슈타이어마르크주(州)와 캐른튼주(州) 출신이다.

그러나 한트케의 정치 입장 때문에 그의 노벨문학상 수상을 비난하는 소리도 높다. 1990년 들어 소련 수상 고르바초프에 의해 추진된 개방과 개혁정책의 영향으로 동구권 국가들이 소련의 눈치에서 벗어나 민주화를 추진하게 된다. 동서독을 가르고 있던 베를린 장벽이 무너지고, 1990년 10월 3일 마침내 동서독이 통일을 이룩하게 된다. 이어서 발칸 지역에 있던 세르비아, 크로아티아, 슬로베니아, 몬테네그로, 보스니아 헤르체고비나, 마케도니아 6개의 국가로 이루어진 유고슬라비아 사회주의 연방공화국이 1991년 6월에는 크로아티아, 슬로베니아, 9월에는 마케도니아, 1992년에는 보스니아 헤르체고비나가 독립을 선언하며 연방을 탈퇴한다. 이 과정에서 유고 연방의 주도권을 장악하고 있던 세르비아와 격렬한 내전을 치르면서 수많은 사람이 죽는다. 또 세르비아 자치주에 속한 알바니아계 코소보가 독립을 원하자, 유고 대통령 슬로보단 밀로셰비치(1941-2006)는 세르비아 민족주의를 주창하며 내전을 일으켜 알바니아계를 살해하면서 '인종청소'로 악명을 떨친다. 밀로셰비치는 전쟁범죄와 인권 유린의 혐의로 체포되어 재판을 받던 중 2006년 감옥에서 사망했다. 한트케는 그가 재판을 받을 때 위로 목적으로 방문을 했고, 또 장례식 때 조사(弔詞)를 읽기도 했다. 각 나라가 이해관계에 따라 전쟁을 했는데, 서구 언론은 세르비아와 밀로셰비치를 일방적으로 비난, 악마로 몰고 있다고 비판했다. 그래서 전쟁 유족들 쪽은 "전범 옹호자에게 노벨문학상은 수치"라고 취소를 주장하고, 스웨덴 한림원은 "정치에 주는 상은 아니다"고 해명을 하고 있다.

초판은 고려대학교 출판부에서 1995년에 나왔는데, 올해가 2023년이니까 그 사이 28년이 흘렀다. 이번 종문화사의 재판 발행에는 『소망 없는 불행』(1974), 『아이 이야기』(1981), 『반복』(1986), 『꿈꾸었던 동화의 나라와 작별』(1991), 4편에 대한 해설과 1995년부터 현재까지 생애와 작품에 대한 연보 그리고 습작 3편 『*Der Namenlose*』, 『*In der Zwischenzeit*』, 『*Der Hellseher*』에 우리말 번역을 추가했다.

재판이 나오기까지 노고를 아끼지 않으신 종문화사 임용호 사장님과 직원 여러분에게 깊은 사의를 표한다.

2023년 1월 저자

차 례

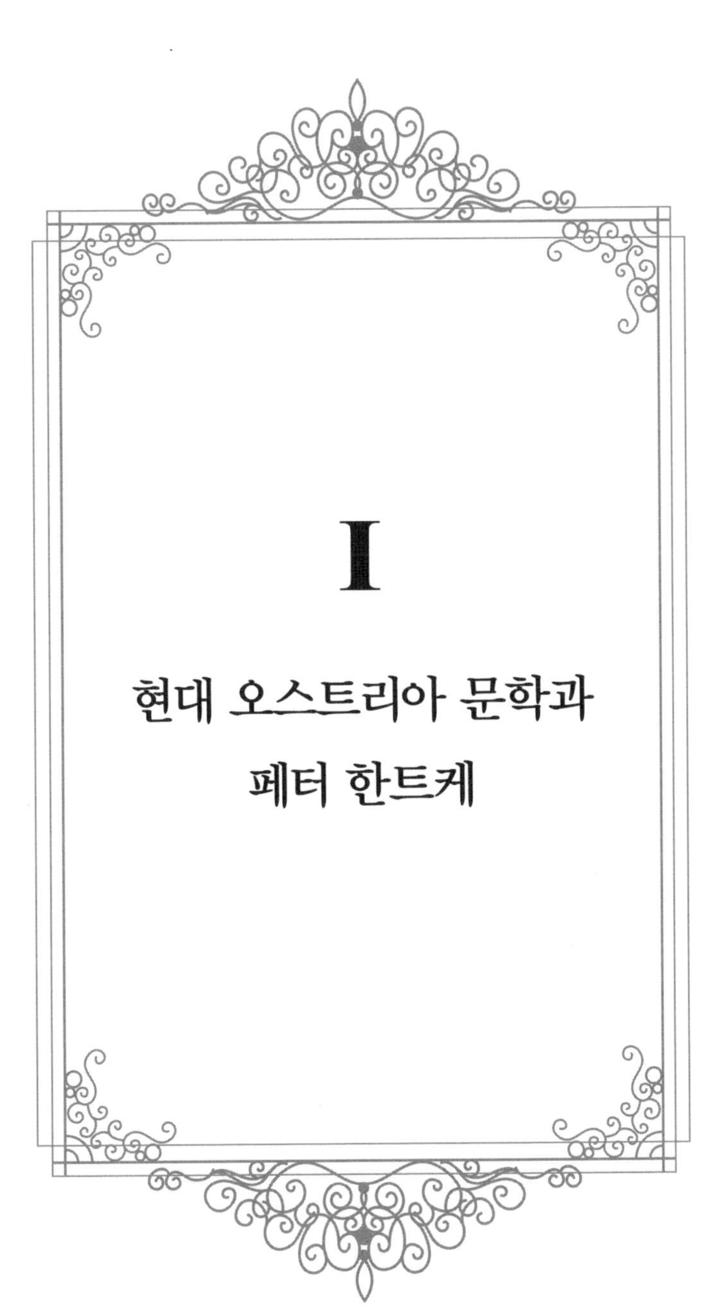

I

현대 오스트리아 문학과 페터 한트케

1. 역사적 개관

현재의 오스트리아(Österreich)는 독일과 더불어 긴 역사의 변천 속에서 부침(浮沈)을 거듭해 왔다. 오스트리아의 수도 비인(Wien)은 로마시대에는 북쪽의 게르만족을 막는 경계지역이었으며 빈도보나(Vindobona)라고 불리웠고, 기원 후 180년에는 로마 황제 마르쿠스 아우렐리우스(Marcus Aurelius)가 주둔하고 있다가 사망한 곳이기도 하다. 서(西)로마는 게르만족을 막기 위해 고용했던 게르만의 용병대장 오도아커(Odoaker)에 의해 476년에 멸망하고 오도아커는 이탈리아의 라벤나(Ravenna)를 수도로 하는 오도아커 제국을 건설한다. 이에 동(東)로마의 황제 체노(Zeno)는 끊임없이 국경을 침략해오는 동(東)고트족의 데오데리히 대왕(Theoderich der Große)에게 488년 오도아커를 치게 한다. 테오데리히는 곧 라벤나를 2년 반 동안 공격하여 493년 오도아커를 살해하고 동로마 황제의 대리인으로 라벤나를 점령하여 동고트족의 수도로 삼는다. 그는 526년 죽을 때까지 이곳에 머문다. 오늘날 라벤나는 인구 13만 정도의 소도시이지만 헤르만 헤세(Hermann Hesse, 1877~1962)의 다음과 같은 짧은 시에 그 당시의 역사가 회상되고 있다.

라벤나[1)]

나도 라벤나에 가 보았다.
교회들과 수많은 폐허들이 있는,
작고 죽은 도시,
그것에 관해서는 책에서 읽을 수 있다.
그대는 이곳 저곳을 걸어다니고 둘러본다,
거리들은 우울하고 물기에 젖어,
그렇게 천년을 침묵하고 있으며,
도처에 이끼와 풀이 자라고 있다.
오래된 선율처럼 –
사람들은 그것을 듣지만 아무도 웃지 않는다,
모두가 귀 기울여 듣고 그후 그것에 관해
한밤중까지 생각에 잠긴다.

오늘날의 유럽을 살펴 보면 481년 프랑켄(Franken) 왕국이 건설되면서 도나우 강변에는 프랑켄족 중 바이에른(Bayern)인들이 북쪽에서 밀려든다. 동쪽에는 400년 전반기에 훈족(Hunnen) 아틸라(Attilla) 왕의 지휘 아래 도나우 중류의 파노니엔 지역(Pannonien)이 정복된다. 600년 이후에는 이곳을 물려받은 아바르족(Awaren)

---

1) Ravenna
Ich bin auch in Ravenna gewesen. Ist eine kleine, tote Stadt,
Die Kirchen und viele Ruinen hat, Man kann davon in den Büchern lesen. Du gehst hindurch und schaust dich um, Die Straßen sind so trüb und naß, Und sind so tausendjährig stumm, Und überall wächst Moos und Gras. Das ist, wie alte Lieder sind – Man hört sie an und keiner lacht, Und jeder lauscht und jeder sinnt Hernach daran bis in die Nacht.

이 밀려들어 싸움이 계속되다가 프랑켄의 칼 대제(Karl der Große)가 791~798년 아바르족을 멸망시키고 최초로 프랑켄의 동부 국경지역 오스트마르크(Ostmark)를 건설함으로써 비인은 요새가 된다. 오스트리아란 국명도 바로 이 오스트마르크란 이름에서 유래된 것이다.

프랑켄 왕국은 메로빙어(Merowinger) 왕가를 거쳐 카롤링어(Karolinger) 왕가로 넘어 와서 현재의 프랑스쪽, 독일쪽, 이탈리아쪽으로 나뉘어진다. 독일쪽의 왕가는 911년에 끝나고 이후부터 제후들 중에서 독일왕이 선출된다. 976년에는 작센(Sachsen)가(家)의 제후로 독일왕에 선출되었던 오토(Otto) 2세에 의해 오스트마르크 지역이 바벤베르크(Babenberg)가(家)에 봉토로 주어진다. 이것이 오스트리아 역사가 갖는 최초의 왕국이다. 이 왕국은 1156년에는 공작령(Herzogtum)으로 격상되기도 했으나 1246년 헝가리족 중 하나인 마쟈르족(Magyaren)과의 싸움에서 패해 사라지고 만다. 1273년 아아헨(Aachen)에서 독일왕으로 선출되었던 합스부르크가(家)의 루돌프 1세(Rudolf I. von Habsburg)는 1278년 비인을 점령하고 있던 뵈멘(Bömen, 오늘날 체코의 주이름)왕 오토카르 프체미즐(Ottokar Przemysl)을 정복하여 이곳을 합스부르크가의 영지로 삼는다. 이것을 계기로 1918년 제1차 세계대전이 끝날 때까지 640년간 지속된 합스부르크 왕가의 건설이 시작된 것이다. 1438년 합스부르크가의 알브레히트(Albrecht) 2세가 독일왕으로 선출되고 동시에 신성 로마제국의 제관을 차지한 이후부터 이 칭호는 1804년 황제 프란츠(Franz) 1세가 오스트리아 제국을 수립하고 1806년 나폴레옹의 유럽 제패로 이 제국이 유명무실해질 때까지 합스부르크가에서 유지한다. 1522년 합스부르크가는 스페인계와 오스트리아계로 분열되고 오스트리아계 합스부르크가는 1526년 상속계약을 통해 보헤미아와 헝가리를 얻어 다민족 국가가 되는 첫걸음을 내딛는다.

오스트리아는 당시 막강했던 터어키의 침략을 방어하고 17세기 말 드디어 터어키에 승리함으로써 강국으로 부상한다. 18세기에 계몽군주 마리아 테레지아(Maria Theresia) 여왕(재위기간, 1740~80)과 그녀의 아들 요셉(Joseph) 2세(재위기간, 1765~90)는 행정의 중앙집권화, 의무교육, 농노제도 폐지 등의 개혁을 실시하여 근대국가의 터전을 마련했으나 베를린을 중심으로 한 프로이센(Preußen)의 급상승으로 오스트리아의 독일어권 주도에 도전을 받게 된다. 긴 역사를 통해 독일어권을 주도해 왔던 합스부르크가의 오스트리아는 결국 1866년 그 주도권 쟁탈을 노리는 프로이센과의 싸움에서 패한 후 독일연방에서 물러나와 이듬해인 1867년 주변의 피지배국 중에서 헝가리의 지주계급과 타협하여 오홍제국(Donau Monarchie)을 만들어 프로이센 주도하에 이루어진 북독일연방과 라이벌 관계로 공존하게 된다.

오스트리아는 비인, 프라하, 부다페스트, 짜그레브 그리고 트리에스트를 포함하는 광대한 도나우 제국을 지배하고 있었으나 1918년 제1차 세계대전 후 다시 분열된다. 결국 왕정에서 공화정으로 바뀔 당시 오스트리아는 이미 약소국가가 되어 버린 상태였다. 따라서 오스트리아는 1938년 히틀러의 침략정책에 최초로 희생된 나라가 되었고, 1945년 독립국가(제2 공화국)로 재건되었으나 프랑스, 영국, 미국, 소련 4개 국의 군대가 10년간 주둔한 뒤 1955년에야 비로소 주권을 회복했다. 오스트리아 의회는 주권을 회복한 그 해에 영구중립을 결정했으며 이것은 이후 나라

외교정책의 토대로 오늘날까지 이어지고 있다.

내륙국인 오스트리아는 중부 유럽 남쪽에 자리잡고 있으며, 동알프스와 도나우강을 끼고 지중해 지역과 인접해 있다. 위치상 오스트리아는 옛날부터 서부 유럽과 동부 유럽의 경제권과 문화권이 교차되는 지점으로 독일, 체코슬로바키아, 헝가리, 유고슬라비아, 이탈리아, 스위스, 리히텐슈타인의 7개 국과 국경을 접하고 있다. 언어는 국민의 98%가 독일어를 쓰며 동쪽과 남쪽에는 슬로베니아, 크로아티아, 헝가리, 체코슬로바키아의 소수 만족도 있다. 종교는 84%가 가톨릭, 6%가 신교, 기타가 4%며, 6%가 무종교이다. 국토는 83.855㎢로 남한의 면적 99.015㎢보다 약간 작으나 인구는 7백50만으로 서울의 인구보다 월등히 적다. 참고로 1990년 10월 3일 통일된 독일은 면적이 357.050㎢이고 인구는 7천8백만이며, 스위스는 면적이 41.288㎢이고 인구는 650만이다. 오스트리아는 부르겐란트(Burgenland), 케른텐(Karnten), 오버 외스터라이히(Ober Österreich), 니더 외스터라이히(Nieder Österreich), 잘츠부르크(Salzburg), 슈타이어마르크(Steiermark), 티롤(Tirol), 포랄베르크(Vorarlberg), 비인(Wien)의 9개 주로 이루어진 연방국가이며 인구 150만의 비인은 동시에 연방국의 수도이기도 하다.

2. 오스트리아의 현대문학 개관

오스트리아의 문학은 고유하고 영광스런 역사를 갖고 있다. 이 역사는 전체 독일어권 문학사에서 단순한 덧붙임 이상의 의미를 지닌다는 점도 부인할 수 없는 사실로 인식된다. 역사적으로 우여곡절을 겪고 2번의 세계대전으로 제국의 몰락과 나치즘까지 체험한 이 나라 지식인들이 패전 후 엄청나게 줄어든 영토와 중립국이라는 무기력한 처지를 자괴하면서 자국의 문학을 되돌아보며 그 독자성을 부각시키려 시도한 것은 당연한 추이라 할 수 있다.

현대 오스트리아 문학의 개화기는 지그문트 프로이트(Sigmund Freud, 1856~1939)의 인식들을 선취하고 있는 프란츠 그릴파르처(Franz Grillparzer, 1791~1872), 페르디난트 라이문트(Ferdinand Raimund, 1790~1836) 그리고 그의 후계자라고 할 수 있는 요한 네스트로이(Johann Nestroy, 1801~62)의 희곡들과 아달베르트 슈티프터(Adalbert Stifter, 1805~68)의 산문작품으로 시작된다. 특히 슈티프터의 『얼룩돌』(*Bunte Steine*, 1853)이란 단편집 서문에 피력되고 있는 "조용한 법칙", 즉 인간과 자연을 근원적으로 지배하는 조용한 힘을 중요시하고 전쟁과 혁명을 위대하다고 생각지 않는 인도적 정신은 오스트리아 문학의 근간이 된다. 슈티프터는 19세기의 가장 뛰어난 소설가로서 오늘날 오스트리아의 수많은 작가들, 예를 들면 페터 한트케(Peter Handke, 1942~), 토마스 베른하르트(Thomas Bernhard, 1931~89), 율리안 슈팅(Julian Schutting, 1937~), 페터 로자이(Peter Rosei, 1946~)와 같은 작가들에게 핵심적인 본보기가 되고 있다.

1900년경 세기 전환기를 맞아 오스트리아의 문화와 예술은 눈부신 발전을 한다. 세계적으로 이름이 알려진 화가로는 구스타프 클림트(Gustav Klimt), 에곤 쉴레(Egon Schiele), 오스카 코코쉬카(Oskar Kokoschka), 건축가로는 오토 바그너(Otto Wagner), 아돌프 로스(Adolf Loos), 요셉 호프만(Josef Hoffmann) 등이 있으며 이들이 이룩한 비인의 유겐트 양식(Wiener Jugendstil)은 19세기 말에서 20세기 초에 걸친 예술양식으로 세계적인 명성을 얻는다.

천재시기의 문학은 그 주제를 오홍제국의 몰락이 가져온 사회의 해체에서 찾고 있다. 이 시대의 위기를 프로이트는 정신분석으로 진단했고, 아르투르 슈니츨러(Arthur Schnitzler, 1862~1931)는 연극무대에서 다루었다. 후고 폰 호프만슈타알(Hugo von Hoffmannsthal, 1874~1929)은 그것을 조심스럽게 변용했고, 칼 크라우스(Karl Kraus, 1874~1936)는 가차없이 폭로했다. 게오르크 트라클(Georg Trakl, 1887~1914)은 열에 들뜬 시구(詩句)로 시대의 몰락을 서술했으며, 주로 비인의 보헤미아 생활을 그린 페터 알텐베르크(Peter Altenberg, 1859~1919)는 산문과 단편으로 묘사했다.

비인의 세기말을 대표했던 문학그룹으로 〈청년 비인파〉(Jung-Wien)를 꼽는다. 이 그룹은 1891년부터 1897년까지 헤르만 바아(Hermann Bahr, 1863~1934)를 중심으로 그린슈타이들 카페(Café Griensteidl)에 모였던 문인들을 가리키는데 중심 인물로는 이미 언급한 헤르만 바아 외에 후고 폰 호프만슈타알, 레오폴트 프라이헤르 폰 안드리안-베어부르크(Leopold Freiherr von Andrian-Werburg), 리하르트 베어-호프만(Richard Beer-Hoffmann, 1866~1945), 아르투르 슈니츨러, 페터 알텐베르크, 슈테판 츠바이크(Stefan Zweig, 1881~1942) 등을 들 수 있다. 이들은 북독일의 자연주의를 거부하고 상징주의, 인상주의, 신낭만주의의 경향을 띠며 일부는 데카당한 작품 경향도 추구했던 작가 및 비평가들이다. 특히 독문학에서 독특한 경지를 구축했던 비인 인상주의(Wiener Impressionismus) 문학은 바로 이들이 이루어 놓은 산물이다.

비인 외에도 프라하가 전통과 폭발, 목가적 생활과 혁명이라는 긴장상태의 두 번째 중심지였다. 라이너 마리아 릴케(Rainer Maria Rilke, 1875~1926)는 해체와 몰락을 그리는 서정시를 썼으며, 프란츠 카프카(Franz Kafka, 1883~1924)의 차갑고 세계를 조이는 듯한 비유들은 제2차 세계대전 후 신진 작가 세대의 모범이 되었다. 무너진 오홍제국은 회상속에서 무진장한 재능의 저수지로 인식되었으며 이 제국의 몰락을 기록하는 작가들이 도처에 나타났던 것이다.

제1차 세계대전과 제2차 세계대전 사이에는 슈테판 츠바이크의 『어제의 세계』(*Die Welt von Gestern*)와 프란츠 베르펠(Franz Werfel, 1890~1945)의 『무자 다하산(山)에서의 40일간』(*Die vierzig Tage des Musa Digh*)이 세계적 성공을 거두었고 서정시인 요셉 바인헤버(Josef Weinheber)도 인기리에 활동했다. 안톤 빌트간즈(Anton Wildgans)와 알퐁스 페촐트(Alfons Petzold)는 주로 사회문제를 다루었다. 페터 로제거(Peter Rosegger)와 루드비히 안첸그루버(Ludwig Anzengruber)가 농촌을 문학적으로 그렸다면, 희곡작가 칼 쉔헤르(Karl Schönherr)와 리하르트 빌링어(Richard Billinger)는 고산지대의 목장 풍경에 중점을 두었다. 향토소설가로는 파울라 그로거 (Paula Grogger)와 칼 하인리히 바겔(Karl Heinrich Waggerl)이 대중적 성공을 획득했다.

전쟁을 예감했던 작가들, 즉 로베르트 무질(Robert Musil, 1880~1942), 헤르만 브로흐(Hermann Broch, 1886~1951), 엘리아스 카네티(Elias Canetti, 1905~94), 외된 폰 호르바트(Odön von Horváth, 1901~38) 등의 가치는 전쟁이 끝난 후에야 인정을 받았다. 중요한 문예란의 읽을거리 작가요 기자로는 알프레트 폴가르(Alfred Polgar)와 에곤 프리델(Egon Friedel)이 있었다.

현대 오스트리아의 문학에서 특히 언급되어야 할 사람은 비인 출신의 철학자 루드비히 비트겐슈타인(Ludwig Wittgenstein, 1889~1951)이다. 그는 '모든 철학은 언어 비평이다'라는 주장으로 현대의 언어 비판적 작가 세대, 즉 〈비인 그룹〉(Wiener Gruppe), 에른스트 얀들(Ernst Jandl, 1925~), 한트케, 베른하르트, 게르트 용케(Gert Jonke, 1946~) 등의 성장에 지속적인 영향을 준 사람이다.

히틀러 치하에서 독일에 합병됨으로써 1938년에 맞이하게 되는 주권국가로서의 종말은 프란츠 테오도르 초코(Franz Theodor Csoko, 1885~1969)의 드라마 「1918년 11월 3일」에 잘 나타나 있다. 도나우 제국의 멸망을 그린 이 작품은 나치가 세력을 떨칠 때를 전후해 비인 국립 부르크극장(Burgtheater)의 큰 성공작 가운데 하나였다.

1945년 이후의 문학은 무질, 카프카, 크라우스의 업적 속에 존재한다. 이들의 영향력은 50년대에서 60년대까지는 하이미토 폰 도데러(Heimito von Doderer, 1896~1966), 70년대에는 페터 한트케, 80년대에는 토마스 베른하르트로 연결되고 있다. 사회 변혁의 보수적 복구로부터 급격하게 자신의 자아(Ich)로 돌아가는, 그리고 편파적인 충동까지 고양되는 과격한 반응은 이념과 미학적인 면에서 탁월한 발전을 이룩한다. 이 시기의 보수적인 성공작가들로는 알렉산더 레르네트-홀레니아(AIexander Lernet-Holenia), 막스 멜(Max Mell), 프란츠 나블(Franz Nabl)과 루돌프 헨츠(Rudolf Henz) 등이 있다. 레르네트-홀레니아는 소설 『두 사람의 시실리아인』(Beide Sizilieng)에 언어의 우아함, 역사의 의미, 비판적 기질 그리고 감성적 애수 등 오스트리아 문학의 장점들을 그려넣고 있다. 시와 산문을 명쾌한 언어로 표현하는 특징을 지닌 멜은 성담극을 새롭게 손질하고 『니벨룽겐의 서사시』를 극화하기도 한다. 나블은 심리학에 기초한 인간묘사가 탁월했고 헨츠는 가톨릭 문학을 대변했던 재능이 뛰어났던 작가이다. 이들 이름난 작가들뿐만 아니라 의의 깊은 문학운동도 있었다. 아르트만(H.C.Artmann, 1921~)은 새로운 방언문학의 기수가 되었고 〈비인 그룹〉으로부터는 아방가르드가 본질적인 자극을 받는다.

현대의 오스트리아 작가들은 거의 눈에 띄지 않게 "새로운 주관성"을 준비했다. 페터 한트케와 토마스 베른하르트는 정치적인 것을 개인적인 상황에서 묘사하는 이 나라 문학의 특수성을 잘 소화하는 대가로 인정된다. 볼프강 바우어(Wolfgang Bauer, 1941~)와 페터 투리니(Peter Turrini, 1944~)는 새로운 형태의 과격하고 비판적인 민중극을 창작했고 프란츠 인너호퍼(Franz Innerhofer, 1944~)와 게르노트 볼프그루버(Gernot Wolfgruber, 1944~)는 사실적인 자전적 작품을 썼으며, 페터 마르긴터(Peter Marginter, 1934~), 페터 헤니쉬 (Peter Henisch, 1943~), 요르크 마우테(Jörg Mauthe, 1924~86)는 존재의 이중성에 대한 새로운 역설적 문학을 창조했다.

잡지들도 현대 오스트리아의 문학에서 중요한 역활을 한다. 1899년 칼 크라우스는 비인에서 '횃불'(Die Fackel)이란 문화비평지를 출간한다. 이 문화비평지는 1936년까지 출간되는데 그는 이 잡지를 통해 공적인 삶에 나타나는 여러가지 사회현상을 날카롭게 비판하고, 특히 언론에 나타나는 언어의 부패를 폭로하면서 그의 시대를 그리고 있다. 루드비히 폰 픽커(Ludwig von Ficker)는 1910~54년까지 '브렌너'(Der Breamer)(* 인스부르크에서 티롤지방까지의 남북을 가로지르는 브렌너산맥의 이름을 딴 것임)란 잡지를 출판했다. 게오르그 트라클의 시가 최초로 발표된 것이 바로 이 잡지를 통해서이다. 오토 바질(Otto Basil)의 '계획'(Plan)과 에른스트 비제(Ernst Schönwiese)의 '은배'(Das Silberboot)는 제2차 세계대전 중 중단되었던 문학의 발전에 지대한 공헌을 한다.

문학의 새로운 지역주의 운동은 서정시인 알로이스 포겔(Alois Vogel)과 알프레드 게스바인(Alfred Gesswein)이 주도한 '연단'(Podium)이 대변하고 오토 브라이하(Otto Breicha)는 1966년 비인에서 잡지 '프로토콜레'(Protokolle)를 발행하기 시작한다. 시인 알프레드 콜레리치(Alfred Kolleritsch, 1931~)에 의해 그라츠에서 발간된 문학 위주의 전위예술지 '마누스크립데'(manuskripte)는 한트케가 문단에 등단하는데 발판이 되었던 〈그라츠 그룹〉(Grazer Gruppe)의 기관지로 변신한다. 1969년에는 헬무트 첸커(Helmut Zenker, 1949~)와 페터 헤니쉬가 "문사를 위한 문학에 반대하는 문학지"인 '말벌의 집'(Wespennert)을 발간한다.

망명 작가들도 오스트리아 문학에 많은 기여를 한다. 무질, 프리츠 호흐벨더(Fritz Hochwalder, 1911~86), 한스 바이겔(Hans Weigel)은 스위스에서 살아 남았고, 프리드리히 토르베르크(Friedrich Torberg, 1908~79), 요한네스 우르치딜(Johannes Urzidil)은 미국으로, 마야코프스키의 번역자인 후고 후퍼르트(Hugo Huppert)는 소련으로, 외된 폰 호르바트, 요셉 로트(Joseph Roth), 알베르트 드라하(Albert Drach)는 프랑스로, 테오도르 크라머(Theodor Kramer)와 힐데 슈필(Hilde Spiel)은 영국으로 망명한다. 이 중에서 토르베르크와 바이겔은 망명에서 돌아와 10여 년간 오스트리아 문학계에서 중요한 역활을 하며 칼 크라우스의 뒤를 잇는다.

이 당시 오스트리아에는 가장 영향력 있는 문인단체로 〈비인 그룹〉이 있었다. 그 모체는 1946년 비인의 몇몇 화가들이 모여 만든 아트클럽(Artclub)이다. 이 클럽은 전후 세계 첨단의 예술적 경향들을 수용하고 전파하면서 국내의 문화 발전에 촉매작용을 했던 진보적 단체로 회장은 알베르트 파리스 폰 귀터슬로(Albert Paris von Gutersloh, 1887~1973)였다. 귀터슬로는 히틀러 치하에서는 퇴폐예술가로 지목되어 직업을 가질 수 없도록 탄압도 받았던 화가이자 작가였지만 전후 곧 비인 미술대학에 교수로 재직한다. 이미 1910년에 나온 그의 첫 장편소설 『춤추는 꼭두각시』(*Die tanzende Topin*)에서 보이는 서술기법은 표현주의 문체의 선구로 인정된다. 그 때문에 그는 초기에는 과격한 표현주의 작가로 알려진다. 그의 이러한 문학적 활동의 배경에는 그가 당시 속해 있었던 '클림트 서클'(Klimt-Kreis)의 영향을 무시할 수 없다.

귀터슬로뿐만 아니라 코코쉬카와 에곤 쉴레의 스승이기도 한 구스타프 클림트는 비인 태생의 화가로 〈비인 분리파〉(Wiener Sezession)를 결성하고 주도했던 업적으로 널리 알려져 있다. '쎄체씨온'(Sezession)이란 너무 전통적이고 공식적이라는 평을 받는 예술가협회로부터 의식적이고도 진보적인 분리를 주장하며 새로운 목표를 위해 함께 모인 일단의 화가들을 가리키는 말로 분리파라고 한다. 〈비인 분리파〉에서 새로운 기운의 영향을 받은 코코쉬카나 귀터슬로 등과 같은 화가 작가들이 문학 분야에서 새로운 인간, 새로운 비전을 외치는 표현주의 선두에 서게 되는 것은 그 배경으로 보아 결코 우연이 아니라는 것을 쉽게 알 수 있다. 이로부터 40년이 지난 1946년 클림트의 제자인 귀터슬로에 의해 혁신적인 아트클럽이 형성되었던 것이고 그로부터 또 10여 년 후 이를 모체로 순수 문인 단체인 〈비인 그룹〉이 만들어지게 된 것이다.

〈비인 그룹〉의 맴버들은 당시 실험적 작가들이라는 평을 받던 프리드리히 아흐라이트너(Friedrich Achleitner,1930~), 콘라트 바이어(Konrad Bayer, 1932~64), 게르하르트 륌(Gerhard Ruhm, 1930년), 오스발트 비너(Oswald Wiener, 1935~) 그리고 곧 독자적인 길을 택했던 한스 칼 아르트만 등이다. 서로 친구 사이였던 이들의 활동 기간은 대강 1954년부터 시작하여 중심 멤버의 하나였던 콘라트 바이어가 자살한 1964년까지의 10년간이다.

서독에서는 전후 2년 만에 곧 〈47 그룹〉(Gruppe 47)이란 문인 단체가 결성된 데 비해 오스트리아의 전후 첫 문인 단체라고 할 수 있는 〈비인 그룹〉은 제2차 세계대전 후 10년간이나 소련과 연합군 측의 군정 통치 밑에서 자치 정부를 갖지 못한 채 모든 분야에서 통제를 받던 이 나라가 중립화 선언 등 일련의 정치적, 외교적 협상을 통해 점령군으로부터 완전히 해방되는 50년대 중반에 결성된 것이다. 이들은 "지방성과 자기 도취적인 전통주의에 대한 불쾌감"[2]에서의 탈피를 기치로 내걸고 그 당시 국내외에서 선보이기 시작하던 최첨단의 예술적 경향들을 수용하고 직접 시도함으로써 50년대 오스트리아의 실험문학에 결정적 자극을 준다.

〈비인 그룹〉은 무엇보다도 진보적이고 도전적인 문학운동 그룹으로 인정받고 있다. 그 이유는 이들이 '음향시, 몽타주텍스트, 방언시, 시각 및 청각텍스트, 헤프닝에 가까운 샹송 및 카바레 장면들'[3]과 같은 새로운 형식들을 꾸준히 창안함으로써 이미 진부

---

2) Rainer Nägele/Renate Voris : *Peter Handke*, München 1978, S.19.

3) Gero von Wilpert : Sachwörterbuch der Literatur, Stuttgart ⁵1969(Kröners Taschenausgabe Bd. 231), S.850.

해진 문학형식들을 습관적으로 반복하는 위험으로부터의 탈피를 과감히 시도했기 때문이다.

이들 중 게르하르트 림은 구체시 시인으로 발전해 오늘날까지도 다양하게 문학, 음악, 스케치의 결합을 실험하고 있으며, 가장 뛰어난 재능을 지녔다고 인정받았으나 자살로 생을 마감한 콘라트 바이어는 『비투스 베링의 머리』(*Der Kopf der Vitus Beringu*)나 『육감』(*Der sechste Sinn*)을 수학적 구조로 창작했고 오스발트 비너는 『중부 유럽의 개혁』(*Die Verbesserung von Mitteleuropa*)으로 문학 발전에 큰 영향을 준다.

〈비인 그룹〉의 영향은 실험적 문학의 젊은 세대 대표자들인 라인하르트 프리쓰니츠(Reinhard Priessnitz), 엘프리데 쯔르다(Elfriede Czurda), 게르하르트 야쉬카(Gerhard Jaschka), 페르디난트 슈마츠(Ferdinand Schmatz) 그리고 프람 요셉 게르닌(Fram Josef Gernin) 등에게서 찾아볼 수 있다.

제2차 세계대전 이후 오스트리아의 연극 발전에는 극작가가 중요한 역할을 한다. 프란츠 테오도르 초코가 망명지로부터 가져온 많은 작품들이 비인의 여러 무대에서 공연되었으며, 프리츠 호흐벨더는 남미의 파라과이에 형성되었던 예수회 국가를 그린 『산국실험』(*Das Heilige Experiment*)으로 전후 가장 큰 성공을 거둔 비인 태생의 극작가이다. 이 작품은 후에 미국에서 『미션』(*Mission*)이란 영화로 만들어져 우리나라에도 소개된 바 있다.

오스트리아는 문학의 다양한 장르에서 많은 베스트셀러 작가들을 배출한다. 실용서적 작가들 중 한 사람인 헤르만 슈라이버(Hermann Schreiber, 1924~)는 특히 여행문학과 고고학 분야에서 다작을 남기고 있고, 크리스티네 뇌스틀링어(Christine Nöstlinger,

1936~)는 청소년 층을 위한 여러 편의 소설로 성공을 누리고 있으며, 신선한 자연스러움으로 설득력을 갖는 브리기테 슈바이거(Brigitte Schwaiger, 1949~)는 『소금은 어떻게 바다로 가는가』(*Wie kommt das Salz ins Meer*)를 가지고 커다란 대중적 성공을 얻는다.

엄청난 성공을 거둔 베스트셀러 작가로 언급되어야 할 사람은 요한네스 마리오 짐멜(Johannes Mario Simmel, 1924~)로 그의 대표작으로는 『항상 케비어일 수는 없다』(*Es muB nicht immer Kaviar sein*)와 『니나 B.의 사건』(*Affäre Nina B.*) 등이 있다. 그의 많은 소설들은 넓은 범위의 대중적 영향을 사회 비판적인 정치 참여와 일치시키는 점이 특징이다.

이어서 40년대에 출생한 몇몇 탁월한 작가들이 나타나는데 이 중 페터 한트케는 60년대 말부터 오스트리아 문학계를 이끄는 대표적 작가로 주목받는다. 그는 『말벌들』(*Die Hornisser*), 『행상인』(*Der Hasierer*), 『관객모독』(*Publikumsbeschimpfung*) 등의 작품을 통해 처음에는 언어와 인식 비평에 몰두했으나 희곡들인 『카스파』(*Kaspar*)로부터 『보덴호수로의 기행』(*Rittiber den Bodensee*)까지에서는 주인과 하인의 관계를 다룬 테마를 인격을 파괴하는 표시체계와 통신체계의 보기로써 변화시킨다. 한 인간의 인식방법과 표현방법이 사회와 일치될 수 있는가 하는 문제는 『페널티킥 앞에 선 골키퍼의 공포』(*Angst des Tormanns bein Elfmeter*)에서 다루어지며 이 산문작품을 마지막으로 한트케는 형식에 관한 실험에서 『긴 이별에 대한 짧은 편지』(*Die kurze Brief aum langen Abschied*)나 『잘못된 움직임』(*Falsche Bewegung*)과 같은 계몽적 교양소설로 옮겨 간다.

그의 가장 뛰어난 작품이라 평가되는, 어머니의 자살을 계기로 쓰여진 자전적 작품 『소망 없는 불행』(*Wunschloses Unglück*)에서 한트케는 여자의 일생을 그리는 전기에 일반적으로 쓰이는 언어를 가지고 자신의 어머니의 일생을 서술한다. 그 외의 산문작품으로는 『진정한 감성의 시간』(*Die Stunde der wahren Empfindung*), 『왼손잡이 부인』(*Die linkshändige Frau*), 『세계의 무게』(*Dar Gewicht der Welt*), 『반복』(*Die Wiederholung*) 등이 있으며, 희곡으로는 철학적 문체가 두드러지는 『마을에 관해』(*Über die Dorfer*), 『질문의 놀이』(*Das Spiel vom Fragen*), 『우리가 서로 알지 못했던 시간』(*Die Stunde, die wir nichts voneinander wußten*) 등이 있다.

한트케는 창작뿐만 아니라 번역에서도 솜씨를 발휘해 프랑스, 영국, 슬로베니아, 그리스 작가들의 작품들을 번역하기도 한다. 영화광이기도 한 그는 영화감독 빔 벤더스 (Wim Wenders)와 『베를린의 하늘』(*Himmel über Berlin*) (*우리나라에서는 「베를린 천사의 시」로 상영되었음)을 만들기도 했다.

한트케와 비슷한 연배로 주목받는 작가들이 또 있다. 미하엘 샤랑(Michael Scharang, 1941~)은 『찰리 트랙터』(*Charly Trakter*)에서 노동 세계를 이론적으로 다루었고, 프란츠 인너호퍼는 자전적으로 윤색된 세 편의 소설 『아름다운 날들』(*Schöne Tage*), 『그늘진 쪽』(*Schattseite*), 『위대한 단어들』(*Die großen Wörter*)을 썼다. 『아름다운 날들』은 어느 시골에 사는 여농부의 사생아 아들이 어렵고 괴로운 과정을 거쳐 대학생으로 성장해 미지의 세계를 향해 고향을 떠나는 내용으로 샤랑의 『찰리 트랙터』와 함께 텔레비전 드라마로 방영되어 큰 인기를 끌었다. 게르노트 볼프그루버(Gernot Wolfgruber)도 인너호퍼의 소설들과 비슷하게 전개되는 사실적인 소설들 『자유로운 몸으로』(*Auf freiem Fuß*)와 『주인들의 세월』(*Herrenjahre*)에서 지방의 소시민과 무산계급 노동자들의 절망적인 삶을 그리고 있다.

〈그라츠 그룹〉의 문학지 '마누스크립테'를 통해 헬무트 아이젠들(Helmut Eisendle, 1939~)과 클라우스 호퍼(Klaus Hoffer, 1942~)가 등단한다. 라인하르트 그루버(Reinhard P. Gruber, 1947~)는 『회들모저의 삶에서』(*Aus dem Leben Hödlmosers*) 주인공으로 슈타이어 마르크주의 원형적인 원주민을 창조했다. 페터 로자이는 『지난 이야기들』(*Geschichten von früher*)에서 외형으로는 중요하지 않은 인상을 남기지만 인생의 진로에 결정적인 삽화적 사건들이 존재에 어떤 영향을 끼치는가를 매우 감동적으로 그리고 있으며, 보도 헬(Bodo Hell, 1943~)은 『*Domischabel. Jochboch*』, 『*666*』 등의 작품을 내놓았다. 에리히 볼프강 스크바라(Erich Wolfgang Skwara, 1948~)는 미국과 오스트리아에 살면서 소설 『시에나의 흑사병』(*Die Pest in Siena*), 『검은 돛단배』(*Schwarze Segelschiffe*), 『파산자의 전원생활』(*Bankrottidylle*)들에서 소설 속의 허구적 인물들을 시대와 결합시킨다고 해서 반드시 현실 참여가 필요한 것은 아니라고 생각하는 작가를 그리고 있다. 『책상에서』(*Am Schreibtisch*)를 쓴 베르너 콜러(Werner Koller, 1947~)는 견고한 문체와 독자적인 시간의 관찰 등을 장점으로 지니고 있으며, 미하엘 쾰마이어(Michael Köhlmeier, 1949~)는 『페벌 토니와 내 머릿속에서 벌어지는 그의 모험 여행』(*Der Peverl Toni und seine abenteuerliche Reise durch meinen Kopf*)과 『영웅들의 유희장』(*Spielplatz der Helden*) 등의 성공작을 내놓았다.

그 이후의 세대에서도 주목받는 작가들이 상당수 있다. 안토니오 피안(Antonio Fian, 1956~)은 소설 『고향 선생님의 박물관』(*Museum heimischer Meister*)을 썼고, 요한 네스트로이를 회상케 하는 해학극 『파이만 혹은 저항의 승리』(*Peymann oder: Der Triumpb des Wi-*

derstandes)에서 오스트리아의 문화정책을 풍자적으로 다룬다. 노베르트 그스트라인(Nobert Gstrein, 1961~)은 두 권의 얇은 소설 『한 남자』(*Einer*)와 『다른 날에』(*Anderntags*)에서 섬세한 언어로 인간 상호 간의 의사소통을 새로운 관점으로 해명한다. 잉그람 하르팅어(Ingram Hartinger, 1948~)는 『백피병자의 소설』(*Roman Albino*)에서 인생과 문학에서 괴로워하는 예술가가 세간의 이야기를 새롭고 긴장감 있게 만드는 능력이 있음을 그리고 있으며, 페터 슈테판 융크(Peter Stephan Jungk, 1952~)는 프란츠 베르펠의 자서전을 모범으로 하여 쓰여진 소설 『*Tigor*』에서 나쁜 길에 빠져 정신적인 모험을 한 후 아라라트(Ararat)산(山)에 도착하는 어느 수학자의 이야기를 재치있게 다룬다. 발트라우트 안나 미트구취 (Waltraud Anna Mitgutsch, 1948~)는 보호받지 못하는 어느 영혼의 수난기를 담은 소설 『징벌』(*Die Zichtigung*)로 화려하게 등단했으며, 에벨린 슐라크(Evelyn Schlag, 1952~)는 『그늘속의 목동』(*Bei Hüter des Schattens*), 『모욕』(*Die Kramkung*) 등의 작품을 예리한 필치의 에피소드와 진정한 소설가의 재능으로 구성하고 있다. 마르기트 슈라이너(Margit Schreiner, 1953~)는 관능적인 이야기를 쓴 『성 베네딕트의 장미』(*Die Rosen des St. Benedikt*)라는 작품에서 독창적인 테마와 이야기를 감동적으로 다루고 있으며, 플로리안 라이벧세더(Florian Leibetseder, 1960~)는 시골의 어느 위병관리가 가톨릭적 환경에서 억압된 섹스에의 환상을 갖게된 비극적 추론작용을 소설 『열쇠구멍』(*Schlisselloch*)에 그려넣어 문단에 당당히 데뷔한다.

케른텐주에 거주하는 소수민족인 슬로베니아 문학도 유럽 정상으로 성장한 두 사람의 작가를 배출하고 있다. 플로리얀 리푸스(Florian Lipus, 1937~)는 소설 『생도 챠츠』(*Der Zögling Tjaz*)에서 보인 주제뿐만 아니라 의식을 쫓는 문체로 세인의 주목을 끌었다. 이 소설에서는 고향의 존재가 인용구, 보고체, 시적 관심의 몽타주 기법으로 서술되어 있다. 그의 근간 작품 『가슴의 반점』(*Herzflecken*)은 아직 독일어로 번역이 안되었으나 『생도 챠츠』와 페트랄카(Petrarca)상을 수상한 시인 구스타프 야누스(Gustav Janus, 1937~)의 『시집 1962~1983』(*Gedichte*, 1962~1983)과 『문장 가운데. 시집』(*Mitten im Satz. Gedichte*)은 한트케에 의해 독일어로 번역되었다.

옛 오홍제국 지역에서는 부다페스트 출신인 밀로 도르(Milo Dor, 1923~)나 기외르기 세베스티엔(György Sebestyen, 1930~1990)처럼 독일어를 사용하는 작가들도 오스트리아의 현대문학을 이끄는 인물로 주목된다. 도르의 3부작 소설 『라이코프가의 전설』(*Die Raikow Saga*)은 자전적 모습을 띈 주인공의 활동을 베오그라드와 비인을 중심으로 다루고 있으며, 세베 스티엔은 소설가, 비평가 및 잡지 '파노니아'(Pannonia)와 '내일'(Morgen)의 제작자로 오스트리아 내외에서 자신의 위치를 굳히고 있다. 마지막으로 두 개의 언어, 즉 독일어와 슬로베니아어를 공동으로 사용하며 주로 서정시를 쓰는 시인으로 얀코 페르크(Janko Ferk, 1958~)가 언급될 만하다.

3. 페터 한트케의 위상

이상 오스트리아의 역사 및 문학의 흐름과 특징을 개관해 보았고 중요 작가들을 거명하였는데 이 작가들 가운데 최근 몇 년간 노벨문학상 후보자로 꾸준히 지명되고 있는 페터 한트케는 제2차 세계대전 중인 1942년 오스트리아의 벽촌에서 소시민 근로자 가정의 맏아들로 태어났다. 그의 어머니 마리아 한트케(Maria Handke, 1920~71)는 시우츠(Siutz)란 성을 가진 슬로베니아계 태생으로 노년의 건강 악화와 불행한 결혼생활을 비관하여 다량의 수면제를 복용하고 쉰 살의 나이로 자살했다. 계부인 브루노 한트케(Bruno Handke)는 페터 한트케의 생부와 마찬가지로 독일 태생이다. 이들은 둘 다 전쟁 중 케른텐주에 주둔하고 있던 독일군 병사들이었다. 그의 어머니는 이들 중 한 경리장교와 사랑에 빠져 페터 한트케를 잉태하게 되었으나 그는 이미 유부남이었다. 아비없는 자식을 낳아서는 안된다는 가족들의 성화로 그녀는 마침 그러한 조건에 구애받지 않고 그녀에게 마음을 기울이고 있던 하사관 브루노 한트케와 아이의 탄생을 앞두고 내키지 않는 결혼을 하게 된다. 이렇게 해서 태어난 아이가 한트케라는 계부의 성을 가지고 자라게 된 것이다.

한트케의 고향 알텐마르크트(Altenmarkt)는 오스트리아 남쪽 하부 케른텐 지역의 그리펜 읍에 있는 관습과 가난에 찌든 벽촌 마을이다. 한트케는 두 살에서 여섯 살까지 어머니를 따라 계부의 고향인 동베를린에 가서 보낸 짧은 기간을 제외하고는 문화나 교육과는 거리가 먼 이 벽촌 마을에서 유년시절을 보낸다. 이 시절 동안 그는 전쟁과 가난을 겪으며 자신과 주변 세계에 대해 부정적 감정을 지니고 자라게 된다. 이 부정적 감정은 그후 김나지움 시절 문학작품에서 받은 깊은 감동으로 상쇄되고 한트케는 자신이 세상에 존재한다는 것과 자신의 경우가 특별한 것이 아니고 다른 사람들도 비슷하게 산다는 것을 깨닫게 된다. 문학의 미적 세계를 통해 그는 자기가 현실에 대해 갖고 있는 의식과는 다른 세계를 접하게 됨으로써 위와 같은 변화를 겪고 보다 의식적으로, 보다 주의깊게, 보다 민감하게 살 수 있기를 원하게 되며 이후로부터 문학을 삶의 버팀목으로 자각하게 된다. 이 문학과 접함으로써 그는 고향의 가난한 생활 속에서 자신의 개체성 및 인간으로서의 위엄을 상실하고 그것을 고통스러워 했던 지금까지와는 달리 이제 "시적 존재 형식"[4]을 믿게 되고 농촌 환경과 가톨릭적인 지역주의로 인해 극도로 말살되어졌던 자아를 찾고자 하는 깊은 열망을 갖게 된다. 즉, 상실된 자아를 문학 속에서 다시 발견하고 자기자신의 것으로 발전시키려는 강렬한 의도를 갖게 된 것이다. 그러므로 그가 "심전도"(心電圖)[5]라고 칭한 그의 작품들은 다름 아닌 그의 삶의 이야기이자 그의 영혼이 형성되고 성숙해 간 과정을 기록한 것이라 볼 수 있다.

한트케는 1960년대 중반에 대학을 포기하고 〈그라츠 그룹〉을 통해 문단에 등장한다. 그는 초기에 "문학이란 언어로 만들어진 것이지 그 언어로 서술된 사물들로 이루어진 것이 아니다"[6]라는 주장으로 전래되어 오는 문학적 가치와 방법들을 강력히 거부함으로써 그 당시 서독에서 〈47 그룹〉을 중심으로 활기를 띠고 있던 소위 '참여문학'이나 '신사실주의'에 익숙해 있던 작가 및 문학비평가들과 치열한 논쟁을 벌이게 된다. 결과적으로 〈47 그룹〉은

---

4) Manfred Druzak: Für mich ist Literatur auch eine Lebenshaltung. Gespräch mit Peter Handke. In: ders.: Gespräche über den Roman, Franfurt am Main 1976 (suhrkamp taschenbuch 318), S.331.

5) Peter Handke : *Das Gewicht der Welt*-Ein Journal (November 1975~März 1977), Salzburg 1977, S.83, Auch meine Schrift erlebe ich schon als Elektrokardiogramm."

6) Peter Handke : Zur Tagung der Gruppe 47 in USA. In : ders.Ich bin ein Bewohner des Elfenbeinturms, Frankfurt am Main [4]1976 (suhrkamp taschenbuch 56), S.29.

한트케의 공격을 발단으로 그 자취를 감추게 된다. 그후 실험적 작품들이 속속 발표되면서 그는 긍정적 또는 부정적 평가를 받으며 대단히 주목을 받는다. 70년대에 들어와 그의 서술기법은 실험에서 전통적 흐름으로 전향되고 한트케는 현대 독일어권 문학을 대표하는 작가 중 한 사람으로 확고한 위치를 차지하게 된다.

1960~70년대를 거치면서 한트케에게 일어난 이러한 입장 변화는 특히 한트케가 그 동안 작가로서 성공을 거두었기 때문에 그의 문학 발전에 있어서의 중대한 현상으로 지적된다. 비평가들은 이러한 현상을 작가적 입장의 변화나 전환으로 보고 있으나 한트케 자신은 언어를 사용하는데 있어서의 변화는 인정하지만 자신의 주장은 예나 지금이나 지속되는 현상이라고 말한다.[7] 이러한 논쟁 속에서 한트케를 이해하는데 언어나 역사의식에 입장이 다른 일부 비평가들의 그에 대한 부정적 시각은 쉽게 거리를 좁히지 못하고 현재에 이르고 있다. 저자는 한트케의 변화와 지속은 따로 떼어 생각하기보다는 그가 성숙해 가는 과정에서 불가피하게 겪어야 하는 공존현상으로 파악되어야 한다는 옹호적 입장을 견지하면서 다음 장에서부터 이 작가의 여러 특징들을 탐구해보고자 한다.

---

7) 이 작업을 위한 많은 생각들은 특히 다음 세 편의 논문에서 도움을 받았다.
a) William H. Rey : Peter Handke – oder die Auferstehung der Tradition. In: und Kritik, Wien, Juli/August 1977, Nr.116-117, S.390-400.
b) Herbert Zeman : Metamorphosen des Erzählens in der österreichischen Literatur der Gegewart-Zur Einleitung. In : Modern Austrian Literature. Journal of The International Arthur Schitzler Research Association; Sonderhaft "Metamorphosen des Erzählens : Zeitgenössische österreichische Prosa." Hg. v. Donald G. Daviau und Herbert Zeman, University of California/USA, Vol.13, No.1, 1980, S.1-18.
c) Peter Pütz : Kontinuität und Wandlung in Peter Handkes Prosa. In : Amsterdamer Beiträge zur Neueren Germanistik-Studien zur österreichischen Erzählliteratur der Gegenwart. Hg, v. Herbert Zeman, Amsterdam Bd. 14, 1982, S.108-122.

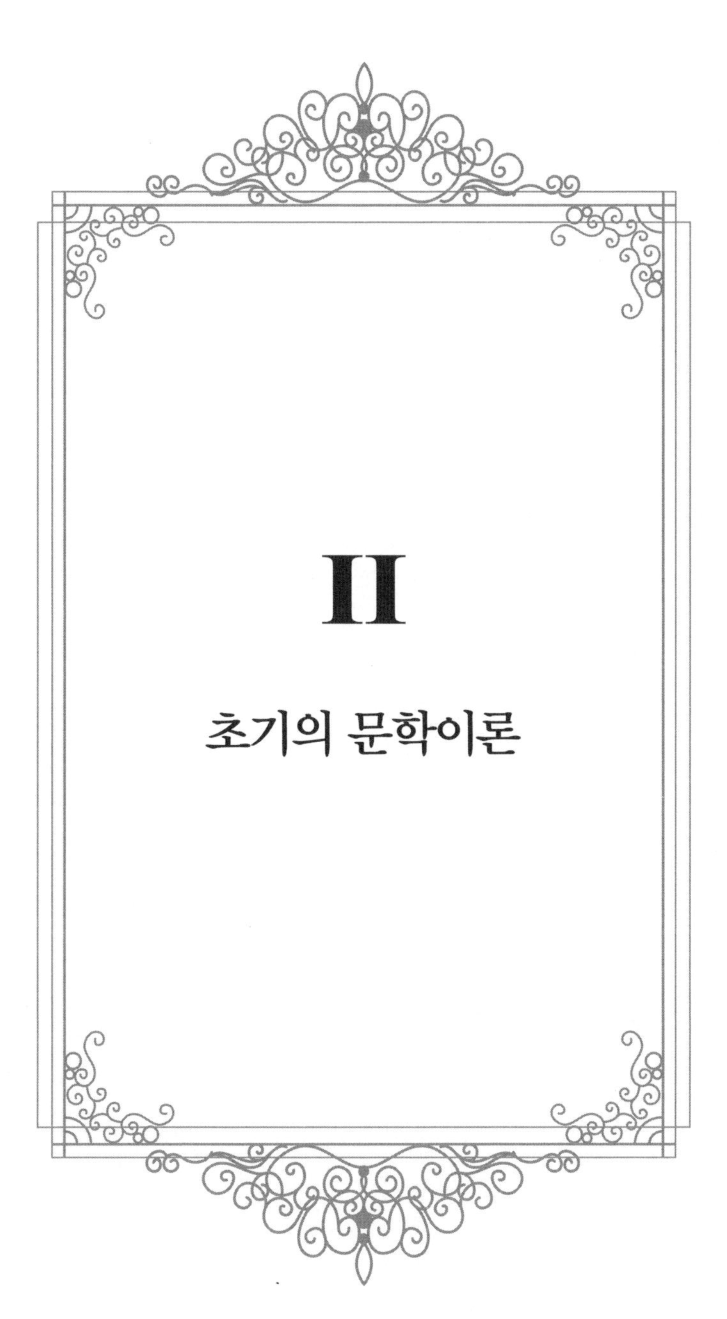

II

초기의 문학이론

1. 청소년시절의 습작들

김나지움시절에 기숙학교 생활을 했던 한트케는 문학을 그 기숙학교의 고립과 강요에서의 해방으로 또 어린시절의 괴로왔던 체험에 대한 보상으로 느끼면서 이때부터 이미 작가가 되겠다는 소망을 뚜렷이 갖는다. 그래서 그는 탄젠베르크에 있는 기숙학교와 그리펜에 있는 집에서 단순히 사춘기의 기분에서가 아니라 남다른 동기로 진지하게 쓰는 일을 시작했고 작가라면 흔히 겪는 단어 하나를 찾기 위한 투쟁과 "경련하듯 반복되는 서술주기들"을 고통스럽게 체험한다. 이것은 이미 작가가 된 사람들의 일상 궤도와 거의 유사한 상태라 할 수 있다.

> 이복누이 모니카는 그리펜의 집에서 가족들에게 자신이 느끼는 의혹과 작업의 고통을 같이하도록 오만스럽게 강요하는 오빠의 경련하듯 반복되는 서술주기를 끔찍한 것으로 회상한다. 쓴다는 것에 갑작스레 회의가 들면 자기 확신이 모두 없어져 버리는 일, 여러 시간 동안 고통스럽게 찾아내려 했던 단어 하나가 물을 마실 때 부지중에, 때로는 한밤중에 생각나는 일이 생길 수 있었다.[1)]

끈질긴 쓰기 연습을 통해 한트케가 김나지움시절에 쓴 세 편의 짧은 이야기 「무명인」(*Der Namenlose*, 1959), 「중간시간에」(*In der Zwischenzeit*, 1959) 그리고 「예견자」(*Der Hellseher*, 1960)가 케른텐과 동부

1) Die Leiden des jungen Handke. In : Profil, Nr.9, Wien, 27. April 1973, S.54,

티롤 지역에 배포되는 일간지 '폭스차이퉁'(Volkszeitung)의 문예란에 실리게 된다. 당시 이 신문의 문화면 편집자였던 게오르그 드로츠도프스키(Georg Drozdowski)는 한트케가 자작 작품을 갖고 자신을 찾아 왔던 상황을 회상한다.

페터 한트케는 자발적으로 나를 찾아 신문사 편집실로 왔었다. 이 신문은 정치적으로 기독교 노선을 강조하는 오스트리아 국민당(ÖyP)을 따르고 있어서 당시 탄젠베르크 가톨릭 기숙학교와 관련이 있었다. 그는 그저 신문에 자기 작품이 실리길 원했고 그 부탁을 하려고 나를 찾아 온 것이었다. (나는 젊은이들에게 개방적이라는 소문이 나 있었다.) 잠깐 동안의 솔직한 면담 후 나는 비록 그가 보다 쉬운 것을 요구하는 구독자들 편에 서있다고 할 수는 없었지만 그의 기고를 승낙했고 문화면 편집자로서 책임을 지고 주간에게도 관철을 시켰다. 주간은 구독자들에게 오히려 가벼운 읽을거리가 좋다고 해서 때로 논쟁을 벌였다.[2)]

기숙학교의 독일어 교사 라인하르트 무자르 씨는 클라겐푸르트에서 열렸던 문학 모임에도 한트케가 참석했다고 회상한다.

나는 한트케가 탄첸베르크에 있는 동안 젊은 예술가들의 모임에 참석하기 위하여 두서너 번 클라겐푸르트에 간 것을 기억합니다. 나는 한번 그를 따라가기도 했습니다. 그날 저녁 젊은 작가들이 자작 작품을 낭

2) Brief von Georg Drozdowski an Yongho Yun, Klagenfurt, 18. Oktober 1983 (im Besitz des Verfassers).

독했고 젊은 작곡가 한 사람이 피아노로 몇 개의 곡을 연주했습니다.[3]

두 사람의 회상은 한트케의 문학에 대한 집념이 일찍부터 강했음을 증명하고 있다. 실제로 그는 이 시절 몇 편의 이야기를 쓴다. 한트케는 저자에게 보낸 한 편지(1983)에서 청소년시절의 작품에 대해 설명하고 있다.

나는 스무 살이 될 때까지 모두 열다섯 편 정도의 이야기를 썼습니다. 케른텐 방송국에서 그 중 두서너 편이 방송되기도 했지요.[4]

그러나 '폭스차이퉁'에 실렸던 세 편의 짧은 이야기 외에 그가 청소년시절에 쓴 작품은 현재 찾아볼 수 없다. 한트케가 단편소설과 현대작가들에 대한 평론, 특히 윌리엄 포오크너에 대한 글을 발표했던 기숙학교의 신문 'Fackel'[5]은 접할 수가 없고 케른텐 방송국의 문서실에도 그의 원고들이 더 이상 보관되어 있지 않아 그의 청소년시절의 작품은 오직 '폭스 차이퉁'에만 남아 있는 셈이다. 이 신문의 발행부수는 1956년을 기준으로 해서 26,000부 정도였다. 이 신문에는 일 주일에 한 번 주로 토요일에 '주말판'으로 연극 및 예술에 관한 기사, 영화비평, 서평, 여행보고, 만필 외에 짧은 이야기, 시, 일화, 수필, 동화 등 다양한 작가들의 작품을 실는 문예란이 있었다. 이 문예란은 여러 연령층

---

3) Brief von Reinhard Musar an Yongho Yun. Villach, 1. Mai 1983 (im Besitz des Verfassers).
4) Brief von Peter Handke an Yongho Yun. Salzburg, 11. Juli 1983 (im Besitz des Verfassers).
5) Vgl. Die Leiden des jungen Handke. In : Profil, Nr.9, Wien, 27. April 1973, S.50f. 6) Vgl. Karl O. Kurth : Handbuch der deutschsprachigen Presse ausserhalb Deutschland. Würzburg 1956, S.55.

의, 또 유명 무명의 작가들이 뒤섞여 실려 독문학자 발터 바이스(Walter Weiss)가 지적한 바와 같이 50년대 오스트리아 문학의 일면을 보여 준다. 즉, "독일의 〈47그룹〉이 곧 그랬던 것처럼 늙은 세대와 젊은 세대 간의 단절을 꾀하는 것이 아니라", "50년대 후반까지 (...) 다양한 작가 세대들이 병존하는 근본적으로 파괴되지 않은 양상"[6]을 유지하고 있었던 것이다. 이러한 상황에서 열일곱 살짜리 김나지움 학생 페터 한트케의 작품이 1959년 6월 13일자 문예란에 서정시인이자 소설가로 이미 널리 알려진 프리드리히 자허(Friedrich Sacher, 1899~1982)와 1960년 2월 27일자에는 향토작가로 이름이 알려진 칼 하인리히 바겔의 작품과 나란히 실린 것이다. 그의 문체는 이러한 전통적 원로작가들과는 전혀 다르게 보인다. 우선 한트케의 「무명인」과 함께 실린 자허의 「먼지로부터」(*Aus dem Staub*)를 몇 줄 읽어 보면,

> 그 방문객은 탐색하는 눈초리로 잠시 이 모습의 됨됨이를 훑어 보고 나서 반은 악마, 반은 천사! 하고 생각하지 않을 수 없었다. 비인에서 온 음악학자인 그 방문객은 우아하게 허리를 숙여 인사를 했다. 허리를 약간 깊이 숙여서. 하이든은 급히 그를 다시 일으켜 세웠다. 하이든은 격식을 차리는 것과는 거리가 먼 사람이었다. 그는 "들어 오십시오!" 하고는 손님이 들어오도록 입구에서 비켜섰다. 그러나 그 다음 그는 신중하게 "아니, 여기가 아니요! 좀 조용한 데로 갑시다" 하고 말했다. 그는 방문객을 밖으로 인도해 건물 주위를 돌아 작은 문

---

6) Walter Weiss : Zwischenbilanz. In : Walter Weiss und Sigrid Schmid(Hg.), Zwischenbilanz. Eine Anthologie österreichischer Gegenwartsliteratur. Salzburg 1976, S.14.

을 통해서 정원으로 들어가 창문이 열려 있는 정자로 들어갔다. (...)[7]

또한 한트케의 「예견자」와 나란히 실린 바겔의 「*Servusgrüß gottmeinehochachtunghabedieehrewiegehts*」(상대방에 따른 다양한 인사말들을 죽 모아 놓은 제목임)에서 몇 귀절을 읽어 보면,

> 이미 여러 번 내방객들과 교류할 때나 여행에서 이야기하기를 즐기는 이웃 사람들에게서 오스트리아인들의 생활양식에 관한 찬반 양론을 들으며 대화해야 했었을 때 나는 언젠가 한가해지면 이 주제에 관해 써보아야겠다는 결심을 했다. 우선 가장 눈에 띄는 것은 오스트리아인의 생활양식은 기묘한 딜레마에 지배당한다는 것이다. 즉, 한편으로는 일이 진행됨에 따라 무엇인가 불안한 것, 예상할 수 없는 것이 함께 작용하는 불안한 감정이고, 다른 한편으로는 그것에 반대되는 행동을 하는 것은 실제로 무익하다는 참착한 통찰력이다. 우리나라 말에는 그것을 표현하는 두 가지 말투가 있다. "그럴 때 무슨 일인가 일어나지 않으면 안돼!"라는 것과 "그럴 때 정말 아무것도 할 수 없어!"란 말이다. (...)[8]

이처럼 명랑하고 쾌적한 문체로 두 작가의 글은 직접 체험한 일들, 인간생활의 친절하고 의미있는 묘사, 이웃에 대한 사랑과

---

7) Friedrich Sacher : *Aus dem Staub*. In : Volkszeitung, Nr.131/ Klagenfurt, 13, Juni 1959, S.9.

8) Karl Heinrich Waggerl: Servusgrüßgottmeinehochachtunghabedieehrewiegehts. In Volkszeitung, Nr.48/Klagenfurt, 27. Februar 1960, S.9.

가슴속에서 우러나오는 유머를 전하려 하고 있다. 그들의 이야기는 대단히 사실적이고, 전지적(全知的)인 전통적 서술방식을 따르고 있으며 문체 비판이나 미학적인 어려움이 없이 명쾌하게 서술되어 있다. 나이든 이들 두 작가는 허구 세계를 그들의 손아귀에 움켜쥐고 있는 것이다. 이들과는 달리 페터 한트케의 이야기는 당시의 문화면 편집자 도로츠도프스키가 지적한 대로 "가벼운 읽을거리를 요구하는 독자들 편이라고는 결코 할 수 없었다." 그는 첫 번째 이야기 「무명인」을 대단히 주관적인 일인칭 형식으로 서술하고 있는데다 다양한 해석의 가능성 때문에 문체나 미학적 측면에서 심사숙고하도록 강요하기 때문이다.

> 그 남자는 날마다 같은 장소에 서서 그림엽서를 팔고 있었다. 그는 노란 리본을 팔에 두른 맹인이었다. 그는 자기를 인도할 수 있는 개 대신 쇠로 된 테가 감긴 지팡이를 짚고 있었는데 거기에 무엇인가가 적혀 있었다. 나는 그의 곁을 지나갈 때 무진 애를 쓰며 무엇이 적혀 있나 보려고 했지만 읽어 볼 수가 없었다.[9)]

이야기는 한 남자에 대한 일인칭 화자의 일방적인 관찰로 시작된다. 일인칭 화자가 그 남자에 관해 아는 것은 그림엽서를 판다는 것과 맹인이라는 것, 그리고 개 대신 쇠로 된 테를 두른 지팡이를 짚고 있으며 거기에 몇 마디 말이 적혀 있다는 것이다. 그림엽서에 관해 자세한 설명이 없어 어떤 그림이 그려진 엽서인지 알 수는 없다. 지팡이에 새겨진 글씨도 화자가 그 남자 옆을 지

9) Peter Handke : *Der Namenlose*. In : Volkszeitung, Klagenfurt, 13.Juni 1959, S.9.

나가면서 무슨 말인지 읽어 보려고 애를 쓰지만 허사이다. "그림엽서들"과 "지팡이에 새겨진 말들"은 결국 수수께끼로 남는다. 그 대신 일인칭 화자는 그 맹인의 태도나 외모에 대해 다음과 같이 자세히 서술하고 있다.

> 그 남자는 교회 옆에 있는 긴 의자에 앉는 법이 없이 두 다리를 쫙 벌리고 한 쪽 팔을 쭉 뻗은 채 그곳에 서서 그림엽서들을 내보이고 있었다. 다만 나는 그가 무엇이라고 중얼대는지 이해할 수가 없었다. 나는 그가 입만 움직였지 말은 하지 않았다고 생각한다. 그는 아직 대단히 늙은 것은 아니었으며 모자를 쓰고 더러운 넥타이를 매고 작업복을 입고 있었다. 옆에는 항상 우산이 세워져 있었고 비가 올 때마다 그 우산은 마치 버섯처럼 그 남자 위에 펼쳐졌다. 우산의 뚫어진 구멍에서 빗방울이 흘러들어 그의 모자와 어깨 위로 떨어졌다. 그는 지팡이를 붉은 손가락으로 꽉 움켜 쥐고 있었는데 이 손가락들이 어김없이 글씨 부분을 가리고 있었다.[10]

그 맹인은 몹시 남루한 옷차림이며 가난하고 늙어 보인다. 그러나 두 다리를 힘차게 벌리고 한쪽 팔을 뻗은 채 그림엽서를 보인다거나 붉은 손가락으로 지팡이를 꽉 움켜 쥐고 있는 태도는 강한 인상을 주게끔 그려져 있다. 일인칭 화자는 맹인을 관찰하고 있을 뿐만 아니라 그가 중얼거리는 소리를 들으려고 애를 쓴다. 맹인에 대한 그의 호기심은 점점 커진다. 한번은 그를 뒤따라

---

10) Ebda., S.9.

가 “오래된 건물의 뒷채에 나무로 된 움막”[11]인 그의 빈궁한 숙소를 보게 된다. 그러나 그 남자가 며칠간 그 자리에 나타나지 않자 그의 호기심은 걱정으로 변한다. 이러한 걱정에서 일인칭 화자는 남자의 움막을 찾아간다.

> 나는 어두운 집으로 들어가 마당을 지나 움막으로 갔다. 그곳은 상당히 어두웠다. 안으로 들어갔을 때 나는 아무것도 알아볼 수 없었다. 왜냐하면 창문 앞에는 널판지가 하나 깔려 있었고 방에 아무도 없다는 것을 확신할 때까지는 내가 멀리 떨어져 있었기 때문이다. 나는 방 한가운데 범죄자처럼 서 있었고 모든 것이 대단히 적막하고 불결했다. 판자벽에는 몇 장의 그림들이 걸려 있었고 바닥에는 이불 외에 아무것도 없었다. 그리고 창문 위의 못에는 지팡이가 걸려 있었다. 나는 지팡이를 끌어내려 글자를 읽어 보려고 했으나 쇠에 녹이 슬어 읽기가 대단히 어려웠다. 그러나 움막을 나와 지팡이를 햇볕 속에서 보았을 때 나는 그 글씨를 ”나는 이름을 잃어버렸다!”로 읽어볼 수 있었다. 나는 이상스럽게 생각했고 오랫동안 그 뜻을 곰곰이 생각했다.[12]

맹인은 그의 움막에 없다. 일인칭 화자는 비어 있는 방의 판자벽에서 “몇 장의 그림을”, “바닥에서는 이불을” 그리고 글자가 새겨진 지팡이를 발견한다. 그것들은 일인칭 화자가 첫 번 단락에서 관찰했던 것과 쉽게 연계된다. 그림엽서들은 “몇 장의 그림들”로, 맹인은 “바닥에 깔린 이불”로 대신되는 것이다. 그림들의

---

11) Ebda., S.9.

12) Ebda., S.9.

내용은 계속 수수께끼로 남는다. 그러나 일인칭 화자는 이번엔 지팡이에 대한 궁금증을 풀게 된다. 지팡이에 쓰인 글자를 "나는 이름을 잃어버렸다!"로 읽을 수 있었기 때문이다. 글자의 의미를 곰곰이 생각한 후 그는 "그 남자가 자신의 이름을 찾으러 떠났다"[13]고 확신한다. 그는 맹인의 지팡이를 들고서 그를 찾겠다고 결심한다.

> 나는 손에 지팡이를 잡았다. 그것은 딱딱하고 떡갈나무 잎처럼 차가웠다. 나는 그 남자가 어디로 갔는지 알 수 없었다. 그래서 처음에는 거지수용소에서 찾아 보았다. 그곳엔 많은 노인들이 앉아 있거나 잠자고 있었지만, 내가 찾는 그 남자는 어느 곳에도 없었다. 도시는 상당히 넓었고 계절은 가을이어서 나뭇잎들이 길바닥에 떨어져 있었다. 나는 자신의 이름을 잃어버렸던 많은 사람들을 보았다. 그러나 그들은 자신들의 이름을 찾지 않고 이름없이 있는 것을 오히려 더 즐거워했다. 그때 나는 위대한 남자만이 자신의 이름을 찾을 수 있다고 생각했다. 모든 맹인들은 위대하다. 그러나 나는 오래도록 사람찾기에 몹시 피곤해졌다. 저녁엔 자려고 해도 잠들지 못해 온갖 생각에 잠겨 누워 있었다.[14]

일인칭 화자는 그 남자를 도시에서 찾았으나 헛일이었다. 그래서 그는 이름을 찾아 나선 그 남자를 "이름을 잃었으면서도" 찾으려고 하지 않는 도시의 많은 사람들과 대조한다. 그는 "오직

---

13) Ehda., S.9.
14) Ehda., S.9.

한 사람의 위대한 남자만이 자신의 이름을 찾을 수 있다"고 하며 자신이 찾는 맹인을 생각한다. 더욱이 여기서 처음으로 두 개의 서로 다른 시간이 제시되는데 바로 낮과 저녁이며 그 다음 장면은 밤으로 옮겨간다.

> 그런 밤이면 나의 머릿속에 그 남자도 눈이 멀었다는 것과 밤은 맹인에게는 낮보다 더 밝으리라는 생각이 다시 떠올랐다. 나는 내 얼굴에서 두 눈을 뽑았다. – 대단히 고통스러웠지만 이를 악물었다 – 나는 일어서서 계단을 손으로 더듬으며 아래로 내려가 길거리로 나갔다. 한 손에는 지팡이를, 다른 손에는 내 두 눈을 들고서 말이다. 나는 이상스럽게도 전보다 밤에 더 잘 볼 수 있었다.[15]

낮이 밤으로 바뀌면서 일인칭 화자는 자신의 두 눈을 뽑아 맹인으로 변한다. 이제 상황이 비현실적으로 된다. 일인칭 화자는 낮보다 밤에 더 잘 볼 수 있는 맹인이 된 것이다. 그는 한 손에는 남자의 지팡이를, 다른 손에는 자신의 눈을 들고 있다. 처음에는 단지 관찰자였던 일인칭 화자가 이젠 그 남자에게 속했던 것을 모두 갖고 탐구자가 된다. 그는 밤거리에 서서 맹인을 곧 찾을 것으로 확신한다. 지금까지 그는 낮에, 태양 아래서 그리고 도시 안에서 헛되이 맹인을 찾았던 것이다. 이제 그는 확신한 대로 맹인을 밤중에, 달 아래서 그리고 "도시의 끝"[16]에서 찾는다. 낮과 밤, 태양과 달, 도시의 중심과 주변의 대비는 서로 다른 두 세계,

---

15) Ebda., S.9.
16) Ebda., S.9.

즉 현실과 비현실의 세계를 상상하게 한다. 일인칭 화자는 맹인을 현실 세계와는 반대되는 세계에서 찾는다. 그것이 어떤 세계인지 한트케는 이미 주의깊게 맹인이 반복해서 일인칭 화자에게 보여주었던 "그림엽서들"과 "그림들"을 전조로 내보인다. 그림들의 세계는 상상력과 시적 영역에 뿌리를 둔 미의 세계이다. 여기서 한트케가 청소년시절에 가졌던 두 가지의 서로 다른 세계에 대한 체험을 떠올리게 된다.

> "열다섯, 열여섯 살 때 두 작가, 윌리엄 포오크너와 조르쥬 베르나노스가 있었습니다. 그것은 내가 처음부터 신부가 되도록 정해진 가톨릭 기숙학교에서 살았다는 것과 관련이 있습니다. 또한 내가 허락없이 샀던, 그 당시 로볼트 문고판으로 출판되었던 베르나노스와 포오크너의 책들이 바로 금지된 책들이었다는 점 때문에 운명적으로 기숙사가 저에게 의미하는 세계와는 다른 세계를 제시했습니다.
> 그 당시 내가 그 책들을 통해 접하게 된 세계는 내가 살고 있던 세계와는 정반대의 실제적 삶이었다. 그래서 나는 포오크너와 베르나노스의 책들을 통해 내게 항상 침묵되어졌고, 나 역시 항상 침묵해왔던 무엇인가 다른 것이 있다는 것을 인식했다."[17]

이것은 한트케가 질식할 것 같은 기숙학교의 생활과 자유로운 정신을 제공하는 문학의 세계 사이에서 겪은 갈등의 체험이다.

한트케는 자신의 진정한 삶을 그가 살고 있는 기숙학교에서가

---

17) Heinz Ludwig Arnold : Gespräch mit Peter Handke. In : Text + Kritik, Heft 24/24a, Peter Handke, hg. von Heinz Ludwig Arnold, München [4]1978, S.22.

아니라 포오크너와 베르나노스의 작품세계에서 느낀 셈이다. 자신이 읽은 문학작품의 세계에 대한 "동경의 형식"[18]으로 청소년 시절에 글쓰기를 시작했다고 그가 또 다른 대담에서 이야기하고 있는 것으로 보아서도 이 점은 분명하다. 그러므로 「무명인」에서 보이는 두 세계의 대립은 당시 한트케가 체험했던 두 세계의 상징적 묘사로 볼 수 있다.

「무명인」의 맹인은 일인칭 화자를 현실 세계로부터 "그림들"의 세계로 데려가는 인도자의 역활을 한다. 일인칭 화자가 맹인을 만나는 장면은 환상적인 상황으로 묘사되어 있다.

> 내가 나의 이름을 잃어버렸다는 것을 알아차렸을 때 도시로부터 하얀 장미꽃 같은 빛들이 높이 솟아 올랐고, 바람이 그것을 꺾어 데려가 버렸다. 바람은 달 주변에서 아주 하얗게 날아갔고 나는 검은 모습으로 길거리에 서서 왜 그 남자가 자신의 이름을 잃어버렸는지 이해했다. 또한 내가 이제 그 사람에게 내 이름을 주어 버렸다는 것도 알았다. 그 맹인은 내 앞 멀지 않은 곳에서 굽은 지팡이로 계속 더듬거렸다. 나는 그가 자기 이름을 다시 찾은 것이 얼마나 행복한 일인가를 보았다. 왜냐하면 그가 하얀 얼굴을 밤하늘로 높이 쳐들고 한마디 말도 없이 머리를 나에게 돌렸기 때문이다. 그러나 나는 그가 나에게 고마워한다는 것을 알았다. 나는 그에게 뛰어가 그의 낡은 지팡이와 나의 손에서 마치 심장처럼 살아 움직이는 듯한 두 눈을 그에게 주었다. 그는 여전히 말을 하지 않고 오래도록 나를 바라보았다. 그리고는 나에게

18) Peter Handke : In der Zwischenzeit. In : Volkszeitung, Klagenfurt, 14. November 1959, S.10.

그의 굽은 지팡이를 주었다.[19]

이 묘사에서 포착할 수 있듯 일인칭 화자는 현실 세계를 대변하고 맹인은 "그림들"의 세계를 대변한다. 맹인이 현실 세계에서 자신의 이름을 잃은 것처럼 일인칭 화자도 하얀 장미꽃들처럼 도시로부터 하늘 높이 솟아오르는 빛과 달 주변을 흐르는 하얀 바람이란 표현으로 암시되는 "그림들"의 세계에서 자신의 이름을 잃어버린다. 다시 말해 이 세계는 그에게 낯선 세계이다. 그래서 이름을 다시 찾은 맹인이 자신의 세계에 서서 "행복하게", "하얀 얼굴을 밤하늘로 높이" 쳐들고 있는 동안 그는 "검은 모습으로 길거리에" 서 있는 것이다. 그러나 그는 맹인과의 만남에서, 그리고 "심장"과 동일시되고 있는 "두 눈"을 "굽은 지팡이"와 교환하면서 낯선, 그러나 그리워했던 세계와 비밀스런 접촉을 하게 된다. 그런 "다음 그 남자와 도시 그리고 하늘 위로 장막이 덮였다."[20] 이제 그가 보았던 모든 것은 사라지고 일인칭 화자는 현실 세계에 다시 "무명인"으로 서있게 되는 것이다. 그러나 어디에서 자신의 이름을 찾을 수 있는지 알게 된 일인칭 화자는 그 일에 착수한다.

한트케는 「무명인」에서 자신의 만족스럽지 못한 일상생활과 대립되는 문학의 감동적인 미적 세계에 대한 열광적인 애착심을 그리고 있다. 그것은 작품을 읽으면서 동경해 왔던 세계를 스스로 재삼 확인하는 작업인 것이다. 서로 다른 두 세계의 대립은

---

19) Peter Handke : *Der Namenlose*, S.9.

20) Ebda., S.9.

다음 작품에서도 계속된다.

두 번째 작품 「중간시간에」는 일인칭 화자가 친구를 살해한 살인행위를 다루고 있다. 이야기는 법정과 그곳에 있는 사람들의 묘사로 시작된다.

> 배심원들은 엄숙하게 그들의 좌석에 앉아 피고인을 응시하고 있고 검사는 논고를 끝냈다. 변호인은 마치 녹아내리는 눈사람처럼 웅크리고 앉아 있었고 피고는 몸이 묶인 채 단정하게 피고인석에 앉아 있었다. 그는 창백했고 땀이 입안으로 흘러 내렸다. 그는 그것을 삼킬 수 조차 없었다. 햇빛이 비치지 않는 회색빛 날이었고 한 덩어리 구름이 떠있는 하늘이 그 법정을 무겁게 내리누르고 있었다. 방청석은 거의 비어 있었다. 다만 마지막 의자에 머리를 깊이 수그린 채 늙고 머리가 하얗게 센 남자가 앉아 있었다. 재판정에는 그를 어디 다른 곳에서 보았던 사람은 아무도 없었다.[21]

몸이 묶인 피고인 주변에는 엄숙하게 그들의 좌석에 앉아 피고인을 응시하고 있는 배심원들과 방청석 맨 마지막 줄 의자에 앉아 머리를 깊이 수그린 늙고 머리가 하얗게 센 남자가 대조를 이루고 있다. 이러한 대조 속에서 변호인은 피고를 위해, 검사는 정의를 위해 재판은 조용히 진행되었다. "키가 크고 어깨가 넓으며 튼튼한 체격의"[22] 피고는 살인을 자백했다. 배심원들은 일어나서 판결을 결정하기 위하여 옆방으로 갔다. 이러한 중간시간에

21) Peter Handke : In der Zwischenzeit. In : Volkszeitung, Klagenfurt, 14. November 1959, S.10.

22) Ebda., S.10.

피고는 자신의 범행에 관해 다시 한 번 혼자 이야기하기 시작한다. 재판정에는 피고와 머리가 하얗게 센 늙은 남자 외에는 아무도 없다. 늙은 남자와 날씨에 대한 서술이 교차되면서 그의 회상은 이야기 속의 이야기를 이룬다. 맨 처음 그 남자는 왜 자기가 친구를 죽였는지를 고백한다.

> "나는 그를 죽였습니다" 하고 그가 말한다. "나는 그를 죽였습니다" 하고 그는 소리를 치며 머리를 늙은 남자에게로 돌렸다. 이 사람은 아까처럼 그곳에 앉아 얼굴을 손으로 감싸고 있었다. "나는 그러고 싶지 않았지만 그가 나보다 뛰어난 게 미웠습니다. 나는 그것을 더 이상 참을 수가 없었습니다." 그 남자는 신음하며 늙은 남자를 겁먹은 듯 쳐다보았다. 늙은 남자는 자는 듯이 보였다. "학교에 다닐 때 우린 친구였습니다. 서로 경쟁을 했을 때에도 우린 처음처럼 친구였습니다. 그는 정상적인 남자로 내가 일을 반만 하는 것을 볼 수가 없었습니다. 그래서 나는 그를 완전하게, 신체도 정신도 죽여버렸습니다." 그 늙은 남자는 아주 위쪽 맨 마지막 줄에 앉아 조용히 숨만 쉬고 있었다. 젊은 남자는 흥분과 불안으로 진땀을 흘렸고 그 사이 밖에서는 비가 내리기 시작했다.[23)]

살인의 동기는 증오이다. 일인칭 화자와 그의 친구는 학교 때부터 서로 경쟁상대였다. 일인칭 화자는 그의 친구가 자신보다 뛰어난 것을 더 이상 견딜 수가 없었다. 그가 무슨 일을 완전하게 처리한다면 그의 친구보다 우수할 수도 있을 것이다. 그러나

---

23) Ebda., S.10.

그의 친구는 일인칭 화자가 "무슨 일을 반만" 하는 것을 이해하지 못한다. 여기에 그들이 살고 있는 세계에 대한 서로 다른 입장이 나타난다. 그의 친구는 이 세계에 완전히 몰두한다. 그러므로 그는 여기서 "정상적인 남자"이다. 일인칭 화자는 그에 비해 "단지 반만" 몰두한다. 그 말은 그가 친구와는 반대로 이 세계에 완전히 만족치 않고 의도적으로 거리를 둔다는 것을 의미한다. 그가 친구를 증오하고 살해한 그 세계가 어떤 세계인가에 대해 그는 계속되는 자백에서 몇 가지의 암시를 준다.

처음에 그는 정신착란을 일으켰습니다. 그렇게 되도록 내가 누구도 흉내낼 수 없는 방법으로 일을 꾸몄습니다. 나는 그를 매일 저녁 어떤 술집에 데려갔고 집에 갈 때쯤 우리는 항상 취해 있었습니다. 특히 그는 더 했습니다. 나는 그에게 많은 것을 이야기했습니다. 나는 대개 소리를 지르고 그의 죽은 부인과 죽은 아이들을 불러냈습니다. 그 역시 자주 그들을 보았고 울었습니다. 나도 따라 울었습니다. 아침이면 그는 항상 매우 창백했고 말없이 사무실에 앉아 온종일 일을 하지 못했습니다. 저녁 때쯤 내가 그를 데리러 갈 때까지 그는 아주 급한 서류들에만 서명을 하는 정도였습니다. 마지막에는 그를 여자들과 함께 초대했습니다. 그는 모든 여자들에게서 자기 부인을 보았고 병이 났습니다. 드디어 나는 그가 정신병원으로 가지 않으면 안되게끔 했습니다. (...) 그러나 그것으로는 아직 만족스럽지 못했습니다. (...) 나는 그의 몸까지 죽이고 싶었습니다. 나는 그를 자주 방문해서 치료가 불가능하도록 했습니다. 어느날 나는 그와 함께 산보를 갔습니다. – 나는 늘 하던대로 그의 팔을 부축했고 날씨는 오늘 같았습니다 – 우리는 병원 가까이에 있는 공원 숲을 이리저리 걸어다녔습니다. 정오에

> 비가 오기 시작했을 때 우리들은 연장보관소로 들어갔습니다. 그곳은 너무 어두워서 그는 내가 상자에서 도끼를 집어 들어 자기를 내려치는 것을 볼 수 없었습니다. 도끼는 정확하게 내려쳐져서 그는 곧 죽었습니다. 그 다음 사람들이 나를 붙잡았습니다. 문지기가 우리들이 숲속으로 가는 것을 보았을 거라고 나는 생각했습니다.[24)]

이로써 남자의 고백은 끝난다. 친구의 세계는 "사무실", "술집", "여자들"이 중심이 되어 있다. "그의 죽은 부인과 죽은 아이들"이란 표현에서 추측할 수 있듯이 "집", "부인", "아이들"과의 관계가 단절된 세계에 그는 사는 것이다. 그것은 가장 가까운 인간들과의 대화가 근본적으로 상실되고 마침내 정신병원에 갈 정도로 자신을 잃어버린 세계인 것이다. 친구에 대한 일인칭 화자의 증오와 그 결과로 이루어진 살인행위는 타락한 세계에 대한 불신에 기인한다. 여기에서 어린 한트케가 가지고 있던 현실 세계에 대한 비판의식과 도전의 태도를 읽을 수 있다.

마지막 부분에 머리가 하얗게 센 늙은 남자와 배심원들이 피고에 대해 서로 다르게 반응하는 것이 다시금 대조된다. 피고의 심문을 엄숙하게 응시하고, 다음에 판결을 결정하기 위해 옆방으로 갔던 배심원들이 재판관을 선두로 재판정에 들어서는데 "그들의 얼굴에는 정의의 위엄"[25)]이 넘치고 있다. 그와 반대로 그때까지 머리를 깊이 수그리고 맨 마지막 줄 의자에 앉았던 머리가 하얗게 센 늙은 남자는 피고의 자백 후 직접 그에게 내려와 "두

24) Ebda., S.10.
25) Ebda., S.10.

팔을 벌리고 법원의 어둠 속에 서서 웃었다."[26] 배심원들과 늙은 이 사이의 차이는, 특히 그들의 얼굴표정은 "위엄"과 "웃음"으로 날카롭게 대립된다. 이러한 외적 대립상태 속에서 피고는 공포로 죽어간다. 그리고 한트케는 죽은 피고의 얼굴을 "넓게 갈라진 틈새"[27]로 표현하고 있다.

한트케가 "위엄"과 "웃음" 사이의 연결될 수 없는 "틈새"로 주인공을 생각한 것은 청소년시절 그가 가톨릭 기숙학교의 엄격하고 권위적인 강요에서 해방되기 위해 몰입한 문학의 세계 사이에서 첨예하게 느꼈던 체험의 비유로 볼 수 있다. 다시 말하면 「무명인」이나 「중간시간에」에서는 청소년시절의 서로 대립되는 체험과 그 갈등이 묘사되고 있으며 동경하는 세계와 증오하는 세계가 대단히 주관적인 언어로 표현되어 있는 것이다. 그래서 인물이나 사건의 자세한 묘사라든지 진지한 문체에도 불구하고 주관적 허상과 비유 등이 명료한 이해를 어렵게 하는 점이 없지 않다.

세 번째 작품 「예견자」[28]는 위에 언급한 이야기들과는 다르게 삼인칭 화자가 등장하며 요양소 환자의 비정상적인 행동을 다루고 있고 내용도 단순하다. 요양소를 몰래 빠져나온 한 남자가 건물 맞은편에 있는 나무 위에 높이 올라가 그의 불쾌감을 자극하던 나뭇가지를 톱으로 썰고 있다. 그때 요양소 복장을 한 늙은 남자가 지나가면서 앉아 있는 나뭇가지를 톱으로 썰면 사람이 밑으로 떨어질 것이라고 말한다. 곧 나뭇가지는 꺾어지고 그 환자는 밑으로 떨어진다. 그는 노인을 '예견자'로 여기고 뒤쫓아

26) Ebda., S.10.
27) Ebda., S.10.
28) Peter Handke : Der Hellseher. In : Volkszeitung. Klagenfurt, 27. Februar 1960, S.9.

가서 자신이 언제 죽을 것인지를 물어 본다. 노인은 세 번 재채기를 하면 죽게 될 거라고 말한다. 그 환자는 다시 병원으로 돌아온다. 세 번째로 재채기를 했을 때 그는 의자에서 천천히 미끌어져 바닥에 쓰러지고 팔과 다리를 쭉 뻗는다. 그는 이제 자신이 죽었다고 절망적으로 생각하며 몹시 분노한다. 이 장난같은 이야기는 앞의 두 작품에 비해, 특히 문체나 내용 면에서 대단히 차이가 있다. 한트케는 저자에게 보낸 편지에서 그 점에 대해 다음과 같이 설명하고 있다.

> 처음에 언급된 두 이야기는 완전히 나의 내면에서 나온 것입니다. 카프카는 그보다 일 년쯤 뒤에야 읽었습니다. 그것들은 세계에 대해 당시 내가 갖고 있던 증오와 오늘날 갖고 있는 동경의 표현입니다. 세 번째 것은 순진하고 감흥 없는 어리석은 이야기로 언젠가 할아버지가 말씀해주신 것을 차용한 것입니다. 말로 해주신 것을 하찮은 글로 써 본 것이죠.[29)]

처음에 언급된 「무명인」과 「중간시간에」가 윌리엄 포오크너와 조르쥬 베르나노스의 영향 아래 이루어지기 시작한 내면 세계에서 발생했다면 「예견자」는 조부에게서 들은 이야기를 단순히 차용한, 내용이나 문체가 자신의 창작이라고 할 수 없다는 설명이다. 그렇게 보면 이 작품은 창작 면에서는 그렇게 큰 의미를 부여할 수 없을지는 모르지만 장난기어린 헛소리 등으로 심심풀이

---

29) Brief von Peter Handke an Yongho Yun. Salzburg, 11. Juli 1983(im Besitz des Verfassers),

를 하던, 그가 어린시절을 보낸 고향의 환경을 상기시킨다고 볼 수 있다. 한트케는 작품이나 대담을 통해 문화도 교육도 없는 어린시절의 환경을 뼈저리게 한탄하며 그 환경에 적응하지 못했던 자신을 자주 돌아본다. 결국 자신과 주변 세계에 제대로 적응될 수 있는 인물에 대한 탐구는 그가 오랜 동안 소망하는 작업이 되어 희곡 『카스파』(1968)에서 다시 한 번 근본적으로 다루어진다.

지금까지 살펴본 것처럼 한트케의 첫 습작들은 자허나 바겔과 같은 나이든 세대의 전통적 서술기법을 따르지 않고 다른 문학의 토양 위에서 성숙하고 있음을 알 수 있다. 한트케 자신이 하인츠 루드비히 아르놀트와의 대담에서 설명하고 있는 것처럼[30] 그의 첫 문학 토양이 된 작가는 기숙학교 생활 속에서 처음으로 새로운 세계, 즉 문학의 미적 세계를 전달해 주고 그것에 대한 동경을 일깨워 준 윌리엄 포오크너였다. 포오크너는 젊은 한트케를 현실로부터 문학세계로 인도해 준 최초의 작가였던 것이다. 이러한 이유에서 한트케는 1967년에 쓴 소론 「나는 상아탑에 산다」에서 그를 "세계에 대한 나의 의식을 변화시킨"[31] 작가들 가운데 한 사람으로 꼽는다. 포오크너와 베르나노스 외에도 그는 계속 국내외 작가들 중 쥴리앙 그린(Julien Green), 카프카, 도스토예프스키, 토온톤 와일더 (Thorton Wilder), 딜런 토마스(Dylan Thomas), 그래험 그린(Graham Greene), 페르디난트 라이문트, 요한 네스트로이, 게오르그 뷔히너 등과 접했다고 말하고 있다. 그들 가

30) Heinz Ludwig Arnold : *Gespräch mit Peter Handke*, S.22
31) Peter Handke : Ich bin ein Bewohner des Elfenbeinturms. In: ders.: Prosa Gedichte Theaterstücke Hörspiel Aufsätze, Frankfurt am Main 1968, S.264.

운데서도 열여덟 살 때부터 읽기 시작했던 카프카[32]는 오늘날까지도 자신의 저술활동에 가장 영향력이 큰 작가라고 그는 1979년 카프카상 수상연설에서 밝히고 있다.

> 프란츠 카프카는 나의 저술 생활에 있어 매 문장을 쓸 때마다 척도가 되었습니다.[33]

주지하다시피 1924년 서른한 살의 나이로 클로스터노이부르크(Klosterneuburg) 근처 키얼링(Kierling) 요양소에서 죽은 카프카는 오스트리아의 가장 유명한 20세기 작가 중의 한 사람이다. 그의 생전에는 폰타네(Fontane)상을 수상한 첫 작품 『관찰』(*Betrachtung*, 1913)과 『火夫』(*Der Heizer*, 1913) 외에 『변신』(*Die Verwandlung*, 1916), 『판결』(*Dar Urteil*, 1916), 『유형지에서』(*In der Strafkolorie*, 1916), 『시골의사』(*Der Landarzt*, 1920), 『가난한 예술가』(*Ein Hungerkünstler*, 1924) 등 단지 7편의 작품이 발표되었을 뿐이다. 이외에 우화, 소품, 경구, 일기, 편지 그리고 현대문학에 결정적인 영향을 준 세 편의 장편소설 『소송』(*Der ProzeB*, 1925), 『성』(*Dar Schloß*, 1926), 『아메리카』(*Amerika*, 1927)는 그의 유언과는 반대로 친구이자 유산관리인인 막스 브로트(Max Brod)에 의해 사후 출판되었다. 이해하기 어려운 고독한 기인(奇人)으로 그는 20세기 전반기에 "전문인을 위한 작가이며 그의 작품들은 무엇보다 문학가들을 위한 문학이

---

32) Vgl. Brief von Peter Handke an Yongho Yun. Salzburg, 11. Juli 1983(im Besitz des Verfassers).

33) Peter Handke : Ich bin ... auf Schönheit aus, auf Klassisches. Peter Handkes Rede zur Verleihung des Franz-Kafka-Preises in Klosterneuburg. In: Die Presse, Wien, 12. Oktober 1979, S.6.

다"[34]란 평을 받고 있다. 그의 작품은 제2차 세계대전 중 독일의 망명작가들의 노력으로 세계에 알려지게 되었고 특히 까뮈와 사르트르에 의해 명성을 얻게 된다.

카프카는 독일어권에서는 50년대에 가서야 비로소 넓은 독자층을 얻게 되었고 김나지움 학생 한트케도 여기에 속한다. 동시대의 독자층으로부터 오래도록 이해되지 못했던 카프카의 문체는 전통적 기법에서 나온 것이 아니라 "주관적인 자기 세계와 객관적인 외부 세계 사이의 긴장상태에서 생겨나는"[35] 인간 존재에 대한 새로운 체험에서 나온 것이다.

청소년시절 이미 내부와 외부 세계 사이의 갈등을 체험하고 내면의 체험 세계를 주관적 언어로 형성하려고 했던 한트케가 전통적 기법에 뿌리를 두고 있는 작가들보다는 카프카 쪽으로 기울게 된 것은 당연한 추이라 볼 수 있다. 한트케는 카프카의 서술에서 "비슷한 갈등 상태들에 대한 표현의 도움"[36]을 인상깊게 긍정적으로 발견했던 것이다. "절제"와 "정밀"로 특징지워지는 카프카의 문체[37]는 그후 계속해서 오늘날까지 그에게 영향을 미치고 있다. 1976년에 쓴 일기체 작품 『세계의 무게』에도 기록이 보인다.

카프카의 일기를 읽을 때 나는 깨닫는다. 나에게 흥미있는 것은 그의

---

34) Marcel Reich-Ranicki : Die Axt und das gefrorene Meer in uns. In: Frankfurter Allgemeine Zeitung, 1.6.1974.

35) Bruno Hillebrand : *Theorie des Romans*, München 1980, S.323.

36) Karlheinz Fingerhut : Drei erwachsene Söhne Kafkas. Zur produktiven Kafka Rezeption bei Martin Walser, Peter Weiss und Peter Handke. In: Wirkendes Wort, Düsseldorf, Jg. 30, Heft 6/1980, S.384.

37) Vgl. Anm, 35.

비탄과 자기 책망이 아니고 다만 그의 문체 뿐이라고, (...) 그의 문장들은 인식할 필요가 없다. (그의 문장들은 곧 잊어버릴 수 있다. 그것이 미점(美點)이다. 그렇지만 그것들은 잊어버렸다 해도 거기에 남아 있다.)[38]

문체의 영향 외에도 카프카는 한트케의 세계관 형성에 깊은 영향을 준다. 한트케는 1974년 카프카의 50주기를 맞아 그 작가를 처음 읽었던 때의 체험을 이야기하고 있다.

카프카의 수치심 속에서 어떻게 나 자신을 재발견했던가. 아니 재발견한 것이 아니라 최초로 한 번 발견했던 것이다. (...) 그러고서 끊임없이 재발견했다. 그런데 오늘날엔 이 수치심이 내게 매우 소심하고 공포에 찬 것으로 보인다 – 얼마나 오만한가.[39]

카프카의 수치심은 그의 소설 『소송』의 끝부분, 즉 주인공 요셉 K.가 어떤 죄도 짓지 않고, 무슨 죄목인지도 모르는 채로 서른 살이 되는 생일 아침에 체포되어 서른 한 살이 될 생일 전날 밤 칼을 가진 두 사람의 법원 관리에게 끌려가 채석장에서 살해당하게 되는 장면에서 언급된다.

---

38) Peter Handke : *Das Gewicht der Welt*-Journal (November 1975~März 1977), Salzburg 1977, S.89.

39) Peter Handke : Zu Franz Kafka. In : ders.: Das Ende des Flanierens, Frankfurt am Main ²1982 (suhrkamp taschenbuch 679). Der Text zuerst in der Frankfurter Allgemeinen Zeitung vom 1. 6. 1974 veröffentlicht und ist im Buchdruck leicht geändert. Die erste Form der oben zitierten Stelle lautet : "Wie habe ich mich in der Scham Kafkas wiedergefunden-nein, nicht wiedergefunden, sondern überhaupt erst einmal entdeckt ... und dann immer wiederentdeckt. Und wie zaghaft, wie ängstlich, ja wie narzißtisch erscheint mir diese Scham heute-wie unnötig, wie hochmutig, wie vergangen."

그가 한 번도 본 적이 없는 재판관은 어디에 있었나? 그가 한 번도 가본 적이 없는 상급법원은 어디에 있었나? 그는 두 손을 높이 들고 손가락들을 쫙 폈다. 그러나 한 사람은 두 손으로 K.의 목을 졸랐고 또 한 사람은 칼로 그의 심장을 깊숙히 찌르더니 칼을 두 번 돌렸다. K.는 여전히 낙담한 눈으로 그 사람들이 자신의 얼굴 가까이에서 뺨과 뺨을 서로 댄 채 결과를 주시하고 있는 것을 보았다. "개처럼" 하고 그는 말했다. 그것은 마치 자신은 죽어도 수치심은 보다 오래 남을 것 같은 것이었다.[40]

카프카의 수치심은 요셉 K의 수치심이다. 그것은 세계나 율법에 제대로 적응하지 못하고 그곳에서 밖으로 내동댕이쳐진 그러한 자의 수치심이다.

『소송』의 마지막 문장, 즉 "그것은 마치 자신은 죽어도 수치심은 보다 오래 남을 것 같은 것이었다"를 생각하면, 그것은 하나의 문장일 뿐만 아니라 지금까지 내가 들어 보았던 어떤 행동보다도 더 강렬한 하나의 행동으로 생각된다.[41]

주인공 요셉 K.가 살해되기 위해 괴롭힘을 당하고 모욕적으로 질질 끌려가는 사형집행을 스스로 서두르기까지 하고, 자기를 눕혀 놓고 서로 칼을 건네주는 두 사람에게 사형집행을 이행하도록 영웅적으로

---

40) Franz Kafka : *Der Prozeß*, Frankfurt am Main 1973 (Fischer Taschenbuch), S.165.

41) Peter Handke: Gewaltiger als alle Handlungen. In: Frankfurter Allgemeine Zeitung, 1. Juni 1974.

오만하게 자신이 하던 행동을 중단하는 소설 『소송』의 끝부분.[42]

요셉 K.의 수치심에서 한트케는 힘 없고 이름 없는 사람들을 위한 "하나의 행동"을 보고 자신의 출생과 환경에 비추어 그런 이들과 깊이 공감할 수 있었다. 그래서 그는 카프카의 텍스트를 "힘 없는 사람들이 적으로 경험하는 세계 질서에 기품있게, 동시에 분노에 차 저항하는데 더 많이 도움을 주는"[43] 유일한 것으로 지적한다. 이것이 한트케가 카프카의 수치심에서 자신을 재발견할 수 있는 이유였다.

이러한 독서체험과 함께 한트케는 카프카를 통해 미와 윤리에 대한 교류도 계속한다. 그후 20년이 지난 1979년 카프카의 55주기를 맞아 그는 세계관 및 쓰는 작업에 있어서 자신과 카프카 사이의 차이를 다음과 같이 명확히 표현한다.

> 다름 아닌 바로 소설 『소송』에서 내게 가장 뚜렷하게 보였던 것은 나의 쓴다는 시도가 프란츠 카프카의 작품과 구별되어지지 않으면 안된다는 것이었다. 왜냐하면 그의 작품은 사람의 인생을 잔인하게 학대하는 악의 같은 것이 있는 것으로 세계를 과장해서 보여주는 반면, 후에 태어난 나에게 창작은 때로, 아니 언제나 하나의 도전으로 보이기 때문이다. 그것을 나는 어쩌면, 아니 아주 강력히 주장할 수 있다. 그렇기에 전혀 희망이라고는 없는 카프카의 언어는 비유가 많고, 묘사가 상세하며 꾸며낸 유머라면 내게 있어 언어의 이상은 (...) 차라리 비

---

42) Peter Handke : Ich bin ... auf Schönheit aus, auf Klassisches. In : Die Presse, 12. Oktober 1979, S.6.

43) Ebda., S.6.

유가 없고, 세부묘사나 줄거리에서 해방된 밝음이다.[44)]

"도전으로서의 창작"은 "사람의 인생을 잔인하게 확대하는 악의 같은 것이 있는 것으로 세계를 과장해서 보여준" 카프카와 구별되는 한트케의 핵심적 생각이다. 자신과 카프카 사이의 차이를 발견함으로 한때 스스로를 오만하게 인식했던 카프카의 수치심은 이제 한트케에게서 그 의미를 상실하게 된다. "도전으로서의 창작"이란 생각의 출발점은 친구로부터 자유로워지기 위해 그 친구를 죽인다는 내용을 가진, 청소년시절의 작품 「중간시간에」와 그 이후 계속되는 한트케의 문학작업에서 읽을 수 있다.

김나지움을 졸업하고 한트케는 60년대에 카프카의 『소송』을 내용면에서 다시 한 번 근본적으로 다룬다. 그래서 1965년 『소송』을 다시 써 「(프란츠 K.를 위한) 소송」[45)]이라는 제목으로 발표하게 된다. 심지어 두 작품의 처음과 끝은 똑같다. 다만 한트케는 "누가 요셉 K를 비방했는가?"(*Wer hat Josef K. verleumdet?*)[46)]라는 문장만을 부제로 쓰고 있다. 이 대담한 질문으로 한트케는 감히 그와 같은 질문을 하지 못했던 카프카와 자신을 구별한다. 그는 이 질문을 제목에 쓰고 있듯 "프란츠 카「프카」를 위하여"[*für Franz K[afka]* 제기하고 있다. 이 질문은 답을 얻고자 하는 그런 일반적인 질문이 아니다. 그 답은 카프카의 소설에도 한트케의 텍스트에도 없다. 그것은 오히려 자신의 문학에 있어 모범이 된

---

44) Peter Handke : Ich bin ... auf Schönheit aus, auf Klassisches. In : Die Presse, 12. Oktober 1979, S.6.

45) Vgl. Peter Handke : *Der Prozeß (für Franz K.)*. In : ders.: Begrüßung des Aufsichtsrats, Salzburg 1967, S.105-122.

46) Ebda., S.105.

한 작가를 위한 옹호이며 동시에 "사람의 인생을 잔인하게 학대하는 악의 같은 것이 있는 것으로 과장해서 보여준 세계"에 대한 도전인 것이다. 카프카의 "비유가 많고 묘사가 상세하며 꾸며낸" 언어로 된 『소송』이 한트케의 "비유가 없고 세목이나 줄거리로부터 자유로운" 열여덟 쪽 분량의 보고문으로 바뀐 것은 바로 이러한 도전의 결과이다.

한트케는 60년대 후반엔 대단히 과격한 실험적이고 전위적인 문학활동에 열중했고 70년대의 산문작품에는 카프카와의 교류를 통해 도달한 "도전으로서의 창작"이란 인식이 뚜렷하게 드러나 있다.[47] 강요나 억압으로 체험되는 주변의 삶에서 자유로와지기 위하여 그의 도전은 부끄러움 없는 강렬한 행동을 전제로 하며 대체로 살해나 살해를 기도하는 데에서 그 정점을 이룬다. 『소망 없는 불행』(1972)과 『왼손잡이 부인』(1976)을 제외한 70년대의 모든 산문작품들은 바로 이 살해의 도식 구조를 갖는다. 『페널티 킥 앞에 선 골키퍼의 공포』(1970)에서 주인공 요셉 블로흐(Josef Bloch)는 영화관의 여매표원을 초대해 자기 방에서 목졸라 죽이는 끔찍한 살해행위를 부끄러움 없이 저지른다. 정해진 일상

---

47) Es ist kein Zufall, daß zahlreiche Kritiker bei Handkes Prosawerken immer wieder eine produktive Rezeption Kafkas oder Beziehungspunkte behaupten, zum Beispiel :
a) Dietrich Krusche : Die Wirkung nach dem Zweiten Weltkrieg. In : Hartmut Binder (Hg.), Kafka-Handbuch, Stuttgart(Kröner) 1979, Bd. II, S.652-6 56 und S.662ff.
b) Wolfgang Kraus ; Laudatio auf Peter Handke. Zur Verleihung des Kafka-Preises, 10. Oktober 1979, In : Literatur und Kritik, Nr. 1407 November 1979.
c) Manfred Mixner : Peter Handke, Kronberg 1977.
d) Rudolf Kreis : Asthetische Kommunikation als Wunschproduktion : Goethe-Kafka Handke ; Literaturanalyse am "Leitfaden des Leibes", Bonn, Bouvier 1978, S.163-188,
e) Karlheinz Fingerhut : Drei erwachsene Söhne Kafkas. Zur produktiven Kafka Rezeption bei Martin Walser, Peter Weiss und Peter Handke. In : Wirkendes Wort, Düsseldorf 5/1980, S.384-403.
f) Reinhard Urbach : Die Rezeption Franz Kafkas durch die jüngste österreichische Literatur. In : Maria Luise Mayr(Hg.), Franz Kafka, Berlin 1978, S.183-193.

으로부터 벗어나길 원하는 『긴 이별에 대한 짧은 편지』(1972)의 주인공도 부인이 자신을 살해하려는 의도에 위협을 받으며 쫓긴다. 『진정한 감성의 시간』(1975) 역시 주인공 그레고르 코이슈니히가 부인에 대한 살의(殺意)를 갖는 내용의 꿈을 꾸고 잠을 깨는 것으로 시작된다.

한트케의 주인공들은 이처럼 강한 도전적 특성을 지니고 있고 강요와 억압으로 체험되는 주변의 삶에서 자유로와지기 위하여 어떤 의미에서 보면 상식적인 한계를 넘어 끊임없이 움직인다. 한트케의 이런 도전적 세계관이 형성된 데에는 이미 살펴보았듯 카프카가 핵심적인 의미를 갖는다.

2. 그라츠 시절

한트케는 1961년부터 1965년까지 그라츠대학교에서 법학을 공부했다. 이 시절 그는 그라츠의 젊은 예술가들의 모임이었던 〈포룸 슈타트파르크〉(Forum Stadtpark) 및 이들의 기관지 '마누스크립테'(manuskripte)와 관련을 맺고 왕성한 문학활동을 시작한다. 마침 첫 소설 『말벌들』의 원고가 1965년 졸업을 얼마 남기지 않고 주르캄프 출판사에 채택되자 그는 전업 작가로서 작품 활동에만 전념하기 위해 법학 공부를 포기한다.

> 나는 법률, 그러니까 법학을 그라츠에서 공부했습니다. (...) 여덟 학기를 모두 했죠. (...) 졸업은 못했고 다만 두 번의 국가시험만 치루었습니다. 그런데 오스트리아에서는 세 번을 치루어야 하거든요. 세 번째

시험을 앞두고 소설 『말벌들』이 주르캄프 출판사에 의해 채택되자 공부를 그만두겠다고 했습니다. 그리고는 가벼운 마음으로 공부를 떨쳐 버렸지요.[48)]

이 전환점에 올 때까지 한트케는 그라츠에서의 대학시절 4년간을 경제적인 어려움을 겪으며 자주 실망과 고립 속에서 보냈으나[49)] 문학활동에 결정적인 요인이 되는 많은 것들을 접하게 된다. 두메 산골의 고향이나 외부 세계와는 거의 단절된 탄첸베르크의 기숙학교 그리고 그가 고등학교의 마지막 2년간을 버스로 통학했던 클라겐프루트와는 달리 슈타이어마르크주의 중심 도시이며 오스트리아에서 비인 다음으로 큰 도시인 그라츠에서 한트케는 비록 경제적인 어려움에 시달리긴 했으나 아주 자유로운 생활을 하며 많은 것을 처음으로 체험한다. 그는 『긴 이별에 대한 짧은 편지』에서 그 당시의 체험을 서술하고 있다.

대학교에서 나는 평생 처음으로 공중전화로 전화를 걸어 보았다. 다른 사람들에게는 모든 것이 별로 놀라울 게 없는 그런 나이가 되어서야 비로소 나는 많은 것을 처음으로 체험하게 되었다.[50)]

그라츠에서 한트케는 공중전화와 에스컬레이터, 시내 순환전차를 처음 보았으며, 영화와 비트음악 감상에 열중했고 그리스어

---

48) Franz Hohler : Fragen an Peter Handke. In : ders., Fragen an andere, Bern 1973, S.24f.
49) Ebda.,S.32. "man ein relativ unangenehmes Studentenleben geführt hat, wo man enttäuscht und wirklich unheimlich vereinzelt war."
50) Peter Handke : *Der kurze Brief zum langen Abschied*, Frankfurt am Main 1972, S.32.

과외교사를 한다. 이와 같이 일상생활의 다양한 것들을 처음 체험한 것 외에 작가가 되고자 하는 그의 문학활동에 중대한 역할을 하게 되는 계기가 마련된다. 그것은 그가 그라츠에 온 지 2년이 지난 1963년 〈포룸 슈타트파르크〉와 관련을 맺은 일이다. 여기에서 한트케는 동시대의 문화기류와 첫 접촉을 갖는 결정적 체험을 하게 된다.

〈포룸 슈타트파르크〉는 한트케가 그라츠에 오기 2년 전인 1959년 1월에 일단의 젊은 예술가들에 의해 결성된 일종의 예술가협회이다. 이들은 시(市) 소유의 다 쓰러져가던 슈타트파르크 카페(Stadtpark Café) 건물을 투쟁 끝에 불하받아 전시장과 소극장을 가진 회관으로 보수한 후 1960년 11월에 음악, 그림, 조각전시회 등의 첫 행사를 개최하면서 일반에게 알려진다. 이들은 또한 기관지 '마누스크립테' - 문학, 예술, 비평을 위한 잡지의 첫 호도 발행한다. 시인 알로이스 헤르고우트(Alois Hergouth)와 소설가 알프레트 콜레리취(Alfred Kolleritsch)가 이 잡지의 문학 부분 발기인들이었다.

첫호부터 1972년까지는 일 년에 세 번, 다음 해부터는 네 번 발간되고 있는 '마누스크립테'는 곧 그라츠의 젊은 작가 세대들을 위한 중요한 발표의 장이 된다.[51] 이미 언급했듯 당시 〈비인 그룹〉이 50년대 오스트리아의 실험적 문학에 결정적인 자극을 주었지만 60년대에 들어와 해체됨으로써 비인의 문학계에서 사라지게 되자 제2의 도시 그라츠에서 결성된 〈포룸 슈타트파르크

---

51) Vgl. Manfred Mixner : Ausbruch aus der Provinz-Zur Entstehung des Grazer (Forum Stadtpark) und der Zeitschrift 'manuskripte'. In : Peter Laemmle/Jörg Drews (Hg.), Wie die Grazer auszogen, die Literatur zuerobern. München 1975 S.13-28.

〉의 기관지 '마누스크립테'가 전국의 수많은 유명 무명 문인들의 발표장이 된 것이다.

1967년 이후부터 본격적으로 〈그라츠 그룹〉이라 불리워지게 되는 〈포룸 슈타트파르크〉의 작가들은 새로운 형식들을 꾸준히 창안해냄으로써 진부해진 문학 형식들을 습관적으로 반복하는 위험으로부터의 탈피를 시도했던 진보적이고도 도전적이었던 〈비인 그룹〉의 시도들을 그대로 계승하는 한편 그들이 중점적으로 다루었던 언어 문제도 계속 발전시켰다. 이들은 또한 유사한 다른 문학적 실험들 및 독일어권의 구체시와도 철저한 토론을 펼친다. 이러한 과정을 거쳐 〈포룸 슈타트파르크〉는 점차 오스트리아에서 아방가르드 문학의 중심지로 그 위치를 굳히게 된다. 또한 이들은 전통적인 문학과 철저히 결별하겠다는 확고한 원칙을 갖고 실험적인 문학과 의식적이고 실질적인 교류를 하는데에서 발생되는 새로운 문학의 발전을 위한 보호벽 역할을 하기도 한다.

〈포룸 슈타트파르크〉는 다양한 프로그램, 예를 들면 작가들의 자작낭독회, 암실 낭독회 외에도 〈그라츠 그룹〉에 속해 있는 작가들의 작품을 공연하거나 국내외에서 초청한 연극 등을 공연함으로써 대중들과의 직접적인 접촉을 시도했다. 이러한 행사들이 얼마나 자유롭게 비판의식과 재기 넘치는 분위기 속에서 이루어졌나 하는 것은 〈그라츠 그룹〉의 일원이었던 만프레트 믹스너(Manfred Mixner)가 암실 낭독회에 대해 다음과 같이 묘사한 데서 엿볼 수 있다.

– 그들은 온통 암흑의 인간들이었다. – 이것은 지방의 문학비평이

〈포룸 슈타트파르크〉의 행사 주최자들을 비난한 칭호들 가운데 하나였다. 이 단어와 1962년 2월 '쉬드-오스트 타게스포스트'(Süd-ost-Tagespost)지에 실린 '암젤들에 관해서'라는 제목의 시 때문에 (...) 〈포룸 슈타트파르크〉의 몇몇 작가들이 최초의 암실 낭독회, 즉 암젤 작가들에 대항하는 선언적 행사로서의 낭독회(1962.2.26)를 마련하겠다는 생각을 갖게 되었다. '마누스크립테'를 혹독하게 비난했던 '쉬드-오스트 타게스포스트' 지의 문학비평가도 역시 초대되었다. 그를 위해 의자 하나를 예비해 두었는데 그 의자의 네 번째 다리를 빼어 버리고 그 대신 그가 속한 신문사에서 발행된 신문지를 몇 장 말아서 꽂아 놓았다. (...) 그로부터 3년 동안 많은 암실 행사가 있었다. 이런 류의 행사를 도맡았던 볼프강 바우어와 군터 팔크(Gunter Falk)는 항상 새롭고 기지에 찬, 묻혀진 것을 파헤치는 상황을 구상하는 데에 지칠 줄을 몰랐다.[52]

이런 다양한 행사들 중에서도 젊은 작가들이나 작가 지망생들에게 무엇보다 중요했던 것은 작가의 자작낭독이 끝난 직후 그 자리에서 벌어지는 생생한 토론이었다. 바로 이런 토론회에서 젊은 포룸 동료들 가운데 별로 주목되지 않는 낯선 얼굴이었던 페터 한트케가 처음으로 등장하게 된다. 이러한 토론을 계기로 주목을 끌고 등장한 작가들을 열거하고 있는 힐데 슈필의 「1945년 이후의 오스트리아 문학」에 한트케도 들어 있다.

모두가 그곳에서 차례로 등장했다. 1961년 10월에는 알로이스 헤

52) Zitiert nach Manfred Mixner : Ausbruch aus der Provinz-Zur Entstehung des Grazer(-Forum Stadtpark) und der Zeitschrift 'manuskripte', S.27.

르고우트가, 1962년 4월에는 아직 자작의 작품 낭독을 하진 않았지만 볼프강 바우어가, 1963년 6월에는 헤르베르트 아이젠라이히(Herbert Eisenreich)를 청중석에서 익명으로 공격한 페터 한트케(1942~)가, 1964년 4월에는 토마스 베른 하르트와 루돌프 바이르(Rudolf Bayr)가, 1965년에는 미하엘 샤랑이, 1966년 5월에 베르너 슈나이더(Werner Schneyder, 1937~)가 등장했다.[53)]

이런 토론회에서 무명인으로 청중석에 앉아 있던 한트케가 이미 기성 작가로 활약하고 있는 헤르베르트 아이젠라이히를 과격하게 공격하던 모습을 당시 포룸의 회장이던 알프레트 콜레리취는 '프로필'(Profil) 지에 다음과 같이 보고하고 있다.

행사가 있을 때면 한트케는 "한 구석에 (...) 음울하게 소녀처럼 앉아 있었다. 토론이 벌어질 때만 그 냉정한 관찰자는 열을 내기 시작했다. 아방가르드의 고참 작가인 헤르베르트 아이젠라이히의 자작낭독 후에 한트케는 "갑자기 마치 구석에서 나타난 거미처럼" (...) 불쑥 튀어나와 끈질기게 그를 물고 늘어졌다. "당신은 도대체 무엇을 생각하오, 그렇다면 누가 올바르게 서술한 거요?"라고 아이젠라이히가 놀라서 물었다. 한트케는 "접니다"라고 대답했다. 그후 얼마 안되 1963년 8월 슈타이어마르크 방송국에서 처음으로 한트케의 「팔을 높이 들었던 남자」(Der Mann, der den Arm hob)가 방송되었다.[54)]

---

53) Hilde Spiel : Die österreichische literatur nach 1945-eine Einführung. In: Kindlers Literaturgeschichte der Gegenwart-Die zeitgenössische Literatur Österreichs. Hg. v. Hilde Spiel, Zürich und München 1976, S.94.

54) Die Leiden des jungen Handke. In : Profil, Nr.9, 4Jg., 27.April 1973, S.52

이렇게 해서 한트케는 1963년 이후부터 〈포룸 슈타트파르크〉와 밀접한 관계를 갖게 되고 이 결과로 곧 그라츠에 있는 슈타이어마르크 방송국(Studio Steiermark)과도 인연을 맺는다. 즉, 이 방송국의 문학담당 알프레트 홀칭어(Alfred Holzinger)가 〈포룸 슈타트파르크〉에서 문학 부분의 지도를 맡고 있던 시인 알로이스 헤르고우트의 추천으로 한트케의 원고를 보게 된 것이다. 홀칭어는 「홍수」(*Die Überschwemmung*)라는 제목의 산문작품이 방송국에서 채워야 하는 15분이란 표준시간에 낭독되기에는 너무 짧았기 때문에 거절했지만 특별히 한트케를 방송국에 초대한다. 이때 한트케는 다른 산문작품 「한 이방인의 죽음에 대해서」(Über den Tod eines Fremden)를 가지고 간다. 홀칭어는 이 작품에 대해 한트케와 토론을 한 후 제목을 「팔을 높이 들었던 남자」로 고치게 해 '슈타이어마르크주 작가들의 시간'이란 프로그램에 낭독되도록 주선해 준다. 이런 일련의 일들이 일어난 것은 한트케가 그라츠에 온 지 2년 후의 일이었다. 이어 1964년 1월 21일 한트케의 작품들이 처음으로 〈포룸 슈타트파르크〉에서 연극배우 게르브르크 디이터(Getburg Dieter)와 헤르만 트로이쉬(Hermann Treusch)에 의해 낭독되었고, '마누스크립테'에는 그의 첫 단편이었던 「홍수」가 1964년 제10호에 실리게 된다. 방송국에서도 첫 방송 이후 홀칭어가 자주 한트케의 기고를 받아 15분짜리 프로그램에 넣어 준다. 그래서 1964년 1월 25일에는 「말벌들」이, 4월 7일에는 「행상인」이 - 이 두 작품은 나중에 장편으로 다시 집필되어 같은 제목으로 주르캄프 출판사에서 출판된다 -, 그리고 5월 16일에는 「군법회의」(*Das Standrecht*)가 방송으로 발표된다. 이런 식으로 방송국과의 접촉 횟수가 잦아지면서 한트케는 자신의 문학에의 정열을 만족시키는 것에 덧붙여 고향으로부터 오는 적은 송금에 매달리던 가난한 대학시절의 생활비 일부를 조달할 수도 있었다.

한트케의 재능을 높이 산 홀칭어는 이후 계속해서 그에게 다양한 프로그램과 관련된 일거리를 제공한다. 문예 오락거리, 신간 서적의 서평, 일요일 오후 방송을 위해 소설을 극화하는 일 등을 주었던 것이다. 「나는 상아탑에 산다」의 포켓판 서문에서 한트케는 그 당시를 다음과 같이 회상하고 있다.

> 방송국은 15분짜리 문예기사에 300실링을 지불했다. 때로는 더 많은 생각이 떠오를 수도 있었지만 나는 일정한 행수에서 중단하지 않으면 안되었다. 만화영화나 써커스에 대한 글을 읽어 보면 이러한 사정을 알아차릴 수 있을 것이다. 축구에 대해서는 무엇인가 쓸 수 있을 만큼 잘 알지 못했다. 그래서 나는 300실링을 위해 온통 상상력을 발휘하기도 했다. 그렇지만 나는 여기에 그 글을 빼지 않고 수록했다. 왜냐하면 그 안에 꽤나 애착이 가는 서술이 몇 군데 들어 있기 때문이다.[55]

60년대 초반 가난한 대학생이던 한트케에게 300실링은 적은 돈이 아니었다. 또한 작가가 되는 것을 일생의 소망으로 삼고 있던 젊은 한트케에게 〈포룸 슈타트파르크〉의 기관지 '마누스크립테'와 관련을 갖고 그곳의 중개로 인연을 맺은 방송국을 통해 작품을 발표할 수 있는 가능성이 생기게 된 것은 곧 그의 저술 의

---

55) Peter Handke : *Ich bin ein Bewohner des Elfenbeinturms*, Frankfurt am Main, 1976 (suhrkamp taschenbuch 56), S.7.

욕을 크게 자극하는 활력소로 작용한다. 1963년 이후 발표된 단편들, 문예기사들, 신간서평들 및 소설의 극화를 일별해보면 이 기간에 그가 얼마나 활발하게 저술활동에 전념했는가를 알 수 있다.

먼저 단편들로는

1963년 1. 홍수 *Die Überschwemmung*
2. 낯선 자의 죽음에 대해 *Über den Tod eines Fremden*
3. 말벌들 *Die Hornissen*
4. 행상인 *Der Hausierer*
5. 불 *Das Feuer*

1964년 1. 군법회의 *Das Standrecht*
2. 감사역의 인사 *Begrüßung des Aufsichtsrats*
3. 전쟁 발발 *Der Ausbruch des Krieges*
4. 교수목 *Der Galgenbaum*
5. 성찬식 *Sacramento* (*Eine Wildwestgeschichte*)

1965년 1. 선잠 이야기 (한 교양소설의 초벌 구상) *Halbschlafgeschichten* (*Entwurf zu einem Bildungsroman*)
2. 옥수수 밭에서의 아버지의 말과 행동 (영화 예고) *Die Reden und Handlungen des Vaters im Maisfeld* (*Voranzeige eines Films*)
3. 시험문제 1 *Prüfungsfrage* 1
4. 시험문제 2 *Prüfungsfrage* 2
5. 목격자의 증언 *Augenzeugenbericht*
6. 일화 *Anekdote*

7. 소송 (프란츠 K.를 위한) *Der Prozeß (für Franz K.)*

8. 인생묘사 *Lebensbeschreibung*

1966년 1. 유동성의 공간에 대한 꿈

Traum von der Leere der Flüssigkeit

등이 있다

이것들은 모두 『감사역의 인사』를 제목으로 하여 1967년 잘츠부르크의 레지덴츠 출판사(Residenz Verlag)에서 단행본으로 출판되었으나 그후 1981년에는 판권이 주르캄프 출판사로 넘어가 포켓판으로 재출판된다. '슈타이어마르크' 방송국을 위해 썼던 문예기사로는

1964년 1. 비틀즈로 인한 무아경 *Der Rausch durch die Beatles*

1965년 2. 세계인을 위하여 *Für den Mann von Welt*

3. 제임스 본드에 대한 동화 *Das Märchen von James Bond*

4. 유행가 가사 쓰기의 어려움에 대해

Von der Schwierigkeit, einen Schlagertext zu schreiben

5. 축구의 세계 *Die Welt im Fußball*

1966년 6. 만화영화의 기적 *Das Wunder des Zeichentrickfilms*

7. 서커스 – 대상물 길들이기

Zirkus – Die Dressur des Objekts

들로써 1.은 인쇄되지 않았고 2.3.4.는 비인에서 나오는 반년간지 '프로토콜레'의 1973년도 후반기에 발표되었으며 5.6.7.은 주르캄프 출판사에서 나온 「나는 상아탑에 산다」에 수록된다.

한트케의 신간 서평들에 대해서는 홀칭어가 그의 논문 「페터 한트케의 그라츠에서의 문학적 출발」(*Peter Handkes literarische Anfänge* *in Graz)*에서 "한트케는 열다섯 번에 걸친 15분짜리 방송에서 특히 국내외의 현대문학을 논했다"[56]고 진술하면서 한트케가 방송국에 기고했던 서평을 열다섯 편으로 지적하고 있으나, 만프레트 믹스너는 '슈타이어마르크' 방송국의 문서실에서 그 중 열네 편만을 찾을 수 있었다고 한트케를 다룬 단행본(1977)에서 밝히고 있다. 이 서평들은 위의 두 사람이 자신들의 저서에 방송 원고의 일부를 인용한 것을 제외하고는 모두 인쇄화되지 않고 있다.[57]

---

56) Alfred Holzinger : Peter Handkes literarische Anfänge in Graz, S.191.

57) Manfred Mixner : *Peter Handke*, Kronberg 1977, S.237-239. 약간 방만한 감이 있으나 그가 평을 하기 위해 섭렵했던 책들이 어떤 종류의 것들이었는지 그 제목만을 일별해 보면 다음과 같다.
1. Bücherecke vom 9.11. 1964 ; Rundfunkmanuskript, ORF / Studio Steiermark. (Bespr. Werke : J.R. Ribeyro, Im Tal von San Gabriel; M.Walser, Lügengeschichten; M. Duras, Ganze Tage in den Bäumen; R. Queneau, Mein Freund Pierrot; W. Goyen, Savata; C. Simon, Das Seil; E.Vittorini, Die rote Nelke; A. Gibe, Corydon; W. Kraft, Augenblicke der Dichtung).
2. Bücherecke vom 21.12 1964; Rundfunkmanuskript, ORF / Studio Steiermark. (Bespr, Werke : C Pavese, Der schöne Sommer; Strindberg, Okkultes Tagebuch; R.J. Sender, Requiem für einen spanischen Landmann; S.Freud, Mann Moses; L.Marcuse, Sigmund Freud-Sein Bild vom Menschen ; C. Baumann, Literatur und intellektueller Kitsch).
3. Bücherecke vom 18. 1. 1965; Rundfunkmanuskript, ORF / Studio Steiermark. (Bespr. Werke: H. Müller-Eckhard, Das Unzerstörbare; J.Green, Aufbruch vor Tag; L. Estang, Die Stunde des Uhrmachers; H. Lenz, Die Augen des Dieners; B. Marshall, Der Monat der fallenden Blätter; E. Schaper, Legende vom vierten König)
4. Bücherecke vom 29. 3. 1965 ; Rundfunkmanuskript, ORF / Studio Steiermark. (Bespr. Werke : F.M, Zweig, Spiegelungen des Lebens; St. Zweig, Unbekannte Briefe aus der Emigration an eine Freundin ; A. Kubin / A. Kolig / C. Moll, Ringen mit dem Engel-Künstlerbriefe 1933-1955; E. Baclach, Spiegel des Unendlichen; J. Renard, Der Schmarotzer; T. Dorr, Rechtgläubige Geschichten)
5. Bücherecke vom 26. 4. 1965; Rundfunkmanuskript, ORF / Studio Steiermark. (Bespr. Werke: R. Wolf, Fortsetzung des Berichts; Y. Inoue, Das jagdgewehr; M. Blanchot, Warten Vergessen; A. Dalmas, schreiben; W. Benjamin, Zur Kritik der Gewalt; V. Woolf, Mrs. dalloway; R.P de Ayala, Belarmino und Apolonio; A. Bierce, Die Geschichte eines Gewissens)
6. Bücherecke vom 31. 5. 1965 ; Rundfunkmanuskript, ORF / Studio Steiermark. (Bespr. Werke : H. Lefébvte, Probleme des Marxismus, heute; T.W. Adorno, Jargon der Eigentlichkeit; T.W. Adorno, Noten zur Literatur III; H. Marcuse, Kul tur und Gesellschsft; R. Wellek, Konfrontationen; dazu Lyrik von Z.Herbert, W. Schnurre, W.Höllerer, B.Brecht)
7. Bücherecke vom 5. 7. 1965 ; Rundfunkmanuskript, ORF / Studio Steiermark. (Bespr. Werke ; M. Walser, Erfahrungen und Leseerfahrungen; J. Hayes, Der dritte Tag; T. Blixen, Ehrengard; J. Conrads, Über mich selbst; F.Pasqalino, Mein Vater Adam + Der

이미 언급했듯 한트케는 일요일 오후 방송을 위해 소설을 극화하는 작업도 한다. 이때 선정된 소설은 도스토예프스키의 『죄와 벌』로서 1966년 2월 6일까지 14회에 걸쳐 '극화된 일요소설'이란 프로그램으로 방송되었으나 그 원고는 현재 방송국에 보관되어 있지 않다. 당시 그라츠 연극협회의 회원이었고 훗날 한트케의 부인이 되는 립가르트 슈바르츠(Libgart Schwarz)가 쏘냐 역을 맡았고, 연출은 헬무트 엡스(Helmuth Ebbs)가 맡았었다. 이 작업은 연극에 대한 한트케의 흥미를 일깨워 그로 하여금 곧바로 많은 창작극을 쓰게 한다. 그의 희곡이 무대에서 성공을 거두면서 명

Vetter auf den Wolken ; J. Dos Passos, Wilsons verlorener Friede)
8. Bücherecke vom 11.10. 1965 ; Rundfunkmanuskript, ORF / Studio Steiermark. (Bespr. Werke : Neuerscheinungen russischer Autoren)
9. Bücherecke vom 11. 10. 1965 ; Rundfunkmanuskript, ORF/ Studio Steiermark. (Bespr. Werke : R. Barthes, Mythen des Alltags, B.Eichenbaum, Aufsätze zur Theorie und Geschichte der Literatur; K. Krolw, Schattengefecht; Z. Herbert, Ein Barbar in einem Garten; H.Haavikko, Jahre; H.E.Nossak, Das Testament des Lucius Eurinus; Texte Schweizer Autoren, Anth.; J.Roy, Passion und Tod Saint-Exuperys)
10. Bächerecke vom 29. 11. 1965; Rundfunkmanuskript, ORF / Studio Sreiermark. (Bespr. Werke : Theaterstücke von L. Pirandello, T. Wilder, E.Ionesco, T. Williams, P. Hacks, H. Lange; K.Fassmann, Brecht-Biographie)
1966 11. Bücherecke vom 17. 1. 1966 ; Rundfunkmanuskript, ORF / Studio Steiermark. (Bespr. Werke : H. Marcuse, Kultur und Gesellschaft; T. Eschenburg, Über Autorität; A. Andersch, Die Blindheit des Kunstwerks; J. Tardieu, Imaginäres Mu seum; V. Schklovskij, Zoo oder Briefe nicht über die Liebe; T. Dery, Niki, die Geschichte eines Hundes; E.Canetti, Die Blendung E.Canetti, Aufzeichnungen 1942-48)
12. Bücherecke vom 21. 2. 1966 ; Rundfunkmanuskript, ORF / Studio Steiermark. (Bespr. Werke : F. Hacker, Versagt der Mensch oder die Gesellschaft?; N. Sombart, Krise und Planung; J. Hindels, Lebt Stalin in Peking; E. Weissel, Die Wirtschaft-theoretisch betrachtet; Bleche/Gmoser/ Kienzl, Der durchleuchtete Wähler; H. Weber, Konfikte im Weltkommunismus)
13. Bücherecke vom 4. 4. 1966 ; Rundfunkmanuskript, ORF / Studio Steiermark. (Bespr. Werke : A. Hyry Erzählungen; V. Linhartova, Geschichten ohne Zusammenhang; B. Hrabal, Tanzstunden für Erwachsene und Fortgeschrittene; I. Michiels, Buch Alpha; T. Arghezi, Kleine Prosa; T. Aurell, Martina; C.E. Gadda, Erzählungen; P. Valery, Die fixe Idee.)
56JE ŽE 7] 017
14. Bücherecke vom 12. 9. 1966 ; Rundfunkmanuskript, ORF / Studio Steiermark. (Bespr. Werke: K. Bayer, Der Kopf des Vitus Bering; H.C. Artmann, Verbarium; S.Kolar, Das Narrenhaus; G. Poulet, Zeit und Raum bei Marcel Proust; P. de Wispelaere, So hat es begonnen; H. Mayer, Anmerkungen zu Brecht)

성을 얻게 된 초창기에 한트케가 특히 드라마 작가로 알려지게 된 데에는 바로 방송국에서의 작업이 중요한 실습적 역할을 했다는 점을 부인할 수 없다.

이렇게 방송일을 하며 한트케는 단순히 신간의 문학작품뿐 아니라 광범한 정신과학 관련 서적들을 섭렵한다. 지적 수용 욕망이 특히 강한 대학시절 그가 접하게 되었던 국내외의 백여 권이 넘는 양질의 서적들은 그의 젊은 날의 사상과 문학이론 형성에 결정적인 영향을 미친다.

이상이 그의 첫 장편『말벌들』이 서독의 주르캄프 출판사에서 출판되고 그 이후 곧 미국의 프린스턴에서 열린 〈47 그룹〉의 회합에서 그들의 서술 태도를 신랄하게 공격함으로써 세인의 주목을 받기 전까지 젊은 한트케가 그라츠를 중심으로 전념했던 문학활동의 전모이다.

한트케의 초기 문학이론은 특히 〈포룸 슈타트파르크〉와 관련된 활동을 통해 확고히 형성되었다고 볼 수 있다. 그는 문학이란 언어로 서술된 사물로 이루어진 것이 아니라 바로 언어 그 자체로 이루어졌다는 주장을 하며 언어에 극단적으로 몰두한다. 결국 전래되어 오는 문학적 가치와 방법들을 과격하게 거부했던 한트케는 당시를 풍미하던 소위 참여문학이나 신사실주의 문학에 익숙해 있던 작가 및 비평가들과 불가피하게 숙명적인 논쟁을 벌이며 그들과 당당히 대결할 수 있는 작가로 성장하게 된다. 이렇게 볼 때 그라츠의 〈포룸 슈타트파르크〉는 한트케가 작가로서 가져야 할 문학에 대한 투철한 인식을 갖도록 또한 자신의 이론을 확립할 수 있도록 해주었을 뿐만 아니라 앞으로의 대성을 위한 창작의 기초 훈련을 할 수 있게 해주었던 소중한 문학적 요람이었던 것이다.

3. 언어 중심의 문학이론

한트케가 슈타이어마르크 방송국에서 스물세 살의 젊은 나이로 백 편[58] 넘게 다루었던 서평 작업이 그로 하여금 동시대의 국내외 문학에 대한 폭 넓은 접근의 기회를 갖게 했음은 이미 언급했다. 그라츠의 〈포룸 슈타트파르크〉에서 수많은 노소 작가들과 그들의 작품들에 대해 직접 그리고 철저하게 토론할 수 있었다면, 방송국에서의 서평 작업을 통해 한트케는 끊임없이 문학에 대한 논쟁과 숙고를 하게 된다. 당시 그가 문학을 어떻게 이해했는지에 관해서는 이미 언급한 알프레트 홀칭어의 「페터 한트케의 그라츠에서의 문학적 출발」이란 논문에 잘 나타나 있으며, 이 논문에는 한트케가 썼던 방송 원고들이 몇 편 선택되어 실려 있다.

1964년 9월 11일 서평
어쨌든 서문을 쓰는 사람들이나 비평가들 그리고 작가들 스스로도 언어에 대해 자주 이야기한다는 것이 기이하다. 그들은, 어떤 이의 테마는 언어일 뿐이고, 또 어떤 이는 자명한 것을 언어로 구속하려 하고, 또 다른 이는 세계를 언어로 표현하려 한다 등등으로 말한다. 이런 말들에 대해서는 마치 예언처럼 다음과 같이 서술될 수 있을 것이다. 즉, 앞으로의 작가들은 자기네들에게 언어가 얼마나 중요한지에 관해

58) Ebda., 참조

더 이상 떠들어대지 않고 그들이 말로부터 배웠던 도구를 가지고 단순히 옛 이야기나 새로운 이야기를 설명하려고 하면서 경험의 가능성을 지니고 체험했던 것들을 이용하게 될 때가 있을 것이다.

1965년 3월 29일 서평
언어란 항상 시간을 뒤쫓아가는 위험을 무릅쓴다. 특히 무슨 일이 일어나면 언어는 처음에 다른 일에 매달려 있다가 그 일이 지나버렸을 때야 비로소 그것을 포착하게 된다. 그러나 언어란 이제 과거를 파악하기 위해 변해버렸기 때문에 그 언어가 이미 효용가치를 잃어버린 새로운 현재 앞에서는 다시금 당황한다. 물론 가치가 인정된 언어, 즉 변화될 수 있는 선과 악, 유쾌와 불쾌를 그 개념에 따라 평가하고, 변화하는 언어 공동체의 의견을 받아들이는 그러한 언어에 관해서만 이렇게 주장할 수 있다. 그리고 사물들을 (...) 그들의 변하지 않는 이름으로 부르는 데에 한정된, 단순히 기록하는 언어를 위해서는 처음부터 시간도 생명도 없을 위험은 전혀 없다. 이렇게 말하는 연유는 몇 권의 책을 읽었기 때문인데, 그 책들에서는 진부한 문구들, 가치개념들 그리고 선입견들이 들어 있는 과거의 언어를 가지고 현재에 대해서도 똑같이 활기있게 달려들어 그 현재를 파악하고 설명하려고 하지만 실은 이러한 대담한 모험에서 단어들이 무감각한 바위덩어리가 되고 만다는 것이 드러난다.

1965년 4월 26일 서평
쓴다는 것은 세계를 정복하려는 시도일 수 있다. 사람은 날마다 반복되는 익숙해지고 무감각해진 일들을 글로 쓰고 묘사하면서 주의를 요하는 날카로운 언어로 포착하고, 그것들에 의미를 부여해 반쯤 잊혀진 세계를 다시 생기있게 하고, 그 세계를 슬기롭게 새롭게 소생시킴으로써 일상 생활을 통해 자명해져 버린 자신의 현존을 붙든다. 그 슬기로움은 세계를 묘사하는 슬기로움일 뿐만 아니라 읽으면서 그 묘사를 뒤따를 준비가 되어 있는 슬기로움이기도 하다. 그러기 위해 요구되는 노력에 대해서는 성숙된 청각과 혜안(慧眼)으로 보답되고 이 혜안은 읽고 쓰는 일을 한 후에는 묘사되지 않은 주변 세계를 위해서도 역시 눈과 귀를 활짝 열리게 해 주는 것이다. 적어도 전에는 자명한 것이라 여겨져 주의를 끌지 못했던 일들이 이제 정확하고 상세한 묘사를 통해 다시금 확실해질 가능성이 주어진 것이다. 또한 현재 일어나고 있거나 일어나 버린 일에 대해서 마치 하나의 새로운 의미, 즉 시대의 의미, 소위 역사성이라 불리우는 하나의 의미를 획득할 가능성이 주어진다는 말이다.

1965년 10월 11일 서평
러시아의 형식주의자 보리스 아이헨바움(Boris Eichenbau)의 '논문'에 대해 사람들은 실용 언어와 시적 언어를 구별한다. 실용 언어에서 언어의 성분은 전혀 독자적인 가치가 없는 단순히 수단에 불과하다고 한다. 시적 언어에서 언어의 성분은 독자적인 가치를 가진다고 한다. 언어의 성분이 독자적인 가치를 갖는다고 하는 것이 형식주의의 가장 중요한 인식 가운데 하나이다. 그래서 형식주의자들은, 소리의 도움을 받아 의미를 만들어내기 위해 언어의 성분을 이용하기만 했고 결국 저속한 작품을 생산해낸 상징주의에 대항하는 투쟁자들이다. 이제는 소리의 울림도 독자적인 의미를 가진 것으로 인식되고 있다. 형식은 독자적인 언어적 기능을 가지고 있고 상(像)과 연관없이도 존재한다. 이제 형식은 그것의 쌍둥이 개념, 즉 내용을 필요로 하지 않고 독자적이 되어 버렸다.

위의 인용문들은 현대문학의 대부분이 '언어' 현상과 결부되어 있다고 생각하면서 한트케가 서평 작업에서 계속 언급했던 것이다. 여기서 한트케가, 미래의 작가들은 언어를 단지 보조수단으로 이용할 것이며 자신들의 이야기를 하기 위해 실험적 수법과 체험들을 이용할 것이라고 예언한 것은 그 자신의 문학 발전에 대단히 깊은 의미를 던져 주는 대목이다.

한트케는 언어란 변하는 것이기 때문에 현재를 파악하고 설명하기 위해 생각없이 과거의 언어를 그대로 사용하는 것을 거부한다. 그러나 그는 날마다 반복되기 때문에 익숙해지고 무감각해져, 보아도 보지 못하고 들어도 듣지 못하는 사건들을 주의력을 요하는 언어로 파악하다 보면 과거에 일어났거나 앞으로 일어나게 될 일에 대해 하나의 새로운 의미, 하나의 시대적 의미, 즉 역사성을 획득하게 되고 바로 그러기 위해 언어를 사용해야 한다는 인식에는 동의한다. 바로 여기에서 한트케는 작가로서의 작업을 하는데 있어 의식과 지각력을 날카롭게 해주는 언어가 중심에 자리하는 이론적 토대를 얻게 된 것이다. 이렇게 볼 때 그에게 있어 쓴다는 일은 반쯤 잊혀졌거나 일상생활을 통해 자연스럽고 자명하게 되어 버린 세계를 다시 새롭게 정복하는 하나의 시도라 할 수 있다.

그 외에 러시아 형식주의의 몇 가지 기본 입장과의 접촉이 그의 이론적 토대를 위해 또한 중대한 역할을 한다. 러시아의 형식주의는 주지하다시피 1915~1916년[59] 러시아 상징주의의 기초 위에 세워진 사조로서 한편으로는 실험적인 동시대의 경향, 특히 미래주의와 또 한편으로는 20세기 현대 언어학의 방향과 밀접한 관련을 갖고 발전되다가 1930년경 소련에서 금지되자 저서와 망명한 대표자들을 통해 프라하와 프랑스에서는 현대 언어학과 문예학의 구조주의로, 미국에서는 신비평으로 확산된다. 이들 비평학파는 문학과 현실 사이의 엄격한 구별을 강조하고 작시법(作詩法)의 독자성과 고유한 법칙을 주장한다. 형식주의는 문학의 법칙성, 구성 원리 그리고 정교한 문학수단들, 즉 문체, 이미지, 소리, 음향, 시행, 리듬, 운율의 연구를 문예학의 주요 과제로 삼고 형식 분석에 중심을 두기에 문학에서 일삼는 전기(傳記)나 심리묘사, 사회성의 설명을 거부한다.[60]

한트케는 60년대 중반 서평을 방송하는 작업 중에 이러한 형식주의의 지도적 대표자 몇 사람의 책을 접하게 된다. 즉, 러시아의 문예학자이며 문학 비평가인 보리스 아이헨바움(1965년 10월 11일 방송), 역시 러시아의 문학사가이자 작가인 빅토르 슈클로브스키(Viktor Schklovskij, 1966년 1월 17일 방송) 그리고 1903년 비인에서 태어나 1930년 이후 프라하에서 형식주의의 두 번째 전성기를

---

59) Neben dem 1915 in Moskau gegründeten (Moskauer Linguistenkreis) war die 1916 in Petersburg gegründete (Gesellschaft zur Erforschung der poetischen Sprache) (Obscestvo poeticeskogo jazyka : Opojaz) das eigentliche Zentrum des russischen Formalismus,

60) Vgl. Viktor Ehrlich : *Russian Formalism*. History-Doctrine. With a Preface by Rene Wellek, "S-Gravenhage 1955, S.VIII. Im "Preface' sagt Rene Wellek" : It arose around 1914 and was supressed around 1930. Russian Formalismus keeps the work art itself in the center of attention : it sharply emphasizes the difference between literature and life, it rejects the usual biographical, psychological and sociological explanations of literature. It developes highly ingenious methods for analyzing works of literature and for tracing the history of literature in its own terms."

이끌다가, 1946년 이후에는 미국 예일대학의 비교문예학 교수로 재직했던 문학사가 르네 웰렉(Rene Wellek, 1965년 5월 31일 방송) 등을 알게 된 것이다.

러시아 형식주의자들의 저서는 이미 20년대에 씌어졌으나 독일어권에서는 주로 주루캄프 출판사의 번역 출판을 통해 60년대 중반 이후에야 비로소 접근이 가능해진다. 한트케 역시 이들의 경향을 처음으로 읽었던 독일어권의 젊은 계층에 속한다. 한트케는 결국 언어에 대한 성찰과 관련해 〈시어 탐구협회 Opojaz〉(Gesellschaft zur Erforschung der poetischen Sprache)의 회장이던 빅토르 슈클로브스키와 더불어 형식주의의 공동 설립자이며 중심 인물이었던 보리스 아이헨바움의 논문을 통해 실용 언어의 언어 성분은 독자적 가치를 전혀 갖지 못하고 단지 수단인데 반해 시적 언어의 그것은 독자적인 가치를 가진다는 형식주의의 가장 중요한 인식을 배우게 된 것이다. 그라츠 시절 한트케의 문학에 대한 이해는 이처럼 주로 언어비평 및 언어성찰과 밀접하게 연결되어 있다.

한트케는 시적 언어의 독자적 가치를 주장한 형식주의의 입장에 대한 자신의 긍정적 인식이 구체시와 구조주의 등을 접하면서 더욱 굳게 확립되었으나 그것들에 처음 접했을 때는 위압감을 느꼈다고 일기체 작품 『세계의 무게』(1976년 3월 6일 기록)에서 언급하고 있다.

> 10년 전 아직도 내게 위압감을 느끼게 했던 것은 '구체시', '앤디 워홀'이었고, 그 다음으로는 마르크스와 프로이트 및 구조주의였다.[61]

---

61) Peter Handke : *Das Gewicht der Welt*-Ein Journal (November 1975~März 1977), Salz-

미국 팝아트[62]의 지도적 예술가이며 실험영화의 감독이었던 앤디 워홀이나 사회주의와 정신분석학의 대표적인 이름들인 칼 마르크스와 지그문트 프로이트에 대해서는 방송국을 위한 서평에서도 언급되어 있다. 즉, 1965년 5월 31일의 서평에서는 사회주의 학자 앙리 르페브르(Henri Lefebvre)에 의해 1958년 파리에서 출판되었고, 1965년 독일어로 번역된 『오늘날 마르크스주의의 문제』(*Probleme des Marxismus, heute*)에 대해, 1964년 12월 21일 서평에서는 프로이트의 『인간 모세와 유일신 종교』(*Mann Mores und die momotheistische Religion*, 1930)와 문학비평가 루드비히 마르쿠제(Ludwig Marcuse)의 『지그문트 프로이트 - 그의 인간에 대한 생각』(*Sigmund Freud-Sein Bild vom Menschen*, 1956)에 대해 언급하고 있다.

이미 시사되었지만 이런 것들 외에도 작가로서의 한트케의 입장에 깊은 영향을 준 것은 현대시의 국제적 실험 물결이라고 할 수 있는 구체시 및 러시아의 형식주의와 같은 노선에 있었던 프랑스의 구조주의이다. 구체시는 50년대 이후부터 특히 비인에서 활동하던 게르하르트 림과 에른스트 얀들이 열중한다. 이후 이들은 모두 한트케와 함께 〈포룸 슈타트파르크〉) 회원이 된다. 구조주의는 60년대에 프랑스에서 일련의 지식인들, 특히 롤랑 바르트(Roland Barthes), 끌로드 레비-슈트로스(Claude Lévi- Strauss) 및 루시앵 골드만(Lucien Goldmann)에 의해 새롭게 전파되었다. 이들 가운데 한트케는 방송국의 서평을 위해 구조주의의 지도적 비평가

burg 1977, S.34. "Was es für mich, vor zehn Jahren noch für Einschüchterungen gab : 'Die konkrete Poesie', 'Andy Warhol' und dann Marx und Freud und der Strukturalismus."

62) 1960대 초에 미국에서 유행한 회화, 조각의 양식으로 만화, 상업미술 등에 도입된 과장적인 표현이 특징인 예술.

롤랑 바르트를, 그의 수필집 『일상의 신화』(*Mythen des Alltags*, 1965년 10월 11일 방송)를 통해 접하게 된다. 2부로 되어 있는 이 수필집은 1부에는 1954년부터 1956년까지의 수필이 실려 있고, 책 제목과 같은 주제로 쓴 논문인 2부에서는 일상생활의 구조 분석에 대한 자료들을 어떻게 응용할 것인지를 다루고 있다. 이를 위한 전제조건으로 페르디 낭드 쏘쉬르(Ferdinand de Saussure)의 기호론, 즉 "의미들을 내용에서 떼어내 독립적으로 연구하는 형식에 관한 학문"[63]을 이용하고 있다. 이 책은 1957년 파리에서 출판되었고 독일어로는 1964년 헬무트 쉐펠(Helmut Scheffel)의 번역으로 출판되었다. 이 수필집에서 한트케는 특히 「양자 부정의 비판」(*Die Weder-Noch-Kritik*)이란 수필을 주의깊게 읽는다. 그 이유는 바르트가 이 비판 구조를 "소시민적 성향"과 "장부 조작"으로 낮게 평가하면서 "나를 문장들로, 즉 문장들의 구조로 파악하고자 하는 본래의 충동"[64]이라고 한 것에 이끌렸기 때문이라고 한다. 그래서 롤랑 바르트의 이러한 이론적 영향에 덧붙여 구조주의에 입각해 작품을 쓰는 '누보 로망'(Nouveau Roman)의 대표적 작가 중 한 사람인 알랭 로브-그리예(Alain Robbe-Grillet)도 한트케가 작가로서 첫 시작을 하는데 대단히 중요한 모범이 된다. 1967년 한트케는 그의 소론 「나는 상아탑에 산다」에서 로브-그리예 역시 세계에 대한 자신의 의식을 바꾸어 놓은 작가들 가운데 한 사람으로 거명하고 있다.

---

63) Roland Barthes : Der Mythos als semiologisches System. In : ders.: Mythologies, Paris 1957; deutsch von Helmut Scheffel : Mythen des Alltags, Frankfurt am Main 1964 (edition suhrkamp 92), S.88ff.

64) Unerschrocken naiv. In : Der Spiegel, Nr. 22/1970. S.187.

클라이스트, 플로베르, 도스토예프스키, 카프카, 포오크너, 로브-그리예는 세계에 대한 나의 의식을 바꾸었다.[65)]

로브-그리예의 작품들 중 처음 독일어로 번역 출판된 것은 『너무 많은 하루』(*Ein Tag zuviel*, 1954)였다. 다음으로 소설로는 『목격자』(Der Augenzeuge, 1957), 『질투 혹은 시기심』(*Die Jalousie oder die Eifersuchtig*, 1959), 『라이헨펠즈의 패배』(*Die Niederlage von Reichenfels*, 1960) 등이, 영화 시나리오로는 『마리엔바트에서의 마지막 해』(*Letztes Jahr in Marienbad*, 1961), 『죽지 않는 여자』(*Die Unsterbliche*, 1964) 그리고 산문작품으로는 『순간포착』(*Momentaufnahmens*, 1963)이 독일어권에 소개되었다. 로브-그리예는 수필집 『누보 로망을 위한 옹호』(*Argumente für einen neuen Roman*)에서 자신의 작품들에 있어서의 기본 원칙은 "낡아버린 형식들의 거부"[66)]라고 설명하고 있다. 그 이유는 1세기 전에는 생동감 넘쳤던 소설형식이 19세기 이후부터는 경직되어 결국 지루한 표절 이외에 아무것도 제공하지 못하며 자신이 살고 있는 세계 속에서 인간의 위치가 이미 1세기 전과 똑같지 않기 때문이라는 것이다. 그는 옛날의 신성(神性)에 이어 19세기의 합리적인 세계질서가 유지되며 인간에게 전승되어 온 기성의 경직된 의미 해석들을 더 이상 믿지 않고 다만

65) Peter Handke : Ich bin ein Bewohner des Elfenbeinturms, Frankfurt am Main [4]1972, S.20.

66) Alain Robbe-Grillet : Argumente für einen neuen Roman-Essay. Ausdem Französischen von Marie-Simone Morel, Helmut Scheffel, Werner Spiess und Elmar Tophoven. München 1965, S.82.

인간이 만든 형식들만이 이 세계에 의미를 줄 수 있다고 믿는다. 그래서 그는 새로운 소설들을 정치적 방향에 이용할 수 있으리라고 생각하는 것은 무분별한 일로 간주한다. 왜냐하면 그를 위한, 즉 작가를 위한 유일한 참여는 바로 문학이기 때문이다. 그의 문학세계를 롤랑 바르트는 『알랭 로브-그리예에 대한 에세이』(*Essay über Alain Robbe-Grillet*)에서 규정한다.

> 로브-그리예의 시도는 (...) 소설을 외면에서 구성하고 내면을 제외시키며 그 안의 객체들, 공간들과 인간의 움직임을 주제의 위치로 끌어올리는 것을 목표로 한다. 소설은 인간이 자기 주변의 대상물에 가까이 가기 위해 심리학, 정신분석학, 형이상학 등을 이용할 수 없는, 인간의 주변에 대한 직접적 체험이 된다. 이제 소설은 더 이상 지하의, 지옥의 질서에 속하지 않는다. 소설은 현세적이며 세계가 이제 고해신부나 의사 혹은 신의 눈으로 관찰되는 것이 아니라 보이는 그대로의 상(像) 이외의 어떤 다른 시계(視界)도 고려하지 않고, 즉 자신의 눈 이외에는 어떤 다른 힘도 믿지 않으며 도시를 돌아다니는 한 남자의 두 눈으로 관찰되는 것이라고 가르친다.[67]

로브-그리예의 새로운 소설을 위한 이러한 논리와 그에 따른 문학적 시도는 한트케 자신의 논리로 전환된다. 이 전환은 한트케를 특히 이런 종류의 실험적 문학에 가까이 접근시켰고 그의

67) Roland Barthes : Objektive Literatur-Essay über Alain Robbe-Grillet. In : ders.: Am Nullpunkt der Literatur, ins Deutsche übertragen von Helmut Scheffel. München 1959, S.101.(이 책은 1982년에 Bibliothek Suhrkamp로 넘어갔으나 Objektive Literatur 부분은 제외 됨)

첫 작품들이나 60년대 중반 이후에 쓰여진 논문들에서 그 특징이 잘 나타나 있다. 한트케가 최종적으로 모든 세계상들의 파괴를 문학에서 기대하면서 매너리즘(Manier)에 빠진 문학의 방법과 논쟁을 다룬 소론 「나는 상아탑에 산다」, 언어의 현실과 서술된 객체의 현실을 구별하는 소론 「미국에서 열린 〈47그룹〉의 회합」(Zur Tagung der Gruppe 47 in den USA), 그리고 「문학은 낭만적이다」(*Die Literatur ist romantisch*)란 소론에서 다룬 문학의 참여 문제에 대한 토론은 위에 언급한 대로 구조주의의 영향 없이는 생각할 수 없을 것이다. 한트케는 1970년 자신이 받은 이 영향을 다시 한 번 분명하게 인정한다.

> 나는 독일어권에서 프랑스 구조주의로부터 영향을 받은 유일한 작가였다.[68)]

이러한 진술이 대단히 주관적으로 들릴진 모르지만 아무튼 한트케가 러시아의 형식주의 외에 프랑스의 구조주의를 독일어권에서 읽고 그 영향을 받았던 최초의 독서 계층이었음은 의심의 여지가 없다. 이러한 맥락에서 한트케가 첫 소설 『말벌들』의 원고를 루흐터한트(Luchterhand) 출판사와 주르캄프 출판사 두 곳에 제출했을 때 루흐터한트에서는 거절당했으나 당시 형식주의와 구조주의의 입장을 대변하는 비평가 및 작가들의 작품을 소개하고 있던 주르캄프 출판사에 채택되었다는 것도 결코 우연이 아니다. 그리고 그렇게 해서 출판된 『말벌들』이 롤랑 바르트와 로

---

68) Unerschrocken naiv. In : Der Spiegel, Nr. 22/1970, S.187.

브-그리예를 독일어로 번역했던 헬무트 셰펠에게서만 다음과 같은 우호적 평을 받았다는 것도 같은 맥락에서 이해할 수 있다.

> 그 소설이 쉬운 읽을거리가 전혀 아님은 분명하다. 그러나 유익한 읽을거리이다. 얼마큼 유익한가 하면 수십 년 동안 형성되어 온, 상(像)들을 보는 우리의 관찰 방식을 변화시키고 새롭게 구성할 정도이다. 인정된 존재로서의 우리를 문제시하는 소설이고, 그것이 무엇에 달려 있는지 알고 기초 탐구에 종사하는 작가이다. 사람들은 그를 믿게 되리라.[69)]

이 서평에 한트케는 대단히 기뻐했고 한 대담에서 다음과 같이 말한다. "프린스턴에서의 그 우스꽝스러운 연설이 있기 직전 FAZ(Frankfurter Allgemeine Zeitung)에 헬무트 셰펠의 대단한 서평이 실렸습니다. 그것은 정확하고 제대로 서술한, 한 작가를 상상하며 쓴 서평이었습니다. (...) 책이란 그렇게 존재해야 한다는 것이 당시 진짜 나의 이상이었습니다. 그것은 정말이지 하나의 성취였습니다. 적어도 그 당시에는 말입니다. 나는 어떤 다른 것도 아닌 바로 그런 것을 기대했습니다."[70)] 이 서평의 마지막 귀절은 『말벌들』이 문고판으로 재출판되었을 때 책 뒷면에 인쇄된다.

이 외에 그의 문학 연습을 위해 또 하나 중요한 역할을 한 것은 철학자, 루드비히 비트겐슈타인에게서 받아들인 "한 단어의

---

69) Helmut Scheffel : An der Erfahrungsgrenze. Die Hornissen-Der erste Roman von Peter Handke. In: Frankfurter Allgemeine Zeitung, 15. März 1966.

70) Manfred Durzak : Für mich ist Literatur auch eine Lebenshaltung. Gespräch mit Peter Handke. In: ders.: Gespräche über den Roman, Frankfurt am Main 1976 (st. 318), S.316.

중요성은 그 단어의 의미가 아니라 (...) 그 단어가 언어에서 어떻게 사용되는가 하는 것"[71]이라는 주장이다. 비인 출신의 이 언어 철학자로부터 한트케는 언어에서 한 단어를 다양하게 사용함으로써 생겨나는 유희의 가능성을 배우게 된다

4. 비판과 논쟁

언어 실험적이고 전위적인 작품을 쓰는데 있어서 또는 언어를 단지 현실을 모사하기 위해 이용하고 있는 작가들이나 비평가들에 대해 논쟁하고 도전하는데 있어서 한트케가 주장하는 결정적인 이론은 무엇이며 그 토대는 어떻게 형성되었나를 살펴보았다.[72] 그라츠에서 형성된 이러한 이론적 토대 위에 쓰여진 그의 첫 소설『말벌들』이 1966년 봄에 발표되자 이미 언급된 헬무트 셰펠 외에는 거의 모든 비평이 거부적이었다. 이렇게 거부적인 비평가들 중 한 사람이었던 작가 야콥 린트(Jakob Lind)는 '슈피겔'(Spiegel) 지에 다음과 같이 쓰고 있다.

> 젊은이들은 단순히 말할 줄 모르기 때문에 아무것도 "말하려고" 하지 않는다. 히틀러 세대와 아데나우어/에르하르트(Adenauer/Ethard) 세대를 그들은 침묵으로 경시해 버렸다. (...) 한트케가 그린 인물들이 물건처럼 생명이 없고, 메마르고, 활기가 없듯 그의 텍스트 역시 그렇다. 서

71) Peter Handke : Die Literatur ist romantisch. In : ders.: Prosa Gedichte Theaterstücke Hörspiel Aufsätze, Frankfurt am Main 1969, S.275.

72) Vgl. Peter Handke : Zur Tagung der Gruppe 47 in den USA, S.29-34.

술은 결코 비약되는 법이 없이 그저 현학적이고 꼼꼼한 세부 묘사에 머물러 있지만 그 자체도 대단한 흥미가 있는 건 아니다. (...)『말벌들』에는 웃을 거리라곤 정말 아무것도 없다. 그것이 한트케 세대가 우리 시대를 충분히 진지하게 받아들이지 않는 것과 관련이 있을까?[73]

이에 대해 한트케는 '악첸테'(Akzente)라는 잡지를 통해 응수한다.

젊은이들, 그들은 "단순히 아무것도 말할 것이 없는가?"
내 작품에 대한 입장을 설명하는 나는 지금 이 순간 별로 마음이 내키지 않는다. 야콥 린트가 말한 것은 그렇게 말할 수 있다. 그러나 그가 문학의 발전을 막지는 못할 것이다. 단지 나를 불쾌하게 하는 것은 그가 – 다른 사람들처럼 – 젊은 작가들을 싸잡아 공격하기 위해 내 작품을 이용하고 있다는 점이다. 분명한 것은 린트와 그 부류의 작가들이 참여적이면서 자기네들이 비판해야 한다고 믿는 그 동아리의 문학 형식을 영원히 무비판적으로 이용할 것이라는 사실이다. 글을 쓰지만 나 자신은 참여적이 아니다. 난 글을 쓰지만 소위 현실이라고 하는 것에는 관심이 없다. 그것은 나를 방해할 뿐이다. 글을 쓸 때 난 오직 언어에만 관심이 있다. 글을 쓰지 않을 때는 또 다른 문제이다. 글을 쓸 때 현실은 나를 딴 쪽으로만 전환시키고 모든 것을 불순하게 만든다. 문학적인 작업을 하는 동안에 나는 사회에 대한 비판에도 흥미가 없다. 그런 것은 전혀 중요하지 않다. 사회 질서에 대한 내 비판을 어떤 이야기 속에 비틀어 넣거나 어떤 시에 미학적으로 구성해 넣는다는 것은 역겨운 일일 것이다. 직접 말하지 않고 자기의 정치 참여를 한 편

73) Jakob Lind : Zarte Seelen, trockene Texte. In : Der Spiegel, Nr.29, 1966, S.79.

의 시에 소화해 넣어 그것으로 문학을 만드는 것을 나는 가장 끔찍스런 거짓이라 생각한다. 그것은 심미주의다. 이런 종류의 문학이 나는 너무너무 싫다. 나는 내 자신에 대해 쓴다.[74)]

이 논쟁을 통해 한트케가 많은 다른 작가들과 뚜렷한 차이를 지니고 있다는 것이 재확인된다. 즉, 그가 문학 발전의 흐름에 동참하고 있다는 것과, 글을 쓸 때의 유일한 관심은 야콥 린트나 그 부류의 작가들이 열중하는 소위 말하는 현실이 아니라 단지 언어라는 점이다. 그래서 그는 사회의 질서에 대한 비판의식을 어떤 이야기나 시에 미학적으로 구성해 넣는 것이 아니라 단지 자기자신에 대해서만 쓴다는 것을 분명히 하고 있다. 프린스턴에서 열렸던 〈47 그룹〉 모임에서의 논쟁도 바로 이런 맥락에서 일어난 것이다. 그곳에서 그는 문인들을 "서술 불능자"[75)]라고 비난했다. 왜냐하면 그에게는 그들이 문학이란 언어 그 자체로 이루어졌다는 말을 잘못 이해하고 있는 것으로 여겨졌기 때문이다. "문학에서 어떠한 이야기도 더 이상 견딜 수가 없고"[76)] 오히려 "솔직한 체험이 가능한 한 정확하게 전달되면 충분하다"[77)]는 형식주의, 구조주의, 구체시 그리고 언어유희의 가능성 등에 접하면서 형성된 방법론적 이론을 그라츠 시절에 이미 굳게 가지고 있던 한트케였기에 기성 작가들에 대한 이런 비난은 그 설득력을 지닌다.

---

74) Peter Handke : Wenn ich schreibe. In : Akzente, 13. Jg., H.5/1966, S.467.

75) Peter Handke : *Ich bin ein Bewohner des Elfenbeinturms*, S.29.

76) Ebda., S.23.

77) Peter Handke : Warum ich jetzt Geschichten schreibe. Gespräch mit Günther Nenning. In : Neue Freie Presse, Nr. 4, Sept./Okt. 1973, S.7.

5. 신사실주의와 〈47 그룹〉에 대한 반대 선언

한트케는 단편 산문들을 쓰고 방송국에 기고를 하는 가운데 1965년 첫 장편 『말벌들』의 원고를 완성한다. 그가 1963년과 1964년에 걸쳐 썼던 단편 산문들은 이 장편 소설을 위한 방법적 연습이었고 구상들이었다고 볼 수 있다. 왜냐하면 이 소설의 문구들이 몇 편의 단편 텍스트와 거의 동일하기 때문이다. 즉, 단편 산문 「홍수」(1963), 「전쟁 발발」(1964) 그리고 「낯선 자의 죽음에 대해」(1964)에 들어 있는 귀절들이 전부 또는 부분적으로 『말벌들』에 수용되어 있다.

『말벌들』의 출판을 위해서는 그라츠의 스페인어 문학자로 세르반테스를 번역했던 안톤 로트바우어(Anton Rothbauer)가 프랑크푸르트의 주르캄프 출판사에 그리고 '마누스크립테'의 문학부분 책임자였던 알프레트 콜레리치가 독일의 루흐트한트 출판사에 각각 추천하고 원고를 보내 준다. 루흐트한트에서는 거절되고 주르캄프로부터 1965년 8월에 승락 통보를 받아 『말벌들』은 이듬해 봄 출간된다.

첫 소설이 출간된 후 곧 한트케는 프린스턴에서 열린 〈47 그룹〉의 모임에 참석할 기회를 갖는다. 〈47 그룹〉의 회장 한스 베르너 리히터(Hans Werner Richter)가 주르캄프 출판사 측에 프린스턴에 올 수 있는 작가를 위한 좌석표를 한 장 제공했을 때 사장인 지그프리트 운젤트(Siegfried Unseld)는 최근에 책이 출간된 가장 나이 어린 작가, 한트케를 지명했기 때문이다. 1966년 4월 22일부터 24일까지 미국에선 처음으로 열린 〈47 그룹〉의 모임에서 작가들은 지금까지 미발표된 자신들의 원고를 읽었다. 한트케 역시 범죄소설 『행상인』의 한 부분을 읽는다. 그러나 회의 마지막 무렵 헤르만 피비트(Herman Piwitt)의 낭독이 끝났을 때 한트케는 다음과 같은 과격한 비판으로 대단한 주목을 끌게 되었다고 침머(Dieter E, Zimmer)는 'Die Zeit'신문에 보고하고 있다.

> "독일 문학에는 여기에서 뿐만 아니라 어디에서도 서술 불능이 지배하고 있다. – 무언가 아는 것이 없더라도 적어도 서술은 할 수 있어야 한다. – 창조적인 것과 성찰도 부족하며, 이러한 산문은 무미건조하고 어리석다. 그리고 무미건조하고 어리석기는 비평도 마찬가지이며, 그 비평의 방법은 아직까지도 여전히 낡은 서술문학에서 성장한 것이어서 모든 다른 종류의 문학에 대해서는 그저 비난이나 하고 지루함이나 확신시킬 수 있을 뿐이다"라고 한트케가 비판했다.[78)]

이런 과격한 비판으로 한트케는 삽시간에 유명해지고 프린스턴에서의 〈47 그룹〉에 대한 이 반란 소식은 금후 한트케를 이야기할 때 늘 먼저 언급되는 사건이 되어 버렸다. 특히 '슈피겔' 지의 리포터 에리히 쿠비(Erich Kuby)는 그 모임의 상황과 한트케가 일으킨 반란의 순간을 조롱조로 보고하고 있다.[79)] 이에 대해 한트케는 뉴욕에 있으면서 자신이 널리 알려진데 대해 곧 동 잡지에 'PANTOFFELN'(공처가란 뜻)이란 제목으로 빈정대는 투의 감사편지를 쓴다.

---

78) Dieter E. Zimmer : Gruppe 47 in Princeton. In : Die Zeit, 6. Mai 1966, S.18.
79) Vgl. Erich Kuby : Ach ja, da liest einer. In : Der Spiegel, Nr.19/2. Mai 1966,81)

이미 어렸을 때부터 당신네 잡지에 실리는 것이 내 소망이었습니다. 한 작가로서 '슈피겔' 지에 언급되는 것이 가장 애써 얻을 만한 가치가 있는 목표 중의 하나로 내게는 보였습니다. 이러한 소망에 몰려 나는 〈47 그룹〉의 회합에서 발언을 신청했고 말을 하고 있는 동안 반갑게도 당신네 잡지의 에리히 쿠비 기자가 내 말을 메모한다는 것을 눈치챘습니다. 이제 모든 것이 얻어졌습니다. 나는 보다 더 확실하게 하기 위해 몇 마디의 강력한 발언을 했습니다. 〈47 그룹〉의 회합에 대한 에리히 쿠비 씨의 기사를 보고 나는 이제 나의 책략이 효과가 있었다고 생각합니다. 나는 당신에게 충심으로 감사하며 곧 다시 나에 관해 당신 잡지에 보고할 기회가 오기를 희망합니다. 〈47 그룹〉의 작가들이 세계에 대해 무지하다고 쿠비 씨가 보고한 것에 나는 전적으로 동감입니다. 쿠비 씨는 내 말을 내용적으로 충분히 이해했습니다. 나 역시 오늘날 작가들이 시대의 정점에 있기 위하여 전화 통화에 보다 많은 돈을 써야 한다고 생각합니다. 그리고 내 생각으로는 모스크바와 샌프랜시스코 사이의 치즈 상인들에게 세계를 설명할 그러한 때인 것 같습니다, 신께 바라건데! 내 자신은 물론 추녀의 물받이를 잘 서술하는 쪽을 택할 것입니다. 치즈 상인들에게 세계를 설명하는 것은 에리히 쿠비 씨 같은 분들에게 맡기고 말입니다.

뉴욕에서

페터 한트케[80]

이 편지에 나타난 한트케의 빈정거림은 아주 교묘하기 때문

80) Peter Handke : Pantoffeln. In : Der Spiegel, Nr. 22/21. Mai 1966.

에 단어 하나하나가 설득력이 있다. 아무튼 떠들썩한 그의 등장은 그때부터 많은 사람들에게 자기 선전을 위한 의도된 행동으로 통용되고 있다. 예를 들면 귄터 블뢰커(Günther Blöcker) 같은 비평가는 한 논설(1967)에서 이 감사 편지를 보고 "그에게 있어서 알려지고 싶은 모든 꿈들 가운데 가장 대담한 꿈이 성취되었다. 인정할 수 있는 성과에 앞서 먼저 성공을 누리거나 주목을 끌게 된 것이다"[81]라고 쓰고 있다. 그리고 미하엘 부젤마이어(Michael Buselmeier)도 1970년에 "그룹 회합의 이러한 상황을 한트케는 자신의 개인적인 등장을 선전하기 위해 집단 선전 쇼를 능가할 만큼 교묘하게 이용했다"[82]고 비슷한 말을 한다.

이처럼 대부분의 비평가들은 한트케의 행동을 관습에서 벗어난 태도로, 또 계획된 자기 선전으로 부정적 평가를 내리는데 주저하지 않았다. 이에 대해 한트케는 한 대담에서 세 가지로 요약해 자신의 입장을 밝힌다. 즉, 첫째로 그 비판은 자연발생적이었다는 것이다. 계획적이었다는 것은 소문일 뿐이지만 그것이 자연발생적이었음을 증명할 방법이 없다는 것과, 둘째로 젊은 작가가 그런 것을 말할 때 진지하게 받아들이지 않는 숙련된 작가들과 언론인들이 있지만 자신의 행동과 말은 일반적인 감정이었으며 만약 그렇지 않았다면 전체 일이 그렇게 자발적으로 환호받을 수는 없었다는 것이다. 마지막으로 한 사람의 작가가 되기 위해서는 말만으로는 충분치 않다[83]는 것이다. 이 주장에 대하여

81) Günther Blöcker : Peter Handkes Entdeckungen. In : Merkur, 236/1967, S.1090.
82) Michael Buselmeier : Das Image des Peter Handke. In : Frankfurter Hefte, 1970, S.282.
83) Vgl. Manfred Durzak : Für mich ist Literatur auch eine Lebenshaltung. ebda., S.314f.

한트케의 초창기 활동이 보여주었다고 하는 "소란과 비방"[84]에는 몇 가지의 객관적 관점이 따른다.[85] 첫째는 그가 작가로서 이름을 얻게 된 것이 우선적으로 작품을 통해서가 아니라 이런 소란스런 활동과 - 비록 원했든 원하지 않았든 간에 - 더 강력하게 결합되어 있다는 것이다. 둘째로는 『말벌들』이 비교적 어려움을 겪고 출판되었다는 것을 아는 사람들이 한트케가 그 책의 출판만으론 이룰 수 없었던 평판을 얻기 위해 이 회합에서 발언했다고 지적한 것이다. 셋째는 그의 행동이 시기적으로 잘 맞아 떨어졌다는 것이다. 즉, 서독의 문학 상황이 아직 온전했던 1년 전이라면 아마 예의에 벗어난 방해 행동이나 버릇없는 행위로 비난받았을지도 모를 일이 1년 후 〈47 그룹〉이 젊은 세대의 도전에 의해 붕괴되고 나서 그런 추측은 무가치해졌고 사라져 버리고 말았다는 것이다. 1966년 서독의 대학생 운동과 신좌익이 처음으로 서로 조직 편성을 시작했을 때 젊은 세대는 한트케의 등장에서 헬무트 하이쎈뷔텔(Helmut Heißenbuttel, 1921~ , 전위적인 서정시인이며 언어실험의 에세이 작가)과 함께 하나의 전형적인 "대의 행동" 혹은 반(反)권위의 출현을 보고자 한 것이다. 넷째는 출판업자 편에서도 그렇게 효과 만점의 작가상이 그대로 묻혀버려서는 안된다고 생각했다는 것이다. 그래서 그 쪽의 홍보전문가들 역시 힘을 다해 그 상을 계속 윤색했다는 이야기이다. 다섯째는 한트케 자신도 자의 반 타의 반으로 계속 그 쪽에 소비재를 공급하게 되었다는 것 등이다. 그러나 이런 객관적 관점을 제기하는 동안 누

84) Kurt Batt : Leben im Zitat. In : ders.: Revolte intern. München 1975, S.208.

85) i), ii) von Manfred Durzak, ebda., S.314f. iii) von Kurt Batt, ebda., S.209. iv), v) von Helmut Scheffel : Peter Handkes kurzer Weg zum langen Erfolg. In : FAZ,20. Oktober 1973.

구도 〈포룸 슈타트파르크〉의 전위적인 분위기 속에서 한트케가 언어중심 이론의 토대를 획득했던 그라츠 시절을 고려하지 않은 것으로 보인다. 그러나 알프레트 홀칭어는 한트케가 미국에서 행한 작가들에 대한 비난은 이미 그 전에 쓴 작품들과 그라츠 시절 문학에 대한 숙고를 하면서 형성된 것이라고 다음과 같이 옳게 지적하고 있다.

> 한트케에 관해 아무것도 알 수 없었던 사람들이 이제 그에 관해, 그 발랄한 젊은이에 관해 이야기했다. 그렇지만 이 발랄한 젊은이는 갑작스럽게 반짝 생각난 것에 따랐던 것도, 초보자로서 커다란 행운을 잡은 것도, 세대 간의 갈등을 교묘하게 이용했던 것도 아니며 그 진부해질 대로 진부해진 〈47 그룹〉에 계산적으로 대항했던 것도 아니다. 그와 같은 지저분한 동기들에 관해서는 그의 그라츠에서의 증명 가능한 문학적 활동과 미적 판단의 지속성을 보더라도 무죄이다.[86]

방송국의 서평 프로그램에서 행했던 동시대 문학과의 논쟁에서 알 수 있듯 한트케는 이미 그라츠에서 현대문학에 대해 지방성을 벗어난 주도적 의식을 갖고 있었으며 주로 프랑스 구조주의의 영향을 강하게 받은 그의 문학에 대한 이해는 당시 서독에서 선언되었던 "신사실주의"[87]와는 대단한 거리가 있었다. 그러므로 〈47 그룹〉 회합에서의 한트케의 비판은 완전히 다른 토양에서 뿌리를 갖고 자란 자기 문학의 존재를 확인시키기 위한 자

---

86) Alfred Holzinger : Peter Handkes literarische Anfänge in Graz. S.196.

87) Vgl. Peter Handke : Zur Tagung der Gruppe 47 in den USA, ebda., S.29.

연발생적인 변론이었다고 볼 수 있다.

6. 실험과 전위의 작가 페터 한트케

프린스턴 사건이 있은 후 한달 반쯤 지난 1966년 6월 8일 한트케는 그의 비문학적 명성에 이어 문학적 명성을 얻게 되는 결정적 희곡 『관객 모독』을 발표한다. 이 실험작은 프랑크푸르트의 탑 극장에서 대단한 성공을 거둠으로써 "작품과 작가가 하룻밤 사이에 브랜드"[88]가 된다. 허나 이 작품은 무대화되는 데까지 실로 많은 어려움을 겪었다.

이미 언급한 대로 첫 소설 『말벌들』을 1965년 8월 주르캄프 출판사에서 출판해주겠다고 했을 때 한트케는 법학 공부를 그만두고 프랑크푸르트로 간다. 그 상황에 대해 '슈피겔' 지는 다음과 같이 보도하고 있다.

> 나는 웬지 모르지만 아주 순진하게 내가 이제는 작가려니 하고 생각했습니다. 그러나 출판사에서 사람들은 나에게 그런 책 한 권으로 생활할 수 있을 것이라고 믿는 것은 너무나 무모하다고 말했습니다. 그러면 글을 쓸 때 무엇으로 생활할 수 있느냐고 한트케가 물었을 때, 또 그가 "나는 다만 쓰면서 존재하길 원한다"고 주장했을 때 후원자인 발터 뵐리히(Walter Boehlich, 당시 주르캄프 출판사의 원고심사 책임자)는 경제적으로 풍부한 수입이 있는 드라마 작가의 길을 제시했다. 그래

88) Die Leiden des jungen Handkes. Profil, Nr.9, 4Jg., 27.April 1973, S.54.

서 『관객모독』이 나오게 되었다고 한트케는 오늘날 말하고 있다.[89)]

한트케는 소론 「나는 상아탑에 산다」에서 일찍이 연극작품을 쓴다는 것은 사실 결코 생각치 못했었다고 말하고 있다.[90)] 어쨌든 한트케는 1965년 10월 그의 책 출판인인 지그프리트 운젤트에게 그의 첫 극작품을 보인다. 그러나 운젤트는 그 작품을 "출판도 공연도 불가한"[91)] 것으로 단정한다. 1965년 늦은 겨울 한트케는 그 원고를 알프레트 홀칭어에게 가져 간다. "나[홀칭어]는 그것을 읽고 조금 시간이 지나 전체적으로 재치가 풍부하고 언어적으로 우수한, 연극에 대한 이론적인 논문이라는 소견과 함께 돌려 주었다. 그러나 나는 소위 희곡이라고 하는 이 작품을 (한트케는 그의 텍스트에서 등장 인물들의 역을 전혀 분배하지 않았고 단지 장면에 대한 막연한 소견만 덧붙이고 있었다.) 상연할 수 있다고 생각할 수는 없었다."[92)]

이렇게 부정적 반응을 받게된 이 작품을 위해 당시 주르캄프 출판사의 연극분야 책임자이던 칼하인츠 브라운(Karlheinz Braun)이 대단한 노력을 아끼지 않았지만 어떤 극단도 이 전위적인 작품을 상연하려고 하지 않았다. 브라운은 한달 반 동안 슐레지비히-홀슈타인의 플렌스부르크(Flensburg)시(市)로부터 스위스의 바젤시(市)에 이르기까지 모든 극단에 이 작품을 제안했으나 아무 소득이 없자, 1966년 프랑크푸르트의 연극비평가 페터 이덴(Peter

89) Unerschrocken naiv. In : Der Spiegel, Nr. 22/1970, S.180.
90) Peter Handke : *Ich bin ein Bewohner des Elfenbeinturms*, S.27.
91) Die Leiden des jungen Handke, siehe Anm. 88, ebda., S.54.
92) Alfred Holzinger : Peter Handkes literarische Anfänge in Graz. S.194.

Iden)과 함께 첫 *Experimenta I*(실험 I)을 조직해 『관객모독』을 개인적으로 주선하여 상연하려고 결심한다. 그는 네 명의 배우를 모집하고 프랑크푸르트 탑 극장(Theater am Turm)의 젊은 연출가 클라우스 파이만(Claus Peymann)으로 하여금 여러 곳에서 거절당한 이 작품을 연습하게 한다.[93] 한트케의 친구였던 울리 하쓰(Uli HaB)와 나머지 세 명의 배우, 즉 미하엘 그루너(Michael Gruner), 클라우스-디터 레엔츠(Claus-Dieter Reents), 뤼디거 포글러(Rudiger Vogler)는 물론 연출가 파이만도 위험을 무릅쓰고 휴가 기간을 이용해 그 작품을 시연(試演)한다. 이상과 같은 어려움에도 불구하고 『관객모독』은 결국 흥행주들과 연극평론가들이 전혀 기대하지 않았던 높은 평판을 획득한다.

『관객모독』이 지속적인 성공을 거둔 것은 전통적인 연극 및 그에 익숙한 분위기 등을 거부하는 데에 기인한다고 볼 수 있다. 한트케는 이 작품의 방법론에 대해 이야기하고 있다.

> 내 첫 희곡작품의 방법은 (...) 연극적 추이를 단어들로만 한정한 것인데, 그 단어들의 모순되는 의미가 사건의 진행과 개인적인 이야기를 저지했다. 그 방법은 현실에서 어떤 상(Bild)도 나오지 않고, 현실을 그대로 복사해 그리거나 현실로 착각하게끔 하지도 않으며 오직 현실에서 쓰이는 단어들과 문장들로만 구성되었다는 점에 있다. 내 첫 희곡의 방법은 지금까지의 모든 방법들을 부인했다는데 있었다.[94]

---

93) Vgl. Unerschrocken naiv. In : Der Spiegel, Nr. 22/1970, S.180.
94) Peter Handke : Ich bin ein Bewohner des Elfenbeinturms, S.27.

이러한 생각은 그가 그라츠에서 방송국을 위해 서평을 쓰면서 체험했던 광범위한 동시대의 문학과 접촉했던 덕에 나온 것이다. 한트케는 1965년 11월 29일자로 방송된 서평에서 현대 연극에 대해 쓰고 있다.

> 현대 연극은 탈출 시도로 이루어져 있다. 그것은 수세기 동안의 관습이란 껍질을 씌워 놓은 연극의 세계에서 탈출하려고 시도한다. 현대 연극은 연극을 관객의 세계와는 다른 독자적인 세계로 만들고 싶어 하지 않는다. 연극은 다시 관객의 세계 일부가 되어야 한다. 어릿광대극에서 어릿광대에게 악어를 조심하라고 소리를 지르고 펄쩍펄쩍 뛰는 아이들처럼 관객들도 자기네들에게 원래 주어진 권리를 다시 가져야 한다. 그들은 단순히 방관자로 앉아 있는 것에서 벗어나 연극에 관여할 수 있어야 하고 적어도 참석자로서 존중되어야 한다. 아이러니가 들어 있지 않은 환상으로 되어 있는 전통적인 파노라마식 연극의 최면 수단은 자주 거부될 것이다. 이제는 마치 관객이 존재하지 않는 것 같이 되어서는 안되며 오히려 오직 관객만을 위해 연기되어야 한다. 그러면 관객의 현존이 당연히 연극 속으로 포함된다. 그래야 배우들을 무대 위에서 끊임없이 움직이도록 하는 필연성이 더 이상 존재하지 않게 된다. 그들은 관객에게 극의 추이를 설명하기 위해 끊임없이 신체나 얼굴의 연기를 할 필요가 없다. 그들은 끊임없이 행동할 필요도 없고 또 침묵을 지키며 앞에 앉아 있는 관객들에게 자신들의 내면 상태를 언어로 끊임없이 설명할 필요도 없다. 무대 위의 연기자들이 이제 과시주의자여서는 안된다. 그들은 아무에게도 말할 상황이 아닌 상태에서는 말할 필요가 없다. 그들은 또한 자기네들의 이야기를 하기 위해 장소와 시간의 일치를 지킬 필요가 없다. 왜냐하면 극 중의

> 인물들은 이제 극적 효과가 있는 이야기를 갖고 있지 않기 때문이다. 그들은 더 이상 연극에 맞지 않다. 연극은 연극의 가능성을 제한하는 힘을 잃었다. 아니 오히려 연극의 가능성들이 더 확장되었다. 모든 것이 다 연기 가능하다. 현대 드라마는 연극을 상연 불가능한 놀이라고 말한다. 그것은 물론 사실이 아니다. 기껏해야 전통적인 연극을 상연하기에 불가능한 놀이가 있을 뿐이다.[95)]

연극의 상연에서 관객의 참여 가능성을 넓히기 위하여 전래되어온 연극의 세계로부터 탈출하자는 것이 현대 연극에 대한 그의 선언이다. 이것은 물론 문학의 모든 장르에서 일어날 수 있지만 그의 탈출 기도는 특히 연극(희곡)에서 큰 성공을 얻었으며 바로 이 때문에 한트케는 70년대 초반까지 전위적인 희곡작가로 널리 알려지게 된 것이다.

95) Zitiert nach Alfred Holzinger : Peter Handkes literarische Anfänge in Graz, S.194f.

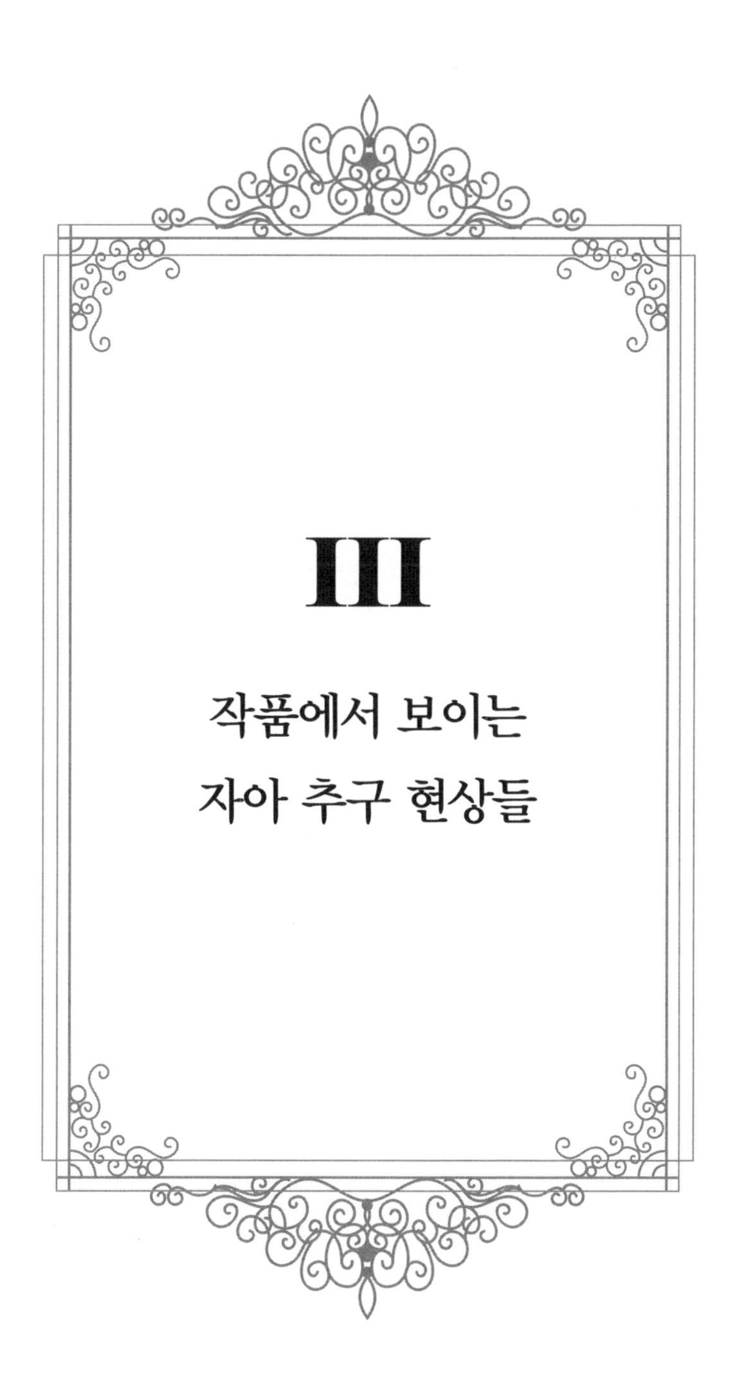

III

작품에서 보이는
자아 추구 현상들

1. 삶과 문학

누구나 그렇듯이 한트케도 자신의 고정관념, 자기자신의 이야기, 특히 자기자신의 구체적 경험들을 가지고 산다. 그러나 그가 작가로서 개인적 경험들을 글로 이야기할 때 그의 삶, 특히 그의 과거는 저작의 풍부한 원천이 된다. 동시에 과거와 맞서서 자신을 살펴보는 성찰이 중요한 테마로 대두된다. 과거란 기억 속에 보존된 체험들이며 또한 계속 내부에 머무르며 정신적 삶을 넓혀나가는 요소이기도 하다. 한트케 역시 현재의 삶을 제한하고 있는 과거의 다양한 체험들을 기억 속에 간직하고 있으며 그것들을 회상한다. 이러한 회상들을 그는 그의 작품 도처에서 표현하고 있다. 그러나 그것들은 즐거움으로서가 아니라 그를 압박하는 고통으로 등장한다. 한트케에게 있어서 과거란 마르셀 프루스트의 경우처럼 잃어버린 낙원을 의미하는 것이 아니라 다만 "폐허"일뿐이기 때문이다.

> 회상들의 폐허 - 나는 장소들이나 집들, 얼굴들의 개별성을 떠올리려고 해보지만 그것들은 언제나 폐허들로만 나타난다.[1)]

한트케가 자신의 과거를 오직 폐허로만 회상하는 이유는 그것이 너무도 쓰라렸기 때문이다. "나의 과거 - 만약 그것이 좋은

---

1) Peter Handke : *Das Gewicht der Welt*-Ein Journal (November 1975~März 1977), Salzburg 1977, S.53.

것이었다면, 나는 상황을 회상하고, 만약 그것이 나쁜 것이었다면, 그것은 나였다."[2] 그래서 그는 차라리 "회상 속에서가 아닌 지금이 아름답기를"[3] 바라며 회상과 기억으로부터 벗어나길 소망한다.[4] 과거에 대한 이러한 태도는 한트케로 하여금 과거 속에서 삶의 가치와 삶의 위안을 발견한다고 믿었던 마르셀 프루스트나 그의 동시대인들에 대해 저항감을 갖게 한다.

> 더 이상 이러한 가슴의 고통 아래 놓이지 않기 위해 과거를 완전하게 잊어야만 한다는 확신. 나는 내 기억력을 상실해야 한다! 프루스트와 벤야민, 그리고 회상의 기쁨과 회상에 대한 자의식을 가진, 잘 보호된 시민적 의식에의 반대. (어린시절부터 나를 제한한 기억에 대항하는 나의 투쟁 – 기억은 나를 죽음으로 위협한다.)[5]

마르셀 프루스트는 파리의 안락한 시민 가정 태생으로 세기 전환기의 부유하고 품위있는 삶의 범위를 기록한 자전적 7부작 소설 『잃어버린 시간을 찾아서』(*A la recherche du temps perda*)를 썼다. 이 책들은 1913년부터 1927년에 걸쳐 출판되었다. 문학비평가이자 작가인 발터 벤야민은 독일 최초의 프루스트 번역가로, 그 역시 베를린의 부유한 가정에서 태어나 자전적 소설 『1900년경 베를린에서의 소년시절』을 썼다. 이것은 "시민의 안전에 관한 옛 시

2) Ebda., S.276.
3) Ebda., S.293.
4) Vgl., ebda., S.88, "Und wieder mußt das Gedächtnis verlieren! Du mußt dein Gedächtnis verlieren und ein Gedächtnis für die anderen werden."
5) Ebda., S.85f.

절의 감정"[6] 속에 포근히 감싸여 있는 작가가 소년시절을 회상하는 소설이다. 화려한 건축물들, 가구들, 생활습관들과 함께 아직도 의(擬)고전주의와 비더마이어(Biedermeier)가 생동하는 이들의 소년시절과는 달리 한트케는 "옛날의 나에 관한 회상을 하면 내가 그 당시 전혀 사회 안에서 자라지 못했다는 생각"[7]을 갖고 있다. 그는 소설 『소망 없는 불행』에서 어렸을 때 잠깐 살았던 베를린 판콥(Berlin-Pankow)에서의 소년시절을 다음과 같이 묘사하고 있다.

> 소년시절의 회상들 – 그[그의 계부]가 때때로 집에 가져왔던 신선한 빵, 검고 기름진 거친 호밀 가루로 만든 빵, 그 빵 주변으로 침침한 방이 활짝 밝아지고, 어머니의 칭찬하는 말들. 이런 회상들 속에는 사람들보다는 도처에 물건들이 더 많았다. 폐허가 된 텅빈 길 위에서 춤추듯 펄럭거리는 팽이, 설탕 숟가락 위의 납작귀리들, 러시아 상표가 붙은 양은그릇 속의 회색빛 가래침.[8]

이것은 제2차 세계대전이 끝날 무렵의 가난한 노동자 가족이 살았던 삶의 체험들이다. 발터 벤야민이 삶을 "마치 갓 태어난 아이를 깨우지 않고 가슴에 안고 있는 어머니처럼 긴 세월을 아직도 소년시절에 대한 온화한 회상으로 다루었다"[9]면, 한트케의 소년시절에 대한 회상들은 언제나 "가슴의 고통"이요, "죽음으로

---

6) Walter Benjamin(1892~1940) : *Berliner Kindheit um Neunzehnhundert*, Frankfurt am Main 1959, S,65.
7) Peter Handke : *Das Gewicht der Welt*, S.218.
8) Peter Handke : *Wunschloses Unglück*, Salzburg 1972, S.33.
9) Walter Benjamin : *Berliner Kindheit um Neunzehnhundert*, S.152.

의 위협"이다. 거기에서 벗어나기 위해 그는 기억과의 단절을 시도한다. 심지어 그는 만약 "지금의 행복"이 자신의 과거와 아무 관련이 없다면 아름다운 것이라고까지 믿는다.

> 멋지다. 자기의 역사, 자기의 과거 역사를 갑자기 더 이상 느끼지 않는다는 것은, 자기가 과거에, 아이로서, 소년으로서 한때 그렇게 존재했던 것이 지금의 행복에 더 이상 방해되지 않는다고 느끼는 것은.[10)]

한트케는 프루스트나 벤야민처럼 지나가 버린 과거의 시간 속에서 행복을 찾지 않는다. 현재의 행복에 대한 그의 애착은 그로 하여금 현재의 삶에 강한 집착을 보이게 한다. 과거로 도피하는 대신 그는 "나는 어떻게 살아야 할까?" 또는 "나는 어떻게 생각해야 할까?[11)]에 몰두한다. 이러한 질문에 몰두하는 동안 그에게는 자신과 같은 하층민 출생이자 가난한 자들에 대한 질문이 이어간다.

> 1세기 전까지만 해도 발전을 이끌 수 있는 힘을 가졌던 사람들이 여전히 발전을 염두에 두었다. 즉, 새로운 시대로부터 바로 얼마 전까지 구원론은 늘 힘을 가진 자들, 즉 영주, 공장주, 선행자들로부터 나왔다. 허나 지금은 힘있는 자들이 결코 인류를 위한 선행자들이 아니다. 그들은 기껏해야 개개인들에게 선행자인 척 할 뿐이다. 그리고 가난한 사람들, 재산이 없는 사람들, 힘이 없는 사람들만이 무엇인가 새로

---

10) Peter Handke : *Das Gewicht der Welt*, S.14f.
11) Ebda., S.92.

운 것을 생각한다.[12)]

이러한 생각에서 한트케는 "소시민들이나 노동자들의 아들 딸들이 쓰는 것(노동자 문학은 결코 아님), 그것만이 나의 호기심을 끈다는 생각"[13)]을 확신한다. 또한 그는 "시민적이란 단어가 사실은 구역질나는 표현"[14)]이라고 말한다. 자신이 "하층계급"에 속한다는 의식은 그의 과거에 대한 모든 회상에 관통되고 있으며, 비록 그가 오늘날 성공한 작가로 명성을 누리고 있지만 현재의 정신생활에 있어서도 기본적 토대를 형성하고 있음을 다음의 귀절에서 알 수 있다.

애교있고 익숙하게 그들이 일상에서 하는 유희를 외관상 확실하게 해내는 부유한 시민 가정의 부인들과 함께 정원에서 벌어진 아이들 축제. 그런 모임에서 내가 부지런을 떨면서도 항상 맞지 않는 행동이나 불필요한 손놀림을 하면서 이 낯선 사람들에게, 또한 더욱 더 낯선 그들의 아이들에게 억지로 강요된 친절한 태도를 취한다고 느꼈던 옛날의 감정. 거기서 아이들은 예를 들면 적의에 찬 모습을 하고 뻣뻣하게 앉아 있거나, 아니면 사격놀이나 전쟁놀이를 한다. – 그때 나에게는 없어졌다고 믿었던 의식, 즉 내가 하층계급에 속하고, 도저히 환경이라고 할 수 없는 환경에서 자라나 가당치 않은 벼락부자가 되었다는 의식이 떠오른다.[15)]

---

12) Peter Handke : *Der kurze Brief zum langen Abschied*, Frankfurt am Main 1972, S.190f.
13) Peter Handke : *Das Gewicht der Welt*, S.129.
14) Ebda., S.161,
15) Ebda., S.232.

자신의 출생 및 성장 과정과 부유한 시민사회 및 그들의 문명화된 삶의 습관 사이의 차이점은 한트케에게 있어서 극복될 수 없는 것으로 나타난다. 그의 삶이 뿌리를 내리고 있지 않은 이러한 사회에 대비시켜 한트케는 자신이 태어났고 자랐던 "시골의 구름들, 들판들, 사람들의 모습을"[16] 내세운다. 그러면 그에게 "갑자기 수세기 동안 공적으로는 위협적이었던 역사 뒤에 이런 사람들이 죽어가며, 또 하찮게 되면서 겪은 수난의 역사가 다시금 숨막힐 듯 분명하게"[17] 나타난다. 한트케는 바로 여기에서 자신을 위한 하나의 "참된 역사, 나의 역사, 나의 일"[18]을 발견한다. 그는 이러한 사람들 속에서 자신의 자리를 찾고, 자신에게 진정으로 가치있는 이들을 망각 속에 빠뜨리지 않게 하기 위해 그들의 수난사를 쓰는 것이 자신이 해야 할 일임을 안다. 이것은 한트케가 자기자신에 대해 쓰는 것, 바로 그것을 의미하는 것이다.

2. 출생과 어린시절

한트케는 1942년 12월 6일 케른텐주 그리펜읍 알텐마르크트 6번지에서 태어났다. 그곳은 당시 독일어와 슬로베니아어를 함께 쓰는 이중 언어 지역에 속했다. 한트케는 1972년 자신의 출생에 대한 대담에서 말하고 있다.

16) Ebda., S.218.
17) Ebda., S.218.
18) Ebda., S.218.

> 나는 거의 사생아로 태어났습니다. 무슨 뜻인가 하면, 나를 잉태하게 한 분은 – 아버지라고 말하기는 어렵습니다 – 전쟁 중 오스트리아에 주둔하고 있던 독일군 경리장교였습니다. 그 사람을 나의 어머니는 사랑했고, 그것이 나의 어머니의 첫 사랑이었답니다. 어머니는 그의 아이를 갖게 되었지만 결혼은 그런 것에 별 구애를 받지 않는 다른 남자와 했던 거죠.[19)]

한트케의 어머니 마리아(Maria Handke, 1920~1971)는 처녀 때의 성이 시우츠(Siutz)로 슬로베니아 태생이었고, 그의 계부 브루노(Bruno Handke)는 생부와 마찬가지로 독일 태생이며 아직도 한트케의 고향인 알텐마르크트에 살고 있다. 그 역시 전쟁 중 오스트리아에 주둔했던 하급장교였다. 그에 대해 한트케는 『소망 없는 불행』에서 다음과 같이 쓰고 있다.

> 출산을 얼마 남겨 놓고 나의 어머니는 독일군 하급장교와 결혼했다. 그 남자는 그녀를 꽤 오랫동안 사모했고 그녀가 다른 남자의 아이를 임신하고 있다는 것에 전혀 구애를 받지 않았다. (...) 그는 그녀의 마음에 들지 않았지만 모두들 그녀에게 (아이에겐 아버지가 있어야 한다는) 의무감을 강요했다. 처음으로 그녀는 움츠러들었다. 그녀에게선 웃음도 거의 사라져 버렸다. 더군다나 누군가가 자기를 생각하고 있었다는 것이 그녀에겐 감탄스러웠다.[20)]

---

19) Franz Hohler : Fragen an Peter Handke. In : ders.: *Fragen an andere*, Bern 1973, S.
20) Peter Handke: *Wunschloses Unglück*, Salzburg 1972, S.28f.

이처럼 복잡한 상황에서 한트케가 외조부모의 집에서 태어났을 때 제2차 세계대전은 독일 군대가 스탈린그라드 전투(1942년 8월~1943년 2월)를 수행하면서 정점으로 치닫고 있었다. 한트케는 시골에서 "가톨릭 농가의 성상 안치소에서 신비롭게 빛나는 대중용 라디오의 힘찬 음악과 함께 통고되었던 일련의 승전보고들"[21]과 전시경보들의 혼란 속에서 두 살 때까지 어머니 팔에 안겨 보냈다. 1944년 어머니는 아이를 데리고 베를린 - 판콥으로 가서 그 사이 전쟁에서 돌아와 다시 전차운전수로 일자리를 얻게 된 남편과 함께 살았다.

> 나는 특히 시골에서, 그러니까 오스트리아의 케른텐주에서 자랐고 두 살부터 여섯 살까지는 오늘날 동베를린에 - 그 당시에도 역시 그렇게 불렀습니다만 - 있던 계부의 부모집에서 지냈습니다. 그때 나는 이미 대도시에 대한 이런 인상을 갖게 되었습니다. - 그때는 대단히 불안했습니다. 전쟁 말기의 시절과 이어 온 전쟁 후의 시절이 내게 꽤나 깊은 영향을 끼쳤습니다. 그 다음, 그러니까 여섯 살부터 기숙학교에 들어간 열두 살까지 거의 항상 집에 있었습니다.[22]

위의 인용문에서 알 수 있듯 한트케는 두 살에서 여섯 살까지(1944~1948) 동베를린에 있는 계부의 부모님 집에서 머물렀던 것을 제외하면 열두 살에 클라겐푸르트 소재 탄젠베르크 기숙학교에 갈 때까지 고향인 알텐마르크트에서 자랐다. 한트케는 동베

21) Ebda., S.25.,
22) Franz Hohler : *Fragen an Peter Handke*, S.21.

를린에서 전쟁의 폐허 위에서 사는 가난한 노동자 가족의 비참한 생활을 체험했고 전쟁 말기와 전쟁 후의 대도시에 대한 인상도 받게 된다. 한트케는 『소망 없는 불행』에서 어머니의 도움을 받아가며 그 당시의 인상을 적고 있다.

> 전후, 대도시, 옛날과 같은 생활이 이 도시에선 가능하지 않았다. 지름길로 가기 위해 폐허 위를 올라갔다 내려갔다 하면서 달려갔지만, 팔꿈치로 저지하면서 허공을 쳐다보고 있는 동료들에게 밀려나 뱀같이 긴 줄의 맨 뒤에나 서있게 될 뿐이었다. 짤막하고 불행한 웃음. 자기자신을 돌아다 보기 (...) 입은 (...) 이 새로운 삶의 여건 속에서 과장되게 꽉 다물어져 있었다. (...) 가면같은 얼굴 (......) 다른 지역 사투리에다 낯선 지역의 말투까지 흉내내는 (......) 꾸민 목소리 (......) 이 모든 것들이 다른 인간이 아니라 하나의 타입이 되기 위해서였다. 즉, 전쟁전의 타입에서 전쟁 후의 타입으로 되기 위해서.[23]

사람들은 이렇게 개인으로서가 아니라 타입으로 살면서 자신을 편하게 객관화시켰고, 자신의 출생이나 개성을 또는 날마다 새롭게 주어지는 삶의 조건들을 견디어 냈다. 전후의 전반적인 분위기가 이러했지만 한트케는 집안에서도 시민적인 삶의 형식을 결코 체험해 보지 못한다. 단칸방, 날마다 해야 하는 빵 걱정, 계부와 어머니의 불안한 관계, 그리고 거의 무의식적인 흉내나 손짓 몸짓으로 제한된 의사소통을 하는 삶의 상황들은 너무도 소시민적이었다. 이러한 집에서 한트케는 무엇보다도 계부와

23) Peter Handke : *Wunschloses Unglück*, S.37-38.

어머니가 치고 받고 싸우는 일, 그리고 계부의 음주벽을 불안과 분노 속에서 경험한다. 그는 때때로 어머니가 "버림받은, 버림받은 / 길바닥의 돌맹이처럼 / 그렇게 버림받은 나"[24]라는 가사의 애수에 찬 고향노래를 부르는 것을 듣기도 한다. 당시의 삶에 대한 느낌을 그는 어머니의 회상을 통해 전달한다.

> 그것은 사는 것이 아니었다! 그녀[어머니]는 나중에 그런 것에 대해 이야기할 때마다 (......) 구토와 처참함으로 고개를 살레살레 흔들곤 했다. 고개를 가만히 흔들긴 했지만 그렇게 한다고 해서 구토와 처참함을 털어냈던 것이 아니라 몸서리치듯 다시 느꼈을 뿐이었다.[25]

어머니가 이렇게 느끼던 감정은 한트케에게도 물론 매우 구체적인 것이었다. 그는『소망 없는 불행』에서 그가 이런 것을 제2인자로 체험했다는 것과 비록 지금의 삶이 꿈같고 비현실적인 감이 없지 않지만 그런 것을 회상할 때면 다시금 그런 상황과 일치감을 느낀다고 고백하고 있다.[26]

동베를린에서 보낸 한트케의 어린시절은 1948년 가족이 모두 오스트리아의 케른텐에 있는 외조부 댁으로 돌아오면서 끝난다. 그러나 그에게 강한 영향을 주었던 대도시의 인상은 그에게 나중에 독일에 대한 향수를 가끔 일깨워 준다.

> 오스트리아의 시골에서 학교에 다니는 동안 나는 가끔 대도시 – 전

---

24) Ebda., S.40.
25) Ebda., S.41.
26) Vgl. ebda., S.45.

후의 베를린 – 에 대한, 독일에 대한 향수를 느꼈다. 제3 제국에 관해 접하게 되었을 때, 나는 악한 것이라고는 결코 존재하지 않았었다는 것을 알았고, 되도록이면 이러한 인식에 따라 행동했으며, 아이가 그것을 배웠을 때처럼 그런 악행을 결코 독일과 연관해서 느끼지는 않았다.[27]

그는 학교에서 베를린의 어린시절에 관한 작문도 한다. 기숙학교시절 한트케의 동료였던 요셉 란프틀러(Josef Ranftler)는 1973년 '프로필' 지에서 한트케가 낭독한 「협소한 나의 고향」이란 제목의 작문에서 그의 가족이 동베를린으로부터 도망해 온 것을 밝혀 동급생들을 놀라게 했다고 회상하고 있다.[28] 한트케 자신은 1967년에 쓴 「새로운 체험들」(Die neuen Erfahrungen)이란 시에서 가족이 동독으로부터 도주해 올 때 어린 나이로 체험했던 것을 그리고 있다.

1948년 / 바이에른과 오스트리아의 국경 / 바이에른 그마인이란 곳에서 / "몇 번지의 집에서던가?" / 처음으로 / 나는 잠자리에서 보았다 / 아마포 아래 / 꽃들 뒤에 / 죽어 있는 / 한 인간을.[29]

한트케의 어린시절에 대한 회상들은 이렇게 무엇보다 전쟁과 연결되어 있다. 그가 『세계의 무게』에 기록한 딸과의 대화에서

---

27) Peter Handke : *Die Lehre der Sainte-Victoire*, Frankfurt am Main 1980, S.88f.
28) Die Leiden des jungen Handke. In : Profil, Nr.9,4 Jg., Wien, 27.4.1973, S.49.
29) Peter Handke : Die neuen Erfahrungen. In : ders.: Prosa Gedichte Theaterstücke Hörspiel Aufsätze. Frankfurt am Main 1968 S.112.

“네가 체험한 많은 것을 나는 체험하지 못했다” - “그러나 아빠는 전쟁을 체험했어요!” - “너도 원하니?" - "그럼요!”[30]라고 이야기하고 있는 것처럼 그에게는 오늘날 아이들이 갖고 있는 많은 체험들이 없다. 그에게는 다채로운 아이의 세계 대신 놀라움과 두려움을 자아내는 폐허가 존재할 뿐이다. 그러므로 무색깔의 을씨년스런 파편더미 위에서 작은 아이가 언젠가 붉은색 장난감 자동차에 온통 정신을 빼앗겼던 것은 이상한 일이 결코 아니었다.

> 면도용 비누거품이 든 빨간색 통 – 한 사물에 대한 강렬한 체험. 그 체험으로 인해 삼십 년 전 넓다란 가로수 길의 보도 위를 달리던, 즉 신선함, 새로움, 무사함, 근사함과 같은 승리감을 주었던 똑같이 빨간 장난감 자동차에 대한 기억 (배경에는 전쟁의 폐허).[31]

이와 같은 직접적인 회상들 외에도 전쟁 말기나 전후의 인상들은 그의 작품들 속에 자주 문학적으로 형상화되어 있다. 특히 첫 소설 『말벌들』은 어디에서 인용되었는지 밝히지 않은 채 “너는 전쟁에 나가 죽지 않고 돌아올 것이다”[32]란 모토로 시작되어 전반적으로 전쟁의 상황을 엮고 있다. 제66장 「이야기의 생성」에서 한트케는 다음과 같이 기록하고 있다.

> 그 책은 두 형제에 관해 이야기하고 있다. 그들 중 한 명은 나중에 혼

30) Peter Handke : *Das Gewicht der Welt*, S.34.
31) Ebda., S.318.
32) Peter Handke : *Die Hornissen*, Frankfurt am Main 1966, S.5.

자서 실종된 형제를 찾으려고 했을 때 눈이 멀었다. 이야기에서는 어떤 사건으로 그 소년의 눈이 멀게 되었는지 전혀 분명하지 않다. 다만 전쟁 상태가 지배적이라는 것만 여러번 반복해 말하여 질 뿐이다.[33)]

이것 뿐만 아니라 개개의 장(章)에 전쟁에 대한 수많은 묘사가 들어 있다. 확성기를 통한 전쟁 선전, 군사력, 밤에 날아가는 폭격기들, 군대의 진영을 향한 공중으로부터의 폭격 등등. 제60장 「전투」에는 전쟁의 의미가 다음과 같이 기록되어 있다.

전쟁은 결코 오락이 아니다. 전쟁은 진지한 목표를 위한 진지한 수단이다. 전쟁은 모든 상황들의 불확실성을 증가시키고 사건들의 진행을 방해한다. 전쟁이란 우연의 영역이다.[34)]

『소망 없는 불행』에서 한트케는 원전(原典)의 저자 이름까지 거명하며 다시 한 번 이 대목을 반복한다.

그것은 [전쟁은] "모든 상황들의 불확실성을 증가시키면서" (클라우제비츠)[35)]

칼 폰 클라우제비츠(Karl von Clausewitz, 1780~1831)는 프로이센의 장군으로 『전쟁에 관해서』(*Vom Krieg*)란 미완성의 책을 남겼다. 이 책은 지금까지 전쟁에 대해 쓰여진 책 중 내용과 형식면에서 최

---

33) Ebda., S.272.
34) Ebda., S.218.
35) Peter Handke : *Wunschloses Unglück*, S.25.

고의 저서로 인정되고 있다. 한트케가 위에서 언급하고 있는 전쟁의 의미는 바로 이 책에서 인용한 것이다. 클라우제비츠의 책에는 한트케의 서술과 비교되는 이런 귀절이 들어 있다. 즉, "그러나 전쟁은 결코 오락도, 모험과 성공에 대한 단순한 욕망도, 자유로운 열광의 작업도 아니다. 전쟁은 진지한 목표를 위한 진지한 수단이다. 전쟁 그 자체가 지니고 있는 행운의 색채 변화와 정열, 용기, 환상, 열광의 동요들은 그 모든 것이 이 수단의 특징들일 뿐이다."[36] 이 서술 외에도 클라우제비츠가 확신하고 있었던, 잘 알려진 전쟁의 개념을 한트케는 같은 「전투」의 장에 반영하고 있다. 우선 클라우제비츠는 전쟁에 관해 다음과 같이 정의하고 있다.

> 전쟁이란 확장된 일대 일의 싸움 바로 그것이다. (...) 누구나 신체적 폭력을 통해 상대방을 자기의 의지대로 강요하고자 한다. 그의 다음 목표는 적을 굴복시키고, 그럼으로써 어떤 저항도 못하게 만드는 것이다. 그러므로 전쟁이란 폭력행위이며 적을 우리의 의지대로 강요하는 것이다. 폭력은 폭력에 대항하기 위해 기술과 과학의 발명품으로 무장한다. 그러니까 (...) 폭력이란 (...) 수단이며 적에게 우리의 의지를 강요하는 목적인 것이다. 이 목적을 확실하게 달성하기 위해 우리는 적을 무력하게 만들지 않으면 안된다. 그리고 이것이 개념상으로 본 전쟁 행위의 실제적 목표이다.[37]

---

36) Karl von Clausewitz : *Vom Krieg*, Berlin u. Leipzig 1815, S.17f.
37) Ebda., S.3f.

한트케는 이 서술을 그의 작품에서 반영한다.

> 일대 일의 대결이 전쟁의 요소라고 한다. 일대 일 대결의 본질은 폭력 행위를 통해 적에게 자기의 의지를 강요하는 것이다. (...) 이 두 번째의 폭력은 첫 번째의 폭력에 대항하기 위하여 기술과 과학의 발명품으로 무장한다. (...) 단순하고 자연스러운 싸움에서 이제 사용되어야 하는 폭력은 상대방에게, 즉 적에게 자기의 의지를 강요하기 위한 수단이다. 이러한 목표에 확실하게 도달하기 위해 적은 무력해지지 않으면 안된다. 이것이야말로 전쟁 행위의 실제적 목표라고 한다.[38)]

이것은 한트케가 마을의 주막집에서 일어난 단순한 싸움을 서술하기 위해 클라우제비츠의 전쟁에 대한 정의를 사용한 것이다. 일상생활에서도 전쟁의 상황을 느끼게 하는 이러한 서술은 한트케가 어린시절에 전쟁의 영향을 얼마나 깊이 받았는지를 알 수 있다. 이뿐 아니라 『말벌들』에는 전쟁의 경험과 그에 따른 불안상태가 일관되게 감돌고 있다. 전쟁으로 인한 이러한 불안상태는 또한 『긴 이별에 대한 짧은 편지』에서도 보인다.

> 기억이 나는 데까지 과거를 회상해 보면, 나는 마치 경악과 두려움을 위해 태어난 것 같았다. 미군 폭격기들이 지나간 후 내가 집으로 데려와졌을 때 정적이 깃든 마당에 햇빛을 받으며 여기저기 흩어져 있는 장작들. 주말이면 토끼를 도살했던 옆문 계단 위에서 반짝이는 핏방울들. 어스름녘에 (...) 황혼에 잠긴 숲을 따라 우스꽝스레 팔을 흔들

38) Peter Handke : *Die Hornissen, S.212f.*

거리며 뒤뚱거리고 가 멈춰서서는 아침에 숲속으로 들어가 아직 나오지 않고 있는 (...) 내가 좋아했던 누군가를 처음에는 부끄러워 나지막히 이따금씩 부르다가 나중에는 무서워져 더 이상 부끄러워할 수 없게 되자 마침내 영혼 깊은 곳에서부터 힘을 다해 고함쳐 불렀던 일 또한 도망쳐 나간 닭들의 부드러운 솜털깃들이 마당 여기저기에 또는 집 담장에 붙어 햇볕 속에 흩어져 있었다.[39)]

이것은 가출한 아내를 찾아 나선 주인공이 연락을 원치 않는다는 아내의 짧은 편지를 손에 들고 불쑥 회상하는 어린시절의 정경이다. 전쟁 말기의 폭격으로부터 받은 충격이 내적 체험 영역에 너무 강한 영향을 주어서 현재까지도 그의 삶을 제한하고 있는 대목이다.

알텐마르크트에서 한트케는 어린시절의 후반기를 협소한 마을의 분위기와 풍성한 자연 속에서 보내게 된다. 여기서 그의 체험세계는 "존재하는 몇몇의 장소"로 제한된다. 그의 기억 속에 남아 있는 것은 "내 출생지의 들판, 여름날 이른 아침의 불빛 혹은 들판 위로 난 모래길, 그 위로 빗방울이 떨어지기 시작하면 그 흔적들이 모래에 보이고, 그리펜 수도원, 교회 그리고 겨울 아침 우리 마을에서 주(州)의 수도로 나를 태우고 갔던 버스"[40)] 등이다. 이러한 어린시절은 『말벌들』에 반영되고, 『긴 이별에 대한 짧은 편지』에서는 화자(話者) "나"의 어린시절 회상의 배경이 된다. 첫 소설 『말벌들』과 어린시절의 관계를 한트케는 1973년 만프레

39) Peter Handke : *Der kurze Brief zum langen Abschied*, Frankfurt am Main 1972, S.9f.
40) Vision von Österreich – Was Peter Handke über sich und die Literatur seiner Heimat sagt. Zusammengestellt von Hans Haider. In : Die Presse, 18.Juli 1972.

트 두르착과의 대담에서 설명하고 있다.

『말벌들』에 나타나 있는 많은 개개의 사건들은 (...) 단순히 나의 체험들입니다. (...) 언젠가 말파리가 더 이상 멀리 날지 못하고 웡웡거리며 울도록 꽁무니에다 밀짚을 꽂아 놓던 일, 그것은 단순히 의식을 위해, 삶을 위해 대단히 중요한 것이었습니다. 그것은 『말벌들』에서 여러 페이지에 걸쳐 서술되고 있습니다. 말(馬) 눈에 파리들이 앉는 등의 모든 것, 갈대 속으로 달려가고, 갈대를 베고, 또 돼지 먹이를 주려고 감자를 삶았던 일 – 그런 것이 내 소년시절의 세계였으니까요. 그것이야말로 확실한 것이었죠.[41]

한트케의 이러한 진술은 1975년 하인츠 루드비히 아르놀트와의 대담에서도 재확인된다.

내가 성장한 세계의 그림들이 계속 나오는 『말벌들』과 같은 그런 책을 나는 다시 한 번 다루고 싶습니다. 나는 그곳으로, 이 책으로 돌아가고 싶습니다.[42]

두르착과의 대담에서 언급된, 연못의 갈대를 베는 일은 실제로는 할아버지의 일이었다. 그러나 한트케는 이 힘든 일을 『말벌

41) Manfred Durzak : Für mich ist Literatur auch eine Lebenshaltung. Gespräch mit Peter Handke. In : ders.: *Gespräche über den Roman*, Frankfurt am Main 1976 (= st 318), S.326f.

42) Heinz Ludwig Arnold : Gespräch mit Peter Handke. In : Text+ Kritik, H.24/24a *Peter Handke*, München ⁴1978, S.26.

들』에서 눈이 먼 화자 “나”의 아버지가 하는 일로 제4장 「익사한 형을 나르기」, 제5장 「헌병의 이야기」 그리고 제10장 「말 눈에 붙은 곤충들」에서 매우 집요하게 서술하며 회상하고 있다. 갈대, 마차, 감자와 같은 장면 외에도 이 소설에는 한트케가 성장했던 소년시절의 세계를 그림처럼 떠올릴 수 있는 수많은 장면들이 등장한다.

동트기 전 들판에 내리는 비, 경작지와 휴경지, 나무에서 떨어져 도랑에 덩어리를 이룬 채 처박혀 썩은 나뭇잎들과 진흙, 나무더미를 덮어 놓았던 타르칠을 한 용지가 겹쳐져 장작에서 미끄러진 모습, 부딪치면 바스락거리는 짚을 넣어 만든 요, 빗발 섞인 눈, 푸셀유가 섞인 냄새나는 램, 하얀 하늘과 솜털같은 눈이 덮인 들판 그리고 들판 가에 서있는 포플러나무, 먼지덩이와 다 잡아 먹힌 파리의 몸뚱이가 구겨져 매달려 있는 거미줄, 옥수수밭의 마른 잎들 속에 나있는 솜털 줄기, 부모님의 싸움, 헛간에서 들리는 쇠사슬의 거칠은 덜커덩 소리와 소들의 주둥이에 들어있는 먹이가 으깨지는 소리, 국도에 있는 우유매장에 서 있는 우유차, 들판 여기저기에 놓여 있는 썩은 호박들, 집 뒤에 있는 장거리 송전선에서 들려 오는 윙윙대는 소리, 얼굴에 붙은 아주 작은 파리 반점들, 비가 오면 낮은 언덕에서 밀려온 모래, 벽 담장에 원추형으로 뚫린 탄환 자리에 낮 동안 잠자면서 매달려 있는 넓직한 날개를 가진 좀나방들, 털 밑으로 갈비뼈가 앙상한 마른 고양이 한 마리, 나무에 난 수많은 구멍들 주위에 붙어 있는 곤충이 갉아 놓은 나무가루, 목재 위에 목수가 연필로 써놓은 숫자들, 거품이 일다가 파열하는 하수구, 서까래의 벌집들, 일요일의 교회가는 길, 돼지 도살, 마을 광장에서 공표하는 법규, 으깨진 파리들과 우유를 쌌던 썩은 종이조각으로 냄새나는 하수구, 땅 틈새를 통해 몰려드는 개미들, 마을 극장에 톱밥으로 난방이 되는 난로에서 솟는 불꽃, 주점에서의 싸움, 담벽에 붙은 보험회사 달력, 밤 사이 비가 내리고 난 후 도로 위에 죽어 있는 개구리들, 무더운 날 길 위로 날개를 퍼득이며 몰려오는 메뚜기들, 두 절벽 사이에서 들리는 물소리, 토요일이면 농가에서 마당을 쓰는 풍습, 먼지나는 길에 빗방울이 떨어지면 생기는 곰보자국 같은 흔적, 접시에 들러붙어 바쁘게 움직이는 개미, 얼어붙은 눈벌판과 얼음층 아래의 두꺼운 눈 먼지.

이것이 다양한 모습의 자연 속에서 외롭고 빈한한 노동자 가족의 일원으로 소년시절을 보낸 한트케에게 각인된 세계이다. 그의 체험세계가 이렇게 주로 자연과 관련되어 있음에도 불구하고 자연에 대한 그의 심정은 늘 부정적인 것으로 작품에 나타나 있다. 소설 『긴 이별에 대한 짧은 편지』에서 한트케는 주인공 “나”를 통해 자연에 대해 이야기하고 있다.

> 나는 시골에서 자랐지만 자연이 사람을 무엇인가에서 해방시킨다는 것을 이해할 수 없었다. 자연은 나를 억압했을 뿐이다. 아니, 나는 적어도 자연 속에서 편안하지 않았다. 그루터기만 남은 논밭, 과일나무들 그리고 목초지들이 나는 싫었으며 웬지 섬찟했다. 나는 자연을 아주 가까이에서 알게 되었다. 즉, 맨발로 그루터기만 남은 논밭을 달리기도 했고, 나무에 기어 오르다 껍질에 살갗을 찢기기도 했고, 목초지에서 빗속에 오줌을 깔기며 가는 암소들 뒤를 고무장화를 신고 따라가기도 했다. 그러나 지금에야 비로소 나는 자연 속에서 조금도 자유롭게 움직일 수 없었기 때문에 이런 조그만 불편함을 그토록 강하게

느꼈다는 것을 깨달았다. 과일나무들은 다른 집 것이어서 그 앞을 피해 들판 너머로 뛰어다녀야 했고, 또 가축을 돌보면 그 보상으로 주어지는 건 가축을 돌보는데 반드시 있어야 하는 고무장화였다. 아이는 곧장 자연 속에서 일하지 않으면 안되었기 때문에 자연을 둘러 볼 여유있는 안목을 키우지 못했고 기껏해야 바위틈새, 속이 텅빈 나무 그리고 사람이 숨을 수 있는 굴속 등, 아무튼 모든 종류의 지하동굴에 대한 호기심 어린 시선을 키우는 게 고작이었다.[43)]

시골에서 자라며 자연을 대단히 가깝게 접했음에도 한트케는 소년시절에 자연을 항상 두려운 것, 억압하는 것 혹은 불쾌한 것으로 체험한다. 자연 속에서 일하도록 강요된 것 말고 그는 결코 자유롭게 움직일 수 없었다. 그래서 그는 고향 그리펜의 풍경에서 아늑하고 자유로운 자연을 느낄 수 있는 시선을 키우지 못한다. 자연 속에서의 낯설고 어설픈 감정은 그의 소년시절을 대단히 부자유스럽게 했던 것이다. 그에겐 어쩔 수 없이 자연을 싫어하는 감정이 싹텄고, 그는 자연보다는 집이나 거리에 더 호감을 갖는다. 벽촌마을과 가난한 농가에서의 삶이 사회에 대한 그의 체험을 극도로 제약했기에 그는 나중에 자주 자신의 소년시절을 이러한 빈약한 체험들과 관련해 회상한다.

내가 날마다 보았던 것과 비교할 수 있었던 것이 내겐 아무것도 없었다. 모든 인상들은 이미 알고 있었던 인상들의 반복이었다. 그것은 내가 별로 돌아다닌 곳이 없고 나와 다른 조건들 아래 살고 있는 사람

---

43) Peter Handke : *Der kurze Brief zum langen Abschied*, S.50f.

들도 별로 보지 못했음을 뜻한다. 우리가 가난했기에 나는 역시 가난한 사람들만 보았다. 보는 것도 대단히 빈약했기에 우린 이야기할 거리도 많지 않아 매일 거의 같은 이야기만 했다.[44)]

같은 소설의 또 다른 곳에서는 다음과 같이 적고 있다.

아이였을 때 우리는 체험하는 것이 너무도 적었다. 볼거리가 너무 없어서 우린 심지어 새 달력의 사진들을 보고도 기뻐했다. 가을이면 우리는 매년 보험금을 받아 가고 다른 사진이 들어 있는 다음 해의 보험회사 달력을 가져오는 보험회사 외무사원을 기다렸다.[45)]

이처럼 좁은 환경에서 빈약한 체험 세계를 가질 수 밖에 없었던 한트케는 주변 세계를 두려움과 함께 인지하고, 존재하지 않는 것을 꿈꾸는 그런 소년이 된다. 그래서 그에게는 꿈과 주변 세계가 아무런 연관성 없이 공존하게 된다. "단지 두려움을 가졌을 때에만 나는 주변이 나에게 더 나은 표지(標識)를 주는 것인지, 아니면 더 나쁜 표지를 주는 것인지 살펴보았고 훗날 그것에 대해 회상했다."[46)] 두려움의 상태들은 동시에 인식 과정들이 되어 그로 하여금 주변 세계를 똑똑히 보게 했던 것이다. 그에게 있어서 두려움이 없이는 "꿈과 주변 세계가 결코 제대로 인식되지 않았으며, 그 결과는 내가 그 두 가지를 결코 회상하지 않는다는

44) Ebda., S.75.
45) Ebda., S.176.
46) Ebda., S.76.

것이다."[47] 이것이 소년시절에 대한 한트케의 회상에서 거의 항상 두려움의 상태가 동반되어 나타나는 이유이다.

동베를린에서와 마찬가지로 고향에서도 가족은 항상 가난했고 그 가난을 고통스러워 한다. 어머니는 동베를린에서 그랬던 것처럼 주정뱅이 남편이 해고당할 때마다 선처를 사정하기 위하여 고용주에게 가곤 했다. 그녀는 가난을 증명하기 위해 이 관청에서 저 관청으로 다녔고, 그 사이 학교에 다니기 시작한 아들을 위해 새로 필요한 비과세 증명을 해마다 신청해야 했다. 이와 같은 가난 속에서 한트케는 1948년부터 1952년까지 고향 마을에 있는 초등학교에 다녔고, 1952년부터는 그리펜의 하우프트 슐레(Hauptschule, 일종의 직업학교)에 다니다가 1953년 탄젠베르크 소재 가톨릭계 김나지움 마리아눔(Marianum)에 2학년으로 전학한다. 학교에 다니던 시절에도 가난은 여전하여 한트케는 『소망 없는 불행』에서 크리스마스에 학용품을 받고 그것을 선물이라도 받은 듯 고마워했던 장면을 다음과 같이 회상한다.

> 크리스마스 때면 어차피 필요한 것들이 선물이랍시고 포장되었다. 사람들은 속옷, 스타킹, 손수건 따위의 일용 필수품으로 서로를 놀라게 하면서 그런 걸 받은 사람은 그것이 갖고 싶었었다고 말했다. 이렇게 모두들 먹는 것을 제외하고는 주어지는 거의 모든 것이 선물인 것처럼 대했던 것이다. 나도 꼭 필요한 학용품을 받고는 진심으로 고마워했고 그것들을 선물이라도 되는 듯 침대 곁에 펼쳐 놓았다.[48]

47) Ebda., S.75.
48) Peter Handke : *Wunschloses Unglück*, S.53.

초등학교에서 한트케는 독일어 외에 슬로베니아어 수업도 받는다. 그것은 1945년부터 1959년까지 케른텐주 정부가 이중 언어지역에 있는 초등학생은 슬로베니아어 수업을 의무적으로 받도록 법령으로 정해 놓았기 때문이었다. "케른텐에서는 1945년 이후 스위스와 옛 오스트리아의 초등학교를 본받아 이중 언어지역의 하급반에서 의무적으로 2개 국어를 가르치도록 했다. 그러나 이 시도는 독일어를 국어로 사용하는 다수의 반대로 좌절되었다. 학교 문제는 이제 케른텐주의 소수민을 위한 학교법(1959년 3월 19일자 연방법률)에 의해 결정되었다."[49]

함께 살던 외조부모님의 집과 교회에서 사용하던 언어였던 슬로베니아어를 한트케는 『말벌들』에서 교회 예배를 묘사하는 대목에 잠깐 언급하며,[50] 1981년에는 헬가 무라크니카르(Helga Mracnikar)와 공역으로 슬로베니아어 작가인 플로리야 리푸스 (Florjan Lipus)의 『*Zmote dijaka Tjaza*』를 『생도 차츠』(*Der Zögling Tjaz*)로 번역하여 출간하기도 한다. 『말벌들』에는 당시 학교생활의 분위기를 짐작하게 해주는 다음과 같은 서술이 있다.

> 우리는 실개천을 따라 학교로 가곤 했다. 그러나 11월의 어느날, 내 남동생들만 학교에 갔다. 학교는 당시 위버제(Übersee) 읍에 있었다. 그

---

49) Das ist Kärnten. Hrsg. von der Kärntner Landesregierung. Kärnten 1970, S.266.

50) Vgl. Peter Handke : *Die Hornissen*, S.112f. "Je k smerti obsojen : fing ich an meinem Standort die fremde Mundart zu lesen an; useme te krish na suoie rame : fuhr mich Bruder vor der zweiten Station zu sprechen fort; pade prauish pod krisham : fuhr ich fort; srezha svoie shalostna mater : fuhr er fort; pomagh krish nositi : fuhr ich fort; poda perni pert : fuhr er fort; pade drugeshpod krisham? fragte ich; troshta te Jerusalemske shene? fragte er zurück; pade trikish pod krisham : war ich fortgefahren; je do nasiga sliezhen inu jemo so te grenki shauz piti dali : war er fortgefahren; po na krish perbit : fuhr ich fort; je pouishan inu umerie na krishu : fuhr er fort; je od krisha dou uset inu na coke Marie poloshen : fuhr ich fort; bo u grob poloshen; las er zu Ende."

런데 내 남동생들은 그 읍으로 가지 않고 연못에서 갈대의 둥근 이삭 부분을 꺾거나, 꿩, 물오리 그리고 온갖 종류의 야생동물을 잡으려고 쫓아다니고, 동네와 동네 사이의 들판에서 여기저기 주변에 놓여 있는 썩은 호박들을 뜯어 놓거나 무우를 훔치며 이 밭에서 저 밭으로 싸질러 다니면서 하루를 보냈다.[51]

학교의 공부라는 것도 중요할 수 없었던 이런 환경에서 아이들은 실제로 태어나면서부터 수백 년간 변함없이 전해 내려오는 관습과 가난에 억눌려 자랐기 때문에 교육이나 문화 의식을 통한 인생의 어떤 모험을 꿈조차 꾸어 볼 수 없었다. 『소망 없는 불행』에서 한트케는 "계획했다기보다는 김나지움에 우연히 빈자리가 있어 가게 되었지만 객지 환경을 며칠도 견디지 못해 밤중에 걸어서 주 수도로부터 40킬로미터 떨어진 집으로 돌아와[52] 그 때부터 목수로 대단히 부지런하고 만족스럽게 고향 마을에서 생활하고 있는 삼촌 한 분에 대해 묘사하고 있다. 교육이나 문화의 필요성이 도외시된 이런 벽촌마을의 환경에서 학교에 관한 어른들의 생각은 또한 이렇게 묘사되어 있다. "배운다는 것도 그저 아이들 놀이에 불과한 것이었다. (.....) 의무교육이 끝나고 어른이 되면 그건 필요없는 것이 되었다."[53]

이러한 환경속에서도 한트케는 첫 학교생활을 고향마을에서 시작해 탄젠베르크 기숙학교, 클라겐푸르트 김나지움을 거쳐 그라츠대학에 이르기까지 소위 정규적인 학교교육을 받는다. 그러

51) Ebda., S.42.
52) Peter Handke : *Wunschloses Unglück*, S.14f.
53) Ebda., S.17.

나 오늘날 한트케는 정규의 교육체계에 대해 매우 부정적인 입장을 보이고 있다. "그때그때 당국의 위임을 받아 누구에게나, 그래서 나에게도 역시 적용되었던 편협한 교육 체계는 나에게는 그렇게 피해를 줄 수가 없었다. 사실 나는 공공의 교육자들로부터는 교육되어진 적이 없었다."[54]

태어나면서부터 교육이나 문화가 부재한 하층계급에 속해 있었던 데다 유년시절에도 삶이라고 말할 수 없는 그런 삶을 영위했다는 의식에 항상 사로잡혀 있던 그에게 있어 어쩌면 생활의 의미가 지식의 중재보다 더 절박한 것이었는지 모른다. 이런 고통스런 의식으로부터 자유로와지고 인생을 제대로 계속 영위할 수 있게 한다는 의미에서 본다면 정규적인 학교교육은 그에게 아무런 기회도 제공하지 못한 셈이다.

자연이나 학교에서 뿐만 아니라 집에서도 한트케는 유년시절의 대부분을 저항감에 싸여 보낸다. 그가 살았던 대가족의 분위기를 그는 『세계의 무게』에서 가족들이 내는 소음과 관련해 다음과 같이 묘사하고 있다.

> 만일 내가 소음에 대한 구역질과 그 뒤에 오는 분노에서 벗어날 수 있다면! 나는 내 머리를 터지게 할 것 같은 어린시절의 소음을 생각한다. 술취한 가장의 딸국질소리, 그가 입술을 이빨에서 밀어내며 혀를 차는 소리, 그가 스프를 숟가락으로 떠먹을 때 이빨이 둔탁하게 서로 부딪치는 소리, 냉습한 아침 그가 화장실에서 내는 흡연가의 기침소리, (……) 온 마을이 떠나갈 듯 해대는 어머니의 재채기소리, 이모

---

54) Peter Handke : *Ich bin ein Bewohner des Elfenbeinturms*, S.263.

의 점잖빼는 작은 고양이 같은 재채기소리 (이에 비해 어머니는 자신의 재채기 방식을 자랑스러워 했다), 카드놀이를 하며 할아버지가 가쁘게 내쉬는 콧숨소리, 온몸을 득득 긁는 소리, 안방에서 탁탁대며 손톱깍는 소리, 어느 길에서나 들리는 트림소리, 어머니의 딸국질소리 (너무 자주 해서 그녀는 그것 때문에 울기까지 했다), 여러 사람 틈에서 뀌는 아버지의 방귀소리, 베를린 사투리와 케른텐 사투리가 뒤섞인 그의 말소리 (모든 사투리에 대한 나의 혐오), 특히 액센트도 확신도 없는 그의 목소리, 소위 말해 모든 경우에 무기력한 목소리 (그런 목소리가 당시 나의 증오를 불러 일으켰다), 심지어는 소리지르고 미쳐 날뛰고 만취가 되었을 때에도, 냄새 나는 알코올이 잔으로나 아니면 직접 목구멍으로 꿀꺽꿀꺽 넘어가는 소리, 사실 삼킬 필요조차 없었다. (...) 나는 그 이야기들을 알고 있고 그것을 설명하려면 할 수도 있다. 그럼에도 불구하고 나는 가끔 밤중에 내 아이가 자면서 침을 삼킬 때 분노 때문에, 울부짖고 싶은 분노 때문에, 머리를 벽에 짓찧고 싶은 분노 때문에 온몸이 터질 것 같다. 비참함.[55)]

비좁은 할아버지 집에 함께 모여 살면서 한트케는 소년시절을 가족들과 밝고 명랑한 대화 속에서가 아니라 뒤범벅으로 엉클어진 감정들, 즉 수치감, 비참함, 분노, 미움, 구토, 연민 등의 갈등 속에서 보낸다. 그것은 그의 장래의 감정세계까지 너무도 강력하게 작용해서 나중에 그는 자신의 아이 앞에서도 이러한 감정을 생생하게 회상하게 되는 것이다.

전쟁의 폐허와 위협, 놀라움과 저항감을 느끼며 체험한 자연,

55) Peter Handke : *Das Gewicht der Welt*, S.41f.

가난한 어린시절의 시골생활, 놀이 같았던 학교생활, 가난과 차가운 가족관계가 그의 소년시절의 기본 체험들이었다. 비록 몇 가지 아이들 놀이, 즉 이른 봄에 하던 물수제비 뜨기 놀이[56)]나 마술놀이[57)]에서 기쁨이나 희망같은 것을 느끼기도 했지만 소년시절에 대한 그의 회상은 주로 이러한 괴로운 체험 주위를 맴돌고 있다. 그러나 이러한 괴로운 체험들의 대상이 작고 보잘것없는 것이긴 해도 그의 정신발달에는 말할 수 없이 중대한 의미를 지닌다. 왜냐하면 "의식층에 나타난 심리적 초상이 인식과정에 작용하고" 그의 장래의 생활에서 "존재의 불안을 유도하는 동기들로 나타나기"[58)] 때문이다.

계속 기억에 묻혀 살면서 자신을 존재의 불안으로 위협하는 이러한 고통스러운 소년시절의 체험을 극복하기 위하여 한트케는 작가로서 문학의 세계 속에서 그 체험과 대결한다. 첫 소설『말벌들』에서 읽을 수 있는 것처럼 소년시절의 세계는 그의 문학세계의 토대가 형성되는데 결정적인 의미를 지닌다. 왜냐하면 이 소년시절은 그의 작품들에 계속 등장하고 있으며 한트케 스스로도 그것에 대해 다음과 같이 동의하기 때문이다.

> 나는 내가 이전에 무엇을 썼는지 항상 정확히 기억했고 그것들을 항상 다시 떠오르도록 했다. (.....)『말벌들』에 나오는 비유나 이미지들은

---

56) Vgl. ebda., S.71. "Das Gefühl, ein Idiot werden zu müssen, um die Freuden der Kindheit (das erste Murmelspiel im Vorfrühling) wiederempfinden zu können."

57) Vgl. Peter Handke : *Der kurze Brief zum langen Abschied*, S.77f. "Als Kind vergrub ich zum Beispiel immer Sachen und hoffte, daß sie sich, wenn ich sie dann ausgrub, in einen Schatz verwendelt hätten. (....) Noch mehr wird mir klar, wenn ich mich erinnere, wie oft ich spielte, daß ich ein Zauberer sei."

58) Manfred Durzak : *Gespräche über den Roman*, S.324.

항상 다시 나중의 산문 작품들에 나온다.[59]

이와 같은 나름대로의 서술 원칙 때문에 그의 문학은 강한 주관주의와 자전적 특징을 띈다. 『세계의 무게』에 기록된 딸과의 관계에서도 한트케 자신의 어린시절의 이미지가 겹쳐진다.

A.는 누군가 그녀에게 잔소리를 하거나 적대감을 보일 때면 곧, 아니 거의 반사적으로 책에 묻혀 버린다. 마치 내가 "그만한 나이에" 그랬던 것처럼 (다른 방이나 어딘가 구석으로 가는 대신) 말이다.[60]

어릴 때 나는 미사의 시동 노릇을 하며 부활절 장엄미사 때 향을 쏟아버려 미사가 진행되는 동안 내내 무릎 걸음으로 이리저리 다니면서 향을 다시 향그릇에 숟가락으로 떠담는 일을 했던 적이 있었다. 내 뒤 멀리 신도석에 앉아 있던 친척들의 시선에 내 등짝은 마침내 완전히 흐믈흐믈해졌고 나의 어머니는 나중에 화를 참고 애정 깊게 나의 서투름에 킥킥 웃으셨다.[61]

A.란 그가 1976년 『세계의 무게』를 썼을 때 일곱 살이었던 그의 딸의 이름인 아미나(Amina)의 머리글자이다. 자신의 딸처럼 그 역시 어렸을 때 불쾌한 상황이 벌어지면 책으로 도피했던 체험이 있다. 그것은 그가 책의 세계를 통해 소년시절의 현실과 대결했

59) ebda., S.327.
60) Peter Handke : *Das Gewicht der Welt*, S.254.
61) Peter Handke : Text für den Ernstfall. Ansprache bei der Verleihung des Mannheimer Schiller-Preises. In : Süddeutsche Zeitung, München, 19.2.1973.

던 체험인 것이다.

한트케는 말수가 적었고 주변 세계에는 존재하지 않는 그런 것에 자주 열중한다. 그래서 그는 자신을 "꿈꾸는 사람"[62]이라 자칭했고, 소년시절을 "가시철조망의 소년시절"[63]로 규정하며, 어릴 때 "섬에 사는 소망"[64]을 가졌다고 고백하고 있다. 이런 고독한 생활 속에서 한트케는 책을 읽거나 위의 인용문에서 알 수 있듯이 미사의 시동 노릇을 하며 예배와 접촉을 통해 어느 정도 명랑함을 얻을 수 있었다. 이런 것은 일상생활에서는 거의 불가능한 것들이었다. 이러한 명랑함을 한트케는 오늘날에도 책을 뒤적일 때면 다시 느끼곤 한다. "명랑함 - 나는 아직 책을 붙잡을 수 있다."[65] 이 명랑함은 어쨌든 그가 자란 시골의 땅이나 농부의 생활과 연결되는 것은 아니다.[66] 그래서 "자연의 진행이 정신적인 혼란으로, 수치심으로, 창피스러움의 이유로"[67] 여겨지는 자의식이 자라게 된다. 이렇게 자라난 그의 정신적 재능은 특히 학교 선생님들에게서 인정을 받게 되어 그가 김나지움에 다닐 수 있도록 도움을 받는 계기가 된다. "하우프트슐레 선생님들은 그의 뛰어난 정신적 재능을 알아차리고 그의 능력에 맞는 직업을 택할 수 있는 길을 열어 주기 위해 그 소년을 김나지움에 다니게

62) Peter Handke : *Der kurze Brief zum langen Abschied*, S.75.

63) Peter Handke : *Das Gewicht der Welt*, S.57.

64) Ebda., S.20.

65) Ebda., S.88.

66) Vgl. ebda., S.175. "Der Großvater fiel mir ein, wie er einmal eine Schlange mit dem gespaltenen Stecken aufspießt und den Stecken mit der Schlange in die Erde bohrte : wie die Erde sein Element war, und wie nichts mein Element ist, von Anfang an (und manchmal doch alles)."

67) Peter Handke : *Ich bin ein Bewohner des Elfenbeinturms*, S.263.

하라고 그의 어머니에게 조언을 했다.[68] 책이라든지 정신적인 것과 가깝게 관련된 한트케의 세계에 대한 체험은 기숙학교 시절에 더욱 심화된다.

3. 기숙학교 시절

1954년 가을 한트케가 그리펜의 하우프트슐레에서 탄천베르크에 있는 가톨릭계 기숙학교 마리아눔에 2학년으로 전학한 것에 대해선 이미 언급했다. 이 기숙학교는 현재는 독자적인 주립 김나지움이지만 당시에는 클라겐푸르트 주립 김나지움의 분교였다. 이곳은 주교 교구의 사제 양성소로 나중에 신부가 되고자 하는 중학생만 받아들이는 학교였다.[69]

전학을 함으로써 한트케는 문화와 교육이랄 것이 없던 고향을 떠나 처음으로 권위적인 교육체제와 엄격한 가톨릭 기숙학교의 규칙에 아주 집중적으로 접하게 된다. 이 학교는 16세기에 세워진 성(城)을 전용해 증축한 것으로 인근지역과 동떨어진 곳에 있었다. 1959년까지의 소년시절을 보내게 되는 이 기숙학교의 생활은 고향과 비교해 볼 때 한트케에게 일반 교양을 통한 정신의 풍요를 주었다는데 큰 의의가 있다. 이때의 상황은 그가 1967년에 쓴 자전적 수필작품 『1957년』[70]에 「행동」, 「종교」, 「지리학」, 「역

---

68) Brief von Reinhard Musar an Yongho Yun. Villach, 17.Jänner 1983(Im Besitz des Verfassers). Reinhard Musar war ehemals Deutschprofessor Peter Handkes an der Tanzenberger Internatsschule.

69) Vgl. Otto Timp: Österreichisches Internatsverzeichnis, Wien 1963, S.24.

70) Vgl. Peter Handke : *Ein autobiographischer Essay*-1957. In : ders.: Ich bin ein Bewohner

사」, 「언어」, 「작문」, 「국가」, 「놀이」 그리고 「삶의 진지함」 등의 제목으로 여섯 쪽에 걸쳐 기록되어 있다. 또한 한트케가 나중에 작가가 되는 운명을 결정하는데 영향을 준 최초의 문학적 체험을 하게 되는 곳도 바로 이 기숙학교에서이다.

수필 『1957년』에 따르면 한트케는 기숙학교 생활을 두 가지의 서로 모순되는 기분으로 영위했다고 하는데 바로 동급생들로부터 느끼는 고립감과 외국어를 잘 하는데 대한 우월감이었다.

> 분필로 손바닥에 하켄 크로이츠[나치스의 기장]를 그려서는 아무것도 모르는 학생의 어깨를 때리는 것이 유행이었을 때 나는 주로 그 짓을 당하는 쪽이었다. (...) 사람이 적게 사는 지역들은 지도에서 거의 흰색으로 표시되어 있었는데 그곳에 나는 있고 싶었다. (......) 나는 자주 부끄러워 했다. 눈을 뜨기가 무섭게 나는 아무 데고 숨고 싶었다. 침대에서 나는 곧 이불을 머리 위까지 뒤집어 썼다.(......) 사과 꼭지를 집어 던지는 싸움질의 와중에서 나는 곧 울기 시작했다.[71]

그는 동급생들과 친하질 못했고 거의 외톨이로 지낸다. 위에 인용된 고백에서도 알 수 있듯 그는 기숙학교의 일상 생활에서 소심하고 부끄러움을 많이 탔지만 공부에서는, 특히 외국어에서는 우수함을 보인다.

> 외국어 문법에 열중함으로써 나는 다른 학생들과 사귀어야 된다는 것

---

des Elfenbeinturms, Frankfurt am Main [4]1978(suhrkamp taschenbuch 56), S.11-16.

71) Ebda., S.11-16.

에서 멀리 했다. (......) 난 그리스어 문법에서 다른 어느 학생보다 우수했기 때문에 그들보다 더 힘이 있다고 느꼈다.[72)]

한트케는 외국어로 1학년부터 8학년까지는 라틴어를, 3학년부터 8학년까지는 그리스어 그리고 5학년부터 8학년까지는 영어를 배워야 했다. 그는 특히 라틴어와 그리스어에 재능을 보였다. 하우프트슐레에는 라틴어 수업이 없었고 기숙학교 2학년으로 전학 온 까닭에 1학년 과정을 보충해야 했음에도 한트케는 2-3년 사이에 벌써 "독일어로 된 그리스도 수난사를 라틴어로[73)] 고쳐 쓸 수가 있을 정도가 되었다. 그와는 반대로 체조나 음악, 미술에서는 썩 좋은 성적을 받지 못했다고 한다.

특히 나빴던 것은 예를 들면 체조에서였습니다. 한마디로 좋지 않았어요. 신체 훈련, 체조 교실, 그 교실에 들어가면 나는 냄새가 나 싫었습니다. 그곳에서 난 항상 아픈 척 했죠. 그런데 밖에서 하는 체조 훈련이라든가 축구, 농구 등은 재미있었어요. 그러나 자기 몸을 끌어 모아야 하는 턱걸이 – 나는 철봉대 위로 몸을 들어 올리기를 해낸 적이 한 번도 없었습니다. 그리고 노래하기와 그림 그리기도 재미가 없었습니다. 왜냐하면 이런 것들은 모두 아주 정확하고 꼼꼼할 것을 요구했으나 나는 충분하게 그에 맞출 수가 없었기 때문이죠. 바로 이런 시골 학교들에서는 학생들이 학교에서 하는 일의 외형에 큰 가치를 두는데 나는 늘 꽤나 칠칠맞았거든요.[74)]

72) Ebda., S.13.
73) Ebda., S.11f.
74) Franz Hohler : Fragen an Peter Handke. In : ders.: *Fragen an andere*, Bern 1973, S.22.

이처럼 한트케는 신체 능력보다 정신 능력이 우수했음을 알 수 있다. 그는 외국어 학습 능력과 더불어 독일어 작문에서도 대단히 뛰어났다고 한다. 지금은 작고한, 그 학교에 근무했던 독일어 교사 라인하르트 무자르 씨는 한트케의 작문실력을 이렇게 칭찬한다.

> 1957년 가을에 탄첸베르크에서 근무를 시작했을 때 나는 페터 한트케에게 독일어와 영어를 가르쳤습니다. 독일어 시간에 그가 처음 작문 낭독을 했을 때 나는 그가 쓴 문장의 차분한 리듬과 확실한 단어 선택 그리고 주제를 다루는 의식이 성숙해 있음에 놀랐습니다. 한트케의 작문은 고칠 필요가 있었던 적이 없습니다.[75)]

그러나 이러한 칭찬과는 달리 한트케 자신은 1972년의 한 대담에서 학교시절에 쓴 작문에 대해 비판적 시각을 보인다.

> 작문들에 대해 난 사실 기억하고 싶지 않아요. 나는 그것이 말할 수 없이 못난 짓이었다고 생각합니다. 왜냐하면 세계란 것이 아직 존재하지도 않았고 기껏해야 어떤 체험에 대한 동경의 형태였기 때문이죠. 그래서 그 체험들은 항상 내가 읽는 책 속에 들어 있었고 그것을 글로 써서 풀어놓은 꼴이었으니 참된 것이 아니었으며, 내가 느끼지도 않았던 것을 그럴싸하게 만들어 놓은 것이었을 겁니다. 그렇지만 작문들이 형식면이나 외형에서 아주 잘 씌여졌기 때문에 물론 항상 좋게 평

75) Brief von Reinhard Musar an Yongho Yun, villach, 17. Januer 1983(im Besitz des Verfasser)

가되긴 했어요.[76)]

현재 성공한 작가로서 한트케가 학교시절에 쓴 작문들을 성숙치 못한 것으로 기억하고 있는 것은 당연하다. 그러나 책에서 읽었던 어떤 체험에 대한 동경의 형태로 작문을 지었다는 진술은 그가 당시 벌써 독서에 대단히 열중했다는 사실을 알게 한다. 모든 학생들은 정규 수업 외에 사제 양성을 위한 기숙학교의 규칙들 - 예를 들면 아침 5시 30분에 기상을 한다든지 매일 새벽 미사를 올린다든지 하는 것 등 - 을 지켜야 했다. 그러나 학생들 대부분이 그런 것을 강요와 억압으로 받아들였고 한트케도 그들 중 하나였다.

동급생에게서는 고립된 감정을 느꼈고 기숙학교의 규칙과 질서를 답답하고 억압적인 것으로 받아 들였던 한트케는 그에 대한 보상으로 자신의 언어적 재능과 부합되는 독서와 작문에 열중한다. 이때 그가 대단히 감동을 받으며 읽었던 책들은 사제가 되기 위한 종교서적이 아니라 기숙학교 학생들에게 금지되었던 문학서적이다. 이미 「청소년시절 습작들」 편에서 언급했듯, 한트케는 특히 조르쥬 베르나노스와 윌리엄 포오크너에 심취한다.

한트케가 열대여섯 살 때 독일어로 번역 출판된 조르쥬 베르나노스의 작품에는 『악마의 태양』(*Sous le soleil de satan*, 독일어 제목 : *Die Sonne Satans*, 1950)이 있었고, 윌리엄 포오크너의 책에는 『병사들의 급료』(*Soldier'pay*, 독일어 제목 : *Soldatenlohn*, 1958)가 있었다. 두 작품은 모두 그들의 첫 장편소설이었다. 베르나노스의 『악마의

76) Franz Hohler : Fragen an Peter Handke, S.22.

태양』은 1926년 파리에서, 포오크너의 『병사들의 급료』 역시 같은 해 뉴욕에서 출판되었다.

미국 작가 윌리엄 포오크너(1897~1962)는 어네스트 헤밍웨이(Ernest Hemingway, 1899~1961)보다 4년 앞서 1950년에 노벨문학상을 받았으며, 헤밍웨이, 토마스 울프(Thomas Wolf, 1900~1938)와 더불어 현대 미국 서사문학의 대표적 작가이다. 잃어버린 세대의 소설 『병사들의 급료』에서 포오크너는 제1차 세계대전의 전선에서 전역되어 귀향하는 미국 병사들을 통해 전쟁을 고발하고 있다.

제대군인 죠우 길리건(Joe Gilligan)과 젊은 전쟁미망인 마가레트 파우워즈(Margaret Powers)는 뉴욕 출발 죠지아행 열차에서 역시 제대한 젊은 비행조종 소위 도널드 머혼(Donald Mahon) 곁에 우연히 같이 서있게 되는데 그는 비행기가 추락할 때 심한 상처를 입어 기억력을 상실하고 얼굴은 끔찍한 흉터자국으로 일그러진 채 점점 시력을 잃어가며 완전히 무감각한 상태로 식물처럼 살아 있었다. 죠우와 마가레트는 도널드를 동행하여 그의 고향으로, 즉 성공회 신부인 그의 아버지에게로 데려간다. 그러나 그의 늙은 아버지는 아들의 절망적인 상태를 인정하려 하지 않고 아들을 약혼녀인 쎄실리 썬더즈(Cecily Saunders)와 결혼시키려는 꿈같은 소망을 버리지 못한다. 그녀는 그의 흉터자국에 혐오스러움을 느끼지만 그녀 부모님들처럼 그저 체면만 차리고 있다가 마지막 순간에 정부(情夫)를 따라 도시를 떠나버린다. 마가레트가 헌신적인 희생정신으로 기꺼이 도널드와의 결혼에 동의한다. 그녀는 죠우와 함께 이내 죽게 되는 도널드를 돌보아 준다. 도널드가 죽은 후 마가레트는 애틀랜타로 떠나고 그녀를 사랑하는 죠우는 제정신을 다시 찾은 고독한 며혼 신부 곁에 그대로 머무른다는 것이 『병사들의 급료』의 대략적 내용이다.[77)]

조르쥬 베르나노스(1888~1948)는 기독교 문학과 '혁신 가톨릭'의 대표적 인물로서 첫 장편소설 『악마의 태양』으로 이미 커다란 성공을 거둔 프랑스 작가이다. 『악마의 태양』은 악과, 즉 사람 형상을 한 혹은 살아 있는 모습의 사탄과 맞서 싸우는 한 젊은 사제의 투쟁을 그린 3부작이다. 전편 『소녀』에서는 가련하고 편협한 환경에서 자란 제르멘느 말로르티(Germaine Malorthy)란 소녀가 내연의 관계로 인해 임신을 하게 되어 부모로부터 쫓겨나고 자신의 양심 없는 정부들 가운데 한 사람인 까디냥 후작(Marquis von Cadignan)을 죽인다. 그러나 그의 죽음은 자살로 여겨진다. 한 달 후 제르멘느는 병원에서 아이를 사산한다. 제1편 「유혹」은 말(馬) 장수의 모습으로 의인화된 악마와 죄를 저지른 후 사탄에게 몸을 맡긴 제르멘느와의 만남을 기적으로 여기는 사제 도니쌍(Donissan)의 노력, 즉 그의 내적 싸움, 그의 절망과 성자로의 발전을 그리고 있다. 왜냐하면 사제 도니쌍은 신이 자신에게 자신의 눈으로 육신의 갑옷을 통해 한 영혼을 두 번 바라볼 수 있도록 허락했다고 믿었기 때문이다. 이 사제와 만난 후 제르멘느는 면도날로 식도를 찔러 자살한다. 신경쇠약증에서 벗어나기 위해 트라피스트 수도원에 들어간 사제 도니쌍은 5년 후 렁브르 마을 교구의 보좌신부로 임명된다.

제2편 「성자」는 도니쌍 신부의 특이한 인생의 마지막 부분을

77) William Faulkner : *Soldatenlohn*. Aus dem Amerikanischen Übertragen von Susanna Rademacher. Hamburg 1958 (rororo Taschenbuch Ausgabe).

공증문서와 증명서들을 가지고 이야기한다. 도니쌍 신부는 고해자들의 영혼을 구제하기 위해 자신을 희생하기에 그 조그만 마을에서 기적을 행하는 성자로 인정받는다. 어느날 마이스터 아브레 씨가 의사에게서 최종 선고를 받은 어린 아들의 병 때문에 신부를 찾아 온다. 두 사람이 아이에게 갔을 때 아이는 이미 죽어 있었다. 렁브르의 성자는 그 죽음을 거부하며 이미 죽어 버린 아이의 생명을 소생시키기 위해 자기자신의 구원을 희생하고자 한다. 그러나 결국 실패한 그는 자신의 방에서 고독하고 가엾게 죽어 간다는 것이 『악마의 태양』의 내용이다.[78)]

이와 같은 이야기들이 사춘기에 접어든 한트케를 대단히 감동시킨 것이다. 베르나노스와 포오크너 작품의 슬프고 감동적인 분위기는 종교적 원칙만을 당연한 것으로 강조하고 개인적인 생활을 전혀 인정치 않는 기숙학교의 세계와 반대되는 미적 문학세계였던 것이다. 두 작가의 문학세계를 통해 한트케는 자신에게 늘 침묵되어졌고 자신도 늘 침묵해왔던 “삶 그 자체”[79)]를 처음으로 깊이 느낀다.

포오크너와 베르나노스로부터 깊은 영향을 받은 한트케는 계속 문학작품에 열중하게 된다. “포오크너의 작품으로 무엇이 있었으며, 전에는 어땠고, 어떤 영향을 끼쳤으며 그의 주변에 일어났던 일은 무엇이었는지를 읽었고 그 다음에 접하게 된 작가들로는 쥴리앵 그린 등이 있었습니다.”[80)] 이 세 사람의 작가들 외

---

78) Georges Bernanos : *Die Sonne Satans*. Deutsch von Friedrich Burschell und Jakob Hegner, Köln 1950.

79) Heinz Ludwig Arnold : *Gespräch mit Peter Handke*, S.23.

80) Vgl. ebda., S.23. "Ich kann mich zwar erinnern, daß in der Schule Reimund Nestroy zwei Autoren waren, bei denen ich mich schon sehr wohl und zu Hause gefühlt habe." ; Die

에도 한트케는 이미 언급한 바와 같이 카프카, 도스토예프스키, 토온톤 와일더, 딜런 토마스, 그래험 그린 등의 외국 작가들과 페르디난트 라이문트, 요한 네스트로이와 같은 오스트리아 민중극 작가들의 작품을 닥치는 대로 읽으면서 "마음이 출렁대기 시작하는 순간들을 가졌으며 나에게 지금까지는 낯설었던 다른 정서의 세계를 느꼈다."[81] 그는 기숙학교의 일상생활과 문학세계 사이 "오직 강요만이 존재하는 기숙학교 상황"에서 벗어나고자 시작했었던 글쓰기를 통해 더욱 깊어졌다고 한트케는 다음과 같이 이야기한다.

> 나는 곧 이야기를 쓰기 시작했습니다. 그게 열여섯 살쯤이었습니다. 그것은 강요만이 존재하고, 아주 최소한의 어떤 개인적 생활도 불가능하고, 어떤 의견이나 곧 공동체적인 것으로 여겨지는 기숙학교의 상황에서 하나의 해방이었습니다. 그래서 쓴다는 것은 내용으로서라기보다는 오히려 제스처로서 아주 중요했습니다."[82]

허나 자신이 살아왔던 삶과 기숙학교의 공동체 생활로부터 해방되기 위해 썼던 이야기들은 형식 면에서나 내용 면에서 대단히 잘 썼다고 평가되었던 작문에 비해 혼란스러운 면을 보일 때가 많았다. 사람들이 자신의 혼란스러운 문장을 보고 놀랄 때 해방감을 맛보았다고 한트케는 한 대담에서 고백하고 있다.

Leiden des jungen Handke. In : Profil, Nr. 9, 4. Jg. 27.4.1973, S.50-52.

81) Christian Linder : Die Ausbeutung des Bewußtseins. Gespräch mit Peter Handke. In : Frankfurt Allgemeine Zeitung, 13. Januar 1973.

82) Franz Hohler : Fragen an Peter Handke, S.23.

> 그것은 완전히 혼란스러웠고, 내가 썼던 것은 그저 백일몽, 그러니까 아주 우스꽝스러운 것이었습니다. 한번은 작문에서도 그렇게 썼습니다. 사실은 내가 주제와 아무 상관이 없는 아주 혼란스러운 것을 써서 학교에 제출했던 작문에서부터 그런 일이 시작되었죠. 그것을 읽은 사람들은 갑자기 깜짝 놀랐고, 나는 해방감을 느꼈습니다. 그건 물론 겨울, 달, 꿈, 신(神) 등과 관련이 있었지만 어쩐지 아주 혼란스런 방식으로 관련이 있었어요. 지금 그것을 다시 읽는다면 몇 가지 흥미로운 것들도 들어 있으리라 생각됩니다만 사춘기에 갖게 되는 절망감이, 하얀 창에서부터 - 이것이 작문 속에 들어 있었습니다 - 창녀들이 기도처럼 하늘로 올라간다와 같은 표현 속에 들어 있었던 거죠. 이 표현을 어떤 작문에 쓴 적이 (...) 있었는데 나는 앞으로 불려나가 무슨 뜻이냐는 질문을 받았습니다. (...) 나 역시 그걸 설명할 수가 없었습니다. 그것은 단순히 억압에서의 해방 행위였으니까요. 읽어 두었던 단어들 중에서 마치 꿈 속에서처럼 그 단어들이 연결된 것인데, 사실은 뜻밖이거나 아주 의미를 잘 전달하는 것이 아닌, 다분히 내 자신만을 위해 중요했던 그런 단어들이 연결된 것이었죠.[83)]

서투르지만 대담한 글쓰기를 통해 자기자신을 확신해 가는 것은 한트케로 하여금 자신을 다른 학생들과 다르게 생각하도록 한다. 또한 베르나노스와 포오크너의 작품에 마음이 끌리기 시작한 자기자신의 인생을 일상생활에서 체험하게 하는 데에도 중요한 역활을 한다.

---

83) Ebda., S.23-24.

한트케는 글쓰기를 통해 그가 읽었던 문학적 단어들이나 이미지들을 상상을 통해 다시 표현해 볼 기회를 갖으며 장래 작가가 되겠다는 소망을 강하게 지니게 된다.[84] 그래서 한트케는 그저 많은 사람들이 한 번쯤 겪는 문학소년적 기분에서가 아니라 아주 진지하게 글쓰기를 시작했으며 그 길에 있어서의 자신의 발전을 다음과 말하고 있다.

> 나는 소위 말하는 시적 기분이란 것을 갖지 못했을 때에도 역시 글을 썼습니다. 나는 시도도 해보고 짜맞추기도 했습니다. 난 처음부터 시보다는 산문을 썼습니다. 그러고나서 바로 이야기들을 썼고, 이렇게 해서 대단히 빨리 숙달된 길로 접어들었습니다.[85]

때때로 한트케는 카프카의 문체를 흉내내기도 한다. "열일곱 살 때까지 나는 카프카처럼 썼습니다."[86] 그는 게오르그 뷔히너의 작품을 그대로 베껴 쓰기도 한다. "열일곱 살 때 나는 방송극을 쓴 적이 있는데 그것은 『당통의 죽음』에서 그대로 베껴 쓴 것이었습니다. 어떻게 계속 써야 할 줄 모를 때에는 난 항상 뷔히너의 문장들을 변형시켰습니다. "세계는 혼돈이다"라고 써놓았으면 난 그걸 "세계는 황무지다"로 썼던 것입니다."[87]

---

84) Vgl. Heinz Ludwig Arnold : *Gespräch mit Peter Handke*, S.22. "Eigentlich seit ich angefangen habe, zu denken, wollte ich immer Literatur machen. Oder besser : nicht Literatur machen, sondern als Schriftsteller leben." ; Franz Hohler : Fragen an Peter Handke, S.25. "Ich wollte ab zwölf Jahren schon Schriftsteller werden."

85) Heinz Ludwig Arnold : *Gespräch mit Peter Handke*, S.22f.

86) Die Leiden des jungen Handke. In : Profil, Nr. 9. 4Jg.,27.4.1973, S.52.

87) Christian Schulz-Gerstein : Erinnerung für die Zukunft. Ein Gespräch mit dem dies jährigen Büchner-Preisträger Peter Handke. In : Die Zeit, 19. Oktober 1973, S.31.

한트케는 쓴 것을 당시 독일어 및 영어를 지도하던 라인하르트 무자르 선생에게 보인다. 무자르 씨는 한트케의 서술 능력을 인정하고 그의 용기를 북돋아준 최초의 인물이었다. 그 스승에 대해 한트케는 "그 독일어 선생님 역시 나처럼 수줍어하고 고독했다. (...) 우리는 같이 산보도 하고, 사과도 먹고, 서로 쓴 것을 보여주기도 했다. 그분과 함께 있으면 난 마음이 편했다"[88]라고 회상한다.

탄첸베르크 기숙학교에서 또한 한트케에게 큰 역활을 한 것으로는 칼 크라우스가 발간했던 잡지 '횃불'(Der Fackel)이란 명칭을 그대로 사용했던 학교 신문 '횃불'이 있다. 당시 기숙학교의 학생으로서 그 신문을 편집했던 프란츠 바이스아이젠(Franz Weiheisen) 신부는 '프로필' 지에서 "한트케는 헤밍웨이식의 문체로 '횃불'을 위해 짧은 이야기들을 썼다"[89]라고 회상하고 있다.

한트케는 기숙학교 생활의 고립과 강요에서 해방되고 싶은 열망에서 문학작품을 읽고 쓰는 일을 하면서 기숙학교가 의도했던 것과는 정반대의 정서 세계에 빠지게 되고 삶 자체에 대한 호기심을 일깨우게 된다. 동시에 그는 자기자신과 주변 세계에 대한 지금까지의 의식을 이러한 문학적 체험을 통해 바꿀 수 있다고 확신하게 된다. 자신에게 끼친 문학의 영향을 한트케는 소론「나는 상아탑에 산다」에서 다음과 같이 설명하고 있다.

> 나는 문학에 열중하기 전에 이미 자의식에 도달해 있기는 했다. 그러

88) Ebda., S.50.
89) Ebda., S.50.

나 문학이 비로소 이런 자의식이 나에게만 유일한 경우도, 사건도, 병도 아니라는 것을 보여 주었다. 문학이 없었다면 이런 자의식은 곧 나를 사로잡았을 것이고 그건 무엇인가 끔찍하고, 수치스럽고, 혐오스러운 것이었다. 자연스러운 과정이 나에겐 정신적인 혼란으로, 치욕으로, 부끄러워해야 할 이유로 보였다. 왜냐하면 그것은 나에게만 일어나는 것으로 보였기 때문이다. 문학이 비로소 이러한 자의식으로부터 나의 의식을 만들어냈다. 문학은 내가 전혀 유일한 경우가 아니며, 다른 사람들의 경우도 비슷하다는 것을 보여주면서 나를 계몽시켰다. (......) 그러므로 나는 사실 (......) 항상 문학에 의해 변화되었다.[90]

문학에 열중하기 전에 한트케가 가졌던 자의식은 그로 하여금 자신에게 일어나는 자연스러운 과정을 정신적 혼란이나 혹은 끔찍하고, 부끄럽고, 혐오스러운 것으로 느끼게 한다. 그런 자의식은 벽촌 고향마을에서의 가난한 가정환경이라든지 외부와 단절된 산골 기숙학교에서의 생활과 깊이 연관된 것으로 한트케는 자신의 경우가 특별한 것이고, 자기자신이 아무것도 아니라는 인식에 사로잡혀 있었던 것이다. 그가 문학의 미적 세계를 통해 자신의 변화를 겪으며 보다 의식적으로, 보다 주의깊게, 보다 민감하게 살 수 있다는 새로운 가능성을 알게된 후부터 문학은 고통스러웠던 유년시절과 청소년시절의 보상이 되었고, 독자이자 동시에 작가로서의 그에게 삶의 지주가 된다. 자신의 영혼은 문학에 의해 지배되었지만 한트케는 그러나 외부적으로는 여전히 도

90) Peter Handke : Ich bin ein Bewohner des Elfenbeinturms. In : ders.: Prosa Gedichte Theaterstücke Hörspiel Aufsätze, Frankfurt am Main 1968, S.263.

처에서 경계(境界)를 체험한다.

> 산보를 할 때면 나는 미리 정한 경계를 감히 넘지 못했다. 나는 오직 경계만을 주의했다. (...) 한 번도 외국에 가본 적이 없었지만 나는 언제나 외국에 있었다.[91)]

한트케는 이렇게 현실 세계와 정신 세계 사이의 뚜렷한 구별을 인식하면서도 경계선 없는 내면의 자유를 체험한다. 한트케는 자유로운 내적 영역 속에서 문학의 미적 세계와 그에 의해 깨어나는 외부 세계에서의 직접 체험에 마음껏 도취된다. 그가 자전적 수필 『1957년』에서 "자신의 내면은 다소나마 외부 세계에 도달할 수 있는 유일한 가능성이었다"[92)]고 말하고 있는 이유가 바로 여기에 있다. 또한 외적 경계선이었던 기숙학교가 그의 내부에 작가가 될 커다란 소지를 키우고 있었음을 한트케는 회상한다.

> 금지 속에서 부정되기는 했지만 정말로 체험할 수 있는 무엇인가를 상상하지도 못한 채, 더더구나 그 체험들을 실현시킬 수도 없는 채, 체험들을 표현하는 것을 배우려고 얼마나 오랜 세월 동안 애썼는가 기억한다. 내가 성장했던 기숙학교의 이러한 체제에서는 누구나 외부 세계와 거의 차단된 상태였지만, 바로 이렇게 금지와 거부사항이 많았기 때문에 나는 외부 세계, 일상적인 환경에서 배울 수 있었을 것보

---

91) Peter Handke : Ein autobiographischer Essay-1957, ebda., S.16.

92) Ebda., S.16, "Die scheinbare AUSSENWELT, in der ich lebte, das Internat, war rigentlich INTERN, eine äußerlich angewendete INNENWELT, und das eigene Innere war die einzige Möglichkeit, ein wenig an die AUSSENWELT zu gelangen."

다 더 많은 체험의 가능성을 가졌다. 그래서 상상력이 내가 거의 바보 가 될 정도로 펼쳐지기 시작했다.[93]

문학 체험을 통해 얻어지는 상상력은 기숙학교 체제의 수많은 금지사항과 맞서 체험 결핍에 대한 보상으로 한트케의 내면 세계를 넓혀준다. 현실 세계와 내면 세계의 관계는 당연히 자아가 중심이 되는 내면 세계 쪽으로 기울게 되고 여기서 얻어지는 직접적인 체험들, 감정들, 생각들은 동시에 그의 "실제적 삶"의 내용이 된다. 그와 같은 태도는 장래의 신부를 양성하기 위한 학교의 목적과 일치될 수 없었다. 결국 한트케는 문학에 대한 과도한 집착으로 탄첸베르크 기숙학교를 도중에서 그만 두게 된다. 학교를 자퇴하게 된 사건을 한트케는 설명한다.

그 당시 나는 기숙학교에서 금지하고 있었던 그래험 그린의 『권력과 영광』과 홍등가가 나오는 『사물의 핵심』을 읽었습니다. 나는 그때 홍등가가 무엇인지 전혀 몰랐고 그것에 대한 이해도 못한 채 그냥 읽었습니다. 그러나 사감장은 그것을 알고 있었습니다. 그는 나에게서 책을 압수해 '142쪽부터 145쪽까지!'라고 표시를 해서 교장선생님께 제시했습니다. 그는 나에게 엄한 경고를 했습니다. 그래서 나는 스스로 떠났던 것입니다.[94]

1959년 한트케는 결국 탄첸베르크 기숙학교를 자퇴한다. 이때

---

93) Peter Handke : *Der kurze Brief zum langen Abschied*, Frankfurt am Main 1972, S.123f.
94) Die Leiden des jungen Handke. In : Profil. S.52.

그가 겪었던 현실 세계와 내면 세계 사이의 갈등, 본질적인 삶에 대한 애착, 그리고 자아와 세계에 대한 의식변화는 나중에 그의 문학세계에 지속적인 영향을 끼친다.

그는 그리펜의 집으로 돌아와 나머지 7-8학년을 마치기 위해 클라겐푸르트에 있는 주립 김나지움에 매일 버스로 통학하다가 1961년 그곳을 졸업한다. 졸업시험을 무사히 끝낸 후 한트케는 장래 작가가 되겠다는 소망은 뚜렷이 갖고 있었으나 그러기 위해 무엇을 해야 좋을지 몰랐다. 그때 기숙학교의 옛 스승 무자르 씨는 법학공부를 제안한다.

> 페터 한트케가 졸업시험 후 나를 찾아 왔을 때 나는 그에게 앞으로의 계획을 물었습니다. 그는 작가로서 수입이 신통치 않을 경우를 위해 물질적 안정을 얻을 수 있는 직업을 갖기 위해 배우려 한다고 대답했습니다. 그는 라틴어와 그리스어를 공부해 교사 자격시험을 보려고 했습니다. 나는 그것을 말렸습니다. 한트케는 늘 말이 없고 상처받기 쉬운 인간인데 나는 그가 억센 인간들이나 할 수 있는 교직에서 작품을 창작할 수 있는 여유가 있으리라고 상상할 수 없었습니다. (......) 나는 법학 공부를 권했습니다. 괴테, 그릴파르처, 테오도르 슈토름, 안톤 빌드간즈 등의 독일 작가들은 법학자였지만 직업과 예술을 서로 잘 연결할 줄 알았습니다. 다행스럽게도 한트케는 작가 외에 다른 직업을 가질 필요가 없게 되었습니다.[95]

95) Brief von Reinhard Musar an Yongho Yun, Villach, 17. Jänner 1983(im Besitz des Verfassers).

오스트리아에서의 법학 공부는 일 년에 서너 달 열심히 공부하면 되기 때문에 너댓 달은 자신을 위해 이용할 수 있어 한트케에게 쓰는 일과 독서에 많은 시간을 허용할 수 있는 과목이었다. 그래서 그는 스승의 조언을 따른다. 허나 당시에는 클라겐푸르트에 대학교가 없었기 때문에 그는 1961년 그라츠대학교에 법대생으로 입학한다.

4. 가족관계

자신의 가족 이야기를 페터 한트케는 수많은 작품 속에서 공개하고 있다. 그 중에서도 『쌩뜨 빅뜨와르산의 교훈』(*Die Lebre der Saint-Victoire*, 1980)에서 그는 특히 외조부까지에 이르는 모계 혈통에 대해 이야기하고 있다.

> 어머니의 조상은 모두 (...) 슬로베니아인이었다. 나의 외할아버지는 1920년 오스트리아의 남쪽 지역을 신생 유고슬라비아에 합병하는 것에 찬성하는 투표를 했다. 그 대가로 그는 독일어를 쓰는 사람들에게서 죽도록 두들겨 맞았다. (......) 그후로 그는 공적인 일에 대해서는 거의 입을 다물었다.[96]

주민 투표가 있었던 1920년 당시 남부 케른텐 지역은 슬로베니아인들이 더 많이 살고 있었다. 언어도 1910년에 조사한 통계

96) Peter Handke : *Die Lehre der Saint-Victoire*, Frankfurt am Main 1980, S.87.

를 보면 49,000명(68%)이 슬로베니아어를, 23,000명이 독일어를 일상어로 사용하고 있었다.[97] 한트케의 외조부인 그레고르 시우츠(Gregor Siutz, 1886~1975)는 그리펜에 살고 있었는데 남부 케른텐에 속하는 이곳에도 역시 73.2%에 달하는 슬로베니아인들이 살고 있던 지역이었다. 제1차 세계대전 후 오홍제국이 붕괴하면서 유고슬라비아가 남부 케른텐을 점령함으로써 케른텐에서는 1918년부터 1919년까지 유고슬라비아에 대항하는 방어전이 있었지만 결국 어느 나라에 소속될 것인가는 주민투표에 의해 결정짓게 되었다. 케른텐 태생의 역사학자 마르틴 부테(Martin Wutte, 1876~1948)는 그 당시 그리펜의 상황을 그의 저서 『케른텐의 자유를 위한 투쟁』(*Kantens Freiheitskampf*)에서 서술하고 있다.

역시 자유로왔던 그리펜에서는 하루 전 미군들을 맞이하기 위하여 천여 명이나 되는 사람들이 모였었다. 미군들이 오지 않았기 때문에 이중 언어를 사용하는 주민들의 분위기를 정당하게 표현하는 인상 깊은 결정이 이루어졌는데 그 내용은 다음과 같았다. "1919년 1월27일 그리펜 광장에 모인 독일어와 슬로베니아어를 사용하는 그리펜 지역과 푸스트리츠(Pustritz) 지역의 남녀 주민들은 신과 온 세상에 자유롭고 공평하게 지금까지처럼, 또한 장래에도 정당하고 충실하게 우리들의 사랑하는 공동의 고향 케른텐을 충심으로 지키겠다는 굳은 불굴의 의지를 선포한다. (...) 이러한 뜻에서 우리는 말하고 요구한다." "다음 날 미군들이 그리펜 시장에 진짜 나타났을 때 위의 결정이 대부분 슬

97) Vgl. Martin Wutte : Die Ergebnisse der Volksabstimmung in Kärnten. In : Carinthia, III. Jg., Heft 1-3, Festschrift zur Kärntner Volksabstimmung, Klagenfurt 1921, S.65.

로베니아어를 사용하는 300~400명의 주민이 참석한 가운데 그들에게 전해졌다. 슬로베니아어를 쓰는 사람이 누구냐고 유고슬라비아의 대표자가 물었을 때 많은 사람들이 손을 들었다. 그가 그들에게 유고슬라비아에 들어오지 않겠는가 하고 물었을 때 대 소동이 일어났다. '우리는 유고슬라비아인이 되고 싶지 않다!' '케른텐 만세! 독일어 오스트리아 만세!" [98]

주민투표는 1920년 10월 10일 연합군의 감시하에 이루어졌는데 투표 구역이 유고슬라비아의 관할이었고 슬로베니아어를 사용하는 주민들이 다수였음에도 불구하고 주민의 59.04%가 오스트리아에 찬성을 했다. 페터 한트케의 외조부가 유고슬라비아 쪽에 찬성을 했던 그리펜 지역에서는 1,786명의 투표자 중 77.2%가 오스트리아에, 22.8%가 유고슬라비아에 투표를 했다.[99] 이러한 분위기 속에서 많은 사람들이 한트케의 외조부에 대해 분노했고, 그 이후부터 그가 공적인 사건에 대해서는 나서지 않고 거의 침묵으로 일관했다는 것은 쉽게 짐작할 수 있다. 한트케의 외조부댁은 이렇게 이중언어 지역에 속했으며 집과 교회에서는 슬로베니아어를 사용했다. 어머니 마리아가 이중 언어 지역에서 태어나 성장한 배경을 한트케는 다음과 같이 이야기한다.

나의 어머니는 소녀 때 슬로베니아의 아마추어극단에서 연기를 했다. 그녀는 나중에 그 언어를 할 수 있다는 것에 대단한 자부심을 가졌다.

---

98) Martin Wutte : *Kärntens Freiheitskampf*, Weimar [2]1943, S.153ff.
99) Siehe Anm. 97, ebda., S.75.

> 그녀가 쓰는 슬로베니아어는 전쟁 후 러시아에 점령되었던 베를린에서 우리 모두에게 도움이 되었다. 그녀는 물론 스스로를 한 번도 슬로베니아인으로 느끼지 않았다.[100)]

한트케는 가족이 전후 동독에서 도피할 때 어머니가 아는 또 하나의 언어가 도움이 된 상황을 『소망 없는 불행』에서 언급하고 있다.

> 1948년 초여름 나의 어머니는 남편과 함께 두 아이들을 데리고 - 한 살짜리 계집아이는 장바구니에 담아서 – 여권도 없이 독일의 동부 점령지역을 떠났다. 그들은 새벽 동틀녘에 경계선을 몰래 넘었다. 한 번은 경계초소를 지키는 러시아 병사들이 멈추라고 소릴 질렀으나 어머니는 슬로베니아어로 암호를 대답했다. 그 당시 아이에게는 동트는 새벽, 숨죽인 소리, 위험이 삼일치로 고정되어 버렸다. 기차를 타고 오스트리아를 통과할 때의 기쁨에 찬 흥분.[101)]

이렇게 동독에서 도피할 때 뿐만 아니라 그곳에 체류했던 동안에도 "그녀는 슬로베니아어로 러시아 사람들과 의사를 통할 수 있었기 때문에 그들과 친하게 지냈다."[102)] 그의 외조부는 자의식을 가지고, 어머니는 긍지를 가지고 말했던 슬로베니아어가 한트케에게는 유년시절의 희미한 흔적으로 남아 있다고 회상한다.

---

100) Peter Homdke : *Die Lehre der Saint-Victoire*, S.87f.
101) Peter Handke : *Wunschloses Unglück*, Salzburg 1972, S.46.
102) Ebda., S.35.

내가 태어나 처음으로 쓴 언어 역시 슬로베니아어라고 했다. 마을의 이발사는 내가 처음 머리를 자르러 왔을 때 독일어는 한마디도 이해하지 못했고 자기와 순전히 슬로베니아어로만 대화했었다고 나중에 나에게 여러 번 이야기했다. 나는 잘 생각이 나지 않으며 그 언어를 거의 잊어버렸다.[103)]

한트케는 슬로베니아어를 거의 잊어버렸다고 말하고 있지만 여러 군데에서 그가 하고 있는 많은 진술들을 살펴보면 오늘날도 내면에서는 슬로베니아에 대한 남다른 의식이 흐르고 있음을 느낄 수 있다. 그는 『쌩뜨 빅뜨와르산의 교훈』에서 케른텐에 살고 있는 슬로베니아 주민들과 그들의 존재에 대해 언급하고 있다.

이 민족에겐 도대체 국가적 자의식이 부족하다고들 했다. 왜냐하면 이들은 세르비아인이나 크로아티아인들과는 달리 전쟁에서 자기 나라를 방어해야 했던 적이 없기 때문이라는 것이다. 그래서 심지어는 합창곡도 대개의 경우 애조를 띄며 내면으로 향해 있다.[104)]

다른 곳에서도 한트케는 어렸을 때부터 알고 있었던 슬로베니아의 역사상을 말하기도 한다.

케른텐에 살고 있는 슬로베니아인들의 특성은 물론 자신들의 역사를

---

103) Peter Handke : *Die Lehre der Saint-Victoire*, S.88.
104) Ebda., S.88.

전제군주에 따라 보질 않고 시인들에 따라 본다는 것이다. 그들에게는 오스트리아인들에게서처럼 요셉 몇 세라든가 혹은 황제 프란츠 요셉 시대 같은 것은 없고 프레세렌(Preseren) 시대라든가 캉카르(Cankar) 시대 등등이 있었다. (그들은 슬로베니아 작가들이다.) 그것은 나에게 어렸을 적부터 슬로베니아 역사의 위대한 상으로 존재했다.[105)]

오늘날 유고슬라비아에 속하는 슬로베니아 민족과 같은 민족이고 남부 케른텐과 이탈리아 국경지역에 살고 있는 대다수의 슬로베니아인들은 역사적으로 짧은 기간만 독자적인 영주의 지배를 받다가 8세기 중엽에 바이에른과 프랑켄의 세력 범위에 합병됨으로써 일찍부터 기독교로 개종되었다. 그들은 1918년까지 수백 년 동안 합스부르크 왕가의 운명을 따르게 되었다. 이러한 정치적 운명을 지닌 채 역사가 진행되는 동안 슬로베니아인들은 독립된 국가의 역사의식을 갖기가 어려웠다. 그 대신 그들은 지난 200년간 문학을 통해 민족의식을 형성해 왔다. 문학의 대표적인 인물들로는 서정시인 프란츠 프레세렌(Franz Preseren, 1800~1849)과 새로운 산문체의 창시자로 인정받고 있는 이반 캉카르(Ivan Cankar, 1876~ 1918)가 있다.[106)]

한트케의 의식 속에 존재하는 슬로베니아와의 연대감은 슬로베니아 작품을 독일어로 번역함으로써 보다 현실적인 모습을 띈다. 한트케는 이미 언급한 대로 1981년 슬로베니아계 작가 플로

---

105) vino : Inserat für Florjan Lipus, Dichter. Peter Handke stellt bei Hoser's seine Übersetzung vor. In : Stuttgarter Nachrichten, 20. März 1981.

106) Vgl. Alois Schmaus : Die Slowenische Literatur. In : Die Literaturen der Welt in ihrer mündlichen und schriftlichen Überlieferung. Hg. von Wolfgang Einsiedel, Zürich 1964, S.833-842.

리안 리푸스의 소설 『생도 챠츠』(*Der Zigling Zjax*, 슬로베니아어 제목 : *Zmote dijaka Tjaza*)를 슬로베니아어 연구가인 헬가 무라크니카르와 공역한다. 1972년 『생도 챠츠』를 발표한 리푸스는 1937년 케른텐에서 태어난, 무라크니카르처럼 케른텐의 슬로베니아 소수민족에 속하는 작가이다. 한트케는 리푸스가 "독일인의 자부심" 그늘에서 "머무적거리며"107) 그의 인생을 살아온, 케른텐에 살고 있는 슬로베니아계 오스트리아 작가라고 역자 주석에서 소개하고 있다. 그는 또한 자신의 이 번역 작업을, "요구되었던 권리의 시작이 이로써 드디어 이루어지게 되었다"108)고 덧붙인다. 한트케의 이러한 노력은 문학에서 뿐만 아니라 정치적으로도 폭넓은 반응을 불러 일으키게 되어 마침내 당시 오스트리아 수상이었던 브루노 크라이스키(Bruno Kreisky)에 의해 1981년 3월 31일 비인의 20세기 박물관에서 개최된 한트케와 리푸스의 공동독회에서 인사말로 평가를 받는다.

> 나는 소수민이 실제로 권리를 갖도록 하면서 그들을 위해 애를 쓴 페터 한트케 씨에게 감사합니다. (....) 소수민족은 동등권이 아니라 우선권을 갖습니다.109)

이때부터 한트케는 슬로베니아어로 된 작품을 독일어로 옮기는 일에 열중하게 되어 역시 케른텐의 슬로베니아계 오스트리아

---

107) Florjan Lipus : *Der Zögling Zjaz*. Deutsch von Peter Handke zusammen mit Helga Mracnikar, Salzburg 1981, S.246.

108) Ebda, S.247.

109) Andreas Weitzer : Kreisky präsentiert Roman von Lipus. In : Neue Kronen Zeitung, 2.April 1981.

시인 구스타프 야누스(Gustay Janus, 1939~)의 『시 1962~1983』를 1983년에, 또 『문장의 중간에. 시』를 1991년에 번역 출판한다. 동시에 1986년에는 고향과 그곳에 사는 사람들 그리고 슬로베니아어에 대한 자신의 관계를 성실히 그린 작품 『반복』(*Die Wiederholang*)을 발표한다. 이 작품으로 한트케는 1987년 슬로베니아 작가협회가 주는 'Vilenica 87' 문학상을 받는다.

이에 즈음하여 한트케는 "카르스트 [유고슬라비아까지 걸쳐있는 황량하고 숲이 없는 석회암 지형] 지역은 그 당시 나의, 내 인생의 또 하나의 문지방이 되었다. '나의 가장 깊은 힘의 아궁이'라고 19세기의 시인 에두아르트 뫼리케는 이곳을 말했다"라고 자신의 입장을 클라겐푸르트에서 발행되는 신문 '클라이네 차이퉁'(Kleine Zeitung, 1987년 9월 15일자)에 밝히고 있다.

한트케가 슬로베니아어 작품을 독일어로 번역한 것을 이해하기 위해서는 리푸스와 야누스가 한트케와 동향인데다 공동의 과거를 가졌다는 개인적인 관계뿐만 아니라 "슬로베니아어는 단순히 기억으로써만 남아있는 나에게와는 달리 외조부의 가족들에게는 집안의 언어이자 교회에서 늘 사용했던 언어로써"[110] 그 환경에서 자란 한트케의 유년시절을 생각하지 않을 수 없다.

한트케는 자기자신이 "어딘가 다른 곳에서 왔을 거라는 상상을"[111] 곧잘 했다고 하는데 이것은 단순한 문학소년의 상상이라기보다는 모계가 지닌 슬로베니아 혈통과 언어를 의식하고 있다는 증거로 여겨진다. 그의 생부가 독일인이고, 두 살부터 여섯

---

110) Florjan Lipus : *Der Zögling Zjaz*. Deutsch von Peter Handke zusammen mit Helga Mracnikar, S.247.

111) Peter Handke : *Die Lehre der Saint-Victoire*, S.88.

살까지 베를린에서 지내다가 열두 살까지 외조부 댁에서 살았던 한트케로서 이런 상상을 한 것은 당연하다 할 수 있겠다.

한트케의 외할아버지는 새대주로서는 모범이었으나 자녀들에게 주었던 것은 수백 년간 전해오는 무일푼에 대한 악몽스런 강박관념이었다. 이러한 무산자의 생활환경은 그의 어머니뿐만 아니라 한트케에게도 자신들이 하층민이라는 의식의 바탕이 된다. 한트케는 『소망 없는 불행』에서 외조부의 생애를 다음과 같이 묘사하고 있다.

> 나의 외할아버님은 – 아직도 살아 계시고 현재 여든여섯이시다 – 목수였으며 목수일 말고도 외할머님과 함께 약간의 밭과 목초지를 경작했고 이에 대해 해마다 소작료를 물었다. 그분은 슬로베니아계 혈통이며 사생아였다. 결혼 적령기에 달했으면서도 혼인할 돈도, 결혼생활을 할 집칸도 없었던 당시의 가난한 농민층의 자식들은 대개 그런 식으로 태어났다. 그래도 그분의 모친은 꽤 여유있는 농부의 딸이었다. 그 집에서 외할아버지의 부친은 '아버지'로서가 아니라 머슴으로 살았다. 어쨌거나 그분의 어머니는 작은 땅을 살 돈을 물려 받았다. 남의 집에서 태어나고, 유일한 소유물이었던 축제일 옷이 입혀져 땅 속에 묻혀 제대로 장례식도 없이 죽어 간, 빈 곳이 많은 세례증서를 가졌던 맨 주먹의 머슴살이 생활로 몇 세대가 지난 후 내 외할아버님은 매일 일을 해야 한다는 의무감 없이 정말로 집처럼 느낄 수 있었던 그런 환경에서 자라난 첫 번째 사람이었다.
>
> 얼마 전 한 신문의 경제면에 서방 세계의 경제원칙을 옹호하는 기사가 실렸다. 거기에는 소유권이란 '구체화된 자유'라고 쓰여 있었다. 여러 세대 동안 재산도 없었고, 따라서 권한도 없었다가 적어도 부동산

이란 걸 소유했던 사람으로서 당시의 내 외할아버님에게는 그대로 들어맞는 말이었다. 무엇인가를 소유하고 있다는 의식은 몹시 해방감을 주어 수세대에 걸쳐 의지라는 것을 갖지 못하다가 갑자기 보다 자유롭게 되고자 하는 의지를 가질 수 있었으니 말이다. 그것은 내 외할아버님의 상황에서는 너무도 당연히 토지를 늘리는 것을 의미했다. 처음에 갖게 된 토지는 물론 너무 작아서 그것을 계속 유지하기 위해 혼자만의 노동력으로도 충분했다. 이 억척스러운 소농은 저축하는 것에 유일한 희망을 걸었다.

내 외할아버님은 저축하고 또 저축했지만 20년대의 인플레로 모두 헛것이 되어 버렸다. 그러고나서 그분은 다시 저축을 시작했다. 남는 돈을 저축한 건 말할 것도 없고, 하고 싶은 것을 모두 억눌렀으며 이 끔찍한 내핍을 자식들에게까지 강요했다. 외할머니는 여자이기에 무언가 다른 생활방식이 있을 수도 있다는 것을 꿈조차 꾸지 않았다. 그분은 자식들이 결혼이나 직업교육을 위해 '독립자금'이 필요할 때까지 끊임없이 저축했다. 이런 일이 있기 전에 이렇게 저축된 것을 자식들의 '교육'을 위해 쓴다는 생각을 그분은 해본 적도 없었고 특히 딸자식의 경우에는 언어도단이었다. 아들들의 경우에도 어디든 집을 떠나면 고생이라는 수백 년 전해 오는 이야기가 얼마나 깊이 주입되었던지 아들 중 한 명은 주(州)의 수도에 있는 김나지움에 우연히 빈자리가 있어 가게 되었지만 객지 환경을 며칠도 견디지 못했다. 그는 40킬로미터 떨어진 집으로 걸어 돌아와서는 집 앞에서 – 그 날은 집과 뜰을 깨끗이 하는 토요일이었다 – 말 한마디 없이 곧장 마당을 쓸기 시작했다. 그가 동틀녘에 빗자루를 가지고 쓰는 소리만으로도 돌아 왔다는 충분한 표시였다. 그후 그는 대단히 유능한 목수가 되어 그 일에 만족했다고 한다.

그와 그의 첫째 형은 제2차 세계대전 때 곧 전사했다. 외할아버님은 그 사이에도 계속 저축했지만 그렇게 저축된 것이 30년대의 실업으로 다시 없어졌다. 그분은 또 저축했다. 그건 그분이 술도, 담배도 입에 대지 않고 노름도 거의 하지 않은 것을 의미했다. 그가 했던 유일한 놀이는 일요일에 하는 카드놀이 뿐이었다. 그러나 그분은 거기서 딴 돈도 – 그분은 아주 분별있게 카드놀이를 해서 거의 항상 땄다 – 저축했고 자식들에게는 그 중에서 작은 동전이나 한닢 튕겨줄 뿐이었다. 전쟁이 끝난 후 그분은 다시 저축하기 시작했고 나라에서 연금을 받는 오늘까지도 그 일을 멈추지 않고 있다.[112)]

이처럼 가난하고 소시민적인 가정에서 한트케는 소년시절의 일부를 보냈고 삶의 환경으로 보아 주로 돈이나 농부의 생활과 관계되는 수많은 체험들을 외조부와 함께 겪는다. 이 체험들은 나중에 회상을 통해 문학적으로 그의 작품에서 구체화된다. 외조부에 대한 몇몇 회상들은 작품 『세계의 무게』나 『쌩뜨 빅뜨와르산의 교훈』에 나오는 대목에서도 읽을 수 있다.

그녀는 [한트케의 딸] 나에게서 돈을 받은 후에도 한참을 옆에 친밀하게 앉아 있었다. 한번은 내가 편지에다 우표들을 붙이면서 몇 장인지 세어 보려고 하자 그녀가 나에게 편지에 붙은 우표가 몇 장인지 말해준 적도 있었다. (옛날에 나도 마찬가지로 졸랐던 돈을 외할아버지에게서 받은 후에는 열심히 그의 곁에 앉아 있었다.)[113)]

112) Peter Handke : *Wunschloses Unglück*, S.12-15.

113) Peter Handke : *Das Gewicht der Welt*-Ein Jounal(November 1975~ März 1977), Salzburg 1977, S.144f.

언젠가 외할아버지가 쪼개진 막대기를 가지고 뱀을 찔러 잡아 그 막대기를 뱀과 함께 흙 속에 찔러 묻었던 일이 떠올랐다.[114)]

외할아버지와 함께 길을 가다가 공터를 갈 때 사람들이 어떻게 개를 방어하는가를 가르쳐 주시던 것이 생각났다. 돌을 집을 수가 없을 때에도 마치 돌을 집는 것처럼 몸을 굽혔고, 그러면 개들은 매번 실제로 물러났다. 한 번은 어떤 개의 주둥이에 흙을 던져 넣은 적도 있었다. 그러자 개는 흙을 삼키게 되었고 우리가 지나가도록 했다.[115)]

특히 첫 소설 『말벌들』에 나오는 화자의 아버지는 농부로서 한트케의 외조부의 상과 쉽게 연결된다고 볼 수 있다.

(...) 화자의 아버지가 국가와 맺은 소작 계약을 통해 자신의 것으로 만들 수 있었던 갈대숲을 배를 타고 지나가는 동안 (...) 아버지는 대개의 경우 아직 새벽의 어스름 속에서 마차에 말을 매고, 또 그는 말의 다른 쪽 다리를 끌채 속에 들어가도록 하기 위하여 허리를 굽혀 완고하게 꺾인 말의 앞발을 말발굽 위 발목과 무릎 사이를 붙잡고 버틴다.[116)]

외조부에 대해 많은 기억을 갖고 있는 것과는 달리 외할머니 우르슬라 시우츠(Ursula Siutz, 1887~1952)에 대해서 한트케는 열 살

114) Ebda., S.175.
115) Peter Handke: *Die Lehre der Saint-Victoire*, S.58.
116) Peter Handke : *Die Hornissen*, Frankfurt am Main 1966, S.20/48.

때 그녀가 암으로 돌아가신 기억만 남아 있다고 한다. 외조모와 관련해 한트케는 1972년 프란츠 홀러(Franz Hohler)와의 대담에서 이야기하고 있다.

> 내가 어릴 때만 알았던 외할머니는 내가 잠자던 방에서 돌아가셨습니다. 그건 20년 전이었죠. 그때 나는 어린애로 그 방에 있었고 외할머니는 암으로 누워 계셨습니다. 그리고 외할아버지는 아침 일찍 – 그는 농부였지만 농부와 수공업자의 중간이라고 할 수 있었죠 – 집 가까이 있는 연못에 갈대를 베기 위해 새벽 4시경에 나가셨습니다. 나는 어머니가 방으로 들어와 소리를 지르는 바람에 잠에서 깨어났습니다. 그러고나서 외할머니는 돌아가셨습니다. 외할아버지는 연못에서 연락을 받으셨고요. 외할머니에 대해 나는 그런 정도만 겨우 기억할 수 있습니다.[117]

그러나 외조모가 돌아가신 체험과 공포는 그에게 강력한 인상을 남긴다. 그는 이 체험을 1967년에 쓴 시 「새로운 체험들」에서 같이 표현하고 있다.

> 1952년 / 여름 / 내가 / (막 매장된 외할머니의 문상객들을 대접하는 곳에서 한 문상객에게 잊고 온 담배를 갖다 드리기 위해 집에 보내어져) / 텅 빈 / 정적에 잠긴 / 방에 / 들어가 / 정적에 잠긴 / 텅 빈 / 방에서 / 꽃병에서 / 바닥으로 흘러 나온 / 작고 지저분한 자국 밖에 보지 못했을 때 / 나

117) Franz Hohler : Fragen an Peter Handke. In : Fragen an andere, Bern 1973, S.20.

는 / 난생 / 처음 / 죽음에 대한 / 공포를 느꼈다.[118)]

한트케의 외조부는 아들 셋과 딸 둘을 두었다. 두 아들은 전사했고 유일하게 생존한 아들이 그의 목수업을 물려 받았다. 한트케의 어머니 마리아는 이 다섯 자녀들 가운데 넷째로 1920년 10월 8일 그리펜의 알텐마르크트에서 태어났다. 오빠들과는 반대로 그녀는 어렸을 적부터 배우기를 대단히 좋아해 초등학교까지의 의무교육이 끝난 후 다섯 자녀들 가운데 처음으로 계속해서 무엇인가 더 배우고 싶다는 소망을 가졌다고 한트케는 『소망 없는 불행』에서 쓰고 있다.

어머니의 이야기에 따르면 그녀는 할아버지께 무엇인가 배우게 해달라고 '애걸복걸했다'고 한다. 그러나 그건 말도 안되는 것이었다. 그건 손짓 한 번으로 거절당했고, 두 번 다시 생각할 수도 없는 일이었다.[119)]

더 배우고 싶다는 소망이 이루어질 수 없게 되자 그녀는 열다섯 살에 좁고 가난한 마을 생활과 집안 일을 돌보아야 하는 정해진 삶에서 벗어나기 위해 집을 나온다. 그녀는 호텔에서 요리사의 직업을 배우고, 또 처음으로 "도시 생활 - 짧은 원피스, 하이힐, 파마머리와 귀걸이, 남을 의식할 필요 없는 생활의 즐거움, 심지어는 외국에도 가 보았고, 즉 슈발츠발트에서 객실 하녀로

118) Peter Handke: Die neuen Erfahrungen. In: ders.: Prosa Gedichte Theaterstücke Hörspiel Aufsätze, Frankfurt am Main 1969, S.113f.

119) Peter Handke : *Wunschloses Unglück*, S.19.

체류!"[120]하는 등의 체험을 한다.

열여덟 살이 되던 1938년 히틀러가 오스트리아에 진군하자 시골 주민들에게서 보이는 삶의 변화를 그녀도 겪는다.

> 우린 상당히 흥분되어 있었다"라고 어머니는 이야기했다. (......) 평일의 지루함까지도 (......) 축제같은 분위기였다. (......) 하기 싫은 기계적인 일들까지도 의미있고, 축제처럼 되었다. (......) 새로운 생활 속에서 사람들은 보호받으면서도 자유로움을 느꼈다.[121]

그녀는 이러한 삶의 감정을 자랑스러워 했다. 정치에 흥미가 있어서가 아니라 사람이 하는 모든 것이 중요했기 때문이었다. 이 시기에 그녀는 어린시절에 겪었던 공포의 환상으로부터 벗어나 남과 잘 어울리고 자주 적이 된다.

제2차 세계대전 중 그녀는 오스트리아에 주둔하고 있던 한 독일 경리장교와 사랑에 빠져 한트케를 낳게 된다. 프란츠 홀러와의 대담에[122] 따르면 한트케는 스무 살 때 처음으로 어머니에게서 자신에게 생부가 있다는 사실을 들었고 그해 여름 마투라(Matura, 대학 입학자격을 갖는 고등학교 졸업시험)를 치른 후 어머니와 함께 고향 마을에서 그와 첫 대면을 했으나 그 후로는 최근까지 별 다른 관계를 갖지 않았다고 한다. 『쌩뜨 빅뜨와르산의 교훈』에서 한트케는 계부와 생부에 대해 언급하고 있다.

---

120) Ebda., S.20.

121) Ebda., S.22.

122) Franz Hohler : Fragen an Peter Handke, S.20.

나의 계부는 독일 출신이다. 그의 부모는 제1차 세계대전이 일어나기 전 슐레지엔에서 베를린으로 왔다. 나의 생부 또한 독일인이다. 그는 (내가 아직 한 번도 가본 적이 없는) 하르츠(Harz) 출신이다.[123]

어머니는 한트케가 출생하자 그를 데리고 전쟁에서 남편이 돌아오길 기다리기 위해 베를린에 간다. 그러나 첫 폭격이 시작되자 다시 고향으로 돌아왔다가 전쟁 말기인 1944년 다시 베를린으로 간다. 남편도 전쟁에서 돌아와 전차운전수로 다시 근무를 한다. 그러나 가정 형편은 남편의 주벽으로 악화 일로였다.

베를린 – 판콥에 있는 커다란 단칸방에 세를 들었고, 남편은 전차 운전수일 때도 술을 마셨고, 전차 차장일 때도 술을 마셨고, 제빵 기술자일 때도 술을 마셨다. 아내는 그 사이에 태어난 둘째 아이를 데리고 고용주에게 가서 그를 내쫓지 말고 다시 한 번 기회를 달라고 매번 빌었다.[124]

전후의 팽배했던 전반적인 고난 외에도 그녀는 불행한 가정생활, 특히 부부생활을 고통스럽게 겪었다. 한트케는 불행한 부모의 관계를 "흔한 세상 이야기"[125]라고 말하지만 거기에서 느낀 공포, 분노, 괴로움 그리고 부끄러움은 그의 장래의 감정 세계에 대단히 강하게 작용한다. 한트케는 한 대담에서 이 불행한 부모의 관계가 자신에게 다른 무엇보다도 충격을 주었다고 밝히고

---

123) Peter Handke : *Die Lehre der Saint-Victoire*, S.87f.
124) Peter Handke : *Wunschloses Unglück*, S.87f.
125) Ebda., S.29/32.

있다.

때로 나는 말할 수 없는 공포와 불쾌감 때문에 실제로 더 이상 쳐다볼 수 없는 정도이고 모든 것이 언제나 똑같은 결과가 되죠. (......) 일종의 원초적 충격같은 것이 있었음에 틀림없습니다. 부모가 집에서 나갔다가 돌아와 방에서 서로 소리를 지르며 때리고 싸우면 내가 이불을 뒤집어 쓰고 숨어 있었던 이런 끔찍한 공포의 상태들이 어릴 때 있었다는 것을 나는 때때로 생각합니다.[126)]

그래서 한트케는 자신의 작품 속에서 계부를 대체로 어머니와의 싸움이나 술주정과 연관해서 회상한다. 첫 소설 『말벌들』의 다섯 번째 이야기 「헌병의 말」에서 괄호 친 문장 부분이 나오는데 바로 그런 상황을 그대로 묘사한 것이다.

(언젠가 나는 자다가 깨어나 아버지가 큰 방에서 힘을 다해 어머니를 두들겨 패는 소리를 듣게 되었다. 나는 처음에는 벽 너머에서 양친이 주고 받는 늘 하는 말들을 들었다. 비록 내 곁에서 동생들이 낄낄거리면서 흉내를 내고 서로 때리기 시작했지만 난 그 때리는 소리를 잘 구별할 수 있었다. 그러나 조금 있다 그가 어머니를 보다 세게 두들겨 팼을 때 나는 온몸이 마비되고 제정신이 아니었다. 혈관이 튕겨져 나올 것 같이 나를 마비시켰고 나는 어떤 소리도 들을 수가 없었으며 오직 분노의 피가 끓는 소리만 들었다.)[127)]

126) Christian Linder : Die Ausbeutung des Bewußtseins. Gespräch mit Peter Handke. In : FAZ, 13.Januar 1973.

127) Peter Hnmdke: *Die Hornissen*, S.27f.

『긴 이별에 대한 짧은 편지』에서도 한트케는 ‘나’라는 화자의 아버지를 주정뱅이로 묘사하고 있다.

나의 아버지는 주정뱅이였다. (...) 그리고 난 침대에 누워 있을 때 자주 옆방에서 꿀꺽꿀꺽 마시는 소리를 들었다. 그렇게 자주 그는 무엇인가를 잔에 부어 마셨다. 그걸 회상할 때면 나는 당장 그의 머리를 도리깨로 쳐주고 싶지만 그 당시에는 그저 빨리 잠들기만 소망했었다.[128]

『소망 없는 불행』에서도 유사한 내용을 읽을 수 있다.

술에 취하면 그는 개차반이 되었고 그녀는 그에게 가혹해야 했다. 그러면 그는 (...) 그녀가 아무말도 안한다고 그녀에게 손찌검을 해댔다 (...) 겨울이 되어 건축 경기가 없으면 실업보조금이 지급되었지만 그녀의 남편은 그것으로 술을 마셨다. 그녀는 그를 찾아 이 술집에서 저 술집으로 다녔고 그는 고소하다는 듯 악의에 차 그녀에게 남은 돈을 내보이곤 했다. 그녀는 그에게서 두들겨 맞지 않으려고 몸을 피했다. 그녀는 더 이상 그와 말을 하지 않았다. 그녀의 침묵에 소외감을 느끼고 겁에 질린 아이들은 후회의 빛이 역력한 아버지에게 매달렸다. 마녀! 그녀가 너무도 매정하고 화해하기 어려워서 아이들은 그녀를 적대감에 차 바라보았다. 부모가 외출해 있을 때면 아이들은 두근거리는 가슴을 안고 잠을 잤고 아침녘에 남편이 아내를 방으로 밀어 넣으면 이불을 머리 위까지 뒤집어 썼다. 매 발자욱마다 그녀는 멈춰 섰으나

128) Peter Handke : *Der kurze Brief zum langen Abschied*, Frankfurt am Main 1972, S.141.

결국 그가 그녀를 밀어 넣었다. 둘 다 집요하게 침묵했다. 드디어 그녀가 입을 열어 "짐승같은 놈! 짐승같은 놈!" 하면서 그가 듣기를 기다리고 있었던 말을 하면 그 말에 그는 그녀를 제대로 팰 수 있었다. 그녀는 얻어 맞을 때마다 그를 잠깐씩 비웃었다.[129)]

이런 불행한 부부생활과 가난에 시달리는 환경 속에서 그녀는 전후 대도시에서 시작된 사회변혁의 과정이 자신에게 제공할 수 있는 자기 실현의 가능성을 관찰하지 못한 채 그녀의 양친과 마찬가지로 "소시민적이고 살림살이에 얽매이게"[130)] 된다. 결국 그녀는 전후의 환경과 가난을 견디지 못하고 1948년 초여름에 남편과 두 아이들을 데리고 동베를린을 떠나 다시 케른텐으로 돌아온다. 남편은 그녀 오빠의 목수 업무에 첫 고용인이 된다.

한트케의 어머니는 당시 아직 서른 살도 안되었지만 벌써 "그때에는 내가"[131)]라고 말하면서 살아가는 조로한 여인이 된다. 그녀는 시골의 생활방식을 지배하는 종교 의식과 관습에 다시 매이게 되고 가정생활의 단조로움에 지쳐버린다. 그리고 20년이라는 소망 없는 불행의 세월이 지나간다. 이러한 불행은 외형적인 삶의 환경과 판에 박힌 여인의 생활에서 느낄 수밖에 없는 존재의 고통인 것이다.

시골의 가난한 생활에서 소시민 주부로 살았음에도 불구하고 한트케의 어머니는 "외국을 체험한 여자"[132)]로서 또한 대도시의

129) Peter Handke : *Wunschloses Unglück*, S.33/54.
130) Ebda., S.34.
131) Ebda., S.34.
132) Ebda., S.42.

생활감정을 가진 여자로서 “아직 한번도 희멀끔하게 깨끗한 사람을 본 적이 없었던 토박이들과”는 달랐고 “살림살이만이 삶의 전부가 아닌 인생도 생각할 수 있었다.”133) 성취된 인생을 동경하면서 그녀는 때때로 사람들이 많이 모인 곳에서 시위하듯 술을 마시고 담배를 피우기도 했고, 또한 그 지방의 유지들과 어울리려는 시도를 하기도 한다. “개성이 없는, 어쨌든 아무것도 특이한 것이 없는”134) 시골의 생활환경에 대한 어머니의 애처로운 헛된 저항은 한트케로 하여금 그녀가 정체성을 얻기 위해 투쟁하는 것으로 생각하게 했고 그녀에게 공감하게 만든다.

한트케의 어머니 경우도 문학과의 접촉이 그녀 인생의 후반부에 있어서 중대한 역할을 한다. 한트케는 문학이 자신의 어머니에게 의미했던 것을 『소망 없는 불행』에서 서술하고 있다.

> 그녀는 신문을 읽었다. 그보다는 그 속의 이야기들을 자신의 삶과 비교할 수 있는 책을 더 좋아했다. 그녀는 내가 읽고 있던 책들을 읽었다. 처음에는 팔라다, 크느트 함순, 도스토예프스키, 막심 고르키를 읽었고 그 다음엔 토마스 울프와 윌리엄 포오크너를 읽었다. (...) 그녀에게 있어 모든 책은 그녀 자신의 삶을 묘사한 것이었고 그녀는 독서를 하면서 생기를 찾았다. 독서로 인해 그녀는 처음으로 자신의 껍질에서 벗어났고 자기자신에 대해 이야기하는 것을 배웠다. 책을 읽을 때마다 그녀는 더욱 더 많은 생각을 가졌다. 나도 점차 그녀에 대해 어느 정도 알게 되었다.135)

---

133) Ebda., S.58.
134) Ebda., S.49.
135) Ebda., S.63.

그녀는 문학과의 접촉을 통해 이렇게 자의식을 찾게 된다. 그러나 뒤떨어진 모든 것을 다시 보충하는 것은 "어느새 너무 늦었다는 것도"[136] 알게 되었다. 그녀는 이제 외형상의 정상 상태로 돌아 왔고, 특히 남편에 대해 관대한 행동을 보이는 심리적 안정을 찾지만 그것은 자신의 인생을 올바르게 형성하는데 있어 이것이 마지막이라는 퇴행심, 바로 그것을 의미하는 것이었다. 이러한 생각으로 괴로워하며 그녀는 1971년 11월 20일 51세의 나이로 스스로 생을 마감한다. 어머니의 운명, 특히 그녀의 자살은 한트케에게 대단히 강렬한 사실로 기억된다. 정체성을 찾기 위한 그녀의 투쟁은 한트케에게 깊은 감동을 주어 그는 그녀가 자살한 후 1972년 1월부터 어머니의 일생을 그린 『소망 없는 불행』을 쓰기 시작해 한 달여만에 완성한다.

『소망 없는 불행』을 한트케는 케른텐에서 발행되는 신문 ′폭스차이퉁′의 1971년 11월 21일자 기사로 시작하고 있는데 실제 기사와의 차이점은 장소의 명칭 "Altenmarkt (Gemeinde Griffen)"을 머리글자로만 표시하고 있는 점이다.

> 케른텐에서 발행되는 신문 '폭스차이퉁' 일요일 판의 잡록난에 다음과 같은 기사가 실렸다 – "토요일 밤 A. 면 (G.읍)에 살던 51세의 가정주부 수면제 과다 복용으로 자살."[137]

---

136) Ebda., S.63.

137) Ebda., S.7. Vgl. Volkszeitung, Klagenfurt, 21. November 1971, S.3. "In der Nacht zum Samstag verübte eine 51 jährige Hausfrau aus Altenmarkt (Gemeinde Griffen) Selbstmord durch Einnehmen einer Überdosis von Schlaftabletten."

한트케에게는 이복 누이동생 한 명과 두 명의 남동생이 있다. 그는 이복형제들과의 관계를 한 대담에서 말하고 있다.

> 나에게는 남동생 두 명과 여동생 한 명이 있습니다. (...) 그들은 모두 나보다 어리죠. 여동생과는 아주 사이가 좋습니다. 그건 시골에서는 특히 여자들이 보다 예민한 감수성을 지니고 있기 때문입니다. 그녀들은 약간만 구슬리면 모든 것을 다 털어 놓으니까요. 그 여동생은 점원이었고, 큰 남동생은 목수이며, 막내는 아직 학교에 다니고 있습니다. 난 누구나 그들과 잘 통할 수 있으리라고 생각해요. 그러나 언어적으로가 아니라 볼링이나 카드놀이를 하면서 우회적으로 말입니다. 또 술을 마시거나 뮤직박스를 누를 때 의사소통을 한다는 직감이 생깁니다. 그나마 아무것도 없는 것보단 훨씬 낫죠.[138)]

이들 이복 형제에 관해서는 한트케의 작품들에서 단편적으로 읽을 수 있다. 그가 1972년 독일의 크론베르크(Kronberg)에서 썼던 「시 없는 인생」(*Leben ohne Poesie*)에 누이동생에 대해 다음과 같이 언급하고 있다.

> 나의 누이 동생이 오스트리아에서 왔다.
> 그리고 집안을 청소하고 정돈하기
> 시작했다.
> 우연히 나는 그녀가 나에게 차를 찻잔 가득

---

138) Franz Hohler : *Fragen an Peter Handke*, S.24.

따라주는 걸 보았다.

그때 모든 가난한 사람들은 손님을

그렇게 접대한다는 생각이 떠올랐다.

그러자 서글픔 때문에 나는 서먹해졌다.[139)]

한트케의 작품에 자주 등장했던 여동생 모니카 라파이너(Monika Raffeiner)는 1991년 44세의 나이로 죽는다. 남동생들 중 한 명에 관해서는 『소망 없는 불행』에 묘사되어 있다.

또 한 아들은 면허도 없이 운전하다가 차를 망가뜨렸고 구속되었다. 그는 제 아버지처럼 마셔댔고 그녀는 [어머니] 이 술집에서 저 술집으로 쫓아다녔다. 부전자전! 그는 그녀의 잔소리에 절대 귀를 기울이지 않았지만 그녀는 항상 똑같은 말을 해댔다. 그녀에게는 그를 따끔하게 타이를 어휘가 부족했던 것이다. "넌 창피하지도 않니?" – "알아요" 하고 그가 말했다. – "제발 어디 다른 데 가서 살아라." – "알았어요." 그는 집에서 계속 살았고 남편과 닮은 짓만 했으며 다음번 자동차도 부셔 놓았다. 그녀는 그의 짐을 꾸려 집 앞에 내놓았다. 그는 외국으로 가버렸다.[140)]

동생이 외국에 간 것과 관련해서는 『긴 이별에 대한 짧은 편지』에 그의 동생 그레고르(Gregor)가 벌채꾼으로 미국 오레곤주(州)에서 사는 것으로 묘사된 장면을 발견할 수 있다. 다음은 주

139) Peter Handke : *Leben ohne Poesie*. In : ders.: Als das Wünschen noch geholfen hat. Frankfurt am Main 1974 (suhrkamp taschenbuch 208), S.14f.

140) Peter Handke : *Wunschloses Unglück*, S.69.

인공 '나'가 미국을 여행하는 동안 그의 동생을 방문하는 대목이다.

> 나는 오스트리아에 계신 어머니에게 전화를 걸었다. (......) 나는 그녀에게 몇 년 전부터 북부의 오레곤주에서 벌채꾼으로 살고 있는 동생의 주소를 물었다. (......) 그레고르의 바라크 집 (......) 책상 위의 카드 한 벌, 독일어도 같이 쓰인 요란한 색깔의 카드, 그 옆에 울리면서 넘어진 듯한 조그만 자명종 시계. 한 의자 위에는 길고 흙이 묻은 구두끈이 두 개 걸려 있고, 또 다른 의자 위에는 전에 그레고르가 내게서 물려 받은 잠옷 바지가 걸려 있었다. 그 잠옷 바지 위에 248이란 숫자가 새겨져 있는 손수건이 놓여 있었다. 그 숫자는 기숙학교에서의 내 세탁물 번호였는데 그 손수건은 아마 15년은 되었을 것이다.[141]

그의 막내 동생은 『소망 없는 불행』에서 "콧물을 훌쩍이며 부엌 소파의 한구석에 앉아 미키 마우스 만화책을 읽거나"[142] 혹은 어머니와 함께 텔레비전 앞에 앉아 '아버지가 아들과 함께 할 때'라는 시리즈 영화를 보는 초등학생으로 묘사되어 있다.[143]

아버지에 관해 이야기할 때 한트케는 계부와 생부 두 사람 다 독일인이라는 것만 보고하고 있으며 그 외에는 그들에 관해 모른다고 한다. 『세계의 무게』에서 한트케는 자신이 살고 있는 집에 대해서보다 자기자신에 대해 더 아는 것이 없다고 참담한 기

---

141) Peter Handke : *Der kurze Brief zum langen Abschied*, Frankfurt am Main 1972, S.170/174.

142) Peter Handke : *Wunschloses Unglück*, S.69.

143) Vgl. ebda., S.86.

분으로 서술하고 있다.

> 나는 누구에겐가 내가 살고 있는 집에 대해 설명할 때 혼잣말을 하고 있는 나를 발견한다. "그 집은 좀 지저분해, 알겠어, 주인들은 북아프리카 태생의 유태인이거든. (......) " (내 자신의 이야기에 대해서는 아직도 별로 아는 것이 없다.)[144]

희망 없는 무관심 속에서 출생의 커다란 소용돌이[145] - 이것이 자신의 출생에 관한 한트케의 생각이다. 이미 언급한 대로 한트케의 부계는 독일 혈통이고 모계는 슬로베니아 혈통이다. 한트케의 삶에서 곁에 가까이 있었던 존재들은 어머니의 양친, 어머니, 계부 그리고 이복 동생들이었다. 이들은 생부 쪽과는 반대로 그의 다양한 작품이나 대담에서 빈번하게 나타난다. 그러나 그들 가운데 어느 누구도 소망스러운 모습으로 묘사되지는 않고 있다. 이런 가족에 대해 이야기할 때 한트케는 항상 "이 이야기는 대자연의 경관 속에서 단지 소도구의 역할만"[146] 해왔던 "정말 이름 없는 자들의 이야기이다"[147]라고 말하고 있다. 특히 양친에 대한 이야기는 "모든 것이 너무 조악하고, 소설을 위해, 즉 전원적 소설을 위해서는 너무 맞지 않는다"[148]고 한트케는 생각한다.

---

144) Peter Handke: *Das Gewicht der Welt*, S.271.
145) Ebda., S.305.
146) Vgl., ebda., S.58f.
147) Peter Handke : *Wunschloses Unglück*, S.44.
148) Franz Hohler : *Fragen an Peter Handke*, S.19.

하층민 출신이라는 의식이 지워지지 않는 한트케의 자의식에는 가족에 대한 슬픔과 그런 가족과의 생활에서 자신이 처참하게도 무가치한 존재가 되어 버렸다는 고통스러운 인식이 자리하고 있다. 시민으로서 잘 보호된 삶의 감정이나, 상호 간의 따뜻하고 명랑한 의사소통이 전혀 없었던 가족의 "희망 없는 무관심" 속에서 한트케는 헤어나오길 원한다. 그의 이러한 거부의 몸짓은 그로 하여금 자신을 양친과 동일시하지 않고 오히려 거리를 두는 행동을 취하게 된다. "너의 양친이 누구였으며, 너의 양친이 무엇을 했는지 제발 그런 것은 이제 그만 두어라!"[149] 그에 대한 보상으로 한트케는 문학에서 자기 해방과 새로운 삶의 감정을 발견한다. 현실에서가 아니라 문학에서 자신의 정체성을 찾는 삶의 행위는 그에게 곧 자신이 이룩한 가정생활과 격한 대립을 피할 수 없게 만든다.

5. 결혼생활

한트케는 1966년 스물네 살의 나이로 연극배우 립가르트 슈바르츠와 결혼을 하고 자신의 가정을 갖는다. 그러나 이 결혼생활은 5년이 지나 파국을 맞게 되고 그는 "나의 삶을 그저 자동적으로 함께 계속 영위할 수 있으리라고 믿었던 한 인간과의 결별"[150]을 탄식하게 된다. 이 결과로 한트케는 1971년부터는 두

149) Peter Handke : *Das Gewicht der Welt*, S.16.
150) Christian Linder : Die Ausbeutung des Bewußtseins. *Gespräch mit Peter Handke*. In : Frankfurter Algemeine Zeitung, 13. Januar 1973.

살짜리 딸 아미나(1969년 베를린에서 출생)와 둘이서만 살게 된다. 결국 한트케에게 있어 아이만 데리고 혼자 사는 긴 세월은 "나의 목표라 할 수도 없고, 나를 위한 종교나 철학이랄 수도 없지 (...) 분명해지고 (...) 존재의 중심이"[151] 되었다고 그는 한 대담에서 밝히고 있다. 동시에 부부간의 갈등과 아이를 데리고 혼자 사는 그의 모습은 70년대의 거의 모든 작품들, 즉 『긴 이별에 대한 짧은 편지』, 『소망 없는 불행』, 『잘못된 움직임』, 『진정한 감성의 시간』, 『왼손잡이 부인』 그리고 『세계의 무게』 등에서 다양하게 문학적으로 용해되어 있다.

한트케는 커서 나이가 들면 여자와 결혼을 함으로써 함께 자동적으로 계속 살아가게 되고 미성년시절의 일방적인 생활은 청산된다는 누구나가 갖는 그런 확신을 일찍부터 가졌지만[152] 실제 자신의 결혼생활에서는 '나'와 공동생활 사이의 불협화음 때문에 괴로워한다. 이 불협화음을 그는 "존재론적 틈"[153]으로 체험하면서 어린시절에 가졌던 생각은 하나의 환상이었음을 알게 된다. 결국 결혼생활은 파국으로 끝났고 아내와의 헤어짐은 그의 실존의 문제로 부상한다. 존재에 대한 이런 감정과 관련해 한트케는 만프레트 두르착과의 대담에서 다음과 같이 술회하고 있다.

나에게는 (......) 1971년 봄이 중요했습니다. 그땐 무어랄까 아주 쾌적

151) Hermann Schreiber : Und plötzlich wird das Paar wieder denkbar. Spiegel-Interview mit dem Schriftsteller Peter Handke über Gefahren und Chancen des Alleinlebens. In : Der Spiegel, Nr. 28/1978, S.140.

152) Ebda., S.140,

153) Vgl. ebda., S.140.

한 감정 상태였어요. 요인은 순전히 전기적인 것이었죠. 오랜 시간을 지나 처음으로 실존적 감정에 휩싸였던 (......) 바로 이 1971년의 상황이 내가 『긴 이별에 대한 짧은 편지』에서 서술해 보려고 했던 과정이었습니다.[154]

한트케가 여기서 "전기적 요인"이라고 말한 것은 길고도 고통스러운 부부 사이의 갈등을 체험한 후 처음으로 인식하게 되었던 존재에 대한 감정을 말하는 것이다. 그것은 공동생활에서 객관적으로 평가되는 자유가 아니라 스스로 책임을 져야 하는 자유를 가지고 자신의 삶을 설계해야 한다는 철저하게 주관적인 삶의 감정이다. 한트케는 1971년 여름과 겨울에 걸쳐 쓴 2부로 된 『긴 이별에 대한 짧은 편지』에 이러한 자전적 요소를 용해시키고 있다. 그래서 이 작품의 인물들이나 사건들은 많은 점에서 그의 현실과 유사성이 있다. 특히 부부간의 갈등과 두 살짜리 딸을 키우면서 겪은 체험과 관찰에서 나온 많은 묘사가 등장하는데 그 중에서 한트케는 "나"라는 화자와 그의 부인 유디트 사이의 갈등 원인을 서술하고 있다.

유디트가 주변 세계에 대한 자잘한 모든 정보, 특히 인쇄된 것을 곧바로 종교적 황홀경에 싸여 보편타당한 세계의 형식으로 받아들이고 그녀의 삶의 형식을 그런 정보에 따라 맞추려고 하는 경향이 있는 것은, (......) 교육을 통해 올바르게 배우지 못했기 때문에 모든 사소한 것들

154) Manfred Durzak : Für mich ist Literatur auch eine Lebenshaltung. Gespräch mit Peter Handke. In : ders.: *Gespräch über den Roman*, Frankfurt am Main 1976 (suhrkamp taschenbuch 318), S.337.

이 마술같이 우상화되는 거라고 언젠가 그녀에게 설명했을 때, 그 설명 마지막에 유디트가, 그렇게 지적하는 나의 태도 역시 우상숭배이며, 내가 그런 우상숭배를 통해 내 자신으로부터 벗어나고자 한다고 말하는 것을 나는 입술을 깨물면서 듣지 않으면 안되었다. 어쨌든 처음에 유디트의 변화들이 내게 그렇게 진지하게 여겨지지 않았을 때에는 그런 설명이 여전히 내 입에서 흘러나왔다. 나는 심지어 그렇게 설명하는 것이 자랑스럽기까지 했다. 유디트도 그것을 이해했다. 그럼에도 불구하고 그녀가 그 설명을 따르지 않는다는 것이 이상할 뿐이었다. 나중에 나는 그녀가 그런 설명이 틀려서가 아니라 단지 설명이었기에 미워하기 시작했고, 내가 옆에서 설명을 할 때면 내 설명을 더 이상 듣고 싶어하지 않는다는 것을 알아 차렸다. "당신은 바보예요!" 라고 유디트가 말했다. 그러자 나는 정말 내가 멍청이로 여겨졌다. (....) 이제 우리는 드디어 적이 되었다. 나는 설명 따윈 하지 않고 욕만 해댔다. 우리가 곧 더 이상 견디지 못하고 서로를 신체적으로 학대하고자 한 것은 당연한 일이었다.[155]

주인공 "나"는 아내의 생활방식을 올바른 것으로 여기지 않고 반복적으로 설명을 해대면서 그것을 변화시키려고 한다. 그러나 그의 지적하는 태도는 그녀에게 역겨운 거부감을 불러 일으킬 뿐이다. 두 사람은 이러한 불협화음의 책임을 서로 상대방에게 돌리고 자신들의 이기적인 태도나 실수에는 눈을 감는다. 그래서 결혼생활은 결국 서로의 우월성을 주장하는 투쟁의 장으로 변한다. 마침내 두 사람은 자신들의 관계를 폭력을 통해, 즉 상대를

155) Peter Handke : *Der kurze Brief zum langen Abschied*, Frankfurt am Main 1972, S.126f.

제거함으로써 해결하려고 한다. "나"는 "그녀를 때려죽이는"[156] 상상을 하고 아내는 그를 죽여 버리겠다고 위협한다. 이러한 상황 아래서 화자 "나"는 미국 여행을 통해, 또 여행에 가지고 갔던 핏츠제랄드의 『위대한 게츠비』와 고트프리드 켈러의 『녹색의 하인리히』를 읽으면서 자기자신과 부인으로부터 한 걸음 물러날 수 있게 되어 "좋은 의미에서 마음이 가벼워지고, 개체로서가 아니라 전형으로서 개인적인 것에서 벗어나는"[157] 느낌을 가진다. 개체에서 전형으로의 발전은 아내와의 끔찍한 갈등에 동화적인 종지부를 찍고 평화롭게 헤어질 수 있게 해준다. 그러나 이 헤어짐이 현실 생활에서의 자유를 의미하지는 않는다. 그는 두 살짜리 딸을 책임지게 되고 실존의 감정을 압박당하지 않으면서 아이와 함께 어떻게 생을 꾸려 나갈 수 있는가를 물으면서 아내 없이 혼자 사는 생활을 시작한다.

> 나 혼자 - 그것은 전혀 나쁘지 않을 것이었다. 나도 외출하려면 할 수도 있었을 것이다. 나는 움직일 수 있으면, 특히 나를 알지 못하는 사람들 가운데서 움직일 수 있으면 혼자라는 느낌이 결코 들지 않는다. 그러나 아이와 함께는 밖에 나갈 수가 없다. 낮이고 밤이고 집에 있는 것이 의무이다. 그리고 아이와 함께 외출하면 아주 다른 행동 리듬을 갖게 된다. 아이의 움직임에 맞추어야 하기 때문이다. 그건 때때로 전혀 움직이지 않는 것보다 더 나쁘다. 아이와 함께 있게 되면 혼

---

156) Ebda., S.125.

157) Hellmuth Karasek : *Ohne zu verallgemeinern*. Ein Gespräch mit Peter Handke,. In : Michael Scharang (Hg) : Über Peter Handke, Frankfurt am Main ³1977,S.86

자 산다는 것이 일종의 영적인 어두움이 되는 순간이 올 수 있다.[158)]

이 어려운 상황 속에서 그를 도왔던 것은 『소망 없는 불행』을 쓰는 일이었다고 한트케는 고백한다.

처음에 그건 상상할 수 없었다. 나와 같은 사람이 남자로서, 작가로서, 두 살 짜리 아이를 데리고 연방공화국의 모범적인 신축 거주지에서 사는 일 – 나는 그것을 생각할 수 없었다. 처음 몇 달은 정말이지 아침이 되고 저녁이 되는 것만으로, 그리고 습관적인 쓰는 작업에 대한 어떤 힘 덕으로 지나갔다. 또한 내가 그때 막 작업을 하던 『소망 없는 불행』이라는 작품을 쓰는 행복 덕으로 지나갔다.[159)]

한트케가 남자로서 아이를 데리고 혼자서 처음에는 어렵게 지냈다는 것이 이 서술에 잘 나타나 있다. 그러나 그는 『소망 없는 불행』을 쓰는 작업이 어려운 상황에서 "행복"이었다고 말하고 있다. 그것은 그가 작가로서 쓴다는 작업을 통해 어려움을 극복하고 그에 적응해 갈 수 있었다는 것을 의미한다고 볼 수도 있다. 그러나 사실 『소망 없는 불행』의 집필은 일상적인 의미에서 결코 행복한 작업이라고 말하긴 어렵다. 그 이유는 이 작품이 바로 자살한 자신의 어머니의 일생을 그리고 있기 때문이다.

『소망 없는 불행』에서 한트케는 어머니의 자살 원인을 두 가지로 보고 있다. 즉, 앞으로의 남은 인생도 전과 다름없이 가정의

---

158) Hermann Schreiber : Und plötzlich word das Paar wieder denkbar, S.142.
159) Ebda., S.142.

의무와 걱정이 "끝나지 않는 악순환"[160]에 묶여 있다는 고통스러운 상상과 인생을 다시 제대로 꾸려보겠다는 희망도 마지막으로 "놓쳐버렸다"[161]는 억눌린 의식이 그것이다. 그녀가 그런 상상과 의식을 갖게 된 이유로는 남편과의 불일치가 결정적인 것으로 제시되어 있다. 자살하기 얼마 전 그녀는 한트케에게 편지를 보냈다고 한다.

> 12월 1일이면 내 남편이 집에 돌아 온단다. 난 매일 조금씩 불안해지고, 그와 어떻게 같이 살 수 있을지 상상이 안된다. 각자 다른 구석만 볼테니 외로움은 그 만큼 더 커질 거다.[162]

그녀의 남편은 폐결핵으로 그 동안 병원에 있었다. 그녀는 남편에게도 다음과 같은 작별의 편지를 쓴다.

> 당신은 이해 못할 겁니다. (.....) 그렇지만 계속 산다는 건 생각할 수 없어요.[163]

이와 같이 어머니가 세월이 지나면서 내면에 간직하게 된 삶의 모습과 현실의 삶 사이의 너무나 큰 괴리감에 고통스러워 하며 택한 자살은, 함께 산다는 것에 의미를 잃고 자신에게 주어진 자유를 소중히 여기며 혼자 인생의 설계를 결심하는 한트케의 세계

160) Peter Handke : *Wunschloses Unglück*, Salzburg 1972, S.83.
161) Ebda., 64.
162) Ebda., S.85.
163) Ebda., S.87.

상에 커다란 영향을 주게 된다. 그래서 그는 어머니의 자살에서 가졌던 슬픔과 분노에도 불구하고 긍지를 느꼈다고 쓰고 있다.

> 맞아,라고 나는 자꾸만 생각하며 내 생각들을 내 자신에게 조심스레 되뇌어 갔다. 그거였어. 그거였어. 그거였다니까. 잘한 일이야. 잘한 일이야. 정말 잘한 일이야. 그리고 비행기를 타고 가는 동안 나는 어머니가 자살했다는 긍지에 제정신이 아니었다.[164)]

한트케는 삶을 자살로 끝맺은 그 결정에서 어머니의 한 개체로서의 자기 주장을 본 것이다. 자신과 비슷한 삶의 상황 속에서 어머니가 보여준 한 개체로서의 자유로운 의지와 강렬한 행동은 한트케의 의식 속에 존재에 대한 감정과 긍지를 강화시켜 준다. 또한 51년을 산 어머니의 소망없고 불행한 인생은 아내와 별거한 채 두 살짜리 아이를 데리고 어려움을 견디며 나름대로 소중하게 산다고 믿는 한트케에게 자신의 운명이 그럼에도 불구하고 대수로운 것이 아니라는 감정을 갖게 한다. (......) 어머니의 시체가 있는 집의 굴뚝으로부터 연기가 나는, 사람들이 살고 있는 시골로 차를 타고 갔을 때 나는, 물론 그것이 위안은 아니었지만, 내 운명이 사소하다는 감정을 가졌다.[165)]

끝으로 한트케는 어머니의 일생을 서술하면서 "단순히 존재한다는 것은 (...) 고문이"[166)] 된다는 인생관을 갖는다. 그는 자신의

---

164) Peter Handke : *Das Gewicht der Welt* - Ein Journal (November 1975~ März 1977), Salzburg 1977, .173.

165) Peter Handke : *Wunschloses Unglück*, S.84.

166) Peter Handke : *Das Gewicht der Welt*, S.16.

인생을 어머니의 소망 없는 불행과는 다르게 영위하리라고 결심한다. "하늘을 바라본다. 거기에는 구름이 흐른다. 그리고 생각한다. 아니다, 나는 절대로 자살은 하지 않을 것이다.[167] 그는 아이와 둘이서만 사는 생활을 어머니에겐 부족했던 적극적인 자유와 용감함을 가지고 자신의 존재형식으로 고양시킨다. 바로 이러한 의미에서 한트케는 『소망 없는 불행』을 쓰는 작업을 "행복"으로 표현했던 것이다.

적극적인 자유는 적극적인 의무를 전제로 하며 한트케의 경우 그건 어린 딸에 대한 책임을 뜻한다.

> 나는 누군가에게 책임이 있다는 것을 통해 일종의 자유를 발견했다. (...) 만약 내게 아이가 없었더라면 – 내가 혼자 사는 것에 적응했을런지 모르겠다.[168]

그의 딸 아미나는 처음에는 아버지에게 커다란 어려움을 주었지만 이내 그의 생활의 구심점이 되었고 그의 여러 작품에 빈번하게 등장한다. 1972년 한트케는 이제 세 살이 된 딸에게 주겠다는 심정에서 「시 없는 인생. A를 위해, 훗날을 위해」라는 시를 쓴다. 그것은 독일의 타우누스(Taunus)에 있는 크론베르크의 신축 주택지에서 딸만 데리고 혼자 살면서 썼던 시이다.

> 때때로 내 아이가 문득 생각나

---

167) Ebda., S.16.
168) Hermann Schreiber : Und plötzlich wird das Paar wieder denkbar, S.140.

내가 아직 거기에 있다는 것을 보여 주기 위해

나는 아이에게 가곤 했다

양심의 가책을 몹시 느껴

나는 아이에게 특히 또렷또렷 말했다.

한번은 아이가 길다란 문장에서

"그것과는 달리"란 낱말을 사용했을 때

난 아이를 꼭 껴안아 준 적이 있었다.

그러나 아이가 딸꾹질을 했기 때문에

난 아이를 다시 풀어 주었다.[169)]

1973년 한트케는 딸과 함께 파리로 이사한다. 그는 여기에서 1975년 11월부터 1977년 3월까지 삼백 쪽이 넘는 일기체 작품 『세계의 무게』[170)]를 쓴다. 이 일기에는 그의 딸 아미나가 A로 표시되어 쉰 군데가 넘게 등장한다. 거의 모두가 1976년에 기록된 것인데 그 해는 그녀가 일곱 살이 되고 파리에서 학교에 다니게 되었던 때이다. 다음과 같은 몇 개의 예문에서 볼 수 있듯 한트케의 아버지로서의 딸에 대한 사랑을 읽을 수 있다.

1976년 3월 8일

A.에 대한 사랑, 그것은 너무도 강렬해서 나는 우리 사이에 다툼이 있었으면 하고 바란다. 그러면 나는 지금처럼 다툼이 없는 가운데 신경

---

169) Peter Handke : *Leben ohne Poesie*. In : ders.: Als das Wünschen noch geholfen hat, Frankfurt am Main ^{5}1978 (suhrkamp taschenbuch 208), S.13f.

170) Peter Handke : *Das Gewicht der Welt*-Ein Journal (November 1975~ März 1977), Salzburg 1977.

이 과민해지는 일 없이 그녀에게 나의 사랑을 보여줄 수 있을 텐데.

1976년 3월 13월

A.가 명랑하게 목욕탕에서 혼자 머리를 빗질한다. 나는 아이라는 것을 고독속에 살아 있는, 즉 고독의 상념을 뛰어 넘어 자유롭게 움직여 나가는 존재로 느낀다 – 그와 달리 난 이미 더 이상 그렇지 못하다.

1976년 4월 3일

A.가 잠을 깨면서 내가 벌써 또 다시 글을 쓰고 있는 걸 보고 웃는다.

1976년 4월18일

온종일 풀이 죽어 있었고, 실망했고, 슬퍼했고, 우스꽝스레 행동하면서 집안을 맴돌던 아이가 이제 잠을 잔다. 잠을 자면서도 여전히 여러 번 한숨을 내쉰다.

1976년 4월 29일

오늘 아침식사에 대한 거부감과 피로함. 내가 A를 때렸기 때문이다. (......) 이렇게 아침의 피로함에서 생각없이, 힘없이 되어 버렸다. 그러고나서 나는 다만 침묵할 수밖에 없었고 아이가 혼자 부엌에서 아침식사 쟁반 앞에 앉아 있는 것을 보았다. 아이의 목과 뺨의 선이 나에게 마치 벌이라도 주듯 강한 인상으로 남는다.

1976년 6월11일

잠들어 있는 아이의 머리에 손을 대면서 나는 깨어 있는 순간에 그렇게 자주 생기는 퇴폐감, 타락감, 무력감, 불필요한 감정을 잊어버리게 된다.

1976년 12월
최근 며칠 동안 극도로 긴장하여 겨우 두서너 마디를 창작해냈다 (아니 창작한 것이 아니라 꿰맞췄다). A.가 그것을 알아차리고 때때로 내 손을 잡았다. 평소처럼 그녀가 내 손을 필요로 하는 것이 아니라 마치 내가 그녀의 손을 필요로 하는 것처럼. 혼자 있는 것이 무엇인지 아직 아무도 묘사한 적이 없었다.

1977년 2월
내 사랑하는 동반자 – 잠자는 아이.
특히 딸이 파리에서 학교에 다니는 것과 관련해 한트케는 무력한 감정으로 학교에 가기 싫어하는 딸의 고통을 다음과 같이 기록하고 있다.

1976년 9월 20일
A.의 눈 밑이 빨갛다. 학교에 가는 첫 날 울지 않으려고 몹시 부벼댔기 때문이다.

1976년 9월21일
A.는 내 허리께에서 조용히 울음을 참으며 가슴 깊은 곳에서 나오는 소리로 말했다. "난 정말 학교같은 건 싫어."

1976년 9월 23일
A.의 학교에 가야 하는 괴로움. 그녀는 울음을 터트리지 않으려고 학

교에 가기 전 벌써부터 가슴을 쭉 펴고 숨을 쉬며 연습을 했다. 그럴 때 나를 엄습하는 무력감, 그것은 이내 실제의 신체적 무력감이 되었다. 절망적인 아이를 바라보며 – "내 피붙이!"

1976년 9월 24일
A.가 말했다. "오늘 저녁은 멋져!" 그리고 그 이유를 다음날 학교에 가지 않는다는 데에서 찾는다. 하늘에 떠있는 밝고 조그만 구름덩이들. 그것들을 그녀는 보았다. 왜냐하면 내일은 쉬는 날이기 때문에 (아이를 매일 학교로 떠밀어 보낸다는 것에 대한 떨쳐 버릴 수 없는 죄의식).

부인과 별거하게 된 후 딸 아미나는 혼자 사는 한트케의 생활에서 사랑을 기울일 수 있는 유일한 존재가 된다. 아이는 그의 일상생활에서 때로는 생명력이자 위안이었으며 때로는 슬픔이자 죄의식을 느끼게도 한다. 한트케는 자신의 존재에서 아버지로서는 남자가 아이를 키운다는 어려운 과제를, 작가로서는 쓰는 작업의 어려움을 깊게 체험한다. 그가 목표로 삼았던 것도 아니고 어떤 종교적이거나 철학적 감정도 없이 1971년부터 시작된, 아이를 데리고 혼자 사는 일은 70년대의 그의 인생에서 운명의 의미를 깨닫게 한다.

아이를 데리고 혼자 산 이 6년 – 그에 적합한 말로 내게 떠오르는 것은 – 나는 이제 운명을 가졌다는 것이다.[171)]

171) Hermann Schreiber : Und plötzlich wird das Paar wieder denkbar, S.143.

아이를 데리고 혼자 사는 고생스러운 생활을 하기 전부터 그는 자신이 "이야깃거리 없는 가정 출신의 이야깃거리 없는 사람"[172]이라는 것과, 그래서 자신의 운명이 하찮은 것이라는 생각으로 괴로워했었다. 더욱이 시간이 흐르면서 오늘날 대개의 부부들이 필레몬과 바우치스(Philemon und Baucis, 희랍의 전설에 나오는 다정하고 성실한 부부) 부부와 비교해 볼 때 한 쌍의 결합이라는 것이 어려운 일이라고 생각하지 않는다는 의식을 갖게 된다. "오늘날 한 쌍이 되는 것은 전혀 위대한 일이 아니다."[173] 한트케 역시 역사적으로 본다면 그와 그의 세대가 바로 운명이 없는 시대에 산다는 견해를 갖고 있다. "이렇게 운명이 없다는 생각을 (......) 오십이 채 못된 우리 모두가 가지고 있다. 어떻게 우리의 운명을 만들어낼 수 있을까? 물론 운명을 얻기 위해 파국이나 전쟁을 일으킬 수는 없다.[174] 결국 한트케는 아이에 대한 책임을 지고, 또 한편 작가로서의 작업을 계속하면서 자신의 운명을 만들겠다는 의식을 갖게 되며 심지어는 그 일에 자부심까지 느낀다. 그는 이 감정을 『세계의 무게』에서 표현하고 있다.

– 나의 크기 : 혼자 사는 일

– 혼자 산다는 것이 난 너무도 자랑스럽다.

– 나는 운명을 가졌다! 그리고 나는 그 운명을 지배하고 있다는 감정

– 의기양양한 생각

– 나는 이야깃거리를 가졌다! 그리고 나는 계속해서 이야깃거리를 가

---

172) Peter Handke : *Das Gewicht der Welt*, S.182.

173) Hermann Schreiber : Und plötzlich wird das Paar wieder denkbar, S.142.

174) Ebda., S.143.

질 것이다![175)]

한트케가 자신의 크기를 결정한다고 자랑스럽게 생각한 혼자 사는 일은 다른 삶의 형식에 현혹되거나 둘이 사는 행복으로 대치될 수 없는 그의 분명한 삶의 형식이 된다. 자신에 의해 만들어진 이러한 운명에 한트케는 긍지를 느끼고 자신도 이제는 이야깃거리를 가졌다는 승리감을 갖는다. 또한 그는 "내가 살고 싶은 대로 산다는 위대한 감정"[176)]에 열광한다. 이러한 운명에 관한 삶의 이야기는 계속해서 『잘못된 움직임』, 『진정한 감성의 시간』 그리고 『왼손잡이 부인』과 같은 작품에서 다양하게 형상화되어 나타난다.

1973년 7~8월 사이에 씌여졌고 1974년 가을, 빔 벤더스에 의해 영화화된 작품 『잘못된 움직임』에서 한트케는 함께 사는 삶에서 혼자 사는 삶의 길을 택한 것을 괴테의 교양소설 『빌헬름 마이스터의 수업시대』를 차용해 다룬다. 어머니와 함께 황야에서 불만과 동경에 가득 차 살고 있는 주인공 빌헬름은 작가가 되기 위해 고향과 어머니를 떠난다. 그가 떠날 때 어머니는, 어떤 일에도 억압당하지 말 것과 그가 쓸모없는 생을 영위한다고 누군가 말할 때 절대 위축되어서는 안된다는 교훈을 준다.[177)] 이 교훈은 한트케가 『소망 없는 불행』에서 어머니의 삶과 죽음을 그리면서 획득하게 된 인생관과 세계관을 상기시킨다. 여행에서 빌헬름은

175) Peter Handke : *Das Gewicht der Welt*, S.61/62/63/57.

176) Ebda., S.57.

177) Peter Handke : *Falsche Bewegung*, Frankfurt am Main 1975 (suhrkamp taschenbuch 258), S.14.

나이 많은 노인과 미농 그리고 여배우 테레제 파르너를 만나 그들은 한동안 타우누스에 있는 슈발바흐에서 함께 산다. 빌헬름은 글을 쓸 때면 다른 모든 일에 무관심해지는데 테레제가 이것을 방해하자 그들의 공동생활은 갈등을 겪게 된다. 빌헬름은 혼자 살기 위하여 그녀에게서 떠나겠다고 결심하고 테레제에게 말한다. "나는 지금 상당히 혼란스럽소. (...) 그래서 난 떠나려고 하오. 그러면 왜 내가 이렇게 우울한지가 분명해지겠지요. 혼자 있게 되면 난 다시 회상할 수 있게 될 겁니다. 특히 당신을요. 그리고 다시 회상할 수 있게 되면 난 편안한 기분을 되찾을 거고 글을 쓰고 싶어질 거요."[178] 빌헬름은 독일 전 지역을 여행하고 남부의 추크슈피체(Zugspitze, 해발 2,963m로 독일에서 가장 높은 산)의 눈보라 속에서 글쓰기를 시작한다. 테레제는 미농과 함께 남는다.

『잘못된 움직임』은 직업이 작가인 한 젊은이의 교양수업을 위한 여행과 여배우와의 이별 이야기가 나온다는 점에서 『간 이별에 대한 짧은 편지』에서 보이는 모델 형태와 유사하다. 또한 등장 인물들의 이름, 즉 빌헬름, 테레제, 미농과 사건이 여행이라는 틀 속에서 전개되는 점은 이미 언급했듯 괴테의 『빌헬름 마이스터의 수업시대』에서 차용한 것이다. 그러나 한트케의 '빌헬름 마이스터'는 사회 속에서 유용한 존재의 일원으로 자신을 새롭게 발전시키는 괴테의 '빌헬름 마이스터'와는 다르다. 한트케의 인물은 사회와의 갈등 속에서가 아니라 점점 커지는 거리감 속에서 자신을 찾고자 한다. 그는 삶과 존재에 대한 감정을 상징적인 고독, 즉 혼자 사는 일에서 발견하고자 하는 것이다.

---

178) Ebda., S.77.

익숙해진 공동생활과 사회생활에 반하는 이와 같은 주체의 강렬한 욕구에서 다음 작품 『진정한 감성의 시간』이 쓰여진다. 이 작품은 1974년 여름과 가을 사이에 파리에서 집필된 것이다. 파리 주재 오스트리아 대사관의 공보 담당관 그레고르 코이슈니히(Gregor Keuschnig)는 어느날 밤 누군가를 살해하는 일로 시작되는 긴 꿈을 꿀 때까지는 "넓고 둥근 지붕 아래 하나가 되었고 서로서로 속하는 듯"[179) 아내 슈테파니(Stefanie) 그리고 네 살짜리 딸 아그네스(Agnes)와 함께 평온한 가정생활을 영위한다. 카프카의 작품 『변신』의 주인공 그레고르처럼 이 그레고르 역시 견디기 어려운 꿈을 꾸면서 갑자기 생활에서 일어나는 변화를 체험한다. 전에는 당연하고 익숙했던 것이 궤도를 벗어나게 되는 것이다. 이러한 변화는 가정생활의 붕괴를 야기한다.

꿈을 꾸고 난 아침 그레고르는 아내에게 이렇게 말한다. "당신은 나에게 아무것도 의미하지 않소. 난 당신과 함께 늙어가야 한다는 것을 더 이상 상상하고 싶지 않소. 나는 더 이상 당신에 관해 알고 싶지 않소."[180) 다음날 아침 그의 아내는 "내가 당신에게 당신 인생의 의미를 제공할거라고 기대하지 마세요"[181)라는 쪽지를 남기고 그를 떠난다. 같은 날 그의 딸이 놀이터에서 행방불명된다. 갑자기 그에게 엄습한 불확실함은 그의 삶을 병적인 상태로, 심지어 자살하겠다는 생각으로까지 몰고간다. 이러한 극단적인 소외감을 치료할 가능성을 한트케는 그레고르의 새로운 체

179) Peter Handke : *Die Stunde der wahren Empfindung*, Frankfurt am Main 1975, S.13.
180) Ebda., S.12.
181) Ebda., S.116.

험, 즉 "혼자 사는 훌륭한 삶"[182]으로 암시한다.

혼자 있음으로 해서 그레고르는 "자신에 대해 숙고"[183]할 수 있게 되고, "낯설고 조용한 삶의 감정"[184]을 감지한다. 어린이 놀이터 바로 옆에 있는 의자에 혼자 있게 된 순간 바로 앞에 있는 모래밭에서 "밤나무 잎 하나, 깨어진 손거울 한 조각, 아이들의 땋은 머리를 묶는 핀 하나"[185]를 보았을 때 그레고르는 그것을 "마치 동화에서 사람들이 숲속의 땅에서 세 개의 신비로운 물건을 보고, 그 물건들이 사람들을 계속해서 돕는 것처럼 마음의 위로로, 평정으로" 느끼며 "그 다음 순간 오랜 행복감, 일치감, 만족감과 신비감을 느낀다."[186] 이러한 신비로운 체험의 순간에 그는 자신과 세계와의 조화를 느끼며 그걸 통해 점차 장래에 대한 전망을 얻게 된다. 그 속에서 그레고르는 "그 결과가 하나의 법칙처럼 구속력 있고, 또 확고하고 영속적으로 동경을 할 수 있는 하나의 일"[187]을 필요로 한다.

가정생활의 붕괴와 "힘차게 혼자"[188] 산다는 감정은 1976년 겨울 파리에서 집필된 다음 작품 『왼손잡이 부인』의 주제로 계속된다. 주인공인 서른 살의 부인 마리안네(Marianne)는 전 유럽에 널리 알려진 도자기 회사의 지방 분점 판매부장인 남편 브루노(Bruno)와 여덟 살짜리 아들 슈테판(Stefan)과 함께 산다. "가족

---

182) Ebda., S.80.

183) Ebda., S.77.

184) Ebda., S.81.

185) Ebda., S.81.

186) Heinz Ludwig Arnold : Gespräch mit Peter Handke. In : Text + Kritik, 24/24a, *Peter Handke*. Hg. von Heinz Ludwig Arnold, München [4]1978, S.36.

187) Peter Handke : *Die Stunde der wahren Empfindung*, S.161.

188) Hermann Schreiber : Und plötzlich wird das Paar wieder denkbar, S.143.

은 유복하진 않지만 안락한 환경에서 살았다.[189] 출장에서 돌아온 남편과 하룻밤을 지낸 후 그녀는 남편과 헤어지고 아이만 데리고 혼자 살겠다는 갑작스런 결심을 한다. 그녀의 결심에 대한 전조는 호텔 식당에서의 저녁식사 때 서비스 받는 일의 쾌적함에 대한 브루노의 주장에 마리안네가 반응하는 불일치에서 이미 암시된다.

> "오늘 나는 이렇게 서비스 받을 필요가 있었어. 이 얼마나 편안하며, 조그마한 영원인가!" 브루노가 계속 말하는 동안 웨이터는 조용히 뒤에 서있었다. "비행기 안에서 영어 소설을 한 권 읽었지. 거기에 하인이 나오는 장면이 있었는데 그 하인의 품위있는 부지런함에 주인공은 수백 년간 이어온 봉건사회의 완벽한 서비스를 찬탄하고 있더군. (...) 부인은 몸을 돌렸다. 브루노가 불렀지만 그녀는 그의 얼굴을 쳐다보지도 않고 옆을 바라보았다.[190]

남편은 수백 년의 전통을 지닌 봉건사회적인 완벽한 서비스를 찬탄하며 그런 사회의 일원이 되고자 가끔 그런 서비스를 받을 필요가 있다고 한다. 그에 반해 "(...) 집 문 앞에서 냄새나는 피자점이나 신문판매대"[191]의 운영을 원하는 부인은 남편의 그와 같은 말에 대꾸하지 않고 거부의 몸짓을 보인다. 여기에서 반상(班常)이 존재했던 봉건적 삶에 애착을 느끼는 남편과 소시민적인 아내 사이에 건널 수 없는 틈이 보인다. 이제 그녀는 양자택일

---

189) Peter Handke : *Die linkshändige Frau*, Frankfurt am Main 1976, S.8.
190) Ebda., S.19f.
191) Ebda., S.16.

의 순간을 맞는다. 즉, 건널 수 없는 틈을 견디면서 굴욕감을 가지고 가정생활을 계속 영위하거나 아니면 그녀 자신이 가진 삶의 감정을 배반하지 않기 위해 지금까지의 생활을 변화시키거나 해야 하는 것이다. 그녀는 결국 새로운 삶의 형식, 즉 혼자 사는 쪽으로 결정을 한다. 이야기의 마지막에 그녀는 거울 앞에 서서 자신을 보며 "넌 네 자신을 배반하지 않았어. 또 어느 누구도 너에게 더 이상 굴욕감을 느끼게 하진 못할 거야!"[192]라고 말한다.

이렇게 가족 이야기, 특히 부인과의 관계나 자식을 데리고 혼자 사는 이야기는 한트케의 70년대 작품들에 두루두루 반영되어 있고 그의 주관주의 문학 형성에 근본적인 역활을 한다. 80년대에 들어서서도 한트케는 이런 방향을 자아 탐구에서 지속적으로 발전시키고 있다.

6. 삶의 공간

첫 소설 『말벌들』이 1966년에 발표된 후 한트케가 전업작가로 인생을 보낼 결심을 했다는 것은 이미 언급했다. 그는 대학에서 법학공부를 중단하고 스물네 살에 독일의 뒤셀도르프로 옮겨간다. 그때부터 1979년까지, 즉 60년대 후반부와 70년대에 걸쳐 그는 거주지를 자주 바꾸며 주로 독일과 프랑스에서 지낸다. 이렇게 자주 거주지를 변경하는 것이 그에게 있어 어떤 의미를 지니느냐는 질문에 그는 1973년에 한 대담에서 이야기하고 있

192) Ebda., S.130.

다.

> 그것은 의미가 있습니다. 그건 내가 늘 약간 불안정했다는 표시이고, 한 장소에만 너무 오래 있었기에 배우기 위해, 무엇인가 새로운 것을 보기 위해 그것을 이용하고자 했다는 표시이기도 하죠. 물론 우연의 표시이기도 하고요.[193]

거주지를 자주 옮기는 방랑인과 같은 삶을 영위하는 이유를 한트케는 세 가지로 들고 있다. 즉, 자신의 삶에서 느껴지는 불안감, 새로운 것을 보고 배우겠다는 의욕, 마지막으로 우연의 이유를 들고 있다. 주로 독일과 프랑스에서 지내며 고향인 오스트리아로 돌아가지 않는 이유로 한트케는 우선 삶에서의 불안감을 꼽는다.

> 난 돌아가겠다고 생각했던 적도 있습니다. 그러나 그곳에서 필요하게 될 이러한 안정을 아직 갖지 못했습니다.[194]

이러한 불안은 그가 성장한 고향의 가난한 생활과 깊은 관련이 있다. 고향에 대한 좋은 추억을 갖고 있지 못한 한트케는 기회가 있을 때면 고향이 자신에게 혐오스러웠다고 술회하고 있지만 1972년 당시 살고 있던 크론베르크에서 프란츠 홀러와 가진 대담에서도 "단순히 궁핍함, 그 치욕스러운 삶, 그 협소함, 모든

---

193) Rudolf Vogel : Modelle der Wirklichkeit. Ein Interview mit dem Schriftsteller Peter Handke über seine Theorien und Pläne. In : Nürnberger Nachrichten, 13. 1. 1973.

194) Franz Hohler : Fragen an Peter Handke. In : ders.: *Fragen an andere*, Bern 1973, S.31,

것이 몸뚱이와 관련되어 있었고, 땀, 그 모든 것이 아주 중요했고 모두 다 그 지역과 관련되어 있었다"[195]고 재삼 설명하고 있다. 그는 이따금 고향을 방문하기도 했지만 거의 대부분의 세월을 외국에 체류하는데 그것은 무엇인가 새로운 것을 보고 배운다는 의미 외에 고향을 자유로운 시선으로 바라볼 수 있는 안정을 얻을 때까지 멀리 하겠다는 의지의 표명이기도 하다. 물론 그도 고향에 대한 그리움을 갖고 있다. 그러나 그 그리움에는 고향의 궁핍함을 극복하고 싶다는 소망이 전제된다.

> 돈이 있다면 난 아주 노랗고 커다란 집을 살 겁니다. 적어도 오스트리아의 남쪽에는 그렇게 아름답고 진한 노란색의 집들이, 슬로베니아와 유고슬라비아에도 영주의 대 저택 같은 집들이 있습니다. 만약 멋진 중앙난방이 되어 있다면 난 기꺼이 그런 집에 살 겁니다. 물론 운전수와 좋은 요리 그리고 멋진 포도주 저장 창고가 있어야죠 - 그러나 그것은 모두 단순한 소망입니다.[196]

고향으로부터 지리적인 거리를 갖고, 또 차츰 물질적 궁핍으로부터 해방되면서 고향에 대한 혐오스런 감정이 점차로 완화되는 동안 한트케는 자신의 존재가 바로 이 고향에 뿌리박고 있다는 사실을 진정으로 깨닫게 된다. 『세계의 무게』 가운데 1976년 3월 1일자 기록에서 한트케는 고향과의 내면적 연결을 기술하고 있다.

---

195) Ebda., S.31,
196) Ebda., S.32

오늘 저녁 오스트리아와 독일에서 돌아왔을 때 나는 볼로뉴(Boulogne) 숲 변두리의 어두운 "포르뜨 드 라 뮤에뜨"(Forte de la Muette)에서 내 자신이 아직도 그 존재의 어떤 제2의 숨겨진 생활사가 남케른텐의 조그만 고향 땅에서 아주 육체적으로 모든 마을 주민들의 눈앞에서 동시에 펼쳐지는 그런 사람으로 느껴졌다. 이 순간 나의 몸뚱이는 고통스러우면서도 거의 위안이 될 정도로 유럽 전역으로 쫙 펼쳐졌다. 그 속에서 나는 나 자신을 길이와 넓이에 따라 측정되는 면적의 단위로 느꼈다.[197]

유럽의 이곳 저곳으로 거주지를 옮겨도 한트케는 자신의 뿌리가 고향에 있음을 이렇게 감지하는 것이다. 그의 타향살이가 고통스럽기도 하지만 또한 위안이 되기도 하는 이중성을 띄는 이유도 여기에 있다. 그는 1979년 소설 『느린 귀향』(Langsame Heimkebr)을 쓰고 같은 해 가을 오스트리아의 잘츠부르크로 돌아온다. 그러나 그가 어디에 정주하는 그의 기억 속에 그늘져 자리잡고 있는, 가난과 치욕스러운 삶으로 특징지워지는 고향과의 갈등은 쉽게 사라지지 않는다. 1972년 만하임(Mannheim)에서 '쉴러(Schiller)상'을 수상하고 난 후의 연설에서 한트케는 자신의 고향에 대해 언급하고 있다.

저는 오스트리아 남쪽에 있는, 소나무 산 언덕 아래 목재업과 건축업

---

197) Peter Handke : *Das Gewicht der Welt* - Ein Journal(November 1975 ~ März 1977), Salzburg 1977, S.27.

은 별로 없는 그런 마을에서 태어났습니다. 외삼촌이 하시는 제재소의 목재 건조시설에서 들려오는 소음이 밤이고 낮이고 떨어지는 빗소리를 생각나게 하는 곳이었습니다.[198)]

『소망 없는 불행』에서도 한트케는 집에서 1킬로미터쯤 떨어진 그리펜 수도원의 공동묘지에서 치뤄진 어머니의 장례식 때 본 고향의 주변을 다음과 같이 묘사하고 있다.

공동묘지의 담 뒤부터는 곧바로 숲이 시작되었다. 경사가 꽤 가파른 구릉 위에 있는 소나무 숲이었다. 나무들이 하도 빽빽히 서있어 두 번째 줄에서부턴 그저 꼭대기만 보였고 거기서부터는 계속 나무 꼭대기만이 보였다.[199)]

한트케가 늘 말하는 오스트리아 남쪽 혹은 남부 케른텐에 있는 그의 고향 알텐마르크트는 펠커마르크트(Völkermarkt) 지역의 그리펜 자치단체에 속하는 곳이다. 소나무들 사이로 계곡 깊숙이 "이곳 저곳으로 뻗쳐 있는 안개낀 구릉"[200)]이 있고, 서쪽으로는 폐허가 된 성터가 높은 석회석 바위 절벽 위에 자리하고 있으며, 바로 아래쪽으로는 국도가 나 있고, 옆으로는 평야지대를 이루고 있는 곳이다. 바위 절벽 밑에는 구석기시대의 서식지로 공인된 이 마을의 유일한 관광지인 그리펜 종유석동굴[201)]이 있는

---

198) Peter Handke : Text für den Ernstfall. Ansprache bei der Verleihung des Mannheimer Schiller-Preises. In : Süddeutsche Zeitung, München, 19. 2. 1973.

199) Peter Handke : *Wunschloses Unglück*, Salzburg 1972, S.91.

200) Peter Handke : *Das Gewicht der Welt*, S.226.

201) Vgl. Anton Kreuzer : *Liebenswerte Südkärntner Landschaft*, Klagenfurt 1968, S.11-14.

곳이기도 하다. 고향의 이러한 자연적 지형으로부터 한트케는 소년시절에 사물을 호기심 어린 눈으로 바라볼 줄 알게 된다. 그는 『소망 없는 불행』에서 "시골에서도 위급한 경우 울리던 싸이렌 소리, 주민들은 방공호로 마련된 암석동굴로 대피하고"[202]라고 씀으로써 전쟁 중에 주민들이 그 지역의 지형을 최대한으로 이용한 예를 들고 있다.

한트케의 고향인 알텐마르크트의 역사에 대해 정부의 측량위원이었던 칼 울브리히(Karl Ulbrich)는 1939년 『비인의 지리 연구』(*Wiener geograpbische Studien*) 시리즈로 출간된 『케른텐의 도시와 시장』(*Städte und Markte in Karmaten*)이란 연구서에서 알텐마르크트란 장소명은 대개의 경우 Altenmarkt란 이름을 가졌던 원래의 거주지역으로부터 수 킬로미터 떨어져 있을 수 있는 새로운 거주지역으로 이주가 이루어졌던 것을 의미한다고 쓰고 있다.[203] 케른텐에는 Altenmarkt란 이름의 거주지가 다섯 군데나 있다. 즉, 그리펜(Altenmarkt bei Griffen), 묄브릭케(Altenmarkt bei Möllbrucke) 그리고 그라이펜베르크(Altenmarkt bei Greifenberg) 지역이 그것이다. 칼 울브리히에 의하면 이 중 그리펜 지역의 알텐마르크트의 역사는 이렇다.

"오늘날도 변하지 않고 있는 그리펜의 핵심부로부터 서쪽으로 약 600미터쯤 떨어진, 산성(山城)에서 멀지 않은 곳에 여덟 채의 농가가 있는 (1827년 당시) 알텐마르크트라는 작은 촌락이 있다. 필자의 의견

202) Peter Handke : *Wunschloses Unglück*, S.30.
203) Karl Ulbrich : *Städte und Märkte in Kärnten*, Wien 1939, S.26f.

에 따르면 오늘날 13채의 농가가 있는 이 촌락은 원래 그리펜의 첫 거주지였던 것 같다. (……) 이 첫 거주지는 어떤 이유에서인지, 아마도 유리한 방어적 위치 때문에 현재의 장소로 옮겨졌던 것 같다. 그리펜의 특수하고, 규칙적인 후기 형태(13세기)의 지형도로 보아 더 오래된 형태가 이미 존재했을 거라는 추측을 할 수 있다. 실제로 그리펜의 알텐마르크트는 1236년과 1237년에 '옛 장소'(vetus forum)로 불리웠고, 1237년에는 성 게오르크 교회가 들어섰다. 시장과 교회는 사라져 버렸고 그리펜은 의심할 여지 없이 새 거주지이다."[204]

한트케가 아홉 살이었던 1951년에 알텐마르크트에는 열세 가구에 주민 89명이 살았고 인근에 분산되어 있던 10가구에 주민 50명이 살았다고 한다.[205]

기후 면에서 볼 때 알텐마르크트 지역은 겨울에는 혹한, 여름에는 혹서가 오는 저기압 지대로서 토지에 좋은 조건이라고는 할 수 없다.[206] 고향의 기후에 대해 한트케는 『소망 없는 불행』에서 묘사하고 있다.

이 지역의 기후는 매우 변덕스러웠다. 겨울은 추웠고 여름은 후덥지근하면서도 해가 질 때나 그늘에서는 오들오들 떨렸다. 비는 많이 내렸다. 9월 초만 되면 벌써 하루 종일 작은 창문들 앞에 축축한 안개가 끼곤 했다. 이 창문들은 오늘날에도 더 크게 만들어지지 않는다. 빨래

204) Ebda., S.27.

205) Vgl. Ortsverzeichnis von Österreich 1951. Hg. vom Österreichischen statistischen Zentralamt, Wien 1953.

206) Festschrift der landwirtschaftlichen und gewerblichen Leistungsschau im 30. Jahr 1920~1950. Völkermarkt 1950, S.15.

줄에 매달리는 물방울, 어두어지면 사람이 가는 길 앞에서 펄쩍 뛰는 두꺼비들, 모기들, 곤충들, 심지어는 대낮에도 날아 다니는 나방이들, 통나무 헛간의 나무 판자 속에 있는 벌레들과 지네들. 누구나 이런 것들에 길들여져야 했고 다른 도리가 없었다.[207)]

특히 고향의 겨울 모습은 소설 『말벌들』에서도 읽어 볼 수 있다.

11월 달이면 자주 아침에 눈이 내린다. 이러한 상황은 대략 다음과 같이 묘사할 수 있다 – 잠을 깨는 사람과 이미 깨어나 있던 사람이 밝기에 따라 몇 시쯤 됐을까 추측해 보려고 밖을 내다본다. 그는 밖에서 비를 몰아내는 눈을 본다. (...) 구름은 흩어져 있어 제멋대로의 형상이다. 하늘은 단조롭다. (...) 밭 가장자리에 서있는 포플러, 밭 가장자리에 난 풀밭 가장자리에 난 풀줄기들이 갑자기 내린 눈에 덮혀 버렸다. 비를 맞으면서도 아직 번쩍이며 숨쉬 듯 보였던, 그곳에 있는 날카로운 쟁기에도 (다른 농기구를 예로 들 수도 있다) 눈이 내려 숨을 못 쉬게 했다. 눈이 내리는 동안에는 구름 아래에 있는 눈조각들은 볼 수 없다. 나중에야 너는 거칠거칠한 나무 껍질 위에서 그 눈조각들을 하나하나 보게 된다. 그 나무들은 눈이 쌓임에 따라 더욱 어두워지고, 들판 위로 솜털같이 부드럽고 식별하기 어렵게 서있다.[208)]

이러한 자연 환경과 기후 속에 사는 대부분의 주민들은 들에

---

207) Peter Handke : *Wunschloses Unglück*, S.18.
208) Peter Handke : *Die Hornissen*, Frankfurt am Main 1966, S.14f.

서 일을 하며 빵을 벌었고, 그들 중 소수이긴 하나 목재소와 건축업소를 운영하는 사람도 있었다. 케른텐은 역사적으로 보아 농촌 지역이지만 대부분의 농가가 자작농이 아니라 소작농이었다. 『소망 없는 불행』에서 한트케는 그의 어머니가 태어난 1920년경 고향의 토지 상황을 기술하고 있다.

> 그 당시 마을에서 쓸 만했던 땅은 교회나 귀족 지주의 소유였다. 그 중 일부는 주민들에게 소작되었고 그 주민들은 수공업자들이거나 가난한 농부들이었다. 모두들 너무도 가난해서 땅을 조금이라도 소유한 농부는 거의 없었다. 농노의 신분제도는 형식상 1848년에 폐지되었으나 실상은 그 이전의 상태가 여전히 지속되고 있었다.[209]

농노의 신분제도가 폐지된 1848년 이전의 농민들은 일반적으로 가난에 시달렸고 지주에게 속한 노예였기에 자유가 없었다. 여기서의 지주들이란 영주, 성직자, 귀족들을 말하는 것이며 수도원 역시 지주급에 속했다.

농노의 신분제도가 폐지되기 전 케른텐에 자작농이 없었던 건 아니었지만 극히 소수에 불과했고 주로 소작농과 농노들이 있었다. 소작농부들은 다른 나라와 마찬가지로 소작료를 지불하며 얼마 안되는 토지를 지주들로부터 임대받아 경작했으며 이에 덧붙여 다양한 강제노역, 즉 전쟁을 위한 진지 구축, 도로, 교량, 성곽 공사에 투입되기도 했다. 이 소작농부들은 지주의 승락 없이는 타 지방으로 이사를 가지도 못했고, 다른 직업을 갖기 위해

---

209) Peter Handke : *Wunschloses Unglück*, S.12.

기술도 배울 수 없었으며 마음대로 결혼도 할 수 없었다. 농노들은 소작농부들보다 더 나쁘게 취급되었고 경작지[210] 및 아이들과 함께 지주의 소유물로서 상품으로 사고 팔리기도 했다.

농노제도의 폐지에 관해 케른텐의 하우프트슐레 1학년 교과서에는 이렇게 설명되어 있다. "억압받던 농부들이 종교개혁기에 자구(自救)행위를 감행했다. 결국 농민 봉기가 있었으나 무자비하게 진압되었다. 그 결과로 농민들의 운명은 약간 개선되어 자유의 몸이 되는 경우가 점점 많아졌다. 자작농의 숫자가 증가했다. 16세기에는 케른텐에 농노가 거의 없었다. 황제 요셉 2세가 1781년 농노제도를 폐지했으나 농민들은 여전히 귀족들의 노복으로 있었다. 1848년에야 비로소 그들은 자유인이 되었다. 농부의 아들이었던 한스 쿠들리히(Hans Kudlich, 1823~1917)가 비인의 제국의회 의원으로서 농민의 종속관계를 폐지하는 법률안을 제출했다.[211] 이렇게 하여 농민들은 1848년 이후 완전한 개인적 자유를 갖게 되었고, 귀족과 시민계급에 이어 적어도 법적으로는 동등한 국민이 되었던 것이다.[212]

이렇게 농민들의 공식적인 역사에 의하면 1848년 이후 그들의 상황은 많이 개선된 것 같다. 그러나 한트케의 고향에는 "1848년 이전의 상황"이 여전히 강하게 남아 있었다. 작은 땅때기를 살 돈을 갖지 못했던 대부분의 소농들은 지주에게 딸린 하인처럼

---

210) Vgl. Walther Fresacher : Der Bauer in Kärnten. 1. Teil. Die persönliche Stellung des Bauers in Kärnten. In : Archiv für vaterländische Geschichte und Topographie. Hg. v. Geschichtsverein für Kärnten. 31. Bd., Klagenfurt 1950, S.46-49.

211) Ferdinand Aicher u. Richard Pacher : Kärnten in Gegenwart und Vergangenheit Zeiten, Völker und Kulturen. Länderteil zum Einführungsband für die 1. Klasse der Hauptschulen, Wien 1972, S.25.

212) Siehe Anm. 312, ebda., S.167,

계속 지내지 않으면 안되었다. 그런 그들에게 결혼비용이나 가정 생활을 꾸릴 집이 있었을 리 없었다. 이미 언급했듯 『소망 없는 불행』에서 한트케는 정식 결혼에 의해서가 아니라 사생아처럼 태어날 수밖에 없었던 외조부의 삶과 관련해 19세기 말쯤의 이와 같은 상황을 서술하고 있다.

한트케는 성장하면서 외조부의 삶을 통해 수백 년간 지속되어 온 농민의 숙명을 인식하게 되었고 벽촌 고향의 주민들이 역사의 그늘에서 그들의 존재를 위해 고생스럽게 살아왔다는 상념을 갖는다. 결국 그의 역사 의식은 공적인 역사에 대해 강렬하게 대결하는 쪽으로 발전해가며 민중의 운명과 자신의 운명을 동격화하게 된다. 한트케는 이런 자신의 의식을 『세계의 무게』에서 표출하고 있다.

> 역사를 갖지 못한 민중에겐 미래도 없다. 여기에서 정체성에 대한 욕구가 생겨난다. (역사성 없이 흘러 가는 구름과 나를 동격화하기)[213]

한트케에게 있어 고향은 그 자연 여건에서나 공적인 역사에서나, 어느 모로 보나 숨막히는 것이었다. 그가 무심히 흘러가는 구름과 자신을 동격으로 보는 것이나 혹은 "계절의 역사 속에서의 나의 안전함"[214]을 느낀다고 고백하는 것은 당당한 역사를 갖지 못하고 고통에 찬 생을 산 고향의 주민들과 마찬가지로 자신이 무역사의 땅 위에 서 있음을 재확인하는 행위이다. 그가 『세

---

213) Peter Handke : *Das Gewicht der Welt*, S.214.
214) Ebda., S.222.

계의 무게』에서 1976년 5월 2일자로 쓴 문장은 이러한 맥락에서 이해될 수 있다.

> 나는 가문도, 역사도, 나라도 없는 그 누구이다. 그리고 그 위에 나는 서 있다![215]

그러므로 그가 공적인 역사 속에서 자신을 고립된 자로 느끼는 것은 너무도 당연하다 하겠다.

> 역사를 잉태한 위치에 있으면서 나와 이 나라의 역사가 어떤 관계에 있는지 물었던 사람을 나는 생각했다. 그 순간을 회상하면서 (또 여러 방향으로 뻗어 있는 시골의 안개 낀 구릉을 회상하면서) 나는 마치 내 머리 위에 셀로판 주머니를 덮어 씌운 것처럼 느꼈다.[216]

공적인 역사의 뒤안길에 존재했던 그의 협소한 고향은 수백 년 동안 역사라는 것은 가질 수도 없이 자연, 특히 기후에 의존해 그 명맥이 유지되었음을 한트케는 안다. - "암흑과 폭우 속에서 느껴지는 동물 특유의 두려움 외에 다른 두려움은 없었다. 그저 더위와 추위, 축축함과 건조함, 편안함과 불편함 사이의 변화만 있었을 뿐"[217]이었다. 그와 같이 외적 조건에 맞추어 유지되어 온 삶의 특징은 관습과 빈곤의 억압이라고 할 수 있다. 한트케는 『소망 없는 불행』에서 이런 고향에서의 삶이 19세기의 상황

---

215) Ebda., S.151.

216) Ebda., S.226.

217) Peter Handke : *Wunschloses Unglück*, S.17.

에서 더 발전하지 못하고 있었다고 확신한다.

> 이 묘사 형식은 다른 곳에서 취해 온 것을 베껴 쓴 것으로 보일 것이 틀림없다. 교환 가능한 구태의연한 이야기. 그 이야기가 일어난 시대와는 상관없음. 간단히 말해 그 이야기는 19세기의 냄새가 난다.[218]

관습에 싸인 고향에서의 시간은 특히 가톨릭과 관련된 축제일들에 의해 획이 그어지며 흘러갔다. 케른텐의 지리학자 빅토르 파슁거(Viktor Paschinger)는 『케른텐의 지정학』이란 저서에서 슬로베니아인들은 거의 대부분이 가톨릭교도였다고 전제하고, 1934년에는 주민의 91.2%가 로마 가톨릭(1890년에는 92.4%, 1923년에는 92.5%)이었으며 신교는 8%, 이슬람교는 0.4%, 무종교는 0.5%였다고 보고하고 있다.[219] 한트케의 고향 주민도 모두가 가톨릭교도들이었으므로 그들의 삶을 지배하는 것이 종교였으리란 것은 쉽게 짐작이 간다. 문화라는 것을 누릴 수 없었던 주민들에게 그나마 문화라는 것을 제공한 것도 물론 종교였다. 책도, 신문도 없던 그들은 겨우 "교구에서 나오는 일요일 판 신문과 그 속에 실린 연재소설"[220]을 읽을 수 있었다. 그러니 이같은 산골 마을 주민들이 세상에서 일어나는 일을 알고 그것에 대해 깬 의식을 갖는다는 건 불가능했다. 그들의 삶은 1세기 전과 마찬가지로 "종교와 관습 그리고 미풍양속의 형식들"[221] 속에 숨겨져 있

---

218) Ebda., S.54.
219) Viktor Paschinger : *Landeskunde von Kärnten und Osttirol*, Klagenfurt 1949, S.222.
220) Peter Handke : *Wunschloses Unglück*, S.17.
221) Ebda., S.48

었다. 전래되어 오는 전통의 경직된 체계는 사람들이 인생의 모험에 도전하는 것을 애초부터 허락치 않았다. 이런 여건은 특히 여자에게 치명적이었다. 여자의 일생이란 수백 년 동안 예정된 틀에 순응하며 끝나는 것이기 때문에 그 틀에서 벗어나 무엇인가 다른 것을 꿈꾼다는 것은 애당초 불가능했다. 여자의 운명은 이 지방의 소녀들이 놀 때 사용하던 놀이말에서도 "피곤하고 / 기진맥진해서 / 병들고 / 중병들고 / 죽고/"[222] 식으로 표현된다. 심지어 교회 헌당식이 있을 때면 "6세기 말엽부터 이교도의 풍습을 따라 온갖 종류의 여흥과 대목장"[223]이 섰는데, 여기서도 점장이들은 "젊은이들의 손금에만 진지한 관심을 보였을 뿐 처녀들의 미래란 그저 우스개에 불과한 것으로 여겼다."[224]

주민들 사이엔 "임신, 전쟁, 국가, 제의식 그리고 죽음 같은 것의 기정사실들에 대해 전통적인 외경심" [225]이 있었다. 이와 같이 종교적, 세속적 전통에 얽매어 사는 가난한 주민들은 "적어도 시민적인 삶의 도식을 흉내내는 것으로 자신을 달랬다."[226] 이처럼 가난한 삶의 상황에서 모두가 똑같은 걱정을 가졌다. 다만 차이가 있다면 이러한 상황을 어떤 사람은 가볍게 또 어떤 사람은 심각하게 여겼다는 것 뿐이었다. 그래서 걱정이 전혀 없다고 하는 사람들은 기이한 망상가로 취급되었다. 이 가난한 사람들을 한트케는 "초라한 가난뱅이 농민"이라 부르면서 이들에 대해 불만

222) Ebda., S.17
223) Die Religion in Geschichte und Gegenwart. Handwörterbuch für Theologie und Religionswissenschaft. Hg.v. Hermann Gunkel u. Leopold Zscharnack, 3. Bd., Tübingen ²1929, S.1046.
224) Peter Handke : *Wunschloses Unglück*, S.16.
225) Ebda., S.19.
226) Ebda., S.52.

을 토로한다.

> 볼품없는 비참함 속에서라도 자신을 보다 건강하게 유지해 갔다면 최소한 프롤레타리아적인 자의식을 갖게 되었을 것이다. 그러나 그 지역에는 프롤레타리아 계급도, 프롤레타리아도 없었으며 기껏 초라하고 가난한 농민이 있을 뿐이었다.[227]

여러 세대가 지나면서 그들은 물질적인 억압으로부터 해방되겠다는 의지조차도 잃어 갔다. 대신 그들은 자신들의 욕망을 억압했고, 이러한 억압은 유령같이 후손에게로 이어졌다. "그들은 다른 삶의 형식에 대한 어떠한 비교 가능성도 어떠한 필요성도 더 이상"[228] 알지 못했던 것이다. 이렇게 전해오는 습관과 가난이 주민들을 "점차 영혼을 갖지 못하게"[229] 만들었고 "체계적으로 인간성을 잃게"[230] 만들었다. 개인의 운명은 철저하게 비개성화되었고 메말라버렸다. 가장 기본적인 감정들도 내적으로 너무 무감각하게 되어 기쁨은 부끄러움으로 나타났고 슬픔은 눈물로서가 아니라 땀으로 표출되었다. 시간이 흐르면서 사람들은 자신의 역사나 감정들을 더 이상 말로 표현하지 않게 되었고, 말로 표현할 경우엔 왜곡되게 말하면서 속였다. 결국 개인의 역사나 감정은 낯설게 되었고 개인에겐 인간성 같은 것이 남아 있을 수 없었다. 모두가 "결국 사람이란 개인으로서는 아무것도, 어쨌

---

227) Ebda., S.58.
228) Ebda., S.19.
229) Ebda., S.58.
230) Ebda., S.59.

든 아무것도 특별한 것이 아니라는 사실에 동의"[231]했다. 그런 사람들에게 있어 자아는 일상 생활에서도, 또 일 년에 한 번 적어도 자기자신에 관해 무엇인가 말할 수 있는 교회의 부활절 고해에서도 "정말이지 한 조각의 달(月)보다 더 낯설게"[232] 여겨졌다. 교회에서도 모두 교리문답서의 표제어만 웅얼거릴 뿐이었다. 사람들은 어떤 일에서나 오직 형식만을 찾았고 이 형식이 개인을 대신했던 삶을 한트케는 『소망 없는 불행』에서 그려낸다.

> 고통의 로자리오(Rosenkranz : 가톨릭교의 기도 형식), 영광의 로자리오, 추수 감사절, 국민투표 휴일, 춤출 때 여자 쪽에서의 파트너 선택, 친목단체의 술자리, 만우절, 상가에서의 밤샘, 송년일의 입맞춤 – 이런 의식(儀式)들 속에 개인적인 슬픔, 야망, 무언가 하고 싶은 욕망, 단 한 번 뿐이라는 느낌, 먼 곳에의 동경, 성적 충동 등 일반적으로 저마다의 생각들이 역할이 뒤바뀌어 전도된 생활방식 속에 함께 들어 있었다. 결국 누구에게도 자기자신이란 전혀 문제가 아니었다.[233]

주민들은 형식을 통한 '자아 말살'을 탄식하기보다는 오히려 그것에서 위안과 안전을 느꼈다. 사적인 일에 대해서도 모두 미사여구로 물었고 그에 대한 대답은 너무 틀에 박혀 있어서 인간이 아니라 다만 대상물만이 존재했다. - 즉, "안락한 무덤, 마음 좋은 예수님, 상냥하고 고뇌에 찬 성모 마리아는 매일매일의 궁핍스러움을 달래주는 죽음에의 동경을 위한 물신(物神)으로 변용

231) Ebda., S.49.
232) Ebda., S.48.
233) Ebda., S,48f.

되었다."[234] 평생을 똑같은 농사일에 종사하고 똑같은 물건들을 다루면서 사람들은 이 위안적인 물신을 가지고 자신의 괴로움을 달래다가 죽음을 맞이하면 그것으로 마침내 신의 섭리가 완성되는 것이었다.

케른텐의 문학사가 에리히 누쓰바우머(Erich Nußbaumer, 1913~)는 1920년부터 1970년까지 반세기에 걸친 이 지방의 문학을 회고하는 『케른텐의 문학』(Karmten in Wort)의 서문에서 "단순한 삶, 땅의 축복, 영원한 농부의 일 때문에 평화를 갖지 못한 인간의 구원에 대한 신비스러운 믿음"[235]을 언급하고 있다. 그의 경우는 이러한 믿음이 고향에 대한 사랑과 정서에 연결되어 있다. 그러나 한트케에게는 그와 같은 믿음이 아직 가능하지 않다. 비록 그가 1979년의 작품 『느린 귀향』에서 주인공 조르거를 "시골로, 특정 지역으로, 자신의 생가로"[236] 돌아오게 하고 있지만 지금까지의 수많은 대담과 작품에서 강조되고 있는 것은 고향에서 지역적으로 제한된 생활범위에 얽매어 개성이나 인간적인 위엄을 상실하고, 고향의 아름다움을 바라볼 수 있는 안정감도 갖지 못한 채 그것을 괴로워해왔던 그런 사람들 가운데 하나라고 자신을 정의하고 있는 점이다. 이러한 이유로 한트케에게 있어 고향은 항상 "말없는 학살"의 장소로 기억된다. 1978년의 한 대담에서 그는 이런 입장을 분명하게 재천명하고 있다.

---

234) Ebda., S.49f.

235) Erich Nuabaumer : Fünfzig Jahre Dichtung in Kärnten. In : Kärnten im Wort-Aus der Dichtung eines halben Jahrhunderts. Hg. V. Josef-Friedrich-Perkonig Gesellschaft, Klagenfurt 1971, S.9.

236) Peter Handke : *Langsame Heimkehr*, Frankfurt am Main 1979, S.140.

내가 태어난 환경에는 교육도 문화도 없었습니다. 고작 신문이나 라디오가 전부였죠. 그런 것들에 사람들은 대단히 의존되어 있었습니다. 그것은 정말이지 말없는 학살이었습니다. 그것은 내게 혐오감을 남겼고 나자신도 신문에 의존하고 있었기 때문에 나 자신에 대해서도 혐오감을 남겼습니다. 아마도 바로 그 때문에 나는 나를 통해 다른 나를 발견하고 싶다는 깊은 동경을 갖는 건지 모르겠습니다.[237)]

이것이 한트케가 농촌과 가톨릭이라는 고향의 지역성에 의해 극도로 말살되어졌던 "나"를 재발견하려는 깊은 동경을 갖게 된 이유인 것이다. "다른 나"란 자신의 운명을 "자신의 것으로"[238)] 발전시킬 수 있는 "자아" 이외의 다른 것을 의미하는 것이 아니다. 그의 인생에서 최초로 자아 의식을 갖게 해 주었고 고향의 세계와는 다른 세계를 중재했던 문학은 그의 계속적인 자아 발전의 길잡이 역할을 현재에 이르기까지 수미일관하게 하고 있는 것이다.

7. "나"를 찾는 문학과의 교류

한트케는 언어 실험가이자 전래의 예술적 가능성에 대한 과격한 문제 제기자[239)]로 활동했던 60년대와는 반대로 70년대에 들

---

237) Vision von Österreich–Was Peter Handke über sich und die Literatur in seiner Heimat sagt. Zusammengestellt von Hans Haider. In : Die Presse, 18. Juli 1978.

238) Peter Handke : *Wunschloses Unglück*, S.48.

239) Vor allem betont er in seinem 1967 geschriebenen theoretischen Aufsatz "Ich bin ein Bewohner des Elfenbeinturms": Ich kann in der Literatur keine Geschichte mehr ver-

어와서는 전통적인 이야기 형식에 따라 작품을 쓰기 시작한다. 이것은 실험적이고 전위 예술가적인 입장으로부터의 결정적인 전환을 의미한다. 그가 70년대에 이렇게 문학적 전통으로 복귀하면서 그의 문학 발전에 진기한 현상으로 대두된 것은 18~19세기의 자전적 소설이나 교양소설의 관점과 예술적인 견해가 작품에 빈번히 반영되고 있는 점이다. 그러나 그의 문학적 전통으로의 복귀와 18~19세기 문학작품의 재이용은 60년대를 지나면서 "시대의 정점에 있기 위하여"[240] 늘 새로운 것에 대한 충동에 싸여 있었던 동시대의 문학에서 아주 놀랄 만한 방향전환으로 여겨진다.

한트케의 방향전환이 특히 놀랍게 여겨진 것은 그가 이미 60년대에 전통적 방식의 잘못됨을 널리 주장한데다 그 주장을 가장 의식적으로 실천했던 작가였기 때문이다. 그 당시 한트케는 "나에게 있어 하나의 가능성은 그때마다 딱 한 번만 존재한다. 그렇다면 이 가능성의 모방은 이미 불가능하다. 하나의 서술모형을 두 번째로 사용하게 되면 더 이상 새로움은 존재하지 않고 기껏 변형이 존재할 뿐이다"[241]라고 주장했던 것이다.

대체로 60년대의 문학은 발전이라는 억압 아래 "가장 새로운 서술방식"[242]을 최고의 목표로 삼았고 이전의 모든 것은 가치가

tragen, mag sie noch so farbig und phantasievoll sein, ja jede Geschichte erscheint mir umso unerträglicher, je phantasievoller sie ist." In : Peter Handke, Prosa Gedichte Theaterstücke Hörspiel Aufsätze, Frankfurt am Main 1969, S.267.

240) Peter Handke : Zur Tagung der Gruppe 47 in USA (1966). In : Ich bin ein Bewohner des Elfenbeinturms, Frankfurt am Main '1979 (suhrkamp taschenbuch 56), S.33.

241) Siehe Anm.1, ebda., S.264.

242) Reinhard Baumgart : Das Poetische, seine Tradition und Aktualität. In : *Die verdrängte Phantasie*, Darmstadt und Neuwied 1973, S.162.

없는 것으로 치부를 했다. 과학에서 일어나는 실제적이고 추정적인 발견들을 끊임없이 수용하면서, 즉 문학이 "과학이란 끊임없이 확산되어 가는 사회와 인간 문제의 전능한 구제 수단이라는 슬로건 아래[243] 예속되었던 것이다. 모든 작가들은 과학에 예속되어서 "사실에 충실"[244]하고 보다 정확하게 보고하는 점에 자신들의 의무가 있다고 보았다. 한트케 역시 마찬가지였으며 그가 작품 속에서 소위 이야기를 거부하는 이유도 바로 여기에 있다. "이야기를 지어낸다는 것은 약간 지나친 것이라고 나는 생각했다. 적나라한 체험이 가능한 한 정확하게 전달된다면 충분하리라."[245] 이런 주장은 그로 하여금 환상에 빠지거나 문학적 과거를 되돌아보게 하지 않았다. 그러므로 한트케가 전통적인 이야기 형식으로 의식적인 전환을 한 것은 우선 이러한 논란과의 정리를 전제하지 않을 수 없다. 자신을 되돌아 보며 한트케는 앞서 언급한 대로 『세계의 무게』에서 그의 과거를 위축시켰던 것으로 구체시, 앤디 워홀, 마르크스, 프로이트 및 구조주의를 지적하고 지금은 이 모든 보편적 상(像)들이 흘러가 버렸고 그 어떤 것도 세계의 무게보다 더 자신을 억눌러서는 안된다고 기록하고 있다.[246]

이러한 것들은 당시 문학 초창기에 그가 대단히 열중하며 뒤쫓았던 것들이었지만 십 년 후 오늘날에는 그의 삶에 어떤 깊은 인

243) Herbert Zeman : Metamorphosen des Erzählens in der österreichischen Literatur der Gegenwart-Zur Einleitung. În : *Modern Austria Literture, Sonderheft*. Hg.v. Donald G. Daviau und Herbert Zeman, vol. 13, no. 1, 1980, S.3.

244) Siehe Anm, 242, ebda., S.161.

245) Peter Handke : Warum ich jetzt Geschichten schreibe. Gespräch mit Günther Nenning. In : Neue Freie Presse, Wien, Nr.4, Sept./Okt. 1973, S.7. 1) Siehe Anm, 1, ebda., S.264.

246) Peter Handke : *Das Gewicht der Welt*-Ein Journal (November 1975~März 1977), Salzburg 1977, S.34. "Und jetzt sind alle diese Universal-Pictures verfolgen, und nicht soll irgendeinen mehr bedrücken als das Gewicht der Welt."

상도 남기지 못하고 마치 스크린 위에 비춰지는 영상처럼 잠깐 비치다 사라져 버린 상들인 것이다. 한트케가 이들을 중시했다는 것은 초창기의 문학작업을 어떤 의미에서 일방적으로 치우친 체계의 억압 속에서, 그리고 그들의 냉혹한 권위 아래서 수행했음을 시사하는 것이고 그의 문체 역시 그들의 영향을 받았다는 것을 부인할 수 없다. 그래서 한트케는 그의 첫 소설 『말벌들』을 되돌아 보면서 한 대담(1973)에서 그 당시 많은 것에서 대단히 부자유스러웠으며 소년시절의 작품을 보면 실증적 세계와 문학적 기교를 부린 언어세계가 혼재되어 있음을 고백하고 있다.

한트케는 초기에 단지 자기자신에 대해 분명하게, 더욱 분명하게 되고자 하는 하나의 테마를 갖는 것[247)]이 작가로서 자신의 과제라고 생각한다. 그런 테마를 갖기 위해 그는 문학에서 최종적으로 유효하다고 보이는 모든 세계상들이 파괴되기를 기대한다.[248)] 그뿐 아니라 그는 한편으로 문학에서의 정치참여 거부를[249)] 주장했고, 또 한편으로는 '작가로서의 자기자신뿐만 아니라 자신의 세상 체험과도 관련되는 문학의 인식기능[250)]을 강조한다. 이것이 오늘날까지 변함없이 유지되고 있는 그의 미학과 윤리에 있어서의 기본 입장이다.

한트케의 방향전환은 최종적으로 유효하다고 인식되어 있는 세계상들을 파괴하려는 자신의 주장을 설득력 있기 위하여 그가 문학에서 철저하게 추구하고 있는 점을 통해 설명될 수 있다. 한

---

247) Peter Handke : Prosa Gedichte Theaterstücke Hörspiel Aufsätze, S.270.

248) Ebda., S.264.

249) Peter Handke : Die Literatur ist romantisch (1966). Siehe Anm. 239, ebda., S.273-287.

250) William H. Rey : Peter Handke-oder die Auferstehung der Tradition. In : *Literatur und Kritik*, Wien, Juli/August 1977, Nr.116-117, S.393.

트케는 결국 학문적으로 인간들에게 전달된 세계상들이 자기자신의 창조적 발전에 방해가 될 뿐만 아니라 그가 그것을 계속 추구한다면 거대한 일방성과 권위의 냉혹함 속에 빠져드는 것을 알게 되었던 것이다. 이런 인식을 통해 그는 단순한 문학적 미사여구는 존재를 서술하는데 방해가 된다는 것을 깨닫게 된다. 예속의 그물에서 해방되기 위하여, 그리고 본연의 "나"를 찾기 위하여 한트케는 시간이 흐르면서 초창기에 자기를 옭아매고 있던, 세계를 해명하는 학문적 체계들과의 고된 갈등을 겪었던 것이다. 그가 디터 침머에게 보낸 편지(1976)에서 학문적으로 전달된 모든 세계상들은 자신에게는 단지 "체계들의 폭정"이며 "마르크스나 프로이트와 같은 독재자들은 나에겐 삶과 문학에 대항하는 특별 검사처럼 보이기 때문에,"[251] 이제는 그들에게서 등을 돌리겠다고 설명한 점도 바로 이런 맥락에서 이해할 수 있다.

이제 한트케에게 지식과 존재 사이의 괴리가 너무도 분명해져서 그는 "내게 있어 이제 나의 빈약한 지식은 날마다의 생존에 전혀 계속적인 도움이 안된다"[252]는 의식을 갖게 된다. 그러므로 인간과 세계에 대한 학문적인 설명체계가 그의 삶과 문학에 더 이상 초창기와 같은 강력한 영향력을 미치지 못하게 된 것은 당연하다. 이처럼 생명없는 체계가 자신이 삶의 본질을 파악하는데 도움이 되지 않음을 발견했을 때 한트케에게는 그런 것에 매어있는 작가들이, 자신과 인간에 대해 무언가 전혀 다른 것을 알고

251) Peter Handke : Die Tyrannei der Systeme, - Aus einem Briefwechsel. In: Die Zeit, 2. Januar 1976, S.26.

252) Peter Handke : *Das Gewicht der Welt*, S.166.

"자유롭고, 이성적이고, 정서적이며 반체계적인 문학을 하는"253) 작가들보다 "훨씬 더 허구적"254)으로 여겨진다.

그래서 한트케는 작가로서 자신의 문학 선배들을 과거와 현재에서 새로이 찾고, 그들을 자신의 문학에 기꺼이 수용하게 된다. 그는 과거의 문학에서 "조심스럽게 아름다운 삶의 형식들"255)을 재발견하길 원하고, 인간의 위엄과 "일상을 위한 실제적인 조언들"256)을 진실되게 묘사하고자 한다. 이제 그에게 있어 위대한 작가란 "특별 검사"로서가 아니라 삶과 문학에 마주선 사려깊은 조언자로 나타난다.

다른 장에서 이미 언급했듯 한트케는 1971년 부인과 결별하고 두 살짜리 아이를 데리고 혼자 사는 상황에 처한다. 일생을 같이 영위할 수 있다고 믿었던 한 인간과의 결별은 그에게 자신의 인생을 혼자서, 자신의 자유 의지에 따라 영위하지 않으면 안된다는 존재의 감정을 오랫만에 처음으로 일깨운다. 그에 따라 그는 자신의 의식 변화와 새로운 삶의 감정을 요구하게 된다. 그것을 한트케는 "지금까지의 나와는 다르게 되고자 하는 욕망"257)이라고 표현하며 과거의 문학에서 그것에 대한 조언을 찾는다. 1971년 여름과 가을에 걸쳐 쓰여진, 순수하게 자전적인 두 부분으로 된 이야기 『간 이별에 대한 짧은 편지』는 그가 칼 필립 모릿츠(Karl Philipp Moritz, 1756~93)의 『안톤 라이저』, 핏츠제랄드의 『위

253) Peter Handke : *Die Tyrannei der Systeme*, S.25.
254) Peter Handke : *Das Gewicht der Welt*, S.25.
255) Ebda., S.150.
256) Ebda., S.312,
257) Peter Handke : *Der kurze Brief zum langen Abschied*, Frankfurt am Main 1972, S.18.

대한 게츠비』 그리고 켈러의 『녹색의 하인리히』에서 자신의 삶을 위해 조심스럽게 아름다운 삶의 형식들을 재발견하려고 노력하며 쓴 최초의 작품이다.

『안톤 라이저』는 인간의 내면 이야기가 중심이 되는 일종의 심리소설 1785~1790에 걸쳐 4부로 발간된 것이다. 이 방대한 자전적 소설에서 한트케가 자신의 어려운 여건을 위해 재발견하고 자신의 소설에 모토[258]로 인용한 것은 여행에 대한 욕구와 익숙해진 삶의 상황에서 벗어나는 것, 그리고 "흘러가 버렸으나 어쩔 수 없이 계속 진화되어 온 과거의 체험들"[259]을 여행을 통해 잊어 버릴 수 있다는 놀라움이다. 또 미국의 '잃어버린 세대'의 가장 성공적 작가들 중 한 사람이었던 핏츠제랄드의 『위대한 게츠비』에 대해 한트케는 한 대담에서 "특정한 역사적 시기의 아주 정확한 삶의 감정을 중개하고, 자유롭고 다정한 삶에 관한 신화"[260]를 보여 주는 작품이라고 정의한 적이 있다. 그러나 그가 『긴 이별에 대한 짧은 편지』에서 우선적으로 제시하고 있는 것은

258) Vgl. ebda., S.5/107. "Und einst, da sie an einem warmen aber trüben Morgen vors Tor hinausgingen, sagte Iffland, dies wäre gutes Wetter davonzugehen-und das Wetter schien auch so reismäßig, der Himmel so dicht auf der Erde liegend, die Gegenstände umher so dunkel, gleichsam als sollte die aufmerksamkeit nur auf die Straße, die man wandern wollte, hingeheftet werden." (그리고 언젠가, 그들이 어느 훈훈한 그러나 흐린 아침에 문 앞으로 걸어 나왔을 때, 이플란트가 말했다. 떠나기에는 아주 좋은 날씨라고 - 정말 날씨는 여행하기에 안성맞춤으로 여겨졌다. 하늘과 땅은 아주 가깝게 맞닿아 있었고, 여행하고자 하는 자는 모든 주위를 그가 가야 할 길에만 집중해야 할 정도로, 주위 대상들은 어둠에 묻혀 있다.) "Ist es also wohl zu verwundern, wenn die Veränderung des Orts oft so vieles beiträgt, uns dasjenige, was wir uns nicht gern als wirklich denken, wie einen Traum vergessen zu machen?&"(장소의 변화가 그토록 자주 우리에게, 우리가 현실적으로 생각하고 싶지 않은 것을, 마치 한바탕 꿈처럼 잊게 만드는 데 큰 기여를 한다는 것은 퍽 신기한 일이지?)

259) 259) Herbert Zeman : Metamorphosen des Erzählens in der österreichischen Literatur der Gegenwart-Zur Einleitung. In : Modern Austrian Literature, Sonderheft. Hg. V. Daviau und Herbert Zeman, Vol. 13, No. 1, 1980, S.7.

260) Kein Bruch in der Entwicklung. Interview mit Peter Handke über seinen neuen Roman. In : Göttinger Tageblatt, 24. April 1972.

사랑했던 옛 여인 데이지를 향한 자유롭고 다정한 게츠비의 삶이다. "그것은 사랑했던 여인이 다른 남자와 살고 있는 강변의 집에서 매일 저녁 불이 켜지는 것을 보기 위해 맞은편 강가에 있는 집을 매입하는 한 남자의 사랑이야기였다. 위대한 게츠비는 그토록 자신의 감정에 신들린 듯 사로잡혀 있었다. 그렇지만 그는 그 여인이, 다시 말해 그 여인의 사랑이 보다 조급해지고, 뻔뻔스러워지고, 점점 더 비겁해질 때는 대단히 부끄러워했다."[261] 아내 유디트와의 갈등으로 괴로워하고 있는 주인공은 "자유롭고 다정한 삶의 신화"에 대한 자신의 비전을 극대화시키기 위해 게츠비의 정중하고도 타산을 따지지 않는 사랑의 의식(儀式)을 읽으면서 자신도 게츠비처럼 되고 싶다는 강력한 욕망을 가진다. 비록 『위대한 게츠비』가 20년대 초반 미국의 극단적이고도 알맹이 없는 사회생활과 비극적 요소를 외면하고 있다는 느낌을 갖고 있으면서도 말이다. "『위대한 게츠비』는 오직 그가 사로잡혀 있는 사랑의 의식(儀式) 속에서만 수줍어했다. 그는 정중했다. 나도 아직 늦지 않았다면 게츠비처럼 그렇게 정중하고 타산을 따지지 않는 사람이 되고 싶다."[262] 이와 같이 다짐하며 『위대한 게츠비』를 다 읽고 난 주인공은 다음으로 켈러의 『녹색의 하인리히』를 읽기 시작한다.

괴테의 『빌헬름 마이스터』, 슈티프터의 『늦여름』과 더불어 19세기의 가장 뛰어난 교양소설 중 하나로 간주되는 『녹색의 하인리히』를 읽어가는 중 주인공 "나"는 "시간이 지나면서 한 인간

---

261) Peter Handke : *Der kurze Brief zum langen Abschied*, S.16.
262) Ebda., S.16.

이 차츰 다르게 변화되어야 하고, 세계가 모든 개개인에게 열려져 있다고 아직 믿고 있었던 한 시대를 머릿속에 그리며 만족감을 갖는다."[263] 한트케는 『녹색의 하인리히』에서 자기변화를 위한 모델을 발견하고 자기성찰과 자기발전을 주도하는 귀절들을 대략 열 군데 정도에서 인용하고 있다. 그것은 주로 하인리히 리(Heinrich Lee)의 어린시절,[264] 자연,[265] 다른 인간들[266] 그리고 주변 세계[267]에 관련된 것들이다. 그러니까 한트케가 인용한 부분들은 인간과 자연에 맞서 자신의 내면적 성숙을 목표로 하는 하인리히 리의 삶의 내용을 거의 모두 포괄하고 있는 셈이다.

이러한 문학적 모범들을 따라 "틀에 박힌 일상생활로부터 탈피"[268]할 것을 결심한 한트케의 주인공은 켈러의 작품을 읽으면서 다시 한 번 자신의 삶과 하인리히 리의 삶을 평행선 상에 놓고 깊은 명상을 하게 된다. 지난 날 가난한 소시민 노동자 가정에서의 불만스러운 어린시절, 무엇인가 억압적인 것으로 느꼈던 자연과의 체험, 외부 세계와 단절되었던 소년시절의 기숙학교에서의 체험 그리고 불행하게도 자신의 개성을 질식할 만큼 억압하고, 불만과 수치감에다 부자유스러움까지 동반하는 부부간의 고통스러운 갈등 등이 독서가 진행되며 변전하는 장면 장면 속에서 하인리히 리의 삶과 대비를 이루는 것이다.

---

263) Ebda., S.142.

264) Ebda., S.28/50.

265) Ebda., S.64f.

266) Ebda., S.82f.

267) Ebda., S.97.

268) Hellmuth Karasek : Ohne zu verallgemeinern. Ein Gespräch mit Peter Handke. In : Michael Scharang (Hg.) : Über Peter Handke, Frankfurt am Main ³1977 (edition suhrkamp 518), S.85.

한트케의 주인공은 과거의 문학 속에 들어 있는 아름다운 삶의 형식에 대한 깊은 감동과 애착에 휩싸여 자신도 이러한 문학적 모범들에 따라 변하고 싶다는 욕망을 느낌으로써 자기자신과 자신의 불만스러운 삶의 여건으로부터 거리를 갖게 되고, 여행이 진행됨에 따라 점점 마음이 가벼워지고 사사로움에서 벗어나는 느낌을 갖는다. 밀폐되었던 개체로부터의 해방은 그로 하여금 괴로운 과거를 극복하게 할 뿐 아니라 새로운 삶의 감정을 가지고 혼자서 주변의 다른 인간들과 세계에 마주 설 수 있게 한다. 이제 의연해진 주인공은 다음과 같이 자신의 입장을 정리한다.

> 나는 내가 한때 어떻게 다른 삶의 형식들에 의해 억압당하도록 놔뒀는지를 더 이상 이해할 수 없었다.[269)]

주인공의 삶은 이제 외적으로는 부인과 평화롭게 헤어져 혼자 사는 형식을 취하나 내적으로는 전에 느끼지 못했던 실존의 감정으로 충만되고 자유로운 의지와 책임 아래 영위될 수 있는 상황으로 전환된다.

일상적인 삶의 체험에서보다는 문학과의 교류를 통해 보다 강한 자아 의식이 유발될 수 있다는 것을 한트케는 다음 작품 『소망 없는 불행』(1972)에서 다시 한 번 확신하고 있다.

> 그녀는 [어머니] 신문을 읽었다. 그보다는 그 속의 이야기들을 자신의 삶과 비교할 수 있는 책을 더 좋아했다. 그녀는 내가 읽고 있던 책들

---

269) Peter Handke : *Der kurze Brief zum langen Abschied*, S.122.

을 읽었다. (...) 읽은 것들에 대한 그녀의 의견이 인쇄 매체로 발표될 수는 없었지만 특별히 자기 마음을 끌었던 것은 내게 이야기했다. 그녀는 작가들이 마치 그녀에 대해 썼다는 듯이 "그렇지만 난 그렇진 않아"라고 가끔 말하곤 했다. 그녀에게 있어 모든 책은 그녀 자신의 삶을 묘사한 것이었고 그녀는 독서를 하면서 생기를 찾았다. 독서로 인해 그녀는 처음으로 자신의 껍질을 벗어났고, 자기자신에 대해 이야기하는 것을 배웠다. 책을 읽을 때마다 그녀는 더욱 더 많은 생각을 가졌다.[270]

어머니의 이 자아인식의 과정은 한트케도 이미 똑같이 겪었듯이 문학과의 교류를 통해 이루어지고 있다. 지금까지는 대개 어머니를 잊고 지냈고 그녀의 삶의 바보스러움을 생각하면 가슴이 막히는 통증같은 걸 느꼈던 한트케는 이제 그녀와 공감하게 되고 자신이 "그녀의 괴로움을 받는 사람"[271]이라고 인식했다. 이제는 더 나은 인생을 가질 수 없다는 의식에 의기소침하여 위안 없이 병들어 누워 있는 그녀의 모습을 보고 있는 자신을 그는 "카프카 소설에 나오는 칼 로쓰만이 천박한 화부(火夫)에 대해 그랬던 것"[272]과 같이 느낀다.

한트케는 1973년 초에 희곡 『어리석은 자들은 죽다』(*Die Unvermunftigen sterben aus*)를 쓴다. 이 희곡은 헤르만 크빗트(Hermann Quitt)라는 성공한 기업가가 자아의식과 사회적 역활 사이에서 제기되는 문제로 갈등을 겪는 것을 다룬다. 여기에서 또 한 번 19

---

270) Peter Handke : *Wunschloses Unglück*, Salzburg 1972, S.63.
271) Ebda., S.73.
272) Ebda., S.72f.

세기의 문학작품이 크빗트의 자아 의식을 위해 결정적인 역활을 한다. 즉, 슈티프터의 단편소설 『늙은 홀아비』(*Der Hagestolz*)가 그것이다. 크빗트는 하인에게 이 소설에서 네 쪽에 달하는 긴 구절(Absatz)[273]을 낭독시킨다. 그는 작품 속의 늙은 홀아비가 조카 빅토르(Viktor)에게 하는 말에서 자기 인생의 대차대조표를 발견한다. (......) 모두들 너무 게을리 했기 때문이지. (......) 나는 각양각색의 많은 일을 했으나 아무것도 얻은 게 없구나. 모든 것은 순식간에 없어지지. (......) 내 죽음과 함께 내가 나로서 존재했었던 것은 모두 소멸되겠지.[274] 이 귀절에서 기업가 크빗트는 비탄에 잠겨 "나는 나에 관해 아직 아무것도 얻은 게 없었다"[275]는 말을 인용한다. 또 자신의 마지막 활동에 관해서는 "비록 마지막이 될지라도 난 나를 위해서, 오직 나를 위해서만 행동하고 싶다"[276]고 말한다. 그리고 자신의 사업을 위해서 이성 대신 "유행에 뒤진 자아 감정을 생산 수단으로"[277] 배치한다. 이러한 자아 감정을 획득하기 위해 그는 모든 다른 기업과 자기자신을 파괴시킨다.

한트케에게서 옛 문학의 도움으로 나를 찾는 노력은 1973년 7~8월에 괴테의 『빌헬름 마이스터의 수업시대』를 차용해 베니스에서 쓴 영화대본 『잘못된 움직임』에서 다시 한 번 볼 수 있다. 18세기 독일 교양소설의 기본 도식을 가지고 한트케는 "내 자신

273) Vgl. Peter Handke : *Die Unvernunftigen sterben aus*, Frankfurt am Main 1978 (suhrkamp taschenbuch 168), S.50-53
274) Ebda., S.51.
275) Ebda., S.55.
276) Ebda., S.38.
277) Ebda., S.55.

에 대해 더 많은 것을 발견하기 위해"[278] 또 한 번 여행하는 인물을 등장시킨다. 그리고 그 인물을 위해 19세기 소설 두 작품을 고른다. 요셉 프라이헤르 폰 아이헨도르프(Josepf Freiherr von Eichendorff, 1788~1857)의 단편 『어느 건달의 생활』(*Aus dem Leben eines Taugenichts*)과 구스타프 플로베르(*Gustave Flaubert*, 1821~86)의 소설로 '한 젊은 남자의 이야기'(*Geschichte eines jungen Mannes*)란 부제가 붙어 있는[279] 『감정 교육』(*L'education Sentimentale*, 독일어 제목: *Lehrjahre des Gefühls*)이 그것이다.

자기 변화와 자아 추구를 목적으로 그의 작품들에 과거와 현재의 문학을 끌어오는 양상은 다양하게 계속된다. 1975년에 나온 작품 『진정한 감성의 시간』에서 주인공 그레고르 코이쉬니히는 어느날 밤 누군가를 죽이는 것으로 시작되는 긴 꿈을 꾼 후 일상생활을 지금까지처럼 다만 형식에 맞추어 영위하는걸 포기하고 자신을 변화시키겠다고 결심한다. 아내와 주변 세계에 대해 갈등을 겪은 후 완전히 다른 인생을 살겠다는 생각을 가졌을 때 그는 "어느 서점에서 헨리 제임스의 문고판 소설"[280]을 사서는 그 책에서 자주 언급되는 주인공의 옷에 대한 이야기를 평화로운 마음으로 읽는다.

"그녀는 수많은 주름과 겹쳐진 가장자리, 그리고 매듭으로 꼰 연한 파란색 끈들이 달린 하얀 모슬린 천의 옷을 입고 있었다. 그녀는 모자를 쓰진 않았으나 넓게 수놓아진 깃이 달린 커다란 양산을 손으로 흔들

278) Peter Handke : *Falsche Bewegung*, Frankfurt am taschenbuch, S.11.
279) Vgl. ebda., S.12.
280) Peter Handke : *Die Stunde der wahren Empfindung*, Frankfurt am Main 1975, S.140

고 있었다. 그녀는 정말 눈부시게 아름다웠다."[281]

계속 읽으면서 주인공은 자신이 마치 밝은 색 새 여름 옷을 입고 광장 위를 걸어가는 것처럼 느꼈다. 앞으로 부딪칠 새로운 일들과 잊어서는 안되는 옛 일들에 대한 생각을 품고 그는 굉장한 이야기를 경험할지도 모른다고 생각했다. 그는 그후 바지를 샀고 양말과 구두도 샀다. 이야기의 끝부분에서 주인공은 익명으로 또 한 번 대단히 시적인 모습으로 나타난다.

> 어느 온화한 여름날 저녁에 한 남자가 파리의 오페라 광장(Placedel' Opéra)을 가로질러 가고 있었다. 그는 두 손을 아직 새 옷으로 보이는 바지의 옆 주머니에 찌르고 카페 드 라 패(Café de la Paix)로 갔다. 양복은 밝은 청색이었고 하얀 양말과 노란색 구두에다 헐겁게 매어진 넥타이가 급한 걸음걸이에 이리 저리 휘날리고 있었다. [282]

주인공 그레고르가 헨리 제임스의 작중 인물과 유사한 모습이 되고 싶다는 생각에서 입고 있는 새 양복은 지금까지의 생활에서 해방되고 새로운 생을 시작함을 의미한다. 그것은 문학을 통해 끊임없이 강화되는 한트케의 주관 의식의 외면화라고 볼 수 있다.

다음 작품 『왼손잡이 부인』(1976)에서도 한트케는 자신을 배반하지 않고 어느 누구에게서도 굴욕을 느끼지 않는 삶을 살고 싶

---

281) Ebda., S.145.
282) Ebda., S.167.

다는 여주인공 마리안네를 그린다. 이렇게 강한 자아의식을 갖고 혼자 사는 여자를 위해 한트케는 괴테의 『친화력』(*Die Wahlverwandschafter*)에서 한 귀절을 골라 소설의 마지막을 장식한다. "그렇게 모두들 자기 방식대로, 생각을 하든 안하든, 매일의 인생을 계속 한다. 모든 것이 늘상 같은 궤도를 가는 것처럼 보인다. 모든 것이 위험에 처해 있는 섬뜩한 경우일지라도 아무 이야깃거리가 없다는 듯이 여전히 그렇게 계속 살아간다."[283]

『세계의 무게』에서 한트케는 다시 한 번 괴테의 『친화력』을 끌어들이고 있다. 그는 비극적인 부부를 다루고 있는 이 소설에서 특히 에두아르트와 오틸리에의 사랑과 충격에 대한 많은 귀절들을[284] 인용하고 있다. 소설의 주인공들처럼 오랜 동안 부부간의 고통스러운 갈등을 체험했던 한트케는 이 작품에 나오는 옛 문장들에 공감한다[285]고 기록하고 있다. 또한 한트케는 문학적 서술과 관련해 "친화력을 향한 동경"을 강조한다.

---

283) Peter Handke : *Die linkshändige Frau*, Frankfurt am Main 1976, S.133.

284) Peter Handke: *Das Gewicht der Welt*-Ein Journal (November 1975~März 1977), Salzburg 1977, S.98/101/125.-Ottilie : "Eine ewige angenehme Bewegung"(영원히 편안한 움직임) "Er schweift umher, er ist der unruhigste und der glücklichste aller Sterblichen. Er wandelt durch die Gärten; sie sind ihm zuenge; er eilt auf das Feld, und es wird ihm zu weit." — 'In Eduards Gesinnungen, wie in seinen Handlungen, ist kein Maß mehr. Das Bewußtsein zu lieben und geliebt zu werden treibt ihn ins Unendliche." – 'Er sucht sich durch eine Art Humor zu helfen, der aber, weil er ohne Liebe war, auch der gewohnten Anmuth mangelte.'(그는 떠돌아 다닌다. 그는 모든 인간들 중 가장 불안하고 가장 행복한 자다. 그는 정원을 돌아 다닌다. 정원은 그에게 너무 좁다. 그는 들판으로 급히 나간다. 들판은 그에게 너무 넓다. - 에두아르트의 마음에도, 그의 행동에도 절도가 없다. 사랑한다는 의식과 사랑 받아야 된다는 의식이 그를 무한 속으로 빠뜨린다. - 그는 일종의 유머를 통해 자신을 도우려고 한다. 그러나 그가 사랑이 없었기 때문에, 그의 유머도 일상적인 쾌적함이 부족했다. – "Sie war glücklich in Eduards Nähe und fühlte, daß sie ihn jetzt entfernen mußte"("Und fühlte!" kein "so daß oder deswegen!")(그녀는 정말 에두아르트에게서 행복했다. 그리고 그녀는 이제 그를 멀리 떨어지지 않으면 안 된다고 느꼈다.(그저 "느꼈다"! "그래서" 이거나 "그것 때문에"! 가 아니라)

285) Ebda., S.99.

나는 신문이나 책들에서 거의 언제나 그렇듯이 첫눈에 알아차리고 그 것을 뛰어 넘는 그런 문장들이 아니라 글자를 하나하나 읽을 수 있는 어떤 것이 필요하다! "친화력"을 향한 동경.[286)]

한트케에게 있어 괴테는 '친화력'을 가지고 그의 삶과 문학에 조언을 주는 위대한 작가로 나타난다. 그래서 그는 현대 기술 문명의 잔인성에 맞서 "괴테의 소박함"[287)]에 관심을 기울이고 괴테 문학에 있어서의 "불변의 아름다움"[288)]을 이야기하는 헤르만 헤세를 인용한다.

한트케의 일기체 작품은 수많은 독서에 대한 감상도 기록하고 있는데 자아 추구와 관련해 가장 많이 인용되고 있는 작가는 괴테 외에 하이미토 폰 도데러이며 특히 그의 최후 작품인 『슬루니 폭포』가 많이 인용된다. 한트케는 도데러와 그의 작품에서 갖게 된 많은 명상들을 기록하고 있다.[289)] 그 이유는 한트케가 인간에

---

286) Ebda., S.85.

287) Ebda., S.98.

288) Ebda., S.133.

289) Ebda., S.226/229/231/311/177.
- Doppelgängererlebnis : "...seine spezifische Art des Denkens-sein tiefstilles Gegeneinander-Führen des zunächst Wider-sprechenden, bei zurücktretendem eigenem Lebenshintergrunde, bis zum Einschießen ersten bekannten Fadens in fremdes Geweb"(Die Strudlhofstiege)
- Gerade merkte ich, daß die Sachen auf meinem Tisch, das Blatt mit den Notizen, die Schere, das Wörterbuch, die aufgeschlagene 'Strudlhofstiege', die Briefmarken, eine gewisse Würde haben, die mich begütigt ("...auch jetzt fühlte sich Melzer wie losgebunden vom Pfahle des eigenen Ich ...") ....J "Er brachte fertig, nichts von dem zu denken, was man sich so im allgemeinen denkt, und damit setzte Melzer, freilich ohne es zu ahnen, die zweite erhebliche geistige Leistung seines Lebens"
- Einmal am Tag wenigstens sollte es mir gelingen, gar nichts sein zu wollen, so wie es dem Melzer gelang, gar nichts zu denken von dem, was man üblicherweise so denkt
- 'Es gab also Glück. Chwostik kannte es ja aus eigener Erfahrung.'("Die Wasser fälle von Slunj")
- Doderer: Es ist vielleicht ganz gut, wenn jemand beim Schreiben nicht mehr viel Sehnsucht spürt, sondern nur die Erinn290) Herbert Zeman : Metamorphosen des

대한 문학의 영향을 학문의 영향보다 더 확신하고 있었고 학문적 전문용어와 자아 사이에서 도데러가 느꼈던 것과 동일한 것을 느꼈기 때문이다. 기록된 명상들 속에서는 특히 자아에 얽매이지 않는 품위, 체험에서 얻은 행복, 고양된 삶의 정신적 성취를 위한 사유방식, 동경에서가 아니라 추억에서 인물을 찾는 서술방식 등이 들어 있다. 이런 것들은 한트케가 60년대에는 전위작가로서 갖지 못했던 작가적 요소들이다.

1963년에 마지막 작품 『슬루니 폭포』를 출간했을 때 도데러는 60년대의 오스트리아 문학에서 가장 나이 많은 작가세대에 속했다. 그때는 한트케가 그라츠에서 〈포룸 슈타트파르크〉와 관계를 맺으며 등장했던 때이다. 도데러는 제1-제2차 세계대전의 혼란 속에서 작가로 활약하며 오스트리아의 기구한 역사, 즉 오홍제국의 붕괴, 제2차 세계대전에서의 패전 그리고 새로운 오스트리아 공화국을 체험했다. 20대에 글을 쓰기 시작한 그의 주요작으로는 50대 후반에 발표된 『슈트루델호프 계단 혹은 멜처 씨와 세월의 심연』(*Die Stradlhofstiege oder Melzer und die Tiefe der Jabre*, 1951)과 『악마들』(*Die Damonen*, 1957)이 꼽힌다. 이 작품들은 정치, 사회 등의 변화로 인해 세계관이 대변혁을 일으키던 때에 나타났지만 아직도 "문학에 있어서의 전통적인 질서 체계와 가치 관념"[290)]을 간직하고 있다. 이것은 〈비인 그룹〉과 초, 중년의 작가세대에 속했던 그라츠의 〈포룸 슈타트파르크〉 문인들이 언어비평과 실험

Erzählens in der österreichischen Literatur der Gegenwart-Zur Einleitung, S.5. Erinnerung daran als Energie für seine Figuren verwendet.

290) Herbert Zeman : Metamorphosen des Erzählens in der östreichischen Literatur der Gegenwart-Zur Einleitung, S.5.

문학에 열중하는 동안 도데러는 여전히 전통 안에 자리잡고 있었음을 의미한다. 그래서 한스 바이겔은 그의 논문 「Von Kakanien nach Österreich」에서 도데러가 "어제의 세계"를 극복하고, 오스트리아 문학을 "불행한 전쟁의 와중에서 혼란된 무의지 상태로부터 새로운 시대로 끌어 내왔다"[291]고 말하고 있다. 형식이나 문체의 큰 차이에도 불구하고 한트케가 도데러의 문학세계를 동경한다는 것은 그가 자아 추구에 있어 18~19세기의 몇몇 문학작품에 깊은 공감을 하며 조언을 얻었다는 것을 의미함과 동시에 오스트리아 문학의 전통으로 복귀하는 징후로 볼 수 있다. 한트케는 도데러에 대한 자신의 생각을 『세계의 무게』에서 쓰고 있다.

> 도데러 : 그는 체험한 것을 표현하기 위해 너무 많은 단어들을 사용했기 때문에 때로는 그 단어들 때문에 체험들이 덮혀 가려진다. ("붕괴하는 내적, 외적, 예술적 표현 영역의 기하학적 장소"). 글을 쓸 때의 근본적 위험: 문사인 체 하는 것. 그렇지만 도데러를 읽고 나면 정말 이상적인 세계란 생각이 든다. (동경하며 나오는 한숨).[292]

도데러에 대한 한트케의 태도는 '선배의 문학을 이론적으로 비평하겠다'는 것이 아니라 도데러 자신의 마음이 되어 보려는 수용 태도이다. 비인대학 독문과의 헤르베르트 체만(Herbert Zeman) 교수는 그의 논문 「오스트리아 현대문학에서의 이야기의 변형」

---

291) Hans Weigel : Von Kakanien nach Österreich. Die Welt Heimito von Doderers. In : Protokolle 67, Wiener Jahresschrift für Literatur, bildende Kunst und Musik, Hg. v. Otto Breicha und Gerhard Fritsch, Wien 1967, S.10.

292) Peter Handke : *Das Gewicht der Welt*, S.172.

에서 도데러의 문학세계를 "다양한 가치개념의 질서유지"와 "질서 비판"[293]으로, 60년대 한트케 세대의 문학을 "단절"과 "축소행위"[294]로 특징짓고 있다. 도데러의 이상적인 문학세계에 대한 한트케의 동경어린 한숨은 이러한 "축소행위"와 연관해서 이해될 수 있다. 이렇게 볼 때 도데러에 대한 한트케의 애착은 개인적인 차원을 넘어 그의 세대가 "60년대에 위기를 겪은 후 오스트리아 문학에 재등장하는 질서에 대한 의지"[295]를 갖고 있음을 느끼게 한다.

한트케는 자아 추구와 관련된 70년대의 작품들에 수많은 작품과 작가에 대해 문예사적인 소견도 아울러 제공하고 있다. "제임스 조이스"[296] - 제임스 조이스는 3만 단어의 어휘를 가졌기 때문에 이 시대의 가장 중요한 작가이다. 카프카[297] - 카프카의 일기책을 읽을 때 내게는 그의 비탄과 자기 책망은 더 이상 흥미가 없고 단지 그의 서술만이 흥미가 있음을 나는 안다. 헤세[298] - 나는 세계의 시적 관철에는 강하나 지식에서는 다른 많은 작가들보다 (예를 들면 헤세) 약하다고 느낀다. 브레히트[299] - 브레히트

---

293) Herbert Zeman : Metamorphosen des Erzählens in der österreichischen Literatur der Gegenwart-Zur Einleitung, S.5.

294) Ebda., S.6.

295) Ebda., S.6.

296) Peter Handke : *Das Gewicht der Welt*, S.37. "James Joyce hatte einen Wortschatz" von 30.000 Wörter; deswegen ist er der bedeutendste Schriftsteller dieses Jahrhunderts.

297) Vgl. ebda., S.89. "Beim Lesen von Kafkas Tagebuch : ich merke, daß mich seine Klagen und Selbstbezichtigungen nicht mehr interessieren, nur noch seine Beschreibungen"

298) Vgl. ebda., S.93. "Im Wissen fühle ich mich schwächer als manche Schriftsteller (z.B. Hesse), im poetischen Durchdringen der Welt stärker."

299) Vgl. ebda., S.110. "Brechts Zerstörung (für immer?) der freien Literatur, weil er keine Verantwortung übernahm für sich und die (andem : er hielt sich nicht aus, so wie man ein Geräusch nicht aushält, machte schnell einen Ton daraus")

의 자유로운 문학의 파괴 (언제나?). 그건 그가 자신과 다른 사람에 대해 어떤 책임도 지지 않기 때문이다. 그는 자신을 지키지 못했다. 소음을 견디지 못할 때 그 소음에서 재빨리 소리를 만드는 것처럼. 그리고 사르트르[300] - 정치체제 속에서 자신을 노예로 취급한 한 인간의 예 : 내가 『구토』를 썼을 때 나는 나도 모르게 무정부주의자였다. 이상과 같은 비판적인 소견 및 성찰들도 자아 추구의 맥락에서 읽을 수 있는 것이다.

문학은 이미 오래전부터 한트케에게 있어 자기 인식의 수단이었음은 여러 번 언급되었다. 그렇기에 그는 60년대이든 70년대이든 간에 자신에게 모범이 되는 작가들을 찾는다. 그들은 다양한 시대와 나라의 작가들이지만 한트케는 자신의 내면적 성숙과 주변 세계에 대한 계몽을 위해 그들의 작품에 부단히 접근한다. 이들을 모범으로 삼아 쓰여진 한트케의 작품에 나오는 주인공들은 이들 옛 문학작품의 주인공들을 동경하고 지금까지의 자신과는 다르게 되기를 희망한다. 그러나 그 주인공들을 그대로 모방하자는 것이 아니라 자신에게 가능한 만큼을 희망하는 것이다. 이렇게 볼 때 문학은 한트케에게 있어 자신의 자아를 되찾고 습관적인 일상생활에 맞서 자신의 존재감정을 날카롭게 해주는 수단이 되며 70년대의 그의 작품들을 주관주의가 지배하는 문학으로 특징지울 수 있는 이유도 여기에 있다.

---

300) Vgl. ebda., S.215. "Beispiel eines in den politischen Systemen sich sklavisch verhaltenden Menschen : Als ich 「La Nausée」 schrieb, war ich Anarchist, ohne es zu wissen (Sartre)"

IV

양식의 다양화와 자아 추구의 지속성

1. 양식의 다양화

한트케의 60~70년대까지의 작업에서 볼 수 있는 두드러진 노력은 이미 언급했듯 그가 지금까지 사용했던 서술방법을 결코 다시 사용하지 않으려고 했다는 점이다. 한번 사용했던 서술방법을 또 사용한다는 것은 이미 창의력을 잃고 재생에만 몰두하게 된다는 것이다. 전통에 대한 과격한 거부와 언어실험으로부터 다시 복고물결에 이르기까지 다양하게 움직이는 동시대의 문학경향에 기여하면서 새로운 방법을 찾고자 하는 한트케의 이러한 노력은 그의 모든 작품에서 뚜렷하게 찾아볼 수 있다. 동시에 그것은 그의 모든 창작품의 서술양식에 하나의 가변성을 필연적으로 지니게 하는 것이기도 하다.

그의 표현을 빌리자면 1966년에 나온 첫 소설 『말벌들』은 기교면에서 볼 때 "부서진 조각들, (...) 단어들, 문장들, 절반은 망각된 상념들로 (...) 한 소설의 생성을 서술해보려는 시도였다[1]고 한다. 줄거리를 갖춘 이야기가 여기서는 전혀 문제가 되지 않고 있다. 표지 안쪽의 책 설명에서 그는 이 작품을 '신소설'[2]이라고도 정의하고 있다. 1967년에 출판된 두 번째 소설 『행상인』은 범죄소설로서 살인이야기를 그리고 있다. 이 작품은 살인이야기에서 상식적으로 생각할 수 있는 경악, 공포, 추적, 죽음 등은 전혀 서술되지 않고 문장들의 비논리적 구조만으로 이루어져 있다. 그

---

1) Peter Handke : *Die Hornissen*, Frankfurt am Main 1966,(Klappentext).

2) Ebda.

러니까 내용을 전하는 소설이 아니라 언어기교에 치우친 소설로 개개의 문장이 곧 이야기가 되는 언어유희의 작품인 것이다.

이어 한트케는 1966년의 『관객모독』과 『자책』(*Sebstbezichtiging*), 1968년의 『카스파』와 같은 일련의 희곡에서도 이미 습관이 되어버린 전통적인 무대공연의 기존 관념들을 파괴하는 시도를 한다.

소설과 희곡뿐만 아니라 1965~1968년 사이에 나온 시모음집 『내부 세계의 외부 세계의 내부 세계』(*Die Innenwelt der Außenwelt der Innenwelt*)도 익숙해진 서술방법들의 재고(再考)와 새로운 언어 형식의 탐구 등이 문제가 되고 있다. 언어유희의 기교가 여기서도 이용되고 있는데 이것은 한트케가 언어비평가이자 철학자인 루드비히 비트겐슈타인에게서 영향을 받은 것이라고 스스로 밝히고 있다.[3)] 즉, 말의 의미란 문장을 어떻게 만드느냐에 따라 새롭게 주어질 수 있다는 것이다.

문학의 흐름에서 보면 한트케는 구체시, 형식주의, 구조주의, 〈비인 그룹〉 그리고 〈그라츠 그룹〉 등에서 영향을 받고 있다. 이런 사조나 운동은 50~60년대의 독일어권에 있어서 서독의 〈47 그룹〉이 표방한 것과는 완전히 다른 실험문학을 위한 충격적 요

---

3) Vgl. Peter Handke : Die Literatur ist romantisch. In : ders.: Prosa Gedichte Theaterstücke Hörspiel Aufsätze, Frankfurt am Main 1969, S.275. "Die Bedeutung eines Wortes ist nicht der Wortsinn-zu diesem flüchten nur Philosophen, die sich ein eigenes System ausdeuten wollen-sondern, wie Wittgenstein sagt, sein Gebrauch in der Sprache." Vgl. Christian Linder : Die Ausbeutung des Bewußtseins. Gespräch mit Peter Handke. In : Frankfurt Allgemeine Zeitung, 13. Januar 1973. "Ich möchte mich vielmehr in der gegebenen Sprache ausdrücken, und das ist das, was ich immer noch von Wittgenstein gelernt habe, so wenig mich diese Philosophie interessiert : die Bedeutung eines Wortes ist sein Gebrauch. Davon gehe ich aus. Sicher, es gibt viele Sprachspiele, auch von den sozialen Klassen her gesehen, aber auch von dieser Situation muß man ausgehen." Vgl. Ludwig Wittgenstein : Philosophische Untersuchungen; Wissenschaftliche Sonderausgabe. Frankfurt am Main 1967, S.35. "Man kann für eine große Klasse von Fällen der Benützung des Wortes "Bedeutung-wenn auch nicht für alle Fälle seiner Benutzung-dieses Wort so erklären : Die Bedeutung eines Wortes ist sein Gebrauch in der Sprache."

인이 되었던 것이다.

70년대에 한트케는 다시 산문 형식으로 작업을 계속한다. 전과 다른 점은 소설이론에 대한 그의 지금까지의 입장, 즉 어떠한 줄거리 위주의 문학도 참을 수 없다는 입장을 바꾸고 있다는 점이다. 1972년에 가진 『긴 이별에 대한 짧은 편지』에 대한 한 대담에서 그는 자신의 입장을 설명하고 있다.

> 나는 거기에 모순이 있다는 것을 압니다. 소설 『행상인』을 썼을 때 나는 생각했습니다. 왜 사람들은 책을 읽을 때 하나의 이야기를 필요로 하는가? 하고 말입니다. 문장들을 추상화해도 충분하다. 그러니까 책을 읽는 사람에게 이야기를 읽도록 강요하는 것이 아니라 문장 속에서 자기자신을 같이 읽을 수 있도록 해야 한다고 말이죠. 그 사이 그것은 "구체적"으로 변했어요. 나는 이제 하나의 허구가 필요하다는 생각입니다. 하나의 반사적인 허구가요. 독자들이 실제로 자신을 동일시할 수 있도록 하기 위해서 말입니다. (......) 난 단순히 문법적 어원을 찾거나 개개의 문장들을 읽는 데는 더 이상 흥미가 없습니다.[4)]

60년대의 문체를 결정지었던 단편적인 형식이나 문법적인 것에 비해 1971년에 나온 『긴 이별에 대한 짧은 편지』에서 한트케는 위와 같은 입장변화에 따라 전통적인 이야기 양식에 접근된 자전적 소설을 쓰고 있다.

여기서 한트케는 지금까지 과격하게 거부했던 이야기에 "주관

---

4) Volker Hage : Eine Flucht?-Nein, eine Reise. Ein Gespräch mit Peter Handke. In: Bücherkommentare, Nr. 2, Freiburg 1972, S.11.

성을 약간 집어 넣으려고"[5] 한다. 1972년에 쓴 어머니에 관한 이야기 『소망 없는 불행』에서 한트케는 전승된 이야기 형식을 다시 바꾸어 마치 인터뷰 기자처럼 보고 형식을 취한다. 그것은 "두 가지의 위험, 즉 하나는 전해 들은 이야기의 단순한 재생, 또 하나는 시적 문장들로 인해 한 인간의 고통이 사라지는 것"[6]을 피하기 위해서이다. 그러나 그는 여자의 전기(傳記), 특히 자신의 어머니의 생애를 그리기 위해 일반적으로 전승되어온 서술형식을 따른다. 1975년에 나온 다음 작품 『잘못된 움직임』은 영화 시나리오의 양식을 이용하고 있으며 줄거리는 『긴 이별에 대한 짧은 편지』와 유사한 내용, 특히 여행이라든가 상대방 여배우와 주인공이 헤어지는 것 등을 담고 있다. 또 18~19세기의 교양소설 내지는 발전소설을 직접, 간접으로 수용하고 있다.

1975년과 1976년에 나온 『진정한 감성의 시간』과 『왼손잡이 부인』에서 한트케는 다시 산문식 서술형식을 택한다. 그러나 『말벌들』, 『카스파』, 『긴 이별에 대한 짧은 편지』, 『소망 없는 불행』에서 사용한 일인칭 형식이 아니라 파리에 있는 오스트리아 대사관의 공보담당관과 크론베르크의 방갈로 거주지역에 사는 30세 여인을 주인공으로 하는 삼인칭 형식을 쓰고 있다. 한트케가 『소망 없는 불행』에서 자기 어머니의 끔찍한 자살을 마치 제삼자적인 회견기자처럼 보고하는 형식을 통해 주관성과 객관성의 균형을 시도했다면 이 두 소설에서는 주인공의 의식 상태들에 관한 투영, 즉 시적 행위 속에서 극단적인 내면성을 표면화시키려고

5) Ebda., S.11.

6) Peter Handke : *Wunschloses Unglück*, Salzburg 1972, S.42.

한 것이다.

1977년 출간된 『세계의 무게』에서 한트케는 일기체 형식을 사용함으로써 지금까지의 작품들과는 또 다른 시도를 한다. 이 작품은 『진정한 감성의 시간』이나 『왼손잡이 부인』과 같이 의식에 관한 이야기가 아니라 서문에서 밝히고 있듯 "직접적이고도 확고한 사실보도이다."[7] 『세계의 무게』는 1975년 11월부터 1977년 3월까지 그때그때 가졌던 의식들을 모은 300쪽이 넘는 일기이다. 일기라는 것이 원래 그렇듯이 이 일기는 예를 들어 『왼손잡이 부인』과 같이 계획적인 작업이 아니었으며 매우 다양하고 상호 연관성이 없는 인상들과 체험들을 포함하고 있다. 이런 인상들과 체험들은 이렇게 기록을 하지 않았더라면 아마 잊혀졌을 것들이다. 한트케는 이러한 지각을 뚜렷한 목적이 없이 자연발생적으로 표현함으로써 방법적으로는 주어진 문학 형식들로부터 해방되고 지금까지 몰랐던 가능성을 느끼며 자유를 체험하게 되었다고 한다. 그러나 개개 작품들을 구성함에 있어서 이렇게 끊임없이 양식의 변화를 시도하는 것은 작가로서의 자유와 의식의 전환을 동반한다. 이것은 또한 자아 추구에 대한 의지와 밀접히 연관되어 있기도 하다. 한트케가 1973년 첫 소설 『말벌들』(1966)에 대해 가졌던 대담에서 그 당시 많은 것에 몹시 부자유스러움을 느꼈다고 고백하고 있는 것도 바로 이러한 맥락에서 이해할 수 있다.

그것은 내 어린시절의 세계였습니다. 그것은 정말로 있는 그대로의

7) Peter Handke : *Das Gewicht der* Welt-Ein Journal (November 1975~März 1977), Salzburg 1977, S.6.

사실입니다. 지금은 다만 문학적 수식어들만 수정했으면 싶습니다. 지금 그것을 읽으면, 그것은 나를 몹시 방해합니다. 그래서 나는 그 당시 많은 것에서 얼마나 부자유스러웠나 하고 생각합니다. 그렇긴 하지만 아직도 변함없이 많은 곳에서 (...) 언어적으로도 역시 아주 명확하고 부자연스럽지 않게, 투명하게 서술되고 있습니다. 마치 생활이 그랬던 것처럼요. 그래서 나는 한 작가에게 나타나는 이 두 가지 국면을 억지로 짜맞추려고 하는 것에 몹시 화가 납니다.[8)]

한트케는 십 년 전에 그를 부자유스럽게 했던 것은 〈비인 그룹〉의 문학 방향들 가운데 하나라 할 수 있는 구체시, 미국의 팝아트에서 주도적 역할을 했던 앤디 워홀, 사회학의 마르크스, 정신분석학에서의 프로이트, 그리고 언어학에서는 구조주의였다고 한다. 이것은 그가 초기의 문학작업을 일방적인 억압적 체계의 속박과 경직되어 있는 문학 풍토에서 시작했다는 것을 의미한다. 그가 전위적이었다고는 해도 그의 문체가 이들의 영향을 받았다는 것은 분명하다. 그래서 그는 초기의 문학활동이 내용면에서는 현실적이면서도 기교적인 언어세계가 혼재하고 있음을 인정한다. 그러나 그는 단순한 "문학적 미사여구"가 "존재" 묘사에 방해가 되고 있음을 깨닫게 된다. 그는 이 방해에서 해방되기 위하여 처음에 그를 사로잡았던 세계 해명에 대한 과학적 체계와 부단한 투쟁을 겪는다. 1976년 디터 침머와의 편지교환에서 한트케는 세계와 인간 해명에 관해 지금까지 있어온 모든 중재적 노력들이

---

8) Manfred Durzak : Für mich ist Literatur auch eine Lebenshaltung. Gespräch mit Peter Handke. In: ders.: *Gespräch über den Roman*, Frankfurt am Main 1976 (suhrkamp taschenbuch 318), S.327.

자신에게는 "체계들의 폭정"이라고 토로한다.

> 생물학이 무엇을 주장하든, 정신분석이 무엇을 주장하든, 마르크스주의가 무엇을 주장하든, 그것은 내 몸과 마음에 무관하다.[9)]

이러한 것들은 그가 외부로부터 획득한 지식들이다. 그러나 "지식과 존재의 차이"가 그에게 너무 뚜렷해져서 "이제는 나의 조그만 지식이 일상적인 존재상태에 아무런 도움도 되지 않는다[10)]는 의식을 한트케는 갖게 된다. 그가 『세계의 무게』에서 1977년 2월에 기록하고 있는 하이미토 폰 도데러의 소설에 나오는 문장은 바로 이러한 맥락에서 이해될 수 있다.

> "인간이 지속적으로 학문적인 전문용어에 휩싸이게 되면 결국 자기자신과의 교류에 언어가 없게 된다. 그래서 그는 더 이상 자신을 이해할 수 없고, 자기자신의 자아에 관해 더 이상 이해하지 못하게 된다. 이것은 쉽게 감응되지 않는다." (『슬루니 폭포』에서)[11)]

한트케는 과학적 구속으로부터 벗어나려 하고 과학적 작용보다는 문학적 작용이 인간에게 더 중요하다고 믿는다. 그는 "자신과 인간들에 대해" 무엇인가 아주 다른 것을 알고 "자유롭고 이치에 맞으며 정서적이고 반체계적인 문학을"[12)] 쓰는 현재와 과

---

9) Peter Handk : Die Tyrannei der Systeme-Aus einem Briefwechsel. In : Die Zeit, 2. Januar 1976, S.25.
10) Peter Handke : *Das Gewicht der Welt*. S.166.
11) Ebda., S.312f.
12) Peter Handke : Die Tyrannei der Systeme. S.25.

거의 작가들을 찾는다. 실제로 그의 작품들 『긴 이별에 대한 짧은 편지』, 『잘못된 움직임』, 『왼손잡이 부인』, 『세계의 무게』의 여러 곳에서 과거와 현재의 문학에 대한 동경이 괴테의 『빌헬름 마이스터의 수업시대』와 『친화력』, 고트프리트 켈러의 『녹색의 하인리히』, 칼 필립 모리츠의 『안톤 라이저』, 하이미토 폰 도데러의 『슈트르델 호프계단』 그리고 프랜시스 스콧트 핏츠제랄드의 『위대한 게츠비』에서 인용한 부분들에 잘 나타나 있다. 한트케는 이 소설들에서 자신의 삶을 위해 "겸손하게 아름다운 삶의 형식들"[13]을 다시 발견하고자 하고 인간의 위엄에 대한 진지한 묘사와 "일상생활을 위한 유용한 조언들"[14]을 찾고자 한다. 그래서 위대한 작가는 그에게 있어 인생과 문학에 대한 위대한 조언자이기도 한 것이다.

영혼이 없는 체계로부터 자유로운 반체계적 문학으로의 그의 전향은 필연적으로 문체의 변화를 가져오게 한다. 그 영향으로 문법적 자아가 자전적 자아로 바뀌는데 이것은 60년대에는 도식이나 미사여구 속에 봉쇄되어 있던 것이다.

2. 자아 추구의 지속성

한트케가 60~70년대까지의 작업에서 지속적으로 추구했던 또 하나의 노력은 꾸준하게 자기자신만을 표현하려고 했다는 점이

13) Peter Handke : *Das Gewicht der Welt*. S.150.

14) Ebda., S.312.

다. 1966년의 『말벌들』에 표현이 있다.

> 네가 먼지나는 길을 간다는 것은 보일 필요가 없다. 관중은 네가 가는 길의 상태를 알 필요가 없다. 그들은 네가 가고 있는 것을 보는 것만으로 족하다.(....) 길은 변한다. 흙이 높이 솟아 있는 곳의 그림자도 변한다. 너는 오직 자기자신의 변화만을 관중에게 표현할 수 있을 뿐이다.[15)]

이것은 그가 당시에 작가로서 "나"와 먼지나는 길로 비유되어 있는 현실에 대해 가졌던 입장이다. 현실을 완전히 배제하고 오직 그 안에서 움직이는 "나"만을 표현하고자 하는 작가로서의 입장은 1977년에 나온 『세계의 무게』에 이르기까지 계속되고 있다. 『말벌들』이 출판된 지 일 년 후 한트케는 소론 「나는 상아탑에 산다」에서도 비록 표현은 달리하고 있으나 똑같은 의견을 반복하고 있다.

> 나는 작가로서 현실을 표현하고 극복하는 일에는 전혀 흥미가 없다. 그보다 내게 중요한 것은 나의 현실을 표현하는 일이다. (비록 극복하지는 못하더라도).[16)]

여기에서 그는 또 "내 자신에 대해 분명치 않으면 보다 더 분

15) Peter Handke : *Die Hornissen*, Frankfurt am Main 1966, S.265-266.
16) Peter Handke : Ich bin ein Bewohner des Elfenbeinturms. In : ders.: Prosa Gedichte Theaterstücke Hörspiel Aufsätze, Frankfurt am Main 1969, S.269.

명하게 되기 위해"[17] 자신에 관해 쓴다고도 말하고 있다. 작품에서 뿐만 아니라 1973년 비인에서 발행되는 신문(Neue Freie Presse)과 가진 한 대담에서도 "내가 오로지 내 자신에 관해서만 썼다는 것은 옳은 말입니다. 난 다른 인간들의 구체적 인생을 서술하는 일에는 전혀 흥미가 없었습니다"[18]고 말하고 있다. 한트케가 다른 인간들의 인생을 구체적으로 서술하는데 전혀 관심이 없고 오직 자기자신에 대해서만 끊임없이 썼다고 하는 것은 그와 그를 중심으로 가깝게 연결되어 있는 가족들, 특히 조부모, 부모, 형제자매, 부인과 딸이 그의 유일한 문학적 대상이며, 이 대상을 문학을 통해 극복하거나 혹은 분명하게 나타내고자 했다는 것을 의미하는 것이다. 왜 자신이 그의 문학의 유일한 대상이 되었는가에 대해 그는 『세계의 무게』에서 설명하고 있다.

> 모든 것이 항상 적대적으로만 점점 더 가까워지는 주위 환경 속에서 어려서부터 전혀 새로운 전망이나 자유로운 출구를 갖지 못했던 자는 오직 자기자신에 대한, 자신의 신체에 대한 전망만을 밝힐 수밖에 없었으리라. 그리고 이것이야말로 그와 같은 인간의 자기 제한에 대한 (대단히 임의적인) 이유가 아닐까 한다. 즉, 자신의 주체가 곧 세계가 되는 것이다.[19]

이와 같은 서술은 그의 지나간 과거와 관련되어 있으며 이 과

---

17) Ebda., S.270.

18) Günther Nenning : Warum ich jetzt Geschichte schreibe. Gespräch mit Peter Handke. In : Neue Freie Presse, Nr.4,September/Oktober 1973, S.7.

19) Peter Handke : *Das Gewicht der Welt*. S.241.

거는 그의 기억 속에 남아 현재의 삶을 계속해서 구속하고 있는 것이다. 많은 기록물이나 대담에서 읽을 수 있는 것은 그가 자신의 과거를 즐거운 회상으로서가 아니라 가슴의 고통으로 표현하고 있다는 것이다. 그는 가난한 벽촌에서의 제한된 삶의 공간 속에 얽매어 개성이나 인간으로서의 위엄을 상실하고 그것을 괴로워했다. 그래서 그는 소년시절의 현실보다는 꿈을 더 많이 기억하게 되고 이 꿈들을 짧고 우화적인 이야기로 기록하며, 학창시절에 감동을 받았던 작가와 작품들을 창조적으로 수용함으로써 이러한 의식에서 벗어나고자 한다. 이렇게 문학에 심취함으로써 그는 이제 더 이상 자신의 경우가 혐오스럽고 무가치하며 유별난 것이 아니라 자신이 존재한다는 것, 자신이 남과 똑같이 세상에 살고 있다는 것을 진한 감동으로 인식하게 된다. 그 이후부터 문학은 그에게 있어 삶의 버팀목이 된다. 그것은 희망 없던 과거의 무기력 속으로 다시는 빠져들지 않기 위한 수단이었다.

한트케는 문학을 통해, 더 정확히 말해 문학이 만들어지는 언어를 통해 고향의 편협한 인습 속에서 극도로 말살되어졌던 자아에 대한 깊은 애착을 기록하려고 했다. 그래서 언어를 통해 세계와 자기자신에 대한 의식을 얻고자 하는 인물이 있다면, 그는 한트케에게 인생의 전망을 위한 상징적 모습으로 나타나게 된다. 1968년에 출간된 희곡 『카스파』는 이러한 맥락에서 그의 문학에서 이정표적 의미를 갖는다. 왜냐하면 이 언어극 『카스파』의 모델인 카스파 하우저(Kaspar Hauser)[20]는 실존했던 고아로 한트케처

20) Vgl. Anselm Ritter von Feuerbach : Kaspar Hauser oder Beispiel eines Verbrechens am Seelenleben eines Menschen. In : ders.: Merkwürdige Verbrechen in aktenmäßiger Darstellung. In Auswahl herausgegeben und eingeleitet von R. A.Stemmle, München 1963,

럼 벽촌에서 자랐고 다른 사람들에 비해 매우 늦은 나이에 많은 것을 처음으로 체험하게 되었던 특이한 상황의 인물이기 때문이다.

열여섯 살 정도의 소년인 카스파는 말을 거의 할 줄 모르는 상태로 1828년 뉘른베르크의 어느 기병대위 집에 이해하기 어려운 편지 한 통을 가지고 나타난다. 그 편지에 따르면 이 소년은 1812년부터 외부 세계와 격리된 채 길러졌는데 이제는 그의 아버지처럼 군인이 되어야 한다는 것이었다. 그의 내력을 묻는 수많은 질문에 대해 이 소년은 오직 "옛날 나의 아버지처럼 나도 훌륭한 기사가 되고 싶다"라는 한가지 대답만 사투리로 더듬거리며 할 뿐이다. 온갖 노력에도 불구하고 그의 과거는 밝혀지지 않는다.

그후 몇 마디 말과 단어를 배우고 쓸 수 있게 되자 그는 자신이 누구이며 고향도 어딘지 모르고 뉘른베르크에서 처음으로 세상을 보았으며 여기서 자신과 자기 옆에 늘 같이 있었던 그 남자 외에도 다른 인간들과 생물들이 있다는 것을 체험했다는 진술을 남겼다고 한다.[21] 1833년 그는 정체를 알 수 없는 사람에 의해 칼에 찔려 죽었으나 이 살인 사건은 수수께끼로 남는다. 이 사건은 안스바하의 법률학자 파울 요한 안젤름 폰 포이어바하(Paul Johann Anselm von Feuerbach)의 관심을 끌었다. 포이어바하는 카스파 하우저에게서 한 인간의 정신적 삶에 대해 저질러지는 범행의

S.203-267. Vgl. auch Mechthild Blanke : Zu Handkes "Kaspar." In : Michael Scharang(Hg.) : Über Peter Handke. Frankfurt am Main 1972 (edition suhrkamp 618), S.256-294.

21) Anselm Ritter von Feuerbach : *Kaspar Hauser oder Beispiel eines Verbrechens am Seelenleben eines Menschen*. S.218f.

본보기를 보았다고 생각한다. 한트케는 바로 이 카스파 하우저에게서 자기자신이나 주변 세계와의 적응에 실패한 인간들의 한 모델을 발견한 것이다.

> 카스파 하우저에게서 나는 일종의 언어적 신화에 관한 모델을 발견했다. (...) 나에게 이 카스파 하우저는 신화적 인물로서 흥미가 있을 뿐 아니라 자신이나 주변 세계와의 적응에 실패하고 자신이 고립되어 있다고 느끼는 인간들의 한 모델로서도 흥미가 있다.[22]

카스파 하우저에게 있어서의 언어적 신화란 언어를 통한 한 인간의 재탄생 이외의 다른 것이 아니다. 소론 「나는 상아탑에 산다」에서 포이어바하의 보고를 통해 자기자신과 자신의 현실 인식에 많은 영향을 받았다[23]고 고백하고 있는 한트케는 주인공 카스파를 오직 한 문장, 즉 "나는 옛날 다른 사람처럼 그런 사람이 되고 싶다"[24]라는 문장으로 무대에, 즉 세상에 등장시킨다. 카스파는 그 문장을 의미도 모른 채 끈질기게 반복함으로써 드디어 그 문장의 의미를 알게 된다. 이러한 깨달음과 함께 한트케의 카스파는 "나는, 다만, 우연히, 나일 뿐이다."(Ich : bin : nur : zufallig : ich)[25] 우연으로서의 나, 그것이 바로 한트케가 60년대 말에 문학을 통해 얻은 인식인 것이다. 이 인식에는 자기자신의 존

---

22) Arthur Joseph : Peter Handke. In : *Theater unter vier Augen*; *Gespräch mit Prominenten*. Köln, Berlin 1969. S.27-39, hier S.35.

23) Vgl. Peter Handke : Ich bin ein Bewohner des Elfenbeinturms. S.269. "Aus dem Kaspar-Hauser-Gedicht von Georg Trakl habe ich für mich nichts erfahren, aus dem Bericht des Juristen Anselm von Feuerbach sehr viel, auch für meine Wirklichkeit."

24) Peter Handke : *Kaspar*, Frankfurt am Main 1968, S.12.

25) Ebda., S.84f

재에 대한 감정이 들어 있지 않고, 자신과 세계와의 조화로운 일치에 대한 진정한 느낌도 들어 있지 않다.

70년대 초에 그는 한 대담에서 밝힌 바대로, "오랜 시간을 지나 처음으로 존재의 감정이 충만"[26]했을 때 『긴 이별에 대한 짧은 편지』를 쓰게 된다. 1971년 여름과 가을에 걸쳐 쓴 이 소설에서 "나"라는 주인공은 "이전의 나와는 다르게 되고자 하는 욕망"[27]을 가지며 여행을 통해 이것을 실현하려고 한다. 여기서 독자는 단지 우연히 "나"였던 나로부터 자신의 개인적 운명을 곧 자신의 것으로 발전시키려는 다른 "나"로의 일보 진전된 상황을 읽을 수 있다. 그러기 위해 한트케는 다른 세계를, 즉 "사람이 자신을 완전히 새롭게 발견하고, 자신을 완전히 새롭게 시작하지 않으면 안되는"[28] 허구의 세계로서 아메리카를 제시한다. "이전의 나와는 다르게 되기 위해" 주인공은 아메리카 여행을 통해 오스트리아에서의 과거와 화해하고, 그 청산을 시도한다. 그렇게 함으로써 차츰 차츰 자신을 발전시킬 수 있다는 희망을 서술하기 위해 주인공은 19세기의 교양소설인 켈러의 『녹색의 하인리히』를 자신의 모델로 택한다.

자신의 어머니가 자살한 후 1972년에 쓴 어머니의 전기적 소설 『소망 없는 불행』에서 한트케는 어머니가 부정(不定)의 인칭대명사 사람에서(man)에서 뚜렷한 인칭대명사 "그녀"(sie)로 변화되

26) Manfred Durzak : Für mich ist Literatur auch eine Lebenserfahrung. Gespräch mit Peter Handke. In : ders.: Gespräch über den Roman, Frankfurt am Main 1976 (suhrkamp taschenbuch 318), S.332.

27) Peter Handke : *Der kurze Brief zum langen Abschied*, Frankfurt am Main 1972, S.18.

28) Hellmuth Karasek : Ohne zu Verallgemeinern. Ein Gespräch mit Peter Handke. In : Michael Scharang(Hg.): *Über Peter Handke*, Frankfurt am Main 1972 (edition suhrkamp 518), S.87.

어 가는 과정을 매우 상세하게 기록하고 있다. 이 과정은 고통스러운 일상생활을 통해서라기보다는 이미 언급했듯 문학서적을 읽음으로써 이루어진다.

문학을 통한 자기변화의 가능성과 자아 추구를 한트케는 어머니의 인생에서도 다시 한 번 확인한다. 이런 의미에서 볼 때 그가 "나에 관해 더 많은 것을 탐구하기 위해"[29] 작품 『잘못된 움직임』의 모델로 괴테의 교양소설 『빌헬름 마이스터의 수업시대』를 이용하고 있다는 것은 우연이 아니다.

한트케의 자아 추구에 대한 의지는 이어서 나온 작품들에서도 계속된다. 1975년에 출판된 『진정한 감성의 시간』에서 "완전히 다른 삶을 영위하겠다"[30]는 주인공 그레고르 코이쉬니히(Gregor Keuschnig)의 상념이라든가 1976년에 출판된 『왼손잡이 부인』에서 굴욕감 없는 생을 살겠다는 여주인공 마리안네의 동경은[31] 자아와의 대결, 사회적 갈등들과의 대결, 그리고 삶의 문제들과의 대결에서 나타나고 있다. 마리안네는 서른 살의 부인으로 남편과 아들이 있다. 그녀는 남편과 별거상태에서 여덟 살짜리 아들과 그녀의 예전 직업이었던 번역가로서 산다. 그녀는 자기 스스로를 배반하지 않고, 다른 어느 누구도 자기에게 더 이상 굴욕감을 느끼게 하지 않을 그런 생을 살아보려고 한다. 『왼손잡이 부인』을 썼을 때 주인공과 같은 나이로 부인과 별거하며 딸만 데리고 혼자 살았던 한트케는 그 작품 속에서 "힘있게 혼자인 한 여자"를

29) Peter Handke : *Falsche Bewegung*, Frankfurt am Main 1978 (suhrkamp taschenbuch 258), S,11.
30) Peter Handke : *Die Stunde der wahren Empfindung*, Frankfurt am Main 1975, S.59.
31) Vgl. Peter Handke : *Die linkshändige Frau*, Frankfurt am Main 1976, S.130.

자신의 본보기로 그린 것이다. 1979년 한 대담에서 그는 다음과 같이 말하고 있다.

> 모든 사람들은 살아가는 도중 외부로부터의 충격없이 완전히 자유로운 상태에서 결단을 내릴 수 있는 순간이 있다고 나는 생각합니다. 그것은 신비스러운 순간이죠. 사람들은 압니다. 내가 지금 이러이러한 것을 행한다면 나의 인생을 변화시키게 될 것이라는 것을. 그러나 내가 아는 대부분의 사람들은 이러한 순간을 그냥 지나쳐 버립니다. 그래서 나는 『왼손잡이 부인』의 여주인공처럼 바로 그러한 순간을 지나쳐 버리지 않는 한 인간의 이야기를 쓰고 싶었던 겁니다. 나는 힘있게 혼자인 한 여자를 그리고 싶은 욕망을 갖고 있었어요.[32)]

주인공의 강함은 그녀가 살아가는 도중 자신을 변화시킬 수 있는 순간을 그냥 지나쳐 버리지 않았다는 점에 있다. 그 결과로서 온 것은 혼자 사는 일이다. 혼자 사는 것이 그녀에게 더 좋은 것인지 아닌지는 중요하지 않다. 그녀에게 중요한 것은 자기자신에 대한 분명한 자각을 그 순간에 갖는 일이며 자기자신을 배반하거나 자신을 굴욕감에 빠뜨리지 않게 하기 위해 현재의 삶을 재고하는 노력인 것이다.

마침내 한트케는 『세계의 무게』에까지 오게 되는데, 이미 언급했듯 여기에는 1975년 11월부터 1977년 3월까지의 기간 중 삶의 모든 영역에서 느꼈던 개개의 의식들이 기록되어 있다. 그리고

---

32) Hermann Schreiber : "Und plötzlich wird das Paar wieder denkbar", Spiegel-Interview mit dem Schriftsteller Peter Handke über Gefahren und Chancen des Alleinlebens. In : Der Spiegel, Nr. 28/1978, S.143.

"이 의식(나)이 무엇인가를 탐구 중이라는 것, 다시 말하면 자신을 끊임없이 간파하려고 한다는 것"[33]을 그는 확신하고 있다. 여기에서 한트케는 자주 자신이 해방된 듯이 느끼고 "세계의 무게" 외에는 어느 것도 자신을 억눌러서는 안된다고 말하고 있다.

한트케는 문학의 도움으로 세계에 대한 의식을 지니게 된다. 그것은 그가 이 세상에서 혼자만이 아니라 다른 사람들도 역시 비슷하게 살고 있다는 인식이다. 이와 같은 인식은 비정상적인 출생, 문화와는 거리가 먼 궁핍에 쪼들이는 어린시절의 가정환경 그리고 가톨릭 기숙학교 시절 내부 세계와 외부 세계의 차이를 보다 예민하게 체험했기에 더욱 절박하다. 외딴 산속에 자리하고 있는 기숙학교는 그 담의 밖에 존재하는 외부 세계와는 대조적인 내부 세계였던 것이다. 그러나 이 가톨릭학교에서 금지된 문학서적들을 탐독하면서 그는 너무나 깊이 감동을 받는다. 이제 그의 내면에는 새로운 세계가 열리게 되고 그는 기숙학교의 세계를 외부 세계로 여기게 된다. 그의 내면에서의 직접적인 체험들, 감정들, 명상들이 그의 내부 세계가 되었고 동시에 그의 고유한 삶이 된 것이다.

작가로서 새로운 서술방법을 찾으면서 한트케는 자신을 "상아탑에 사는 사람"으로 일컬으며 작품의 테마를 자아에 대한 서술로 한정한다. 외부와 내부 세계의 관계는 자아가 주인으로 머무르는 내부 세계로 기울게 된다. 이러한 주관주의의 입장으로 한트케는 외부 세계를 이제 "기능적 세계"[34]라 부르면서 이 세계와

33) Peter Handke : *Das Gewicht der Welt*, S.6.
34) Ebda., S.324.

그것이 주는 영향에서 자신을 굳게 지키고자 한다. 왜냐하면 그는 "단지 기능만 발휘하도록 하는 목적을 포기하겠다고 결심"[35] 했을 때에야 비로소 자신이 존재한다는 것을 느낄 수 있기 때문이다. 그래서 그는 기능적 세계가 간섭할 수 없는 하나의 세계를 제시한다. 이 세계를 그는 "누구나의 가슴속에서 자라는 세계"[36] 라고 표현하고 있다. 가슴은 인간 신체의 중심점이요, 모든 생기가 모여있는 곳일 뿐만 아니라 이성과 대치되는 감정이 자리하고 있는 곳이기도 하다. 한트케는 이 감정의 영역에서 하나의 세계를 구축하고 그 안에서 인간 삶의 본질을 깨닫기 위해 노력한다. 이러한 세계는 우리 시대를 압도적으로 지배하고 있는 과학적 사고로는 관찰될 수가 없는 것이다. 그것은 정확한 관찰이나 논리적 사고로는 파악될 수가 없으며 오직 세계와 인생에서 비합리적 깊이를 느껴본 그런 사람의 의식에서만이 존재하기 때문이다. 『세계의 무게』는 결국 가슴의 무게이다. 한트케 자신의 표현을 빌리자면 자아가 자신의 생활감정을 잃지 않기 위하여 일상적 체험의 순간에 자각하는 "가슴에 와닿는 압박"[37]인 것이다. 예민한 감수성으로 그는 이 기능적 세상의 위협적인 무의미성에서 개체를 구하기 위해 순간순간 느끼는 그 어떤 것 속으로 침잠하고자 한다.

1966년에서 1977년 사이의 10여 년이란 세월이 지나면서 한트케는 문학을 통해, 특히 "희망을 예시하는 시적 사유"[38]를 가진

---

35) Ebda., S.267.

36) Ebda., S.97.

37) Ebda., S.80.

38) Peter Handke : Die Geborgenheit unter der Schädeldecke. In : ders.: Als das Wünschen noch geholfen hat, Frankfurt am Main 1978(suhrkamp taschenbuch 208), S.80.

문학을 통해 자아가 자유롭게 해방된 듯이 여겨지는 내면의 세계를 깨닫는다. 그래서 자신의 고유한 자아 추구는 그의 모든 작품에서 지속적으로 발전되고 있는 것이다. 작가로서의 그의 활동은 문학의 도움으로 자아가 변화되는 것을 발견하는 것일 뿐만 아니라 자신의 경우를 하나의 삶의 보기로서 새로운 세대에게 알릴 수 있다는 희망에 기초하는 것이다. 한트케가 다음 작업을 위해 지금까지의 모든 방법을 부인하고 새로운 묘사 가능성을 찾고 있음은 분명하다. 그 모색 과정 중 사회적 갈등이나 삶의 문제들을 표현하기 위해 어떤 방법적 시도를 하든 문학으로부터 떼어낼 수 없는 자아 추구는 느껴진다. 첫 소설『말벌들』이후 거의 모든 작품들에 들어 있는 이들 두 요소는 서로 강력하게 작용하고 있다.

한트케는 구체시의 언어실험 물결 그리고 60~70년대의 오스트리아 문학풍토에서 과격하게 제기되었던 언어와 가치의 전통에 관한 문제들에 자전적 주관주의로 일관되게 대치하고 있다. 이 주관주의 속에서 그는 자기자신을 중심으로 인지하고 자신과 주변 세계에 올바르게 적응하기 위하여 문학적 전통과 세계에 대한 시적(詩的) 해명을 부단히 추구하면서도 미학적, 윤리적 세계관도 간과하지 않고 있다.

한트케가 자전적 주관주의 문학을 통해 찾을려고 했던 자아는 대략 다음과 같이 특징지어 볼 수 있다. 첫째는 강요와 압박으로 체험되는 삶의 환경을 "위엄과 분노 속에서" 지탱하는 자아요, 둘째는 희망속에서 세상을 항상 새롭게 예시하는 시적 사유의 힘을 자각하고 현대 기능 세계의 위협적인 무의미성과 잔인성으로부터 삶의 감정을 의연히 유지하는 자아, 세째는 일상생활을 위한 아름다운 삶의 형식과 실용적인 조언을 다시 발견하기 위하여 문학 전통으로의 복귀를 시도하는 자아이다. 그의 자전적 주관주의는 그래서 문학을 통해, 좀더 정확히 말해 문학이 만들어지는 언어를 통해 자기자신 및 주변 세계와 맞추어 나가길 시도하는 한 인간의 자기구현을 주제로 삼는다. 한 인간이 언어를 통해 다시 태어나는 것은 그의 문학에서 최상의 개념이며, 그 언어를 통해 세계와 자기자신에 대한 의식을 얻으려고 노력하는 인간은 그의 문학에서 최상의 존재로 그려진다.

작품 해설

『관객모독』

(*Publikumsbeschimpfung*, 1966, 24세)

관객은 호기심이나 즐거움을 누리기 위해 연극을 보러 왔는데 관객을 모독한다는 제목에 묘한 기분이 들 수밖에 없다. 제목에 이어서 작품을 만드는 데 영향을 주었거나 공연을 위해 같이 작업한 동료들의 이름이 10명 기록되어 있다. 이 중 유일한 예외로 영국인 존 레넌이 들어 있는데, 한트케가 그 당시 열광했던 비틀즈 멤버다. 한트케가 1942년생이고 그는 1940년생이니까 태어난 국가는 다르지만 비슷한 연배들이다.

다음으로 등장인물은 "네 명의 배우"라고만 되어 있다. 이름도 직업도 나이도 성별구별도 역할분담도 없다. 이 네 명에게는 "배우를 위한 규칙"이라는 게 있다. 몇 가지 지정된 소리를 들어야 하고 몇 가지 지정된 모습을 관찰해야 할 규칙이다.

먼저 들어야 할 소리로는 성당의 연(連) 기도 소리, 축구장의 응원 소리, 데모 군중의 구호 소리, 자전거 바퀴가 돌아가는 소리, 콘크리트 믹서기 도는 소리, 논쟁하는 소리, 롤링 스톤스라는 록밴드가 부르는 〉텔 미〈란 노랫소리, 기차의 도착 또는 출발 소리다.

다음으로 관찰해야 할 모습으로는 범죄영화에서 보스의 모습, 비틀즈 영화, 비틀즈 구성원 링고 스타가 다른 사람의 조롱을 받은 후 드럼을 치면서 짓는 미소, 영화 〉서부에서 온 사나이〈에서 케리 쿠퍼의 얼굴, 그 영화에서 벙어리의 죽음, 동물원에서 인간의 흉내를 내는 원숭이와 라마의 모습, 거리를 걸어가는 건달이나 게으름뱅이 모습과 슬롯머신 앞에서 도박하는 모습이다.

특히 비틀즈(The Beatles)는 1960년 영국 리버풀에서 결성된 록 밴드로 단순히 음악뿐 아니라 1960년대의 사회 및 문화적 혁명을 일으키기도 했던 음악 그룹이다. 롤링 스톤스(The Rolling Stones) 역시 1962년 런던에서 결성된 록 밴드로 구성원인 브라이언 존스가 이름을 지을 때, 시카고의 블루스 거장인 흑인 가수 머디 워터즈(Muddy Waters 1915-1983)가 부른 「A 'Rollin'Stone' 구르는 돌 하나」란 노래를 기념하여 롤링 스톤스(The Rolling Stones 구르는 돌들)로 지었다. 저항이나 도전이나 선언을 이야기할 때 젊은이들의 가슴을 뜨겁게 뒤흔들었던 말이다. 이전 시대의 통기타 음악이 개개인의 가슴에 조용한 감동을 주었다면, 비틀즈나 롤링 스톤스가 연주했던 보컬(Vocal), 전자기타 그리고 강한 백 비트(Backseat) 소리는 광란하는 젊은이들과 함께 축구장의 응원 소리, 데모 군중의 구호 소리, 기차의 도착 또는 출발 소리처럼 개인과 사회 전반을 뒤흔들었던 것이다. 작가는 "네 명의 배우"에게 이와 같은 혁명적인 의식변화에서 눈과 귀를 떼지 말 것을 요구하고 있다.

극장 안의 모습은 외형적으로는 관객에게 익숙하다. 막 뒤에서 소도구들이 움직이는 소리, 배우들이 소곤대는 소리가 들린다. 그러나 이것은 다른 연극, 즉 사실극에서 소도구를 배치할 때 그 소리를 녹음해서 이용한 것이라고 한다. 실제로 이곳 무대에는 아무런 소도구가 없으므로 소리가 날 것이 없지만, 관객들의 익숙한 습관에 맞추기 위해 흉내를 내는 것이라고 설명하고 있다.

이전 시대와는 다른 의식으로 무장된 네 명의 배우, 도구나 장치가 전혀 없는 텅 빈 무대, 공연 내내 변함없이 밝은 무대와 객석, 배우들이 무대 뒷면에서 등장하여 무대 전면으로 오는 동안 관객에게 퍼부어야 할 욕설을 연습한다는 설명은 아주 색다른 느낌을 주고 호기심을 불러일으키는 것이 사실이다. 네 명의 배우는 이제 정식으로 관객을 향해 “여러분을 환영합니다. 이 작품은 일종의 서론입니다” 하면서 연극을 시작한다.

> 이것은 연극이 아닙니다. 여기서는 막간 휴식이 없습니다. 여기서는 여러분에게 감동을 주는 어떤 사건도 없습니다. 이것은 연극이 아닙니다. (…) 여러분은 함께 연기하지 않습니다. 여러분에게 연기될 뿐입니다. 이것은 언어연극입니다. (…) 여러분은 스포트라이트를 받고 있습니다. 여러분이 우리 언어의 중심입니다. (…) 여기 무대 위에는 여러분의 시간과 다른 시간은 없습니다. 우리는 같은 시간을 가집니다. 우리는 같은 장소에 있습니다. 우리는 같은 공기를 호흡합니다. 우리는 같은 공간에 있습니다. 여기는 여러분의 세계와 다른 세계가 아닙니다.(22)

우리에게 익숙한 사실 극은 무대 위에서 배우들이 어떤 사건을 재생하고 관객들은 그것을 숨을 죽이고 바라보는 연극이다. 그래서 무대 위에 구성되는 사건이나 그 사건이 일어나는 시간과 장소는 관객들의 시간이나 장소와는 전혀 관계가 없다. 관객들은 넋을 놓고 사건을 연기하는 배우가 진짜인 양 상상 속에 빠져드는 것이다. 그러나 한트케는 그런 연극을 거부한다고 했다. 감동을 주는 사건 같은 것은 없다. 배우와 관객은 같은 시간, 같은 장소, 같은 공기, 같은 공간을 공유한다. 배우는 “관객을 언어의 주제로 삼는 원어극”을 한다고 했다.

여러분이 아직 들어본 적이 없는 것은 여기서도 듣지 못할 것입니다.
여러분이 아직 본 적이 없는 것은 여기서도 볼 수 없을 것입니다.
여러분이 이곳 극장에 오면 늘 보았던 것을 여기서는 전혀 볼 수 없을 것입니다.
여러분이 이곳 극장에 오면 늘 들었던 것을 여기서는 전혀 들을 수 없을 것입니다.(17)

무대 장식이나 의상 디자인, 세련된 조명 같은 것은 없고 오직 언어의 효과로 단순화된 연극만이 순수한 언어극이라는 것이다. 짧은 문장들에서 단어가 하나씩 바뀌면서 템포와 박자가 리드미컬하게 반복되는 소리를 듣노라면 비트음악의 효과를 떠올리지 않을 수가 없다. 그러나 이 반복되는 짧은 문장들도 끝나고 이어서 한 단어 욕설대사가 휘황찬란하게 울려 퍼지는 것은 연극이 끝나가는 마지막 4페이지 분량이다. 욕설대사가 시작되기 전 작가는 다음과 같이 그 이유를 설명하고 오해하지 않도록 양해도 부탁한다.

우리가 여러분에게 욕설을 하게 되면, 여러분은 우리가 한 말을 그냥 흘려듣지는 못하고 주의 깊게 경청하게 될 것입니다. 그러면 여러분과 우리 사이의 거리는 더 이상 멀게 느껴지지 않을 것입니다. 여러분이 욕설을 듣게 되면, 여러분의 몸은 부동의 자세로 경직될 것입니다. 그러나 우리는 여러분을 욕하는 게 아니고, 여러분이 사용하는 욕하는 말들을 사용할 것입니다. 우리는 이 욕하는 말들에 동의하지는 않을 것입니다. 우리는 어느 누구를 지적하지도 않을 것입니다. 우리는 다만 소리 이미지를 형성하게 될 것입니다. 여러분은 당황해할 필요가 없습니다. 여러분은 사전에 주의를 받았으니까, 욕설을 들어도 감당할 수 있을 것입니다. '너'라는 단어 자체가 이미 욕설을 구성하기 때문에, 우리는 앞으로 쉬지 않고 '너'라고 말하게 될 것입니다. 너희들이 우리 욕설의 주제입니다. 너희들은 우리가 하는 말을 경청하게 될 것입니다, 너희들, 이 눈딱부리들아.(58)

Dadurch, dass wir sie beschimpfen, werden sie uns nicht mehr zuhören. Sie werden uns anhören. Der Abstand zwischen uns wird nicht mehr unendlich sein. Dadurch, daß wir sie beschimpfen werden, wird ihre Bewegungslosigkeit und Erstarrung endlich am Platz erscheinen. Wir werden aber nicht sie beschimpfen, wir werden nur Schimpfwörter gebrauchen, die sie gebrauchen. Wir werden uns in den Schimpfwörtern widersprechen. Wir werden niemanden meinen. Wir werden nur ein Klangbild bilden. Sie brauchen sich nicht betroffen zu fühlen. Weil sie im voraus gewarnt sind, können sie bei der Beschimpfung auch abgeklärt sein. Weil schon das Duwort eine Beschimpfung darstellt, werden wir von du zu du sprechen können. Ihr seid das Thema unserer Beschimpfung. Ihr werdet uns anhören, ihr Glotzaugen.

적지 않는 욕설 부분들은 - "이 전쟁광들아, 이 짐승 같은 인간들아, 이 공산당 떼거리들아, 이 인간의 모습을 한 짐승들아, 이 나치의 돼지들아"(ihr Kriegstreiber, ihr Untermenschen, ihr roten Horden, ihr Bestien in Menschengestalt, ihr Nazischweine) - 1933년에서 1945년 사이의 나치 시대를 연상시키기도 한다. 눈을 멀뚱하게 뜬 체넋두리 같이 반복되는 언어유희를 듣다가 마침내는 배가 터지게 욕을 얻어듣는다. 근엄하게 대본만 읽고 내용을 따지는 독자들에게는 웃어야 좋을지 화를 내어야 좋을지 결정을 못하고 똥 씹은 표정이 될 확률이 높지만, 연극관객은 언어를, 아니 욕설을 비트 음악에 맞추어 반복적으로 읊어대는 공연을 보노라면 욕설의 내용을 따져볼 겨를은 없다. 그저 쉴 새 없이 읊어대는 소리만 음악처럼 듣다가 마지막에 가서는 "여러분은 여기서 환영을 받으셨습니다. 감사합니다. 안녕히 가십시오" 하는 말과 함께 관객이 나갈 때는 스피커를 통해 우레 같은 박수와 휘파람 소리가 울려퍼진다. 그리고는 막이 내려온다. "내 희곡은 단어와 문장으로만 구성되었고, 중요한 것은 의미가 아니라 그 단어의 다양한 사용"이라는 그의 말이 알듯 모를 듯 내내 머릿속에서 맴을 돈다.

[『관객모독』 민음사, 2012. 윤용호 옮김 중에서 해설부분 일부 인용]

『페널티 킥 앞에 선 골키퍼의 불안』

(*Die Angst des Tormanns beim Elfmeter*, 1970, 28세)

주인공 요셉 블로흐는 이전에는 꽤 유명했던 골키퍼였으며, 현재는 빈에 있는 어느 건축 공사장에서 조립공으로 일하고 있다. 다른 일꾼들보다 늦게 출근한 어느 날 아침, 마침 오전 새참을 먹고 있던 공사장 현장 감독이 그를 힐끗 올려다본다. 그는 그것을 해고의 표시로 이해하고 공사장을 떠난다. 이렇게 이야기는 시작된다.

공사장에서 눈짓 한 번으로 일꾼을 해고한다? 독자가 볼 때 이것은 석연치 않은 일이다. 서류로 통지된 것도, 말로 전달받은 것도 아니고 그저 현장 감독이 힐끗 쳐다본 것을 주인공은 해고 표시로 지레짐작하고 공사장을 떠난 것이기 때문이다. 왜 그랬을까? 독자는 다음과 같은 두 가지 생각을 해볼 수 있다. 하나는 블로흐가 혹시 오늘날 우리 한국인의 삶에서도, 물론 시기적으로 삼사십 년 차이는 있지만, 무수히 보고 겪고 있으며 슬픔과 분노와 불안의 상징이 된 비정규직, 임시직, 일용직 중 하나로 일하고 있었던 게 아닐까 하는 생각이고, 또 하나는 블로흐가 해고 통보로 짐작하고 떠난 것이 정말 올바른 판단이었는지 소설 어느 부분에서도 확인할 수 없어 의아하다는 생각이다. 블로흐가 정식 직원이 아니었을 수도 있겠다고 추측하는 것은 충분히 가능하지만, 해고라는 표현이 어디에도 없는데 주인공이 스스로 그렇게 믿고 떠난 것은 어떻게 이해해야 할까? 이런 생각을 하면서 독자가 더욱 안타깝게 생각하는 것은 블로흐라는 이 화상이 왜

다른 일꾼들보다 늦게 공사장에 출근했느냐 하는 것일 테고, 혹 주인공은 정해진 시간에 순응하는 힘을 이미 상실한 게 아닌가 하는 의심을 지울 수가 없다.

블로흐가 노동자에게 사형선고나 다름없는 해고를 지레짐작으로 판단하고 공사장 밖으로 나오자, 주변이 전과는 다르게 보이기 시작한다. "화창한 10월 어느 날이었다. (재래시장의) 노점 판매대에서 따끈한 소시지를 시켜 먹은 후 그 사이를 지나 극장 쪽으로 갔다. 눈에 보이는 모든 것이 그를 불안하게 했다. 되도록 많은 걸 보지 않으려고 애를 썼다. 극장 안으로 들어와서야 비로소 안도의 숨을 내쉬었다."(10) 왜 주변 모든 것이 그를 불안하게 했으며, 극장 안으로 들어와서야 안심이 되었을까? 직장에서 해고를 당한 주인공으로서는 당연한 심리 상태가 아닌가 하고 생각할 수 있겠지만, 이어지는 사생활 묘사를 보면 꼭 그렇다고 보기도 어렵다. 친구들에게 전화를 걸어보았지만, 아무에게도 연결되지 않았고, 길가에 서 있는 순경에게 인사를 해 보지만 순경은 알아차리지 못하고 꿈쩍도 하지 않았으며,(10) 공원 주변에 있는 공중전화 박스에서 전(前)부인에게 전화를 걸어 연결되지만, 그녀는 블로흐에게 아무것도 묻지 않는다. 그는 공원 커피숍에 들어가 맥주를 한 잔 주문하지만, 한참이 지나도 가져오지 않자 그냥 나온다.(18) 이러한 상황에서 독자는 블로흐가 해고 이전부터도 이미 친구들과 소통이 단절된 상태라는 것을 짐작할 수 있고, 또 해고 이전에 결혼했었는데 지금은 헤어져서 혼자 살고 있다는 것도 알 수 있다. 이런저런 작은 일상생활, 즉 길거리에서 경찰과 인사를 나누는 일이라든가 공원 커피숍에서의 맥주 주문 등도 정상적으로 이루어지는 것은 하나도 없다. 주인공은 사생활에서도 이미 자신의 위치를 상실하고 주변과 소통이 원활하지 못한 존재로 그려지고 있다.

이미 자신의 정상적인 위치를 상실한 주인공 그리고 직장이라는 정돈된 질서에도 순응하지 못하고 다른 사람보다 늦게 출근했다가 윗사람의 눈짓 한 번으로 쫓겨 나온 주인공은 불안과 절망 속에서 극장, 시장, 뒷골목 등을 하릴없이 배회한다. 그러다가 극장의 여자 매표원과 하룻밤을 지내고 다음 날 아침 대화를 하던 중 그녀를 목 졸라 죽인다. 그 장면의 묘사를 다시 한 번 읽어 보자.

> 그녀는 일어서서 침대로 가 누웠다. 그는 그 여자 곁에 앉았다. "오늘 일하러 가지 않으세요?" 하고 그녀가 물었다. 갑자기 그는 그녀의 목을 졸랐다. 너무 세게 졸랐기 때문에 장난이라고는 생각할 수 없었다. 바깥 복도에서 사람 목소리가 들렸다. 그는 공포심으로 숨이 막힐 것 같았다.(24)

그녀가 목 졸림을 당한 이유는 오로지 "오늘 일하러 가지 않으세요?"라는 한마디 말 때문이다. 물론 블로흐는 그녀의 방에서 아침을 맞게 되자 신경이 좀 예민해지기도 했고(22) 자기 이야기에 끼어드는 것은 거부하면서도 그의 이야기에는 거침없이 끼어드는 그녀의 대화 태도를 불쾌하게 느끼기도 했지만(23) 이것을 직접적인 살인 동기로 보기는 어렵다. 금요일에 해고를 당하고 불안과 절망 속에서 토요일, 일요일 내내 시내 이곳저곳을 헤매다가 그녀의 방에서 일요일 밤을 보낸 뒤 아침에 그녀가 식사를 가지러 부엌에 나가면서 "오늘은 월요일이구나!"(23)라고 하는 소리를 듣는다. 독자는 살인과 관련해서 '월요일'과 '일'이란 말 외에 다른 특별한 이유를 찾아볼 수 없다. 블로흐는 공포로 숨이 막힐 것 같은 상황 속에서 이런 일을 저지른다. 너무나 황당하지만, 장난으로 그런 것은 아니라고 한다.

독자는 소설 첫머리에서 주인공이 건축공사장에서 일하고 있었으며, 어느 날 아침에 다른 일꾼들보다 늦게 출근하고서는 공사장 현장 감독이 힐끗 쳐다본 것을 해고 통지로 받아들이고 공사장을 떠났다는 것을 읽었다. 친구들이나 전 부인과의 소통이 이미 단절된 주인공 그리고 직장이라는 정돈된 질서에 순응하지 못하고 쫓겨 나온 주인공은 그날 오후부터 다음날인 토요일과 일요일까지 정처 없이 헤매다가 월요일 아침에 같이 잠을 잤던 여자 극장 매표원으로부터 오늘 일하러 가지 않느냐는 질문을 받고 대화 한마디 없이 살인을 저지른 것이다. 그러고 나서 이 범죄 행위가 발각되는 것을 피해 국경 마을로 도피한다. 경찰은 곧 범행 사실을 확인하고 범인을 점점 추적해 온다. 한트케는 이 상황을 『페널티 킥 앞에 선 골키퍼의 불안』이라고 부르고 있다. 골키퍼 요셉 블로흐의 불안이 여기서는 살인자 요셉 블로흐의 불안이 되는 것이다.

요셉 블로흐는 본인의 방심으로 '일'의 질서에서 너무나 쉽게 떨어져 나와, 주변의 모든 것에 불안을 느끼다가, 자신에게 '일'에 대해 언급하는 매표원을 앙갚음인 양 목 졸라 죽이고, 경찰의 추적을 피해 국경 마을로 도망친다. 블로흐는 사회조직과의 소통이 원활하지 못하거나 이미 단절된 인물로 그려지고 있다. 독자는 블로흐나 여자 매표원 게르다 T. 같은 인간의 모습에서 그들 모두가 '일'의 지배 아래 존재한다는 사실을 새삼 강하게 의식하게 된다. 현대 생활에서 어느 인간인들 예외일 수 있겠는가! 일은 인간 생존의 기본 요소이다. 그 기본 요소를 갖추지 못하고 사회조직 밖으로 밀려나 경찰에 쫓기는 주인공의 모습을, 독자는 진한 감동을 느끼면서가 아니라 메마른 심정으로 허전하게 바라보게 된다. 마치 축구 경기를 구경하던 관중 가운데 누군가가 선수들 사이에서 이리저리 구르는 공을 보면서 탄식도 하고 고함도 지르며 열광하다가 잠깐 고개를 돌려, 공 없이 그러나 공을 기다리면서 혼자서 이리 뛰고 저리 뛰는 골키퍼의 우스운 모습을 보듯이 …… .

지난 19세기 문학의 주인공들은 이미 자본주의의 비인간화를 탄식하고, 신의 죽음과 인간성 상실을 못내 서러워하며, 분노에 찬 반항도 해 보고 영웅의 객기 같은 것도 부렸다. 그런데 20세기 후반에 등장한 블로흐의 모습을 보면, 그 모든 것이 이제는 철 지난 유행가라는 느낌을 지울 수 없다. 우리의 블로흐에게는 그가 일하는 곳에 늦게 출근한 이유를 설명하고 이해를 구할 수 있는 대화를 주고받을 짧은 순간마저도 허락되지 않는다. 대화란 주체가 하는 행위이지 도구에게는 가당치도 않은 일이다. 그저 눈짓 한 번으로 달랑 목이 떨어져 쫓겨난다. 그런 시대에 그와 우리가 사는 셈이다.

비평가 칼 하인츠 보러(Karl Heinz Bohrer)는 이 신간 커버에 인쇄된 선전문에서, 비유적이고 알기 쉬운 제목을 가진 이 이야기가

“지난 십 년간 독일어로 쓰인 작품 중 가장 인상적인 작품”(Diese Erzählung mit dem eingängig parabolischen Titel gehört zu dem Bestechendsten, was in den letzten zehn Jahren deutsch geschrieben worden ist.)이라고 평했다. 이 작품은 빔 벤더스 감독에 의해 1971/1972년에 영화화 되었다.

[페널티 킥 앞에 선 골키퍼의 불안. 민음사 2009.

윤용호 옮김 중에서 해설부분 일부 인용]

『소망 없는 불행』

(*Wunschloses Unglük*, 1974, 32세)

작가는 『소망 없는 불행』을 케른텐에서 발행되는 신문 '폭스차이퉁'의 1971년 11월 21일자 기사로 시작하고 있는데 실제 기사와의 차이점은 고향의 명칭 "Altenmarkt (Gemeinde Griffen)"을 머리글자로만 표시하고 있는 점이다.

> 케른텐에서 발행되는 신문 '폭스차이퉁' 일요일 자 부고란에 다음과 같은 기사가 실렸다. 〈토요일 밤 A면 (G읍)의 51세 가정주부, 수면제 과다 복용으로 자살.〉 (9)

어머니의 운명, 특히 그녀의 자살은 한트케에게 대단히 강한 충격을 주었지만, 한트케는 그녀의 자살을 스스로의 정체성을 찾기 위한 안간힘으로 여기고 감동을 받는다. 한트케는 독일 쾰른에서 그녀의 부음을 받은 다음 날 오스트리아행 비행기를 타고 가면서 창밖을 바라보며 "맞아, 라고 나는 자꾸만 생각하며 내 생각들을 나 자신에게 조심스레 되뇌었다. 그거였어. 그거였어. 그거였다니까. 아주 좋아. 아주 좋아. 아주 좋다니까. 비행기를 타고 가는 동안 나는 그녀가 자살했다는데 긍지를 느껴서 제정신이 아니었다." (78) 그는 어머니가 생을 마감한 지 7주가 지날 때까지 얼빠진 상태에 빠져 있다가, 어머니의 생전 이야기를 다음과 같은 이유로 마음을 다스리면서 쓰기 시작한다.

첫째는 종교적이거나 심리학적이거나 사회학적인 꿈 해석 운운하며 이 흥미로운 자살 사건을 어렵지 않게 설명할 수도 있을 어떤 낯선 인터뷰 기자보다는, 내가 그녀에 대해서, 또 그녀가 어떻게 죽음에 이르게 되었는가에 대해서 더 많이 안다고 믿기 때문이다. 또 하나의 이유는, 내 개인적인 관심 때문이다. 가령 무언가 할 일이 있으면 나는 기운을 얻는다. 마지막 이유는 방식을 좀 다르겠지만 마치 인터뷰 기자처럼 이 자살을 하나의 사건으로 재현하고 싶기 때문이다.(12)

어머니의 일생을 되돌아보는 서술이기 때문에 가족 이야기가 대단히 진솔하게 언급되고 있다. 한트케의 외할아버지, 외할머니, 어머니 마리아는 모두 슬로베니아인이다. 그러나 사는 곳은 오스트리아의 케른텐주(州)에 있는 게마인드 그리펜의 알텐마르크트 6번지다. 독일어와 슬로베니아어(語)의 이중 언어 지역에 속했으며 집과 교회에서는 슬로베니아어를 사용했다. 할아버지는 세대주로서는 모범이었으나 자녀들에게 주었던 것은 수백 년간 전해오는 무일푼의 생활환경에 대한 강박관념이었다. 이러한 가난과 내핍의 생활환경은 그의 어머니뿐만 아니라 한트케에게도 자신들이 하층민이라는 의식의 바탕이 된다. 외할아버지는 아들 셋과 딸 둘을 두었다. 두 아들은 제2차 세계대전 때 전사했고 유일하게 생존한 아들이 그의 목수 업을 물려받았다. 한트케의 어머니 마리아는 이 다섯 자녀 가운데 넷째로 1920년 그리펜의 알텐마르크트에서 태어났다. 오빠들과는 반대로 그녀는 어렸을 적부터 배우기를 대단히 좋아해 초등학교의 의무교육이 끝난 후 다섯 자녀 가운데 처음으로 계속해서 무엇인가 더 배우고 싶다는 소망을 가졌다.

> 어머니의 이야기에 따르면 그녀는 할아버지께 무엇인가 배우게 해달라고 '애걸복걸했다'고 한다. 그러나 그건 말도 안되는 일이었다. 그녀는 손짓 몇 번으로 거절당했고, 두 번 다시 생각할 수도 없는 일이 되었다.(19)

더 배우고 싶다는 소망이 이루어질 수 없게 되자 그녀는 열다섯 살에 좁고 가난한 마을 생활과 집안일을 돌보아야 하는 정해진 삶에서 벗어나기 위해 집을 나온다. 그녀는 호텔에서 요리사의 직업을 익히고, 또 처음으로 "도시 생활 - 짧은 원피스, 하이힐, 파마머리와 귀걸이, 남을 의식할 필요 없는 생활의 즐거움, 심지어는 외국에도 가 보았고, 즉 독일의 슈발츠발트(Schwarzwald)에서 객실 하녀로 체류!"(20)하는 등의 체험을 한다. 열여덟 살이 되던 1938년 히틀러가 오스트리아에 진군하자 시골 주민들에게서 보이는 삶의 변화를 그녀도 다음과 같이 겪는다.

> "우린 상당히 흥분되어 있었다"라고 어머니는 이야기했다. (...) 평일의 지루함까지도 (...) 축제같은 분위기였다. (...) 하기 싫은 기계적인 일들까지도 의미 있고, 축제처럼 되었다.(...) 새로운 생활 속에서 사람들은 보호받으면서도 자유로움을 느꼈다. (22)

그녀는 이러한 삶의 감정을 자랑스러워했다. 정치에 흥미가 있어서가 아니라 사람이 하는 모든 것이 중요했기 때문이었다. 이 시기에 그녀는 어린시절에 겪었던 공포의 환상에서 벗어나 남과 잘 어울리고 자주적으로 된다.

> 그와 같은 상황에서 첫사랑도 있었다. 독일 나치당원으로 전쟁이 일어나기 전에는 은행원이었지만 전쟁 중에는 경리 담당 장교로 복무했으며 약간 특별한 데가 있는 남자였다. 그녀는 곧 임신하게 되었다. 그는 유부남이었지만 그녀는 그를 매우 사랑했다. (…) 그녀는 그를 양친에게 소개했고, (…) 그의 고독한 군인 생활의 벗이 되어주었다.(25)

이 사랑으로 한트케가 태어난다. 그러나 한트케는 스무 살 때 처음으로 어머니에게서 자신에게 생부가 있다는 사실을 들었고 그해 여름 마투라(Matura, 대학 입학자격을 갖는 고등학교 졸업시험)를 치른 후 어머니와 함께 고향 마을에서 그와 첫 대면을 했다. 그 후로는 최근까지 별다른 관계를 갖지 않았다고 한다. 『쌩뜨 빅뜨와르산의 교훈』에서 한트케는 계부와 생부에 대해 다음과 같이 언급하고 있다. "나의 계부는 독일 출신이다. 그의 부모는 제1차 세계대전이 일어나기 전 슐레지엔에서 베를린으로 왔다. 나의 생부 또한 독일인이다. 그는 (내가 아직 한 번도 가본 적이 없는) 하르츠(Harz) 출신이다."

> 내가 태어나기 얼마 전 나의 어머니는 오랫동안 자신을 따라다니면서 다른 남자의 아이를 낳아도 상관이 없다고 하는 어떤 독일군 하사와 결혼했다. (...) 그는 그녀의 마음에 들지 않았다. 그러나 사람들은 아이에겐 아버지가 있어야 한다는 의무감을 그녀에게 일깨워주었다. 평생 처음으로 그녀는 위축되었고 웃음도 거의 사라져버렸다. 그러나 누군가가 자기에게 호감을 가졌다는 사실이 그녀를 감동하게 했다.(28)

이 독일군 하사 브루노 한트케(Bruno Handke, 1920)에게서 작가는 Handke란 성을 물려받게 된다. 그 역시 전쟁 중 오스트리아에 주둔했던 군인이었다. 어머니는 한트케가 출생하자 그를 데리고 전쟁에서 남편이 돌아오길 기다리기 위해 베를린에 간다. 그러나 첫 폭격이 시작되자 다시 고향으로 돌아왔다가 전쟁 말기인 1944년 다시 베를린으로 간다. 남편도 전쟁에서 돌아와 전차 운전사로 다시 근무한다. 그러나 가정 형편은 남편의 주벽으로 악화 일로였다.

> 베를린-판콥에 있는 커다란 단칸방에 세를 들었고, 남편은 전차 운전사일 때도 술을 마셨고, 전차 차장일 때도 술을 마셨고, 제빵 기술자일 때도 술을 마셨다. 아내는 그사이에 태어난 둘째 아이를 데리고 고용주에게 가서 그를 내쫓지 말고 다시 한 번 기회를 달라고 매번 빌었다.(31)

전후의 팽배했던 전반적인 고난 외에도 그녀는 불행한 가정생활, 특히 부부생활을 고통스럽게 겪었다. 한트케는 불행한 부모의 관계를 "흔한 세상 이야기"(Allerweltgeschichte)라고 말하지만, 거기에서 느낀 공포, 분노, 괴로움 그리고 부끄러움은 그의 장래의 감정 세계에 대단히 강하게 작용한다.

이런 불행한 부부생활과 가난에 시달리는 환경 속에서 그녀는 전후 대도시에서 시작된 사회변혁의 과정이 자신에게 제공할 수 있는 자기실현의 가능성을 관찰하지 못한 채 그녀의 양친과 마찬가지로 "소시민적이고 살림살이에 얽매이게"(kleinlich und haushälterisch) 된다. 결국, 그녀는 전후의 환경과 가난을 견디지 못하고 1948년 초여름에 남편과 두 아이를 데리고 동베를린을 떠나 다시 케른텐으로 돌아온다. 남편은 그녀 오빠의 목수 업무에 첫 고용인이 된다.

한트케의 어머니는 당시 아직 서른 살도 안되었지만 벌써 "그 때는 내가"(meine Zeit damals)라고 말하면서 살아가는 조로한 여인이 된다. 그녀는 시골의 생활방식을 지배하는 종교의식과 관습에 다시 매이게 되고 가정생활의 단조로움에 지쳐버린다. 그리고 20년이라는 소망 없는 불행의 세월이 지나간다. 이러한 불행은 외형적인 삶의 환경과 판에 박힌 여인의 생활에서 느낄 수밖에 없는 존재의 고통인 것이다.

시골의 가난한 생활에서 소시민 주부로 살았음에도 불구하고 한트케의 어머니는 "외국을 체험한 여자"(eine Frau mit Auslandser-fahrung)로서, 또한 대도시의 생활감정을 가진 여자로서 "아직 한 번도 희멀금하게 깨끗한 사람을 본 적이 없었던 토착민들"과는 달랐고 "살림살이만이 삶의 전부가 아닌 인생도 생각할 수 있었다."

성취된 인생을 동경하면서 그녀는 때때로 사람들이 많이 모인 곳에서 시위하듯 술을 마시고 담배를 피우기도 했고, 또한 그 지방의 유지들과 어울리려는 시도를 하기도 한다. "개성이 없는, 어쨌든 아무것도 특이한 것이 없는"(das Individuum nicht, jedenfalls nichts Besonderes) 시골의 생활환경에 대한 어머니의 애처로운 헛된 저항은 한트케로 하여금 그녀가 정체성을 얻기 위해 애를 쓰는 것으로 생각하게 했고 그녀에게 공감하게 만든다.

문학과의 접촉이 그녀 인생의 후반부에 중대한 역할을 한다.

> 그녀는 신문을 읽었다. 그보다는 그 속의 이야기들을 자신의 삶과 비교할 수 있는 책을 더 좋아했다. 그녀는 내가 읽고 있던 책들을 읽었다. 처음에는 팔라다, 크느트 함순, 도스토예프스키, 막심 고르키를 읽었고 그다음엔 토마스 울프와 윌리엄 포오크너를 읽었다. (...) 그녀에게 있어 모든 책은 그녀 자신의 삶을 묘사한 것이었고 그녀는 독서를 하면서 생기를 찾았다. 독서로 인해 그녀는 처음으로 자신의 껍질에서 벗어났고 자기자신에 관해 이야기하는 것을 배웠다. 책을 읽을 때마다 그녀는 더욱더 많은 생각을 가졌다. 나도 점차 그녀에 대해 어느 정도 알게 되었다.(57)

그녀는 문학과의 접촉을 통해 이렇게 자의식을 찾게 된다. 그러나 뒤떨어진 모든 것을 다시 보충하는 것은 "어느새 너무 늦었다는 것도"(inzwischen zu spät war) 알게 되었다. 그녀는 이제 외형상의 정상 상태로 돌아왔고, 특히 남편에 대해 관대한 행동을 보이는 심리적 안정을 찾았지만, 그것은 자신의 인생을 올바르게 형성하는 데 있어 이것이 마지막이라는 퇴행심, 바로 그것을 의미하는 것이었다.

> 12월 1일이면 네 아버지가 집으로 돌아온다. 매일 조금씩 불안해지기 시작하면서부터 그와 어떻게 같이 살 수 있을지 상상이 안된다. 각자 다른 구석을 볼 테니 외로움은 그만큼 더 커질 거다.(75)

이러한 생각으로 괴로워하며 그녀는 1971년 11월 20일 51세의 나이로 스스로 생을 마감한다. 어머니의 운명, 특히 그녀의 자살은 한트케에게 대단히 강렬한 충격으로 남는다. 정체성을 찾기 위한 그녀의 안간힘은 한트케에게 깊은 아픔을 주어 그는 그녀가 자살한 후 1972년 1월부터 어머니의 일생을 그린 『소망 없는 불행』을 쓰기 시작해, 한 달여 만에 완성한다.

[소망 없는 불행. 민음사 2002 윤용호 옮김]

『아이 이야기』

(*Kindergeschichte*, 1981, 39세)

1981년에 나온 『아이 이야기』(Kindergeschichte)는 한트케가 1965년 결혼해서 1969년 첫 딸을 낳고 1971년 아내와 헤어진 후 파리와 독일의 여러 도시로 거주지를 옮겨 다니며 딸을 혼자 키운 경험을 토대로 쓴 작품이다.

한트케는 성년이 되어 결혼하게 되면 아내와 함께 자동으로 계속 살아가게 되고 미성년시절의 일방적인 생활은 청산된다는 누구나가 갖는 그런 생각을 일찍부터 가졌지만, 실제 자신의 결혼생활은 '나'와 아내의 성격과 의식 차이로 갈등을 겪게 되고, 순탄치 못한 상황에 부닥치게 된다. 이 불협화음을 그는 "존재론적 틈"(ontologischen Riß)으로 체험하면서 어린시절에 가졌던 생각은 하나의 환상이었음을 깨닫게 되고, 결국 아내와의 헤어짐을 자신의 실존문제(Existenzproblem)로 인식하게 된다.

그는 "나의 삶을 그저 자동으로 함께 계속 영위할 수 있으리라고 믿었던 한 인간과 헤어지고", 1971년부터는 두 살짜리 딸 아미나를 혼자 키우며 살게 된다. 결국, 한트케에게 있어 아이만 데리고 혼자 사는 긴 세월은 "나의 목표라 할 수도 없고, 나를 위한 종교나 철학이랄 수도 없지만, 분명해지고 존재의 중심이" 되었다고 한 대담에서 밝히고 있다. 어린 딸을 성년이 될 때까지 키워서 오스트리아의 빈대학교에 보내 독립을 시키고, 자유로워진 그는 프랑스 여인과 파리에서 두 번째 결혼을 한다. 『아이 이야기』는 딸의 초반 10년간의 탄생과 성장 과정을 그리고 있다. 아버지로서 현실체험과 작가로서 창작체험은 현실과 문학세계를 구분할 수 없을 정도로 서로 뒤섞여 사실적으로 그려지고 있다. 단지 서술형식 면에서 등장인물들을 개성적인 특정인으로 표현하지 않고 일반화된 명칭들, 즉 남자, 여자, 아이로 객관화시키는 서술방법을 취하고 있는 점에서 현실과 문학의 구분을 생각해보게 한다. 『아이 이야기』는 130페이지 정도의 중편이며 8장으로 나누어져 있다.

남자와 아내

주인공은 아직 결혼하지 않았던 청년 시절에 다음 3가지, 즉 "훗날 한 어린애와 함께 사는 것"(Ein Zukunftsgedanke des Heranwachsenden war es, später mit einem Kind zu leben)(91)과 "언제부턴가 그에게만 점지되어 신비스럽게 다가오는 여인"(seit je in geheimen Kreisen auf ihn zubewegenden Frau)(92) 그리고 "인간으로서 위엄을 지키며 자유롭게 생존하기 위한 직업"(von der Existenz in dem Beruf, wo allein ihm eine menschenwürdige Freiheit winkte)(92)을 생각하며 미래를 꿈꾸었다. 그 꿈은 이루어져 직업은 작가가 되었으며, 연극배우인 여인을 만나 결혼을 했고 아이로는 첫딸을 얻는다. 그러나 아이가 태어나면서 부부관계는 서로의 의견 차이로 심각한 갈등을 겪는다. 갈등의 원인에 대해서는 남자만 이야기하고 있다. 아내의 주장도 남자의 입을 통해 대신 이야기되고 있다. 그들은 지난 몇 년 동안에도 자주 뜻이 맞지 않아 갈등을 겪어 왔는데, 아이가 생김으로서 가끔 느끼던 서로 간의 불만은 결정적인 불화가 되어 버렸다. 불화의 원인이 되는 것으로는 다음 세 가지 사항이다.

첫째, 밤중에 잠을 자지 않고 보채는 아이에게 가는 것이 남자에겐 당연하였으나, 아내는 철저하게 반대해서 그것이 둘 사이에 악의에 찬 침묵으로 또 증오로 작용했다는 점. 둘째, 아내는 전문가들의 책과 육아 규칙을 고집했으나, 남자는 그런 것들이 비록 경험에 따른 것이라 해도 모두 무시했고, 자신과 아이 사이의 비밀로 뻔뻔스럽게 끼어든다고 격분했다는 점. 셋째, 아이가 태어날 때 아내는 옆에서 도와주는 바람에 자신의 눈길을 다른 곳에 뺏겨, 탄생의 순간을 놓치고 그래서 아이가 실감 나지 않아 낯선 규칙을 따른다는 것이었고, 남자는 태어난 아이가 곧 그녀의 팔에 눕혀졌고 또 자신보다 더 능숙하고 참을성 있게 아기 다루는 것을 보았기에 그녀의 태도를 이해할 수 없다고 탄식하는 점이다.(96) 이런 상황 속에서 그와 아내는 서로 남 보듯 하는 상태로 변해갔으며, "생각 속에서는 대개의 경우 그저 '그 남자'와 '그 여자'로 존재할 뿐이었다."(in Gedanken waren sie oft nur noch 'der' und 'die' für einander)(Kind. 34) 전에는 그녀가 하는 일을 거리를 두고 바라보거나 여행이나 혹은 고급 레스토랑에서 볼 때 그녀에게서는 항상 건드릴 수 없는 광채가 비쳤고, 그것은 남자에게 여자의 이상적인 모습이 되었다. 오직 그것 때문에 그는 그녀를 "자기의 아내"(seine Frau)(Kind. 34) 로 볼 수 있었다. 그리고 그는 그녀를 늘 선택된 사람으로 열광했고 고마워하며 숭배했다. 지금은 그러나 어린아이와 함께 하는 살림살이의 협소함 속에서 그녀의 모습은 아무래도 상관이 없었고 시간이 감에 따라 싫어지기까지 했다. 남자도 전에는 작가로서 "그녀의 영웅"(ihr Held)(Kind. 34) 이었지만, 지금은 더 이상 그녀에게 의미가 없었다. 부부는 서로가 혐오스러워졌고, 남자는 시간이 지나면서 아내에게 하던 다정하고, 친밀한 말과 동작을 깊은 생각이나 망설임 없이 아이에게로 옮겨서 했고 나중에는 아내를 그만큼 평가 절하해 버렸다. 마치 아이야말로 자기에게 합당한 존재이고 이제 아내 따윈 이제 필요하지 않은 것 같이 행동했다. 아이가 두 살이 되자 아내는 그만두었던 연극배우로서의 직업을 다시 시작하기 위해 집을 나갔다. 작가로서 시간에 자유롭게 집에서 작업할 수 있었던 남자는 그녀를 옳다고 생각했으면서도 그녀의 행위를 비난했다.

이미 오래전부터 남자는 그들이 서로 맞는 상대가 아니며 "함께 사는 것은 위선"(ihr Zusammenleben eine Lüge)이며, 자주 이 결혼을 "인생의 실수"(Fehler seines Leben)(Kind. 13)로 저주했다. 그러다가 아이로 인해 갈등을 빚게 되자 남자는 드디어 "그들이 제대로 남편과 아내였던 적이 한 번도 없었던 것처럼 처음부터 부모도 아니었다."(wie sie nie richtig Mann und Frau gewesen waren, so waren sie auch von Anfang an kein Elternpaar.)(Kind. 13)고 자조(自嘲)하면서, 또 한편으로는 자유스러운 이러한 시간에 자신의 "인생을 변화시켜야 한다"(Du mußt dein Leben ändern.)(Kind. 12)는 생각을 새롭게 하면서 서로 결별하게 된다.

남자와 어머니

아내와의 헤어짐이 그러나 현실 생활에서 그의 자유를 의미하지는 않는다. 그는 두 살짜리 딸을 책임지게 되고 실존의 감정을 압박당하지 않으면서 전보다 더 폐쇄적이고 적막한 집에서 아이와 함께 생을 꾸려 나가야 했다. 고독감의 그림 속에는 "혼자 놀고 있는 아이"(das für sich spielende Kind)와 맨발로 헝클어진 머리와 웅크린 어깨를 하고 "방향 없이 뻣뻣하게 방에 혼자 서있는 남자"(allein im Raum mit dem stief herumstehenden Mann)가 "한편의 운명비극에서나 느낄 수 있는 참담함과 절망감"(Jammer und Verlorenheit, wie nur je bei einer Schicksalstragödie. Kind. 48)을 보여주고 있었다. 이 어려운 상황 속에서 그를 도왔던 것은 작품 『소망 없는 불행』을 쓰는 일이었다고 한트케는 고백한다.

한트케가 남자로서 아이를 데리고 혼자 사는 일이 처음에는 어려웠지만, 그러나 『소망 없는 불행』을 쓰는 작업을 통해 그것을 극복하고 그에 적응해 갈 수 있었다. 그는 그것을 이 어려운 상황에서 "행복"이었다고 말하고 있다. 그러나 사실 『소망 없는 불행』의 집필은 일상적인 의미에서 결코 행복한 작업이라고 말하긴 어렵다. 그 이유는 이 작품이 바로 수면제 과다복용으로 자살한 어머니의 일생을 그리고 있기 때문이다.

한트케는 어머니의 자살 원인을 두 가지로 보고 있다. 즉, 앞으로의 남은 인생도 전과 다름없이 가정의 의무와 걱정이 "끝나지 않는 악순환"(unendlichen Teufelskreis)에 묶여 있다는 고통스러운 상상과 인생을 다시 제대로 꾸려보겠다는 희망도 마지막으로 "놓쳐버렸다"(versäumt)는 희망 없는 의식이 그것이다. 그녀가 그런 상상과 의식을 갖게 된 이유로는 남편과의 불일치가 결정적인 것으로 제시되어 있다. 자살하기 얼마 전 그녀는 한트케에게 다음과 같은 편지를 보낸다.

12월 1일이면 내 남편이 집에 돌아온단다. 난 매일 조금씩 불안해지고, 그와 어떻게 같이 살 수 있을지 상상이 안된다. 각자 다른 구석만 볼 테니 외로움은 그만큼 더 커질 거다. (Am 1. 12. kommt mein Mann nach Hause. Ich werden mit jedem Tag unruhiger und habe keine Vorstellung, wie es noch möglich sein wird, mit ihm zusammenleben. Jeder schaut in eine andere Ecke, und die Einsamkeit wird noch größer.)

한트케의 의붓아버지인 그녀의 남편은 폐결핵으로 그동안 병원에 있었다. 그녀는 남편에게도 다음과 같은 작별의 편지를 쓴다. "당신은 이해 못 할 겁니다. (…) 그렇지만 계속 산다는 건 생각할 수 없어요."(Du wirst es nicht verstehen. [(…) Aber an ein Weiterleben ist nicht zu denken) 이처럼 어머니가 세월이 지나면서 내면에 간직하게 된 삶의 모습과 현실의 삶 사이의 너무나 큰 괴리감에 고통스러워 하며 택한 자살은, 함께 산다는 것에 의미를 잃고 자신에게 주어진 자유를 소중히 여기며 혼자 인생의 설계를 결심하는 한트케의 세계상에 커다란 영향을 주게 된다. 그래서 그는 어머니의 자살에서 가졌던 슬픔과 분노에도 불구하고 긍지를 느꼈다고 쓰고 있다.

한트케는 어머니가 삶을 자살로 끝맺은 그 결정에서 한 개체의 자기주장을 본 것이다. 자신과 비슷한 삶의 상황 속에서 어머니가 보여 준 한 개체로서의 자유로운 의지와 강렬한 행동은 한트케의 의식 속에 존재에 대한 감정과 긍지를 강화해 준다. 또한 51년을 산 어머니의 소망 없고 불행한 인생은, 아내와 별거한 채 두 살짜리 아이를 데리고 어려움을 견디며 나름대로 최선을 다해 산다고 믿는 한트케에게 자신의 운명이 그런데도 대수로운 것이 아니라는 감정도 갖게 한다.

끝으로 한트케는 어머니의 일생을 서술하면서 "단순히 존재한다는 것은 (…) 고문이"(das bloße Existieren (…) zu einer Tortur) 된다는 인생관을 갖는다. 그는 자신의 인생을 어머니의 소망 없는 불행과는 다르게 영위하리라고 결심한다. "하늘을 바라본다. 거기에는 구름이 흐른다. 그리고 생각한다. 아니다, 나는 절대로 자살은 하지 않을 것이다."(Zum Himmel schauen, da ziehen die Wolken, und denken: Nein, ich werde nie Selbstmord begehen.) 그는 아이와 둘이서만 사는 생활을 어머니에겐 부족했던 적극적인 자유와 용감함을 가지고 자신의 존재형식으로 고양시킨다. 바로 이러한 의미에서 한트케는 『소망 없는 불행』을 쓰는 작업을 통해 자신의 존재형식에 위안과 용기를 느끼며 그것을 "행복"으로 표현했다.

남자와 아이

현실에서 적극적인 자유는 적극적인 의무를 전제로 하며 한트케의 경우 그건 어린 딸에 대한 책임을 뜻한다. "나는 누군가에게 책임이 있다는 것을 통해 일종의 자유를 발견했다. (…) 만약 내게 아이가 없었더라면 혼자 사는 것에 적응했을는지 모르겠다."(Ich habe eine Art Freiheit dadurch empfunden, daß ich für jemanden verantwortlich bin. (…) Wenn ich das Kind nicht hätte - ich weiß nicht, ob ich mich dann im Alleinsein einrichten könnte.) 그의 딸은 처음에 아버지에게 커다란 어려움을 주었지만 이내 그의 생활의 구심점이 된다. 한트케는 혼자 딸을 키우면서 여태까지 몰랐거나 주의를 하지 못했던 새로운 세계를 접하게 된다. 작품 『아이 이야기』는 그가 아이를 키우는 10년간의 기록이지만 1장부터 4장까지는 주로 유년시절이, 5장부터 8장까지는 파리에서 학교생활이 그려지고 있다.

먼저 남자는 병원의 유리창 너머 갓 태어나 누워있는 아이에게서 "신생아라기보다는 그냥 완전한 한 인간의 모습"(kein Neugeborenes, sondern einen vollkommenen Menschen)을 처음 보았고, 즉석에서 두 사람은 "은밀한 연결"(eine verschworene Gruppe)을 느낀다. 별다른 특별한 점은 없지만 "그냥 아이라는 사실"(Allein die Tatsache Kind) 하나만으로도 밝은 빛을 발했고, "순수함이란 정신의 한 형태"(Die Unschuld war eine Form des Geistes)라고 느끼기도 한다. 다시 말해 남자가 아이의 첫 모습을 보고 느낀 것은 빛을 발하는 순수함이었다. 남자는 아이가 태어나면서 "자신의 삶이 과거와는 완전히 다르게 되었음"(Jetzt wurde das Leben notwendig grundanders)을 새삼 깨닫게 되고 여태까지 자신이 속해 살았던 공동사회보다도 아이와 함께 이루어 가는 작은 세계를 "보다 더 현실감 있게"(umso wirklicher) 자각하기 시작한다.

아이와의 생활에서 수많은 기쁨, 슬픔, 후회가 교차하며 세월이 흘러간다. 순간적으로 분별력을 잃고 아이를 때린 일로 아이 앞에 쪼그리고 앉아 회한의 상태를 수없이 고백했던 일도 있었고, 자신의 아이가 다른 아이들 틈에서 날마다 기가 죽어지내는 것을 보고 끼어들어 붙임성 없는 아이를 야단치며 괴로워했던 일도 있었다. 그러나 "조용한 아이 눈에서 나오는 짤막하지만, 영원한 우정의 시선을"(aus den ruhigen, alterslosen Augen kurz und für immer den Freundschaftsblick) 감지할 때, "어린 딸이 처음으로 거기 서 있는 아버지로부터 독립된 독자적인 존재로 보일 때"(Dem Erwachsenen zeigt sich sein Angegöriger erstmals als jemand Selbständiger) 그리고 산보하면서 "아래쪽 강변 숲과 그 앞에 선 아이의 짧은 머리카락이 기막힌 조화를 이루며 휘날릴 때"(Die Uferbüsche unten wehen jetzt in einer wunderbaren Übereinstimmung mit dem kurzen Kinder-Haar im Vordergrund.) 그 모습을 지켜보는 남자는 가슴 벅찬 축복의 말을 반복하며, 고대 극작가의 다음과 같은 말을 깊이 공감한다. "아이들은 모든 인간에게 영혼이다. 이것을 체험하지 못한 자는, 비록 고통을 당하지 않더라도, 그 편안함은 온당치 못한 행복이다."(Sind Kinder allen Menschen doch die Seele. Wer dies nicht erfuhr, der leidet zwar geringer, doch sein Wohlsein ist verfehltes Glück.) 이처럼 남자는 아이를 정신의 한 형태인 "순수함"(Unschuld)으로, 또 모든 인간들의 "영혼"(Seele)으로 받아들인다. 그와 반대로 독신자든 부부든 간에 아이를 낳지 않고 매서운 눈초리로 끔찍한 결벽증에 걸려 살면서 전문적인 어투로 "어른과 아이 사이의 관계에서 잘못된 것"(Was an einem Erwachsenen-Kind-Verhältnis falsch war)을 직업의 식처럼 떠드는 악의에 찬 건방진 태도에는 심한 반감을 보인다.

아이에 대한 남자의 기본 감정은 "조건 없는, 열광적인 신뢰감"(ein bedingungsloses, enthusiastisches Vertrauen)이었다. 남자는 자신이 잊어버렸거나 결코 가져보지 못했던 "위대한 법칙을 아이가 실현했다."(daß das Kind da ein großes Gesetz verkörperte,)고 확신했기 때문이다. "위대한 법칙"이란 티 없이 맑고 깨끗한 "순수함"을 가리킨다고 할 수 있다. 아이, 즉 "영혼"이 구현하고 있는 "인간존재는 삶이 어째야 한다는 진리의 척도를 남자에게 제시해"(Das-es-war gab dem Erwachsenen das Wahrheitsmaß an; Für ein Leben, wie es sein sollte)

주고 있다. 작가로서 글을 쓰는 그의 일거리는 처음에는 아이와 갈등을 빚었지만, 차츰 "과도하고 무가치"(maßlos und nichtig)한 것으로 여겨졌고, 공동체 안에 우글거리는 "현실주의자나 인간쓰레기들"(Wirklichkeitler und Wustmenschen)은 더더구나 의미 없는 존재가 되었다.

남자는 두 개의 현실을 확연하게 구별하게 된다. 그가 살아온 현실에 수치감을 느끼는 만큼 아이의 모습을 그와 대립하는 "다른 현실"로 맞세우고 있으며, 비록 주관적이긴 하지만, 그 "다른 현실"이 그에게 가치가 있다고 고백하고 있다. 그는 현대의 위선에 찬 삶에서 벗어나 아이와 둘이 살면서 시간을 초월해 중년이 되어간다. 시간이 흐르면서 그 시간에 "존엄성"(die Weihe)을 주었던 것은 바로 아이라는 사실을 깨닫는다. "아이가 없었다면 그는 세상에서 버림받은 자"(Ohne es ist er weltverlassen)였을 거라는 생각을 하며, 끔찍스럽게 조용한 집의 어딘가에 기대어 서서 완벽한 고독 때문에 죽을 수도 있다는 상상을 하기도 한다. 티 없이 맑은 아이들의 눈에는 남자가 사는 공동체 안에서 그렇게 자주 저주하고 비난했던 "현대"(die modernen Zeiten)라는 것은 전혀 존재하지 않았고, "종말의 시기"(die Endzeit)라는 것도 다만 머릿속에서 생각해 낸 망상에 지나지 않는 그것으로 생각한다. "이 새로운 의식과 함께"(mit jedem neuen Bewußtsein) 아이들의 맑은 두 눈은 남자에게 "영원한 정신"(den ewigen Geist)을 전해 준다. "정신"이란 육체나 물질에 대립하는 영혼이나 마음으로 표현되는 말로 아이의 "순수함"과 맥을 같이 하고 있다. 남자도 아이였을 때 이러한 "순수함"을 가졌겠지만, 지금은 과거가 되어 잊어버렸다가 자신의 아이로부터 전혀 다른 세계로 새롭게 인식하고 있다.

다음은 아이가 자라면서 학교 다니는 일이 큰 문제로 등장한다. 남자는 아이를 데리고 파리로 이사한 후 처음 반년 동안은 임시로 유대계 초등학교에 보내면서 학습 환경과 프랑스 말을 익히게 한다. 그러나 그 학교의 여교장 선생이 이제 정식으로 "종교교육"(die religiöse Erziehung)이 시작되면 "완전히 다른 관습을 따르고 있는 아이"(das Kind, das doch von einer grundverschiedenen Überlieferung abhänge)는 피해를 볼 수 있다고 전학을 제안한다. 남자는 반대했으나 결국 비슷한 작은 학교로 옮겨가게 된다. 옮겨간 학교는 1년이 지나 폐교되면서 아이는 또다시 다른 "공립학교"(in die öffentlichen Schulen)로 전학을 가게 된다. 여기서 남자와 아이는 "학교에 대한 거부감으로"(erstarrte vor der neuen Schule in einem Widerwillen.) 무척 어려움을 당한다. 그 거부감은 시간이 지나면서 엷어지는 것이 아니라 날마다 더욱더 강하게 굳어진다. 아이는 "걔들은 내가 독일어를 쓰기 때문에 나를 좋아하지 않아"(Die mögen mich nicht, weil ich deutsch bin.)라고 말했지만, 그것이 최악의 것은 아니었다. 그런 식의 말로 하는 적대감보다 더 나쁜 것은 무엇보다도 남들이 "보아주지 않는다는 것"(das Nichtgesehenwerden), "옆으로 밀쳐진다는 것"(das Beiseitegestoßenwerden), "있을 곳을 찾아봐야 항상 없다는 것"(die immer vergebliche Platzsuche)이었다. 늦은 오후 남자가 아이를 데리러 가면 아이는 대개 아주 멀리 떨어진 구석에서 그를 이미 오래전부터 기다리고 있었다. "어른에게서는 절망이 여러 방식으로 숨겨질 수 있었지만, 아이에게서는 어느 경우에나 절망을 눈치챌 수 있었다."(Verzweiflung konnte bei Großen ja auf viele Arten versteckte werden, aber einem Kind merkte man sie in jedem

Fall an.) 그리고 "희망을 잃은 아이를 보는 것은 견디기 어려웠다. 남자는 자기의 보호 아래 있는 아이를 학교에서 빼내는 것이 절박하게 느껴졌다."(Es war unerträglich, ein hoffnungsloses Kind zu sehen. Es erschien da geradezu dringend, seinen Schutzbefohlenen von der Schule zu nehmen.) 남자는 새로운 학교에서 느끼는 아이의 낯설음이 "공립"(Staatlichkeit)이라는 점 때문이 아니라 아이에게 맞지 않았던 담임선생님 때문이라는 것을 알게 된다. 한 교사의 열성 없고 거짓에 찬 친절이 아이에게 악의 같은 것으로, 미움을 산 것으로 느껴졌다. 남자는 담임을 면담한 후 아이를 그 학교에서 자퇴시키고 기독교 학교로 옮긴다. 이러한 과정을 거쳐 남자는 아이에게 맞는 학교를 찾고, 독일어 쓰는 외국인으로 프랑스 말을 익히게 된다. 남자는 천천히 낯선 언어에 친숙해졌던 반면 아이는 그 언어를 토박이 아이들보다 더 잘 할 수 있을 만큼 배웠으나 그저 마지못해 그 언어를 썼다. 2개의 국어 사용이란 재산이기도 하지만 오랜 시간이 흐르면 고통스러운 괴리감을 체험하게 했다.

이처럼 『아이 이야기』에서 한트케가 주인공들을 3인칭으로 객관화시키고 있는 것과는 달리 1973년 딸과 함께 파리로 이사한 후, 여기서 1975년 11월부터 1977년 3월까지 삼백 쪽이 넘는 일기체 작품 『세계의 무게』를 쓰는데, 이 일기에서 그는 딸 아미나와 단둘이 사는 모습을 50번도 넘게 적나라하게 그리고 있다. 이 중 1976년 파리에서 학교 때문에 고통스러워하는 딸의 모습을 기록하고 있는 다음과 같은 부분들을 볼 수 있다.

> [1976년 9월20일] A.의 눈 밑이 빨갛다. 학교에 가는 첫날 울지 않으려고 몹시 비벼댔기 때문이다. [1976년 9월 21일] A.는 내 허리께

에서 조용히 울음을 참으며 가슴 깊은 곳에서 나오는 소리로 말했다. "난 정말 학교 같은 건 싫어." [1976년 9월 23일] A.의 학교에 가야 하는 괴로움. 그녀는 울음을 터트리지 않으려고 학교에 가기 전 벌써 가슴을 쭉 펴고 숨을 쉬며 연습을 했다. 그럴 때 나를 엄습하는 무력감, 그것은 이내 실제의 신체적 무력감이 되었다. 절망적인 아이를 바라보며 – "내 피붙이!" [1976년 9월 24일] A.가 말했다. "오늘 저녁은 멋져!" 그리고 그 이유를 다음 날 학교에 가지 않는다는 데에서 찾는다. 하늘에 떠 있는 밝고 조그만 구름 덩이들. 그것들을 그녀는 보았다. 왜냐하면, 내일은 쉬는 날이기 때문에 (아이를 매일 학교로 떠밀어 보낸다는 그것에 대해 떨쳐 버릴 수 없는 죄의식). [1977년 2월] 내 사랑하는 동반자 – 잠자는 아이.

아이는 우여곡절 끝에 자신에게 알맞은 학교에 다니게 된다. 『아이 이야기』는 해가 지나갈수록 점점 무거워지는 책가방을 멘 아이를 보며, "칸틸레네 – 사랑과 열정적인 행복이 영원하길"(antilene – die Fülle der Liebe und jedes leidenschaftlichen Glücks verewigend.)이라는 괴테의 작품 『격언과 명상』(Maximen und Reflexionen)에서 가져온 한 구절로 끝을 맺고 있다.

[참고 ① 소망 없는 불행/ 아이 이야기 Kindergeschichte 민음사 2002 윤용호 옮김. ② 한트케의 『아이 이야기』 윤용호. 『카프카 연구』 제14집, 2005. 87–105쪽]

『반복』

(Die Wiederholung, 1986, 44세)

소설은 3부로 구성되어 있다. 1부 「맹창」(Das blinde Fenster)은 91페이지에 걸쳐, 2부 「가축 다니는 텅 빈 길」(Die leeren Viehsteige)은 123페이지에 걸쳐 그리고 3부 「자유의 초원 그리고 동경의 땅」(Die Savanne der Freiheit und das neunte Land)은 111페이지에 걸쳐 서술되고 있다. 소설의 화자(話者)이자 주인공은 "나"이며, 그의 이름은 필립 코발(Pilip Kobal)이다.

주인공은 오스트리아 케른튼주의 작은 마을 링켄베르크 출신으로 20세에 고등학교의 졸업시험을 마치고 동급생들이 그리스로 졸업여행을 떠날 때, 혼자서 슬로베니아로 떠난다. 그리고 25년이 지난다. 현재 그의 나이는 45세로 어렸을 때부터 지금까지의 전 인생을 되돌아보며 "나"에 대한 이야기를 시작한다. 그 이야기는 20세의 나이로 슬로베니아여행을 결심하는 것에서부터 시작된다. 20세란 미성년에서 벗어나 성년이 되는 처음 나이로 이제까지의 생활에서 벗어나 성인으로서 자신과 자신의 삶을 새롭게 보게 되는 나이이다. 슬로베니아로의 여행은 주인공에게 그의 인생 이야기의 출발점이자 성년의 첫 행사이다. 그가 형의 흔적을 찾아 슬로베니아로 가는 것은, 식구들과의 갈등과 외톨박이 학교생활에서 해방을 원했기 때문이며, 남쪽 케른튼 주민들에게 낯선 말일 수가 없는 슬로베니아어(語)를 알기 위해서라고 이유를 들고 있다. 그러나 이야기가 진행되면서 독자는 그의 삶이 슬로베니아와 같은 보다 깊은 의미를 알게 된다.

주인공은 1960년 6월 슬로베니아의 첫 번 도시 예센니체(Jesenice)로 들어가면서 국경 경비병과 관리로부터 자신의 성(姓)씨 코발에 대해 듣게 된다. 그들은 필립 코발의 오스트리아 여권을 보고 "코발은 슬라브 민족의 성씨이며", "이손초강의 상류에 있는 톨민 지역에 그레고르 코발이란 사람이 살았는데, 그는 1713년 이 지역의 대규모 농민폭동 지도자 중 하나였으며 그 이듬해에 동료들과 함께 처형되었다"고 했다. 그래서 "250년 전 여기 이 땅에서 코발은 민중의 영웅"이었다는 것이다.

주인공은 슬로베니아 여행 도중에 자신의 가족 이야기를 이에 덧붙여 다음처럼 회상하고 있다. 주인공의 가족은 1713년 톨민의 농민폭동 지도자로 처형된 그레고르 코발의 후손들 가운데 하나로 오스트리아 케른튼으로 와서 일정한 거주지 없이 유랑일꾼으로 세대를 이어 살아오다가 현재는 링켄베르크에서 살고 있다. 후손들은 새로운 가정을 이룰 때마다 첫 번째 태어나는 아이에게 모두 그레고르라는 이름으로 세례를 받게 했다. 이렇게 해서 선조의 언어였던 슬로베니아어는 금지되어 코발가(家) 자손들에게 전달될 수 없었지만, 오직 그레고르란 선조의 이름만은 전해지고 있다. 아버지 코발은 1895년에 태어났으며 슬로베니아인이고, 어머니는 이름이 직접 언급되지 않는 독일인이다. 이 둘 사이에 첫째 아들로 1919년에 태어난 형은 그레고르 코발(Gregor Kobal)이란 선조의 이름을 그대로 계승하고 있다. 그리고 1년 차이로 누나 우르술라 코발(Ursula Kobal)이 1920년에 태어나고, 그로부터 20년 후 1940년에 주인공 "나", 즉 필립 코발이 태어난다.

아버지는 유랑일꾼으로 삶을 이어온 가계의 세대주로 그의 직업은 »목수«, »농부«, »산골짜기 급류 일꾼« 등으로 "링켄베르크에서 그의 일은 거의 모든 것이 교회 일" 이었으며, 그와 가족이 사는 그곳은 "나지막한 슬로베니아 농가들, 울타리 없는 과수원들 […] 마을 광장, 곡물창고 진입로, 볼링 놀이터, 벌집들, 잔디밭들, 폭탄이 터진 장소들, 입상(立像)제단, 숲속 빈터" 등이 있는 작은 마을이었다.

아버지는 "코발의 벌, 즉 망명, 예속상황, 언어금지"에 분노했지만, 링켄베르크에서 그는 "사투리 음향이 조금도 없는 독일어를 말했고" 슬로베니아어(語)는 "언제나 아무도 몰래 혼자서만 말했다."

그는 두 번의 세계대전을 겪었는데, 첫 번째는 "우리들의 전설이 되어버린 고향의 강 이손초"에서, 두 번째는 "탈영병의 아버지로서 추방지 링켄베르크"에서 였다. 그는 전쟁을 치르면서 슬로베니아 여러 도시를 알고 있었지만, 오직 괴르츠(Görz, 슬로베니아어로는 Gorica) 만이 그에게 전쟁을 넘어 그리움과 동경의 도시로 남아 있다. "우리가 사는 클라겐푸르트는 거기에 비교하면 아무것도 아니야! […] 정원에는 야자수(椰子樹)들이 자라고 수도원 묘지에는 왕의 무덤이 있었지." 떠나와 버린 조국을 생각하면 오늘날까지도 그에게 향수를 느끼게 하는 유일한 곳이다. 연금으로 생활하는 현재의 삶에서 아버지는 어머니의 병환을 통해 처음으로 함께 산다는 것을 배우게 되었으며, 지금까지 오직 성경에만 가치를 두고 살아왔었던 아버지는 어머니 병을 위해 미신도 받아들일 정도로 가정적으로 된다.

아버지 집에는 그의 일생을 통해 잊힐 수 없는 중요한 사항이 2개의 그림으로 걸려 있었다. 하나는 복도에 있는 "슬로베니아 지도"였고, 또 하나는 성상(聖像)과 라디오를 놓아둔 구석진 곳에 있는 "확대된 형의 사진"이었다.

1919년에 링켄베르크에서 태어난 형은 1920년 아직 걸음마도 못하는 어린 나이에 "눈의 열병"으로 괴로워하자 아버지는 클라겐푸르트의 의사에게 데리고 갔으나 아무런 도움이 안되었고 한쪽 눈은 결국 실명을 하게 된다. 화자 "나"의 기억 속에는 라디오와 성상을 놓아둔 구석진 곳에 있는 형의 사진에서 눈동자가 있어야 할 자리에 우윳빛 하얀색 이외는 아무것도 없었고, 그것은 예센니체 정거장 건물의 희뿌연 맹창을 보게 되자 다시 떠올릴 정도로 선명했다. 소설 1부의 제목 「맹창」은 실명한 형의 눈을 상징하고 있다. 그는 17살에 국경 넘어 슬로베니아의 "대도시 마리보르"에 있는 농업학교로 가서 3년간 "새로운 과수 재배 방법과 슬로베니아 언어의 발견자가 된다." 여태까지 독일어를 썼던 그에게 방언 역할밖에 못했던 슬로베니아어(語)가 "지금은 그러나 그의 작업 노트뿐만 아니라 편지나 메모용지에다 되풀이해서 사용되는 필기 언어였다." 1938년에 집에 돌아와 잠시 농사일에 전념하다가 1939년에 제2차 세계대전이 일어나자 군에 입대하여 전쟁터를 옮겨 다니면서도 작은 슬로베니아 사전과 종이 및 연필을 늘 옆에 지니고 출신이 같은 사람들을 도시에서든, 관청에서든 혹은 열차에서든 도왔다고 했다.

독일어를 사용하며 17년 동안 슬로베니아어에 대해 침묵해 오다가 외국인으로 마리보르 농업학교에 와서 자발적으로 슬로베니아어를 배우며 마침내 모국어를 말한다는 자각을 가지게 된다. 신앙보다 아름다운 것은 없다는 생각, 그 신앙이라는 것은 오직 모국어 속에서만 활기를 띤다는 생각은 그후 제1차 공화국의 종말 후에 교회에서 오직 독일어로만 기도하고 성가를 불러야 했을 때, 그것은 그의 귀에 더는 "성스러운 것이 아니고", "다시는 내 머릿속에 갖고 싶지 않은 유일한 고통" 이었다. 그는 또 18세기 초에 농민폭동을 일으켰다가 체포되어 처형당한 그레고르 코발의 묘지가 있는 코바리드(Kobarid)와 그곳 목사관에 보관된 그의 세례 명부를 찾아보고 "그를 우리들의 조상"으로 새삼 가슴에 기린다. 그는 3년간 농업학교 교육을 받고 젊은 농부로 독일어 쓰는 지역으로 돌아왔지만, 곧 제2차 세계대전의 발발과 함께 군인이 된다. 그러나 탈영병이 되어 군을 이탈해 나와 슬로베니아로 다시 들어가 파시즘에 저항하는 빨치산 대원이 되었다고 한다. "형이 마지막으로 저항 소식"을 보낸 곳은 조상이 묻혀있는 코바리드였다. 아버지는 소식에 대해서나 저항에 대해서 어떠한 것도 아는 것이 없다고 했다. 어머니는 그의 아들이 "과수 재배 휴경기"에 빨치산 대원으로 들어가 투사가 되기를 원했다고 했다. 화자는 형이 그냥 단순히 사라져버렸고, 아무도 그가 어디로 갔는지 알 수가 없다고 생각했다. 그가 사라진 후 마을 사람들은 그를 죽은 것으로 간주했다. 같은 연배의 청년들은 거의 모두가 돌아오지 않았다. 형의 신부로 인정되었던 마을 처녀는 다른 남자와 결혼했고 그에 관해서는 침묵했다. 화자의 집은 "형이 사라진 후 20년을 늘 상가(喪家)"가 되었다. 실종자는 확실하게 죽은 자와는 달리 식구들에게 편안함을 허용치 않았다. 화자는 어린시절부터 그에 관한 이야기를 너무 많이 듣고 자라서, 전 기간을 형이 옆에 있었던 것 같았고, 심지어 모든 대화에서 그의 목소리를 추가로 들은 것 같았다. 그러나 남겨진 편지로 알 수 있었던 것은 부재중 동생이 태어날 때 대부로 명명되었던 그는 화자가 2살 때 휴가로 집에 와 한번 보았다는 것이 전부였다. 실종된 자를 생각해보면 어떠한 생각도, 냄새도, 목소리도, 발걸음 소리도, 요컨대 어떠한 독특함도 남아 있지 않아서, 화자에게 "형은 전설의 영웅으로, 파괴할 수 없는 바람의 모습"으로 여겨졌다.

화자 "나"의 이야기

1940년 링켄베르크에서 형과 터울이 큰 늦둥이로 태어난 화자(話者) 필립 코발은 성질이 불같은 아버지, 병든 어머니, 아버지 반대로 사랑을 이루지 못하고 정신착란에 빠진 누나, 제2차 세계대전 발발과 함께 슬로베니아 어디론가 사라져 버린 형으로 이루어진 불우하고 가난한 가정에서 자라게 된다. 또 하나 어린 시절부터 그의 성장에 살아있는 가족보다 더 영향을 끼친 것으로는 집안에서 반복해 보면서 가슴에 새겼던 2개의 그림, 즉 슬로베니아 지도와 확대된 형의 사진이 있었다. 그는 링켄베르크의 초등학교를 졸업하고 블라이부르크에 있는 실업학교를 다닌다. 이 기간에 그는 자신의 행위를 침묵 속에서 그대로 따라 하는 이웃집 아이와 갈등을 겪는다. 그는 그 아이를 자신의 "최초의 적"으로 여기게 된다. 두 아이의 가정환경은 서로 비슷했으며, 그들의 적대감은 날이 갈수록 치열해져 마침내 대판 싸움으로 큰 소동을 일으키게 되고, 이를 계기로 화자는 어머니의 주선으로 1952년 12살의 나이로 신부(神父)양성 기숙학교에 입학시험을 보고 전학을 간다. 그는 기숙학교를 5년간 다니게 되는데, 즐거움이나 만족감 같은 것은 전혀 느끼질 못하고, "향수, 억압, 추위, 집단감금" 등이 당시의 생활을 대변하는 단어들이었다. 기숙학교가 목표로 삼는 성직자의 직책이 그에게 한 번도 숙명으로 느껴지지 않았고 또한 청소년 가운데 누구도 그가 적성있다고 생각되지 않았다. 마을 교회에서 세례, 견진성사, 고백 등등의 성사(聖事)를 유지했던 비밀이 여기서는 아침부터 저녁까지 대수롭지 않은 것으로 취급되었다. 해당 성직자들 가운데 누구도 사제로서 그를 대해주지는 않았다. 이러한 상황 속에서 마지막 기숙학교 시절에 그의 커다란 적이 되었던 인간이 나타났다. 이번에는 같은 또래가 아니고 어른이었으며, 성직자가 아니라 성직과는 관계가 없는 선생님이었다. 호의를 보이는 선생님과 그의 눈에서 벗어나고 싶어 하는 화자 사이의 불편한 관계가 점점 갈등으로 첨예화된다. 호의가 무시되자 감정이 극에 달한 선생님은 그가 아무것도 모른다는 사실을 또 그가 알았던 것도 ≫요구된 것≪(verlangt)이 아니라는 사실을 매일같이 그에게 입증해 보였다. 소위 그가 알았던 것은 ≫하찮은 일≪(Zeug)이지 ≫실체≪(Stoff)는 아니며, 보편성에 의해 확인된 규정 없이 이러한 형식으로는 아무 가치가 없다고 주장했다. 그것은 증오하는 적과의 관계가 아니라, 한번 내린 판단은 취소하기 어려운 냉정한 집행자와의 관계였다. 결국, 화자는 1957년 17살의 나이로 클라겐푸르트에 있는 김나지움에 전학해서 링켄베르크에서 학교까지 도보로 왕복 3시간이 걸리는 90㎞의 거리를 매일 기차로 통학하게 되었다. 신학교에서 일반 학교로 옮겨오면서 그는 여학생과 나란히 앉게 되었고, 집에서는 독자적인 방을 가지게 되었다. 기숙학교에서 해방은 그에게 "기쁨"(Freude)을 넘어 "축복"(Seligkeit)이었다. 그러나 대도시 학교에서 그는 수업시간 동안만 유일하게 동급생들과 공동생활을 체험했고, 학교가 끝난 다음에는 혼자 외톨박이 신세를 면할 수가 없었다.

전학 온 학교에서 화자는 혼자 유일하게 산골 마을에서 대도시까지 기차로 통학하며 도시에 사는 동급생들과 차이를 뼈저리게 느끼게 된다. 클라겐푸르트에서 뿐만 아니라 실업학교를 다녔던 블라이부르크에서도 그랬지만 화자는 학교생활에서 서로 비슷한 가정환경의 동급생을 만나지 못했고 오히려 그들과의 일치점이 전혀 없으며, 그들은 그의 세계가 아니라는 점만을 더욱 강하게 깨닫는다. 그들이 기본적인 생활 태도로서 취하는 사교 예법도 산골 소년에게는 너무나 낯선 것이었다. 화자는 자신을 그들 가운데 하나로 생각할 수 없고, 오직 혼자라는 자의식만 뚜렷하게 인식하게 된다.

화자의 출신도, 가족도, 학교도, 아버지의 직장도 어느 것 하나 동급생들과 비교해 소망스러운 모습으로 나타나지 않는다. 유년시절부터 성년에 이르기까지 현실에서 얻을 수 없었던 꿈과 동경이 그의 집에서 말없이 보고 자란 유일한 그림 "슬로베니아 지도"와 그의 영웅이었던 "형의 사진"을 통해 여물어 간다. 결국, 화자는 졸업시험과 더불어 혼자 슬로베니아로 형을 찾아 떠난다.

화자 "나"와 카르스트

화자는 20살에 형의 흔적을 찾아 남부 케른튼에서 슬로베니아로 여행을 떠나왔지만, 형은 찾지 못하고 25년이란 세월이 지나 성과 없는 탐색 이야기를 쓴다. 소설을 시작하면서 여행의 동기로 화자는 실종된 형의 흔적을 찾아 슬로베니아로 간다고 했지만, 소설의 끝부분쯤에 "내가 가졌던 목적은 형을 찾는 일에 의미를 두었던 것이 아니라, 그에 관해 이야기하는 것이었다"라고 말하는 것을 볼 때, 그의 목적은 수소문해서 물리적으로 형을 찾는 것이 아니었다는 것을 알 수 있다. 화자는 "아버지에게서 떨어져" 형이 갔던 길을 소설의 제목처럼 "반복"한다. 오스트리아 국경 역 로센바흐에서 슬로베니아 국경 역 예센니체에 들어서면서 그는 "20세의 나이로 냉혹하고 비우호적이고 사람을 억압하는 장소 없는 나라"에서 처음으로 "내 조상의 나라"로 들어가는 문지방에 서 있음을 느낀다. 그리고 이것은 단순한 상상이나 감정 이상의 것이라는 생각을 한다. 그는 지금까지의 생활에서 벗어나고자 하는 이와 같은 의지를 "나의 생명감으로" 표현하고 있다. 그는 형이 남긴 두 권의 책, 즉 마리보르 농업학교에 다닐 때 과수 재배법을 기록해 놓았던 작업 노트와 아버지가 탄생한 1895년에 출간된 낡은 슬로베니아어 사전을 여행 동반자요 길 안내 표시로 배낭에 넣어 등에 지고 조상의 땅 슬로베니아에 들어선다. 이런 구체적인 행동과 함께 화자의 내면에는 "나는 나를 모른다", "나는 누구인가?"라는 자기자신에 대한 성찰이 꾸준히 계속된다.

화자는 예센니체로부터 코바리드, 톨민, 복하인, 비파바, 카르스트, 마리보르 등의 지역을 형의 흔적을 찾아 여행하면서 또 한편으로는 여행하는 도시나 들, 산, 강변에서 자신의 탄생과 아버지와 어머니, 형과 누나, 유년시절 및 학창시절을 뒤돌아보고 흘러간 세월을 점검한다. 화자는 지금까지 자신을 형성시켜 온 20년간의 삶의 모습을 소설의 1부 「맹창」과 2부 「텅 빈 가축 길」에서 소상하게 그리고 있다. 3부 「자유의 초원지대 그리고 동경의 땅」에서 화자는 "실종된 형과 함께 카르스트 지역을 이야기의 동기"로 덧붙이고 있다. 아버지에게는 정원에 야자수(椰子樹)들이 자라고 수도원 묘지에는 왕의 무덤이 있는 괴르츠가 향수를 불러일으키는 도시였고, 형에게는 농업학교가 있는 마리보르가 잊을 수 없는 도시였다면, 화자에게는 "카르스트가 그의 동경의 목적지"인 것이다. 그는 "지난 25년간 여러 번 카르스트에 들어갔지만," 첫 번 여행에서 2주 정도의 생활만을 비교적 자세하게 언급하고 있다. 한편으로는 "형의 흔적 탐구자"로서, 다른 한편으로는 "날품팔이 일꾼, 신랑(新郎), 술 취한 사람, 편지 써주는 사람, 상가(喪家)에서 밤새움하는 사람"으로서의 생활이었다. 이처럼 카르스트에서 그의 생활은 형의 흔적을 찾는 생활과 현실적인 삶 두 가지로 나누어 생각해 볼 수 있다. 비록 2주간의 생활이지만 25년이 지나는 동안에도 달리 추가되는 내용이 없다. 우선 현실적인 삶은 위에서 본대로 여러 가지 형태의 생활체험이 있다. 아메리카 인디언 여자로 불리는 하숙집 여주인은 그를 죽어버린 이웃 마을의 대장장이 아들 취급을 했다. 그도 그녀를 도와 때때로 작은 밭뙈기 경작을 함께 했다. 그들은 붉은 땅에서 첫 감자를 캤고, 마당에서는 겨울을 위한 땔감을 톱질했다. 또 독일에 있는 그녀의 딸에게 편지도 대신 써주었고, 언젠가 돌아올 딸의 방에 흰 페인트칠도 해 주었다. 하숙집 여주인은 어느 날 그를 카르스트 농경지로 데리고 가서 담벼락에 둘러싸인 작고 붉은빛 땅을 "이것이 자네 밭이야!" 하며 가리키기도 했다. 여주인뿐만 아니라 마을에 있는 모든 사람이 그를 오래된 아는 사람이거나 그의 아들로 취급해 주었다.

이러한 일상생활 속에서 화자는 스무 살짜리가 겪는 첫 경험으로 "술"과 "결혼식"과 "장례식"을 이야기한다. 술과 삶과 죽음의 체험은 젊은 화자에게뿐만 아니라 인간이면 성숙을 위해 누구나 겪어야 할 기본 요소들이다. 화자가 이야기하는 체험 내용도 한 개인에게 특별한 것이라기보다는 보편적인 상징성을 띠고 있다. 먼저 술에 대해 화자는 평상시에는 "대단히 단정하고 자부심"이 강했으나, 어느 날 밤 그는 "생전 처음으로 술에 취해" 쓰러져 얼굴을 땅에 대고 지하수가 흐르는 소리를 들었노라고 고백한다. 동료들은 가정과 자식에게 달려갔지만, 혼자인 화자는 끝까지 남아 술에 취해 단정한 자세를 잃었다는 것이다. 생전 첫 경험이라고 하지만 그의 삶에서 앞으로 언제라도 일어날 수 있는 보편적인 일로 이해할 수 있다. 이어서 화자는 "그 당시 누군가가 죽는 것을 또한 처음으로 보았다"는 이야기도 한다. 죽은 자에게서 그는 아직도 잠깐 아랫입술이 움직이는 것도 보고, 조문(弔問)을 온 사람들과 함께 관 옆에서 밤도 새웠다는 것이다. 또 스무 살짜리 화자는 당시 카르스트에서 혼자 결혼식의 "성실한 약속"도 상상해 본다. 두 눈을 마주 보며 세상에서 오직 그를 향해 다가오는 젊은 여인의 모습에 너무나 가슴이 벅차서, 의식도 영혼도 없이 살아온 지난 20년이 가치 없는 세월로 여겨진다. 그것은 그에게 "세상을 뒤흔드는 사건"인 것이다. 젊은 나이의 화자에게 커다란 충격과 감동을 주었던 삶과 죽음의 이야기는 기타 일상적인 생활과 함께 25년간 화자의 성숙에 토대가 된다.

이와 같은 현실 생활 외에 형의 흔적을 찾는 일도 계속된다. "나는 이 기간에 실종된 형의 얼굴도 두 번이나 알아보았다." 실제로 화자는 형을 직접 본 적은 없지만 자라면서 보아온 사진을 통해 "떡 벌어진 어깨, 갈색 피부, 숱이 많고 검은색으로 곱슬곱

슬한 채 뒤편으로 빗질한 머리, 넓은 이마, 한쪽 눈은 실명으로 흰색"인 형의 모습이 머릿속에 남아 있다. 또 이러한 실제 모습 외에도 그레고르 코발하면 개인을 넘어 역사 속에 계승되고 있는 이름으로 화자의 의식 속에 "전설의 영웅으로, 파괴할 수 없는 바람의 모습"으로 자리 잡고 있다.

화자는 형을 알아보았던 첫 번째 장소에서, 고향의 야운평야(Jaunfeld) 동쪽 끝에 있는 작은 마을 성(聖) 루치아를 생각한다. 그곳은 부모가 결혼한 곳이며, 자주 이야기를 들었던 곳이다. 지금까지 화자는 걸어 한 시간 거리인 그곳에 직접 간 적은 없으나 마을 주위를 돌면서 애착을 뒀고, 자신의 "새로운 세계가 시작된 곳"으로 여기고 있는 곳이다.

> 나는 (…) 그 유사한 어느 이웃 마을에서 형이 마당 입구를 통해 들어오는 것을 보았다. 그는 나에게 혼잡 속에서 나타났다. 왜냐면 교구는 그의 교회 헌당식 축제였다, 그리고 전체 카르스트 고원지대로부터 사람들이 여기로 순례를 왔기 때문이다. 그는 정말 들어왔던가? 아니, 그는 단순히 입구 아래서, 의식과 무의식의 경계 위에 서 있었다. 많은 사람이 모여들었지만, 그의 주위로는 자유로운 공간이 형성되어 있었다. 그 공간은 나에게, 보는 순간과 함께 그의 시간을, 세계대전 전의 시간을 재현했다. 형은 나보다, 즉 그의 스무 살짜리 동생보다 더 젊었다. 그리고 이제 막 그의 젊은 날의 마지막 축제를 경험하고 있었다. (…) 우리는 움직이지 않고 도달하기 어렵게, 말을 붙이기 어렵게, 간격을 두고, 슬픔, 침착함, 경솔함 그리고 고독함과 하나가 되어 서로 영원히 마주 서 있었다. (…) 경건한 선임자, 젊은 순교자, 기쁨을 주는 사람. (반복 243f)

형은 1919년에 태어나 열일곱 살에 슬로베니아로 왔고, 화자는 1940년에 태어나 스무 살에 슬로베니아로 왔다. 카르스트 어느 마을 교회 헌당식 축제 때 화자는 군중 틈에서 홀로 서 있는 형의 모습을 의식과 무의식의 경계 속에서 보며 두 형제는 다른 공간, 다른 시간을 사이에 두고 영원히 마주 서 있음을 느낀다. 비록 대화는 주고받을 수 없지만, 화자는 지금까지 느껴왔던 "슬픔, 침착함, 경솔함 그리고 고독" 속에서 형과 하나가 됨을 느낀다. 그는 형을 자신의 "경건한 선임자, 젊은 순교자, 기쁨을 주는 사람"으로 부르게 된다. 화자가 자신의 "세계가 시작된 곳"으로 부모가 결혼식을 올린 성 루치아 마을과 교회를 생각했듯이, 내면에서 형과 일치를 느끼는 카르스트 마을 역시 그의 내면세계가 역사 속으로 펼쳐지는 제2의 세계가 시작된 곳으로 볼 수 있다.

형을 알아보았던 다른 한 번은 카르스트에서 당시 형 "그레고르의 상황을 이야기해 주는 텅 빈 침대"를 발견했을 때다. "베개 위에 침실용 램프의 둥그스름한 불빛. 그곳은 도망병이었던 형이 숨어 있었던 곳이었다." 이처럼 화자는 형의 흔적을 뒤쫓아 가면서 그와의 일체감 속에서 자신을 느끼게 되고 마침내 형이 가졌던 경건한 소망을 계승한다.

형이 편지 문장(Satz)으로 짤막하게 표현했던 "동경의 땅"(Das neunte Land)에 대한 소망은 형 혼자만의 소망이 아니라, "고통의 국민"이었던 슬로베니아인들이 역사를 거치면서 한결같이 그리워했던 공동의 목적지이다. 슬로베니아인들의 공동 소망을 형도 이어받았으며, 형을 계승한 화자는 그 소망을 저술(Schrift)을 통해 현실에서 그릴 수 있다고 믿는다. 화자가 자신을 이야기하는 사람으로, 다시 말해 저술하는 작가로 인식하는 것은 슬로베니아에 들어온 첫날부터 읽을 수 있다. 예센니체에 도착한 후 그는 밤이 되자 여관 대신 도로 터널의 안쪽 벽감(壁龕) 속을 찾아간다. 이 터널은 제2차 세계대전의 포로들에 의해 준공되면서 많은 포로가 자살했거나 살해되었던 곳이다. 이곳에서 화자는 자신을 "비밀스러운 왕으로 인식된 이야기하는 사람"으로 확신한다. 그는 "이야기의 생명력"을 믿는다. 그는 형을 생각하며, 형의 외투를 덮고 누워 한밤의 깊은 적막 속에서 "인류에게 가는 내 유일한 길은, 내가 사는 말 없는 지구의 사물들에게 이야기하는 사람으로 존재하는 것"이라고 고백하는 장면이 그것이다.

이처럼 카르스트에서 그는 사라져버린 형과의 일치를 통해 형에 대해, "고통의 국민"에 대해, "동경의 땅"에 대해 더욱 성숙한 이해를 얻게 되고, 고향으로 서둘러 가겠다는 결심을 한다. 이어서 그는 슬로베니아 여행의 마지막 체류지인 마리보르로 형이 다녔던 농업학교를 찾기 위해 기차를 타고 간다. 기차에서 전쟁 전 사진에 의해 그에게 익숙한 예배당을 가진 언덕을 보았다. 아래쪽 농업학교는 무사하지만, 그 작은 성전은 황폐되어 있었다. "폐허가 된 교회의 바깥쪽 정면에서 그는 형의 이름을 발견했다. 그 이름은 가장 아름다운 글자체의 대문자 G R E G O R K O B A L로 석회반죽 칠이 되어 있었다." 이렇게 해서 화자는 형의 흔적을 찾아간 슬로베니아 여행을 끝내고 오스트리아로 기쁜 마음으로 다시 돌아온다. 소설의 마지막은 글 쓰는 일에 대한 화려한 예찬과 동경의 땅에 대한 간절한 소망으로 끝난다.

나는 텅 빈 종이 위에 봄날 태양을 눈여겨 바라보며, 가을과 겨울을 되돌아 생각하고 글을 쓴다. 이야기, 그대처럼 전혀 세속적인 것이 아닌, 전혀 공정함을 다루는 것이 아닌, 나의 가장 성스러운 것. 이야기, 멀리 떨어진 전사(戰士)의 여(女) 비호자, 나의 여신(女神). (…) 마지막 생명의 호흡과 함께 비로소 파괴된 동경의 나라 위에 영원히 떠 있을 이야기의 태양. (…) 후계자여, 만약 내가 더는 여기에 있지 않다면, 그대는 나를 이야기의 나라에서, 즉 동경의 땅에서 만날 수 있으리라. 무성하게 잡초가 덮인 들판 초막의 이야기꾼이여, 그대가 있는 곳을 명심하고 조용히 입을 다물고, 수백 년을 침묵해도 좋다. 외부를 향해 귀 기울여 들으면서, 너를 내부로 집중하면서. 그러나 그다음 왕이여, 후예(後裔)여, 너의 정신을 집중하고, 똑바로 일어서서, 팔꿈치로 너를 버티고, 빙그레 미소 짓고, 깊이 호흡을 가다듬고 너의 모든 저항을 조정하면서 다시 시작하라. (반복 259f)

[참고 ① 반복 Die Wiederholung. 종문화사 2013. 윤용호 옮김. ② 한트케의 소설 『반복』에 나타난 슬로베니아 상(想) 윤용호. 『독일문학』 제84집, 43권4호 2002. 259-278쪽]

『꿈꾸었던 동화의 나라와 작별』

(*Abschied des Träumers vom Neunten Land*, 1991, 49세)

이 책에는 1991년에 발표한 『꿈꾸었던 동화의 나라와 작별. 사라져간 현실: 슬로베니아에 대한 추억』, 1996년에 발표한 『도나우강, 사베강, 모리나강, 드리나강으로 겨울 여행 혹은 세르비아의 정당성』 그리고 역시 1966년에 발표한 『겨울 여행에 대한 여름 후기』 3편이 실려 있다. 이들은 문학작품이 아니고, 모계(母系)의 고향 슬로베니아에 대한 추억과 유고 연방의 유지와 해체의 전쟁 사이에서 유지를 주장하는 세르비아의 정당성을 옹호하고 있다.

1990년 들어 소련 수상 고르바초프에 의해 추진된 개방과 개혁 정책의 영향으로 동유럽 국가들이 소련의 눈치에서 벗어나 민주화를 추진하게 된다. 동서독을 가르고 있던 베를린 장벽이 무너지고, 1990년 10월 3일 마침내 동서독이 통일을 이룩하게 된다. 이어서 발칸지역에 있던 세르비아, 크로아티아, 슬로베니아, 몬테네그로, 보스니아 헤르체고비나, 마케도니아 6개의 국가로 이루어진 유고슬라비아 사회주의 연방공화국이 1991년 6월에 슬로베니아, 크로아티아가 9월에는 마케도니아가, 1992년에는 보스니아 헤르체고비나가 독립을 선언하며 연방을 탈퇴한다. 이 과정에서 유고 연방의 주도권을 장악하고 있던 세르비아와 격렬한 내전을 치르면서 수많은 도시가 파괴되고 사람들이 죽는다. 1995년에는 보스니아-헤르초고비나와 함께 연방을 이루고 있던 스릅스카 지역이 연방 탈퇴를 거부하고 보스니아-헤르초고비나 국가 내에서 스릅스카 공화국으로 독립한다. 또 세르비아 자치주에 속한 알바니아계 코소보가 독립을 선언하자, 세르비아는 그것을 인정하지 않으며 갈등이 고조되고 있다. 1991년 이후 대(大)세르비아를 중심으로 연방을 유지하려는 세르비아와 연방에서 분리 독립하려는 각 민족은 '평화 대신 독립'을 외치며 혹독한 내전을 겪는다.

유고 연방의 유지를 소망하는 한트케는 1991년 유고 연방에서 탈퇴한 슬로베니아를 보면서, 『꿈꾸었던 동화의 나라와 작별. 사라져간 현실: 슬로베니아에 대한 추억』을 서술하고 있다.

한트케의 외할아버지, 외할머니, 어머니는 모두 슬로베니아인이다. 그러나 그들이 살았던 곳 그리고 한트케가 태어났던 곳은 오스트리아의 케른텐주에 있는 그리펜 지역의 알텐마르크트 6번지다. 선친 중의 한 분이 농민폭동의 주동자로 처형을 당하고 식구들은 추방을 당해 오스트리아 남쪽 케른텐 지역으로 온 것이다. 이곳은 독일어와 슬로베니아어(語)의 이중 언어 지역에 속했다. 외할아버지 그레고르 시우츠(Gregor Siutz, 1886~1975)가 살았던 그리펜 지역은 슬로베니아인들이 많이 살고 있던 곳이었다. 제1차 세계대전 후 오홍(오스트리아 헝가리)제국이 붕괴되고, 유고슬라비아가 남부 케른텐을 점령함으로써 케른텐에서는 1918년부터 1919년까지 유고슬라비아에 대항하는 방어전이 있었지만 결국 어느 나라에 소속될 것인가는 주민투표로 결정짓게 되었다. 주민투표는 1920년 연합군의 감시하에 이루어졌는데 투표 구역이 유고슬라비아의 담당이었고 슬로베니아어를 사용하는 주민들이 다수였음에도 불구하고 주민들은 오스트리아에 찬성했다. 한트케는 1942년 제2차 세계대전 중에 태어났다. 아버지는 생부, 계부 모두 독일 베를린 출신으로 오스트리아 남부 케른텐에 주둔하고 있던 병사들이었는데, 생부는 이미 독일에 가족이 있는 처지였다. 그래서 어머니는 다른 병사 부르노 한트케(Burno Handke)와 결혼해서 아이를 낳게 되고 그 아이는, 즉 오늘날 작가는 Handke란 성을 지니게 된다.

> 나의 아버지는 독일 군인이었다. 그의 고향인 동베를린에서 보낸 최초의 유년시절을 통해 독일어는 나의 말이 되었고, 그후 사는 곳이 바뀌어, »시간과 함께« 점점 사라져 가는 오래된 슬로베니아 마을에서도 독일어는 나의 말이었다. 그곳은 주민들이 그저 농담으로 »스타라 바스 «(*Stara Vas, 슬로베니아어로 Stara는 도시, Vas는 철. 그래서 철이 생산되는 도시)로 불렀던 마을이다. 독일 대도시에서 자란 어린애에게 슬로베니아어의 모음발음들은 듣기에도 끔찍했다. 심지어 어머니가 슬로베니아 말을 하면 나는 그녀 입을 가로막곤 했다. (10)

그러나 시간이 흘러 슬로베니아 조상들에 의해 이야기된 것을 듣게 되면서, 점차 좋은 인상들을 가지게 되었고, 그것은 자연스럽게 혹은 당연한 것처럼 변화되어 갔다.

> 나는 슬로베니아 국가와 200만 명의 슬로베니아 국민을 »나의«라는 수식어와 함께 여러 사항 가운데 하나로 관찰했다. 그것은 내 개인의 소유 사항이 아니라, 내 인생의 사항이었다. (9)

이처럼 세월이 지나면서 개별 상황들을 벗어나 나라 전체가 그에게 현실의 땅으로 되었다. 카르스트 지형이나 혹은 바람막이 언덕의 술집에서, 이스트리엔의 흐라스톱브리나 혹은 복하인 호숫가에 있는 스베티 야네츠의 교회 탑 근처에서, 톨민에서 노바 고리차로, 류블리아나에서 노바 메스토로, 코퍼에서 디바챠로 가는 버스 안에서, 모스트 나 소치 혹은 비파바의 다정하고 초라한 여관에서, 나라 곳곳에서 실물과 가까운 부드럽고, 꾸밈없고, 매력 있는 슬로베니아어(語)를 향해 귀를 열어 놓고 있을 때, 그것 역시 현실감을 주었다. (13f)

그런데 1991년 6월과 7월의 사건들은 슬로베니아인들의 슬픔이나 자부심뿐 아니라 '보이나'(vojna), 즉 전쟁에 대해서, 한트케에게 많은 생각을 하도록 했다. 1991년 6월과 7월 사건이란 슬로베니아가 6월 25일 독립을 선포하자, 연방 탈퇴를 인정하지 않겠다는 유고슬라비아와 슬로베니아 사이 일어났던 짧은 전쟁이다. 양측은 각각 슬로베니아 국토방위군과 유고슬라비아 인민군을 동원하여 전투를 치렀다. 1991년 6월 27일부터 브리유니 협정으로 종전선언을 한 7월 7일까지 딱 10일 동안 전쟁을 했기 때문에 10일 전쟁이라고 부르기도 한다.

슬로베니아는 나에게 늘 카라반켄 산맥의 남쪽에서 시작해, 멀리 아래로, 예를 들면 알바니아 앞쪽 비잔틴 교회들과 이슬람 사원 곁에 있는 오흐리드호수[* Ohridsee는 마케도니아와 알바니아의 국경에 있는 호수]에서 혹은 그리스 앞쪽 마케도니아 평야에서 끝나는 대(大)유고슬라비아에 속했다. (15)

대(大)유고슬라비아란 세르비아, 슬로베니아, 크로아티아, 보스니아-헤르체고비나, 몬테네그로, 마케도니아의 6개 국가연방을 말한다. 코소보(수도 프리슈티나)는 세르비아의 자치주이다. 한트케에게 슬로베니아는 대유고슬라비아에 속해 있어야 했다. 역사적으로 금세기 들어 다양한 유고슬라비아(* 남쪽 슬라브 민족의 나라) 민족을 통합시키고 지속해서 유지한 두 번의 경우가 있었는데, 첫 번째는 오스트리아의 합스부르크 종말과 함께, 이룩한 1918

년의 통합이다. 그리고 다음은 제2차 세계대전 때 유고슬라비아 민족들 또 그 민족들의 다양한 정당들 그리고 서로 대립하는 세계관들이 일치단결하여 강대국 독일에 대항했던 공동투쟁을 들 수 있다. 하지만 세월이 지나면서 그가 슬로베니아에 올 때마다, 그곳에서는 점점 새로운 역사가 펼쳐졌다. 슬로베니아의 손님에게 그 나라의 모든 사건이 비현실적인 것, 이해할 수 없는 것, 비실제적인 것으로 점점 더 빠져들게 했다. 밀란 쿤데라 같은 누군가가 2~3주 전에, 르몽드 지에 공개한 ≫슬로베니아의 구조(救助)≪란 성명서에서 슬로베니아를, 크로아티아와 함께, 세르비아의 ≫발칸≪과 경계를 지을 때 그리고 세르비아를 맹목적으로 저 섬뜩한 ≫중앙유럽≪으로 선언할 때, 참으로 슬프고 분노스러웠다고 했다. 슬로베니아를 관통하고 슬로베니아에 걸맞은 위대한 유고슬라비아의 역사상을 생각해야 한다고 했다. 한트케는 "유고 연방은 나에게 유럽에서 가장 현실적인 나라를 의미"한다며, 연방 유지 쪽에 무게를 두고 있다.

> 나는 유고슬라비아 연방이, 적어도 티토가 죽은 지 일이 년간 통치되고 지속되는 것을 여행길에서 다시금 보았다. 그리고 성취했던 이데올로기(이념), 즉 티토 주의, 게릴라 주의 혹은 노병(老兵) 주의 같은 이데올로기는 더는 없었다. 그것은 특히 다양한 민족들에게서 발휘되는 젊은이들의 열광 때문이었다. 가장 눈에 띄는 것은 그들이 어느 나라에서든 서로 만난다는 것이다. 그리고 그 공통점은 축제 손님에게 강제적인 줄서기나 공모자들의 모임이나 어느 보육원의 무도회처럼 나타나지 않았다. 공통점은 당연히 ≫자명하게≪ 온갖 방향으로 작용했다. 그 모든 모임은 폐회식을 가졌고, 그 다음에 이어지는 해산에서, 독자적인 방식으로 마무리를 했다. 그 당시 나는 슬로베니아, 세르비아, 크로아티아, 마케도니아, 헤르체고비나 학생들, 노동자들, 운동선수들, 무용가들, 가수들, 예술애호가들의 젊음을 – 나는 각자를 전체로 보았다 – 진심으로 부러워했고, 그리고 유고 연방은 나에게 유럽에서 가장 현실적인 나라를 의미했다. 역사로 본다면 짧은 삽화적인

사건(Episode)이었다. 그러나 나는 그때 그들이 공동으로 추구했던 것을, 비록 그들이 지금은 개별적으로, 각 경계선 뒤에 배치되어 있더라도, 그 어느 것도 나에게도, 너에게도, 비현실적이고, 효력이 없고 무가치하다고 생각할 수는 없었다. (40)

한트케에게 '유고 연방'은 티토 주의 아래 다양한 민족과 종교, 언어가 공존하면서 소련에도 굽히지 않았던 〈유고슬라비아 사회주의 연방공화국〉을 뜻한다. 티토의 자주노선과 실용주의는 '인간의 얼굴을 한 사회주의'로 평가를 받았으며, 민족을 불문하고 '위대한 유고슬라비아'로 자랑스럽게 남아 있는 것이다.

『도나우강, 사베강, 모리나강, 드리나강으로 겨울 여행 혹은 세르비아의 정당성』

(*Eine winterliche Reise zu den Flüssen Donau, Save, Morawa und Drina oder Gerechtigkeit für Serbien*, 1996, 54세)

이 겨울 여행기가 처음 실렸던 곳은 1996년 1월 5~6일 그리고 1월 13~14일자 Süddeutschen Zeitung이다. 그 다음 Suhrkamp 출판사에서 책으로 출간되었다. 한트케가 이 여행을 계획한 것은 "4년 전 크로아티아 동부에 있는 도시 오스트슬라보니엔과 부코바르 도시가 전쟁으로 파괴된 이후 그리고 1992년 보스니아-헤르체고비나에서 전쟁이 발발한 이후"라고 했다.

한트케는 그의 부인 소피 세민 그리고 두 사람의 여행 동반자 차르코, 츨라트코와 함께 1995년 10월 말에서 약 4주에 걸쳐 자동차로 세르비아 수도 베오그라드를 기점으로 세르비아를 여행했다. 여행하면서 문학적 수단과 자신의 경험을 바탕으로 국가와 분쟁에 대한 그의 생각을 말하고 있다. 또 나라, 풍경, 사람들에 대한 그의 인상을 서술하고 있다.

텍스트의 출판은 논쟁을 불러일으켰다. 프랑스와 독일의 주요 신문은 저자를 이데올로기적으로 위장한 세르비아인 친구로 분류하고 스레브레니차(Srebrenica) 학살을 부인했다고 암묵적으로 비난하고 있다. 이것은 보스니아-헤르체고비나의 스레브레니차 지역에 살고 있던 보스니아인들이 스릅프스카 공화국 군대에 의해 학살당한 사건이다.

『겨울 여행에 대한 여름 후기』

(*Sommerlicher Nachtrag zu einer winterlichen Reise*, 1996, 54세)

1995년 말 세르비아의 겨울 여행에 관해 6개월이 지난 지금 그 후기가 필요하다고 여겨 집필했다고 밝히고 있다. 늦은 봄에 그는 세르비아 수도 베오그라드에서 세르비아 친구들, 즉 어학 선생님이자 번역가인 차르코와 화가이자 자동차 운전사로 처세에 능한 츨라트코를 만난다. 서부 세르비아의 국경도시 바지나 바스타로부터 비셰그라드란 도시에, 다시 말해 보스니아에서 ≫스릅스카 공화국≪의 소도시에 가기 위해서다. 그곳에 있는 드리나 강 위의 다리와 1961년에 노벨 문학상을 받은 보스니아 작가 이보 안드리치(Ivo Andrić, 1892~1975) 때문이라고 이유를 밝히고 있다. 또 새로운 여행의 계기는 자신의 소설을 세르비아어로 번역하는 일이라고 했다.

한트케는 2019년 노벨 문학상을 받았다. 이미 1980년대 후반부터 문학상 후보군에 들어 꾸준히 주목을 받아왔던 작가라 수상할 사람이 받았다는 일반적인 평가였다. 그러나 한트케의 정치 입장 때문에 그의 노벨상 수상을 비난하는 소리도 높다. 그는 1942년생이니까 노벨 문학상을 받은 2019년은 그의 나이 77세가 되는 해이다. 한트케가 2019년 노벨 문학상을 받기 전 2006년에 독일 뒤셀도르프시에서 하인리히 하이네 수상자로 지명된다. 그러나 시의회 의원 3명이 세르비아를 옹호하는 한트케의 정치적 입장 때문에 심사를 거부한다. 한트케도 수상을 거부한다.

그러자 베를린 앙상블 단원들이 뒤셀도르프 시의회의 이러한 행위를 예술의 자유에 대한 공격으로 간주하고 한트케를 위해 '베를린의 하인리히 하이네 상'이라는 이름으로 같은 액수의 성금을 모금해서 수여한다. 한트케는 그와 같은 노력에 고마움을 표시하고 상금을 코소보에 있는 세르비아 마을에 기부해 달라고 부탁한다. 상금은 2007년 부활절에 전달된다. 세르비아의 자치주였던 코소보에는 이슬람을 믿는 알바니아계 주민이 다수고, 정교를 믿는 세르비아인은 극히 소수(대략 2%)다. 세르비아를 옹호하는 한트케의 입장을 엿볼 수 있다.

[참고; 꿈꾸었던 동화의 나라와 작별 Abschied des Träumers vom Neun-ten Land. **종문화사 2022. 윤용호 옮김]**

부록
습작 3 편

무명인

그 남자는 매일같이 같은 장소에 서서 그림엽서를 팔고 있었다. 그는 팔에 노란색 완장을 두른 맹인이었고, 그를 끌어줄 수 있는 맹인용 개는 없었다. 단지 몇 마디 글자가 새겨진 철제 지팡이를 짚고 있었다. 나는 그의 곁을 지나갈 때마다, 그곳에 무엇이 적혀있나 알아보려고 애를 써보았지만 읽어볼 수는 없었다. 남자는 교회 옆 벤치가 있는 곳에서 두 다리를 벌리고 선 채 그림엽서를 한 손에 높이 들고 팔고 있었다. 하지만 나는 그가 웅얼거리는 소리를 이해할 수 없었다. 나는 그가 단지 입만 움직였지 말은 하지 않는다고 생각했다. 그는 나이가 많지 않았고, 넥타이는 지저분했으며 모자와 작업복을 착용하고 있었다. 옆에는 항상 우산이 세워져 있었다. 비가 올 때는 우산이 버섯처럼 남자 위에 펼쳐졌지만, 많은 구멍이 뚫어져 있어서 모자와 어깨 위로 빗물이 흘러내렸다. 그는 붉은 손가락으로 지팡이를 단단히 움켜쥐고 있었는데, 어김없이 글자 부분을 가리고 있었다.

어두워지기 시작하면 - 남자는 침묵 속에서 그것을 알아챘다 - 그림엽서들을 웃옷 주머니 속으로 더듬거리면서 밀어 넣었다. 그리고 옆을 지나는 사람과 부딪히기라도 하면 조용히 사과했다. 나는 그가 어디서 잠을 자는지 알지 못했다. 그래서 어느 날 호기심을 참지 못하고 그를 뒤따라가 보았다. 그는 오래된 건물의 뒤채에 있는 나무 오두막에 살고 있었다. 나는 그가 긴 복도를 더듬거리며 걸어가서, 문 여는 것을 보았다.

어느 날 아침 나는 남자를 그곳에서 볼 수가 없었다. 그래서 그곳을 지나갈 때, 궁금해서 그가 어디에 머물고 있는지 온종일 생각했다. 그날 저녁에도 그리고 다음 날 아침에도 그는 여전히 나타나지 않았다. 나는 너무 궁금해서 그의 집을 찾아가 보았다. 어두운 집을 지나 마당을 거쳐 오두막으로 들어가 문을 열었다. 꽤 힘들었다. 내가 안에 들어갔을 때, 아무것도 알아볼 수가 없었다. 왜냐하면, 창문 앞에는 판자가 하나 가로막혀 있어서, 내가 그것을 치우고 나서야 방이 비어 있다는 것을 발견했기 때문이다. 나는 범죄자처럼 방에 서 있었는데, 모든 것이 아주 조용하고 지저분했다. 판자벽에는 몇 장의 사진이 걸려 있었고, 바닥에는 이불이 깔려있었다. 창문 위의 못에는 지팡이가 걸려 있었다. 나는 그것을 내려서 글귀를 해독해 보려고 했다. 그런데 철에 녹이 슬어있어서 글자를 알아보기가 매우 어려웠다. 그러나 내가 오두막에서 나와, 지팡이를 햇빛 속에서 보았을 때, 다음과 같은 글귀를 읽을 수 있었다. "나는 내 이름을 잃어버렸다!" 나는 놀라 그 의미를 오랫동안 생각했다. 그리고 남자가 자기 이름을 찾기 위해 나섰는데, 아직 멀리는 가지 못했을 것으로 생각했다.

나는 조심스럽게 오두막 문을 닫고 거리로 나왔다. 나도 그 이름을 찾기로 했다. 나는 맹인의 지팡이를 내 손에 들고 있었는데, 그것은 떡갈나무 잎처럼 단단하고 차가웠다. 나는 남자가 어디로 갔는지 몰랐다. 그래서 나는 먼저 거지수용소를 찾아갔다. 그곳에는 많은 노인이 누워있거나 잠을 자고 있었지만, 내가 찾고 있던 남자는 어느 곳에도 없었다. 도시는 꽤 컸고, 때는 가을이었다. 나뭇잎들이 길거리에 떨어져 있었다. 나는 이름을 잃은 많은 사람을 보았지만, 그들은 이름을 찾고 있는 것이 아니라, 이름이 없는 것을 오히려 기뻐하고 있었다. 그때 나에게는 위대한 사람만이 그의 이름을 찾을 수 있다는 생각이 들었다. 그리고 모든 맹인들은 위대하다고 생각했지만, 긴 탐색에 나는 매우 피곤해졌다. 밤에 잠을 자러 갔을 때도 생각에 잠겨 잠을 이룰 수가 없었다.

그날 밤 나에게 그 남자 역시 맹인이라는 생각이, 그리고 맹인에게는 밤이 낮보다 더 밝을 거라는 생각이 새삼 떠올랐다. 나는 나의 얼굴에서 두 눈을 뽑았다. 대단히 고통스러웠지만 이를 깨물며 참았다. 그리고는 일어나서 계단을 더듬거리며 내려가 거리로 나갔다. 손에는 지팡이를 들고 있었다. 다른 손에는 나의 두 눈을 조심스럽게 들고 있었다. 나는 이상하게도 밤에 전보다 훨씬 더 잘 볼 수 있었다.

큰 달이 도시 위에 유리구슬처럼 떠 있었고, 건물의 지붕 위로는 바람이 세차게 불고 있었다. 그 바람이 내 머리카락에 차갑게 느껴졌다. 나는 그 남자가 바람 속에서 방황한다고 생각하고 바람 속을 주시했다. 그는 깔끔하고 젊었으며 다른 맹인들과는 같이 있지 않았다. 나는 빨리 걸어가면, 곧 맹인을 발견하리라 확신했다. 집들은 어둠 속에서 여윈 까마귀처럼 서 있었다. 하지만 도시의 끝까지 오면서 여기저기 찾아보았지만, 여전히 그를 찾지 못했다. 나는 쉬지 않고 사방을 둘러보며, 내 두 눈과 맹인의 지팡이를 두 손에 들고 있었다. 밝은 빛이 하얀 장미처럼 솟아올랐다. 바람이 그것을 꺾어 가져가자 나는 내 이름을 잃은 것을 알게 되었다. 바람은 달 주위를 대단히 하얗게 휘몰아 갔다. 나는 길에 검은 모습으로 서서, 왜 그 남자가 자신의 이름을 잃었는지 알았고, 이제는 내가 그에게 내 이름을 줬다는 것을 알았다. 맹인은 내게서 멀지 않은 곳에서 구부러진 막대기로 계속 더듬거리며 가고 있었다. 나는 그가 이름을 다시 찾은 것을 얼마나 행복해 하는지 보았다. 그는 하얀 얼굴을 어둠 속에서 높이 쳐들었다가, 아무 말 없이 그의 머리를 나에게로 돌렸다. 그가 나를 생각하고 있음을 알았다. 나는 그에게 뛰어가서 낡은 지팡이와 내 심장인 양 손안에 살아있는 두 눈을 주었다. 그는 아무 말 없이 나를 오랫동안 쳐다보고, 나에게 그의 구부러진 막대기를 건네주었다.

나는 손에 든 구부러진 막대기로 길가에 있는 모래더미를 찔렀다가, 다시 꺼냈다. 바람이 불어 모래더미의 구멍은 곧 사라져버렸다. 그때 남자와 도시 그리고 허공에 베일이 덮이고, 밤의 검은 손이 내 위로 내려앉았다. 바람은 이름 없는 사람들 위로 지나갔다. 나는 스스로 그들처럼 맹인이 되었고, 내 이름을 찾으려 출발했다.

중간시간에

배심원들은 진지하게 좌석에 앉아 피고를 응시하고 있었다. 검사는 말을 끝냈다. 변호인은 녹고 있는 눈사람처럼 그곳에 웅크리고 앉아 있었고, 피고는 팔이 묶인 채 피고인석에 똑바로 앉아 있었다. 창백한 모습으로 앉아 있는 그의 입으로는 땀이 흘러내리고 있었다. 그는 땀을 삼킬 수도 없었다. 해가 없는 흐린 날씨였다. 하늘에는 구름 한 덩어리가 보였고, 재판장 안을 내리누르고 있었다. 좌석들은 거의 비어 있었다. 마지막 좌석에 머리가 하얀 늙은 남자가 앉아 있었는데, 그는 고개를 아래로 숙이고 있었다. 그를 제외하고 재판장에는 사람이 없었다. 재판은 조용히 진행되었다. 변호인은 피고를 위해, 검찰은 정의를 위해 진술했다. 배심원들이 판결을 내리기 위해 자리를 떴다. 피고는 살인을 자백했다. 그는 키가 크고 어깨가 넓으며 우락부락한 체격이었다. 그는 도끼로 그 남자의 두개골을 내려쳤다고 했다. 배심원들은 일어나서 천천히 옆방으로 들어갔다. 문은 조용히 닫혔다. 남자는 묶인 채 앉아 있었다. 그는 간신히 고개를 위로 들었다. 그리고는 노인이 자기 위쪽에 앉아 있음을 알아차렸다. 창문은 지저분했고, 빛은 거의 들어오지 않았다. 그는 어두운 장소에 묶인 채 앉아 있었다. 재판장은 매우 조용했고, 오직 옆방에서 판사가 말하는 소리만 들을 수 있었다. 그러나 내용은 이해할 수 없었다. 남자는 점점 더 맥없이 고개를 숙였다. 마치 한 덩어리 건초더미가 바람에 날려서 점점 작아지다가 마침내 사라져버리는 그런 모습 같았다. 그런 후 남자는 매우 조용히 말을 하기 시작했다. 그의 목은 공포로 억눌려 있었다. 그는 노인이 자기 이야길 듣고 있는지 알 수 없었다.

"내가 그를 죽였습니다" 하고 말했다. "내가 그를 죽였습니다" 하고 외치며 노인에게로 고개를 돌렸다. 노인은 전처럼 거기에 앉아 두 손으로 얼굴을 감싸고 있었다. "나는 그러고 싶지 않았지만, 그가 나보다 뛰어났기 때문에 그를 증오했습니다. 나는 그것을 더는 참을 수가 없었습니다." 남자는 신음하며 노인을 겁먹은 듯 쳐다보았다. 노인은 자는 것처럼 보였다. "우리는 학교를 같이 다녔고, 처음부터 경쟁 관계였습니다. 그는 정상적인 남자였고, 내가 그의 반 정도만 겨우 따라 하는 것을 참을 수가 없었던 것입니다. 그래서 나는 그의 몸도 정신도 완전히 죽여 버렸습니다." 노인은 위쪽 맨 마지막 줄에 앉아 조용히 숨을 쉬고 있었다. 남자는 흥분과 두려움으로 땀을 흘렸으며, 그사이 밖에서는 비가 내리기 시작했다. "처음에 그는 정신착란을 일으켰습니다. 그렇게 되도록 나는 누구도 흉내낼 수 없는 방법으로 일을 꾸몄습니다. 나는 그를 매일 저녁 어떤 술집으로 데려갔고, 집에 돌아올 때쯤 우리는 항상 술에 취해 있었습니다. 특히 그는 더 했습니다. 나는 그에게 많은 것을 이야기했습니다. 나는 큰소리로 그의 죽은 아내와 아이들을 이야기했습니다. 그도 역시 식구들을 생각하며 울었습니다. 나도 따라 울었습니다. 아침이면 그는 항상 매우 창백했고, 말없이 사무실에 앉아 있었지만 온종일 업무에 집중하지 못했습니다. 저녁 때 내가 그를 데리러 갈 때까지 그는 아주 급한 서류들에 서명하는 정도였습니다. 마침내 나는 그에게 여자들과 함께 모임을 주선했습니다. 그는 모든 여인에게서 자신의 아내를 보았고, 병을 앓게 되었습니다. 드디어 나는 그를 정신병원으로 데려가도록 했습니다." 그는 말을 중단했다. 마지막 말만 속삭이고 있었다. 그는 땀에 흠뻑 젖어 있었고, 두 눈은 눈물에 젖어 부어있었다. 그는 노인에게 몸을 돌렸다. 그러나 노인은 이전처럼 그곳에 앉아 조용히 숨만 쉬고 있었다. 밖에서는 폭풍우가 몰아치고 있었다. 재판장은 점점 더 어두워지고 있었다. 노인은 그 남자 위쪽에서 까마귀처럼 숨을 죽이고 앉아 있었다. 그의 얼굴은 보이지 않았다. 그는 두 손으로 얼굴을 보물처럼 감싸고 있었다. "그러나 나는 그것으로 아직 만족할 수 없었습니다" 하고 피고는 말을 계속했다. 그의 목소리는 떨어지는 나뭇잎처럼 흐늘거렸다. "나는 그의 몸을 죽이고 싶었습니다. 나는 그를 자주 방문해서 치료할 수 없도록 만들었습니다. 어느 날 나는 그와 함께 산책하러 나갔습니다. - 늘 하던 대로 그의 팔을 부축했고, 날씨는 오늘 같았습니다. - 우리는 병원 가까이에 있는 공원 숲을 이리저리 걸어 다녔습니다. 정오에 비가 내리기 시작했을 때, 우리는 공구창고로 들어갔습니다. 그곳은 매우 어두웠기 때문에, 그는 내가 상자에서 도끼를 집어 들어 자기를 내려치는 것을 볼 수 없었습니다. 도끼는 정확하게 내리쳐져서 그는 곧 죽었습니다. 그다음 사람들이 나를 붙잡았습니다. 문지기가 우리가 숲속으로 가는 것을 보았을 거로 생각했습니다." 남자는 입을 다물었다. 그의 얼굴은 땀과 눈물로 범벅이 되었다. 판결은 곧 선고돼야 했다. 그때 그는 위쪽에 있던 노인이 일어서서 느린 걸음으로 내려오는 소리를 들었다. 노인은 지팡이를 짚고 있었다. 묶여있는 남자는 노인이 계단 계단에서 지팡이를 짚고 내려

올 때, 자신의 가슴이 뛰는 소리를 들을 수 있었다. 창밖에는 번개가 치고, 이어 천둥소리와 함께 폭풍이 휘몰아쳤다. 바깥 길거리에는 찢어진 종잇조각들이 바스락거렸고, 빗방울은 하늘을 가로질러 내렸고, 옆방은 조용해졌다. 노인은 더듬더듬 가까이 다가갔고, 너무 어두워서 방에 있는 두 사람의 얼굴은 가느다란 촛불처럼 떠다녔다. 노인의 흰 머리는 그의 머리 주변에 불꽃처럼 솟아올랐다. 피고는 쇠사슬에 단단히 묶인 채 앉아서 어둠 속을 노려보고 있었다. 그때 노인이 그의 앞에 서 있었다. 그의 모습은 너무나 구부러져서 얼굴은 여전히 보이지 않았다. 그때 노인은 얼굴을 치켜들고 그를 말 없이 쳐다보았다. 남자도 그를 보았다. 온통 젖은 그의 얼굴이 팽창되었다가, 다시 하얀 셔츠처럼 구겨졌다. 그리고 마지막으로, 그 모습은 교수대에 의해 단절된 것처럼 쇠사슬에 묶여있었다. 그의 삶은 사라졌다. 옆방 문이 열렸고, 배심원들이 선두에 선 판사와 함께 들어왔다. 그들의 얼굴에는 정의의 존엄성이 충만했다. 노인은 팔을 벌리고 방의 어둠 속에 서서 웃었다. 죽은 남자의 얼굴은 이제 공개적으로 지구의 넓은 틈처럼 검은색이 되었다. 노인은 정중하게 절을 하고 문으로 갔다. 그는 계단을 내려갔다. 그가 거리로 나올 때까지 그의 무거운 그리고 승리에 들뜬 발걸음 소리를 들을 수 있었다.

비는 전보다 더 세차게 내렸다. 노인이 비를 맞으며 밖으로 나가는 동안, 바람은 구름 사이로 지나갔다. 빗물이 그의 머리카락 위로 흘러내렸다. 그는 울고 있었지만, 그가 이미 빗속에서 오래 전에 사라졌던 위쪽 재판장에는 여전히 그의 미소가 흐르고 있었다.

예견자

남자는 전나무 위에 높이 앉아서 정신병 치료시설을 보고 있었는데, 그곳에서는 수감자들이 질서정연하게 줄을 서서 걷는 것이 보였다. 마치 그들 모두가 핵분열 문제를 논의하고 있는 것 같았다. 그는 갈라진 나무 밑동을 마치 날카로운 시선으로 톱질하듯이 응시했다. 그리고 그에게 마침내 여기 이곳에서 무엇을 해야 할지, 생각이 떠오른 것처럼, 10분 전에 작업 도구실에서 훔쳤던, 여우 꼬리를 꺼내서, 그것을 나뭇가지에 조심스럽게 걸어놓고, 환자를 감시하는 누구도 알아채지 못하게 주의하면서, 나무에 앉아 그의 불만을 자극했던 나무를 톱질했다. 빨간 머리 아래 그의 얼굴은 평화롭게 빛나고 있었다. 하늘은 구름에 반쯤 가려져 창백하게 보였다. 누군가가 모래 깔린 길 위로 걸어왔다. 진료복 차림의 노인이었는데, 그는 그를 쳐다보며 미소를 지었다.

"빌어먹을! 도대체 무엇 때문에 웃는 거요?" 하고 나무 위에 있는 남자가 소리쳤다.

"그대는 곧 떨어질 거요"라고 노인은 말했다.

"왜?" 나무에 있는 남자가 소리쳤다.

"그대는 앉아 있는 나뭇가지를 톱질하기 때문이요"라고 노인이 말했다.

"뭐라고?" 나무 위의 남자가 말했다.

그는 벌린 입을 한동안 다물 줄 몰랐다. 그는 노인을 아래로 내려다보며 영리하고 현명한 척 해 보였다. "악마가 물어갈 양반", 그가 말했다. "나는 내가 무엇을 하는지 잘 알고 있소. 당신은 그저 가던 길이나 가시오."

노인이 웃었다. "그럼, 안녕하시길" 하고 말하면서 서둘러 떠났다. 곧이어 남자는 밑으로 떨어졌다. 그는 일어서면서 매우 놀랐다. 머리가 약간 아팠고, 등은 뻣뻣했지만, 다른 곳은 별 이상이 없었다. 오, "주여!" 하고 그는 감격하며 말했다. 그러고 나서 그는 재빨리 그곳을 떠나 노인을 뒤따라갔다.

"여보시오" 하고 큰 소리로 불렀다. 노인은 어색하게 몸을 돌려 남자가 옆에 올 때까지 기다렸다.

"무슨 일이오?" 하고 물었다.

"이야기 좀 합시다" 하고 남자는 아주 흥분해서 말했다. "내가 나무에서 떨어질 거란 걸 어떻게 아셨소? 나는 세상에서 수많은 똑똑한 사람들을 만나봤지만, 당신 같은 사람은 처음 봅니다." 노인은 매우 자랑스러워했다.

"이제야 알아차렸군요" 하며 그가 말했다. 그는 매우 영리하고 교양 있게 서 있었다. "그러니까 내 말을 들었어야 했소."

"당신은 정말 아는 게 많아 보이는데" 하고 남자가 말했다. "그래서 한 가지 물어봅시다. 내가 언제쯤 죽게 될 것 같소." 노인은 기침하며 손으로 입을 막았다.

"흠" 그가 말했다. "흠".

"뭐라고요?" 하고 남자가 물었다. "뭐라고 했소?"

"당신이 세 번 재채기를 하고 나면 그때 죽을 것이오." 노인은 점잖게 말했다.

"그래요?" 하고 남자가 놀라서 말했다.

"그렇소" 하고 노인이 대답했다.

"대단히 고맙소" 하고 남자가 말했다. "그럼 다음 또 봅시다" 하고 노인이 말했다. 남자는 아무 말도 없이 몸을 돌려 병원으로 갔다. 그는 간수들 몰래 옆을 지나 큰 문을 통해 안으로 들어갔다. 계단에서 그는 숨을 고르기 위해 잠시 쉬었다. 그 다음에 한 계단씩 계단을 밟고 올라갔다. 그가 방에 들어갔을 때, 코에 가벼운 간지럼을 느꼈다. 병실을 같이 쓰는 사람은 대단히 똑똑한 청년이었는데, 온종일 그의 의자에 오르고 내리고 하면서 시간을 보내는 게 일이었다. 지금은 예외적으로 창문에 몸을 기대고 이마를 교활하게 찡그리며 멍청하게 서 있었다.

"창문을 닫으라고!" 남자가 소리쳤다.

"네" 하고 창가의 청년은 말했지만, 창문을 닫지 않았다.

남자는 그에게 달려가서, 멱살을 붙잡아, 그가 울기 시작할 때까지 턱을 흔들었다. 청년은 남자가 준 의자에 앉았다.

저녁 즈음에 비가 내리기 시작했다. 밤새 남자는 침대에 누워, 담요를 바라보며 죽음을 기다렸다. 아침에 그는 처음으로 재채기를 했다. 그는 정말 무서웠다. 곧이어 간호사가 아침 식사를 가져왔을 때, 그는 또 한 번 재채기했다. 온 힘을 다하여 숨을 쉬지 않고 죽음이 다가오는 것을 막으려 애썼지만 어쩔 수 없었다. 그의 얼굴은 완전히 일그러졌다. 아침 내내 그는 구석에 쪼그리고 앉아 회색 하늘과 그 아래 나무들, 그리고 비스듬히 떨어지는 빗줄기들을 바라보았다.

그가 세 번째로 재채기를 했을 때, 그는 의자에서 천천히 미끄러져 바닥에 내려앉아 팔과 다리를 쭉 뻗었다. 이제 죽는구나 하고 남자는 생각했다. 그의 병실 동료는 그를 내려다 보았다. 그리고 창문을 열었다. 잠시 후 그는 그에게 다가와서 구둣발로 그를 창문 쪽으로 밀었다.

“빌어먹을!” 하고 남자는 생각했다. “내가 지금 죽지 않았다면, 나는 뛰어 일어나 저 돼지 같은 놈을 한 대 갈겼을 텐데. 나는 그렇게 했을 거야, 빌어먹을, 난 그랬을 거야.”

그는 죽음에 대해 매우 분노했다.

생애와 작품들

1942 오스트리아 케른텐 지역의 그리펜 구역에 있는 알텐마르크트 6번지에서 1942년 12월 6일 출생.

1944 동베를린-판콥으로 이주.

1948 고향으로 돌아와 초등학교 입학.

1953 하우프트 슐레 입학.

1954 탄첸베르크에 있는 김나지움의 기숙학교에 전학.

1959 김나지움 자퇴 후 마지막 3년간은 클라겐푸르트 김나지움에서 졸업.

1961 그라츠대학교 법학과 입학.

1965 법학과 수료. 연극배우 립가르트 슈바르츠(Libgart Schwarz)와 결혼. 첫 소설 원고 『말벌』(Die Hornissen)이 독일 슈르캄프 출판사에 채택됨.

1966 독일 뒤셀도르프로 이주. 미국 프린스턴에서 열린 〈47 그룹〉 회합에 참석.

『말벌들』

『구변극 모음집』

『미국에서 〈47 그룹〉의 회합』

『문학은 낭만적이다』

1967 베를린에서 게르하르트 하우프트만상 수상.

『행상인』

『감사역의 인사』

『구조요청』 (구변극 모음집)

『나는 상아탑에 산다』

1968 베를린으로 이주.

『카스파』

『방송극』

『방송극 2』

1969 딸 아미나 탄생. 파리로 이주.

『미성년은 성년이 되고 싶다』 (희곡)

『내부 세계의 외부 세계의 내부 세계』(시).

『시골 볼링 놀이터의 볼링 핀 전복』

『독일 시』

『소음의 소음』(방송극)

1970 『페널티 킥 앞에 선 골키퍼의 공포』(소설)

『혼성곡』(희곡)

『바람과 바다』(방송극)

1971 쾰른으로 이주. 부인과 헤어짐. 미국으로 강연여행. 어머니의 자살.

같은 독일 내에서 크론베르크로 이사.

『시사 사건들의 기록』(텔레비전 영화)

『보덴 호수로의 기행』(희곡)

1972 페터 로제거 문학상 수상.

『긴 이별에 대한 짧은 편지』(소설)

『소망 없는 불행』(소설)

『시 없는 인생』(시)

1973 파리로 재 이주. 쉴러상 및 뷔히너상 수상.

『어리석은 자들은 죽다』(희곡)

『두개골 밑의 안전』(연설)

1974 『소망하는 것이 아직 이루어졌을 때』(사화집)

1975 『진정한 감성의 시간』(소설)

『잘못된 움직임』(영화)

1976 『왼손잡이 부인』(소설과 영화)

1977 『세계의 무게』(일기체 기록)

1978 영화 『왼손잡이 부인』으로 밤비 영화상 및 프랑스 조르쥬 사둘 상 수상.

1979 잘츠부르크로 이사. 제1회 카프카상 수상하였으나 이 상을 자신보다 젊은 게르하르트 마이어와 프란츠 바인체틀에게 넘겨줌.

『느린 귀향』(소설)

1980 『쌩뜨 빅뜨와르산의 교훈』

『배회의 끝』(모음집)

1981 『아이 이야기』(소설)

『마을에 관해』(희곡)

1982 『연필의 이야기』

1983 『고통의 중국인』(소설)

『반복의 환타지』

1984 오스트리아 기업가협회에서 안톤 빌트간즈상 수상자로 지명되었으나 거절.

1985 잘츠부르크 문학상 및 그라츠의 프란츠 나블상 수상.

1986 『반복』(소설)

『지속에 대한 시』

1987 슬로베니아 작가협회의 빌레니카상 수상.

『어떤 작가의 오후』(소설)

『부재』(동화)

『베를린의 하늘』(영화)

1988 1987년도 대 오스트리아 국가상 및 브레멘 문학상 수상.

『질문의 놀이 혹은 햇볕이 따뜻한 나라로 여행』(희곡)

『권태에 관한 에세이』

1990 딸 아미나가 오스트리아 빈대학으로 옮겨간 후 슬로베니아의 카르스트, 스페인의 메세타, 일본을 여행.

『주크박스에 관한 에세이』

『다시 한 번 투키디데스를 위해』

1991 파리에서 두 번째로 쏘피 세민(Sophie Semin)과 결혼하고 파리 근교 Chaville에서 거주. 1990년도 프란츠 그릴파르처상 수상.

『행복했던 날에 대한 에세이』

『꿈꾸었던 동화의 나라와 작별』(에세이)

번역. 윌리엄 세익스피어『겨울 동화』

1992 딸 레오카디 출생.

『우리가 서로를 알지 못했던 시간』(무언극)

『긴 그늘 속에서』(1980 - 1992년까지의 모음집)

1993 아이히슈테트 가톨릭 대학(Ehrendoktorat der Katholischen Universität Eichstätt) 명예박사학위

1994 『인적 없는 해안에서의 세월』 새 시대의 동화

1995 쉴러 기념상 수상

1996 여행기록 『도나우 강, 사바 강, 모라비아 강, 드리나 강으로의 겨울여행 혹은 세르비아인을 위한 정당성』(*Eine winterliche Reise zu den Flüssen Donau, Morawa und Drina oder Gerechtigkeit für Serbien*)

여행기록 『겨울 여행에 대한 여름 후기』(*Sommerlicher Nachtrag zu einer winterlichen Reise*)

1997 드라마 『불멸을 위한 준비. 왕의 드라마』(*Zurüstungen für die Unsterblichkeit. Königsdrama*) 소설 『어느 어두운 밤에 나는 조용한 나의 집에서 나왔다』(In einer dunklen Nacht ging ich aus meinem stillen Haus)

1998 소설 『이른 아침 암벽 창에서』(*Am Felsfenster morgens.Und andere Ortszeiten* 1982-1987)

1999 『말의 나라. 케른튼, 슬로베니아, 프리아우렐, 이스트리엔, 달마치아』(*Ein Wortland. Kärnten, Slowenien, Friaul, Istrien und Dalmatien*)

희곡 『통나무배 타기 혹은 전쟁영화에 관한 연극』(*Die Fahrt im Einbaum oder Das Stück zum Film vom Krieg*) 소설 『이런저런 것들과 숲속의 루시』(Lucie im Wald mit den Dingsda)

2000 소설 『눈물을 삼키며 물어본다. 전쟁 속의 유고슬라비아 횡단 기록 두 편, 3월과 4월 1999년』(*Unter Tränen fragend. Nachträgliche Aufzeichnungen von zwei Jugoslawien-Durchquerungen im Krieg*, März und April 1999)

2001 프랑크푸르트 블라우어 살롱상 수상.

2001년부터 2006년까지 독일 여배우 카차 플린트와 동거.

2002 『풍경의 상실 혹은 시에라데그레도스 산맥을 지나며』(*Der Bildverlust oder durch die Sierra de Gredos*) 에세이 『말하기와 글쓰기. 책과 그

림과 영화로 1992-2000』(Mündliches und Schriftliches. Zu Büchern, Bildern und Filmen 1992-2000) 클라겐푸르트대학 명예박사학위.

2003 『대법정 주변』(*Rund um das Große Tribunal*)

『지하 블루스. 지하철역 드라마』(UntertagblueS.Ein Stationendrama) 소포클레스의 『콜로노스의 오이디푸스』(Sophokles: Ödipus auf Kolonos) 번역 잘츠부르크대학 명예박사학위.

2004 소설 『(돈 주앙 자신이 말하는) 돈 주앙』(*Don Juan erzählt von ihm selbst*)

지그프리트 운셀트상 수상.

2005 에세이 『스페인의 국립공원 다이멜의 타블라스』(*Die Tablas von Daimel*)

소설 모음집(1987년 11월-1990년 7월) 『지나간 여행 중에』(Gestern unterwegs)

2006 희곡 『실종자의 추적』(*Spuren der Verirrten*)

뒤셀도르프 시에서 주관하는 하인리히 하이네 상 후보자로 지명되었으나, 세르비아를 옹호하는 한트케의 정치적 입장 때문에 시의회 의원들이 심사를 거부하고, 한트케도 수상을 거부. 2006년 6월에 베를리너 앙상블 단원들이 뒤셀도르프 시의회의 행위를 '예술의 자유에 대한 공격'으로 간주하고, 한트케를 위해 '베를리너 하인리히 하이네상'이라는 이름으로 같은 액수의 상금을 모금. 2006년 6월 22일, 한트케는 그와 같은 노력에 고마움을 표하고 상금을 코소보에 있는 세르비아 마을에 기부해 달라고 부탁. 2007년 부활절에 전달됨.

2007 소설 『칼리. 이른 겨울 이야기』(*Kali. Eine Vorwintergeschichte*)

소설 『사마라』(Samara)

에세이 모음집(1967-2007) 『나의 지역표 - 나의 연대표』

(Meine Ortstafeln. Meine Zeittafeln. Essays 1967-2007) 출간.

2008 소설 『사마라』(*Samara*)를 『모라비아강의 밤』(*Die morawische Nacht*)으로 제목을 바꾸어 재출간.

스릅스카 공화국[* 스릅스카 공화국은 유럽 발칸 반도에 있는 보스니아 헤르체고비나 연방과 함께 보스니아-헤르체고비나를 이루고 있는 세르비아계 자치공화국이다.]의 니에고

스 최고 훈장 수상.
『헤어지는 그날까지 혹은 빛의 질문』(*Bis daß der Tag euch scheidet oder Eine Frage des Lichts*)

2009 『벨리카 호카마을의 뻐꾸기들』(Die Kuckucke von Velika Hoca)

[* 벨리카 호카는 코소보의 라호벡 지방에 있는 인구 700명 정도의 세르비아 마을].

라자르 영주의 황금 십자가상 [* 세르비아 문인 동맹 훈장]

프라하 시의 프란츠 카프카 문학상

2010 『밤으로의 일 년을 이야기하다』(*Ein Jahr aus der Nacht gesprochen*)

희곡 『아직도 폭풍』(*Immer noch Sturm*)

캐른튼의 슬로베니아 문화협회에서 주는 빈첸츠 리치 상(Vinzenz-Rizzi-Preis).

2011 한트케의 작품 『아직도 폭풍』에 주는 네스토로이 연극상.

『드라골윱 밀라노비치 이야기』(*Die Geschichte des Dragoljub Milanovi*)[* 드라골윱 밀라노비치는 전 세르비아 라디오-텔레비전 사장. 1999년 4월23일 밤 2시경 나토 폭격기들의 공습으로 세르비아 라디오-텔레비전 건물이 폭격을 당해 16명의 사상자를 내었다. 사장은 30분쯤 전에 회사를 떠나 화를 면했다. 훗날 세르비아 정부는 달라진 정치적 목적에 따라 밀라노비치에게 방송국 직원들을 적시에 피난시키지 못한 책임을 물어 10년간 감옥 형을 선고했고, 그는 포차레박 형무소에서 형기를 보내고 있다.]

2012 『아란후에스에서 아름다운 날들』(Die schönen Tage von Aranjuez) - 『여름대담』 (Ein Sommerdialog) [* 아란후에스는 유네스코 세계문화유산으로 지정된 스페인 중부 마드리드주(州)에 있는 도시].

Theaterstück: 2012 Wiener Festwochen verfilmt 2016 von Wim Wenders, mit Sophie Semin in der Hauptrolle. [*2016년 빔 벤더스가 한트케의 부인 소피 세민을 주연으로 영화]

『은밀한 장소에 대한 에세이』(Versuch über den Stillen Ort, Suhrkamp, Berlin 2012,

2013 『이상발육 버섯에 대한 에세이. 자신의 이야기』(*Versuch über den Pilznarren. Eine Geschichte für sich*, Suhrkamp, Berlin

2013.

2014 국제 입센상 수상.

엘제 라스터 쉴러 극작가상 수상 (Else-Lasker-Schüler- Dramatikerpreis)

2015 『시골길의 가장자리에서 관련 없는 사람들, 나 그리고 모르는 여자. 4계절 연극』

(*Die Unschuldigen, ich und die Unbekannte am Rand der Landstraße. Ein Schauspiel in vier Jahreszeiten*)

『노트 4호』 (*Notizbuch Nr.* 4) - 31. August 1978 - 18. Oktober 1978.

『나날 그리고 작품들』(*Tage und Werke*), 『첨서』(*Begleitschreiben*)

베오그라드(세르비아 수도) 명예시민이 됨. (Ehrenbürger von Belgrad)

2016 『한밤중 나무 그림자 벽 앞에서』(*Vor der Baumschattenwand nachts.*)
『주변의 신호와 비행들 2007-2015』(Zeichen und Anflüge von der Peripherie 2007-2015)

뷔르트 유럽 문학상 수상(Würth-Preis für Europäische Literatur)

2017 『과일도둑 또는 내륙으로의 단순한 여행』(*Die Obstdiebin oder Einfache Fahrt ins Landesinnere*) Suhrkamp, Berlin 2017.

밀로반 비다코비치상 수상(Milovan-Vidakovic-Preis) [am 18. April 2017 in Novi Sad mit dem serbischen Literaturpreis]

에스파냐 알칼라대학의 명예박사학위(Ehrendoktorat der Universidad de Alcalá, Spanien)

2018 네스트로이 연극상 수상.

2019 노벨문학상 수상 [* 한림원: für ein einflussreiches Werk, das mit sprachlichem Einfallsreichtum Randbereiche und die Spezifität menschlicher Erfahrungen ausgelotet hat.] (독창적인 언어로 인간 경험의 섬세하고 소외된 측면을 탐구한 영향력 있는 작품을 썼다.)

2020 『두 번째 검 - 5월의 이야기』(*Das zweite Schwert - Eine Maigeschichte*) 『즈데네크 아다메크. 장면극』(*Zdenek Adamec. Eine Szene*) Suhrkamp, Berlin 2020. [* 2003년 3월 프라하의 벤첼광장에서 18세의 체코 청년 즈데네크 아다메크가 세상을 비관하고 분신자살로 생을 마감한 사건이 있었는데, 이 상황을 한

트케가 연극으로 만듦]

『추억의 문집 352. Poesiealbum 352』 메르키스 출판사, Wilhelmshorst 2020.

2021 『다른 나라에서의 나의 날: 악마 이야기』(*Mein Tag im anderen Land: eine Dämonengeschichte*)

2022 『대담』 (Zwiegespräch)

『외부에서 깊은 대화 2016–2021』(Innere Dialoge an den Rändern 2016–2021) Jung und Jung, Salzburg 2022.

Archiv [기록 보관소]

페터 한트케는 2007년 12월 6일 지난 20년간 원고와 자료를 500.000유로의 가격으로 오스트리아 국립도서관의 문학기록보관소에 넘겼다. 구매는 연방 교육문화예술부가 지원했다. 또 2008년 초에 1966년부터 1990년까지의 일기 66권을 마르바하에 있는 독일 문학기록보관소에 가격은 미상으로 제공했다. 마르바하에 있는 독일 문학기록보관소는 독일 쉴러협회가 담당하고 있다.

Peter Handke verkaufte am 6. Dezember 2007 Handschriften und Materialien aus den letzten zwei Jahrzehnten als Nachlass zu Lebzeiten – auch Vorlass genannt – für den Preis von 500.000 Euro an das Österreichische Literaturarchiv der Nationalbibliothek. Der Kauf wurde vom Bundesministerium für Unterricht, Kunst und Kultur unterstützt. [* Paul Jandl: „Jahreszeiten des Schreibens – Das Österreichische Literaturarchiv kauft Peter Handkes Vorlass“, NZZ, 19. Dezember 2007]

Daneben stellte der Autor Anfang 2008 seine 66 Tagebücher aus der Zeit von 1966 bis 1990 dem Deutschen Literaturarchiv Marbach für eine unbekannte Summe zur Verfügung. Das Deutsche Literaturarchiv (DLA) in Friedrich Schillers Geburtsort Marbach am Neckar wurde am 12. Juli 1955 gegründet und im April 2005 in Deutsches Literaturarchiv Marbach umbenannt. Sein Träger ist der Verein Deutsche Schillergesellschaft e.V. Das Archiv ist das größte deutsche Literaturarchiv in einer freien Trägerschaft. Es ist Mitglied im Südwestdeutschen Bibliotheksverbund.

[* „Literaturarchiv: Marbacher Archiv erwirbt Handke-Tagebücher“, Die Zeit, 6. Januar 2008; auch Der Spiegel, Nr. 2, 2008, S.143]

DER NAMENLOSE

Der Mann stand Tag für Tag an derselben Stelle und verkaufte seine Ansichtskarten. Er hatte eine gelbe Binde um den Arm und war blind, und er hatte keinen Hund, der ihn führen konnte, sondern nur einen eisenbeschlagenen Stock mit ein paar Worten darauf, aber zu lesen vermochte ich sie nicht, so sehr ich mich auch bemühte, wenn ich an ihm vorüberging. Der Mann saß nie auf der Bank neben der Kirche, sondern er stand immer da mit gespreizten Beinen und seinem ausgestreckten Arm und bot seine Ansichtskarten an. Nur konnte ich nie verstehen, was er murmelte; ich glaube, er bewegte nur seinen Mund und sprach nicht. Er war noch nicht sehr alt, und er trug einen Hut und Arbeitsanzug mit einer schmutzigen Krawatte. Neben ihm stand immer ein Regenschirm, und so oft es regnete, hing er über dem Manne wie ein Pilz, und durch die vielen Löcher tropfte das Wasser auf seinen Hut und auf seine Schultern. Er hielt den Stock mit seinen roten Fingern fest umschlossen, und die Finger waren meist genau über der Schrift.

Wenn es dunkel zu werden begann - der Mann merkte es an der Stille - , schob er seine Ware in den Rock und tastete sich davon, und meist stieß er mit einem Vorübergehenden zusammen und entschuldigte sich leise. Ich wußte lange Zeit nicht, wo er schlief, bis ich ihm eines Tages aus Neugierde folgte. Er wohnte im Hinterhaus eines alten Gebäudes in einer Hütte aus

Holz; er tastete sich durch den langen Korridor, und ich sah nur noch, daß er die Tür aufstieß.

Eines Morgens war der Mann nicht mehr an seinem Platz, und ich wunderte mich, als ich vorüberging, und dachte den ganzen Tag nach, wo er geblieben sein konnte. Am Abend fehlte er noch immer, und auch am nächsten Morgen, und ich war so besorgt, daß ich es wagte, seine Wohnung aufzusuchen. Ich ging durch das dunkle Haus in den Hof und auf die Hütte zu und öffnete die Tür. Es war ziemlich schwer, und als ich drinnen war, konnte ich nichts erkennen, denn vor dem Fenster lag ein Brett, das ich erst entfernen mußte, bis ich entdeckte, daß der Raum leer war. Ich stand in der Mitte wie ein Einbrecher, und alles war sehr still und schmutzig. An der Bretterwand hingen einige Bilder; sonst war nichts da außer einer Decke auf dem Boden, und auf einem Nagel über dem Fenster hing der Stock. Ich nahm ihn herunter und versuchte, die Schrift zu entziffern. Es war sehr schwierig, denn das Eisen war verrostet; doch als ich aus der Hütte getreten war und den Stock in die Sonne hielt, konnte ich lesen: "Ich habe meinen Namen verloren!" und ich wunderte mich und dachte lange über den Sinn nach. Dann kam mir der Gedanke, der Mann habe sich auf die Suche nach seinem Namen begeben, und ich wußte, daß er noch nicht weit gekommen sein konnte.

Ich schloß die Hütte sorgfältig ab, und als ich auf der Straße stand, beschloß ich, den Namen zu suchen. Ich hielt den Stock in meiner Hand, und er war hart und kühl wie ein Eichenblatt. Ich wußte nicht, wohin der Mann gegangen war, und deshalb suchte ich zuerst in den Bettlerasylen. Da lagen und schliefen viele alte Männer, aber den ich suchte, konnte ich nirgends entdecken. Die Stadt war ziemlich groß, und es war Herbst, denn einige Blätter lagen auf den Straßen. Ich sah viele Leute, die ihren Namen verloren hatten, aber sie waren nicht auf der Suche nach ihm, sondern sie freuten sich sogar, namenlos zu sein. Da schien es mir, nur ein großer Mann könne seinen Namen suchen, und alle blinden Männer sind groß, aber ich wurde sehr niedergeschlagen von der langen Suche. Wenn ich am Abend schlafen ging, konnte ich nie einschlafen und lag voll Gedanken.

In einer solchen Nacht fiel mir wieder ein, daß der Mann ebenfalls blind war, und daß die Nacht für die Blinden heller ist als der Tag. Ich nahm die Augen aus meinem Gesicht – es war ziemlich schmerzhaft, aber ich biß die Zähne zusammen – , und dann stand ich auf und tastete mich die Treppe hinunter und durch die Straßen und hielt mit der einen Hand den Stock, – in der anderen lagen meine Augen-, und ich sah seltsamerweise ganz gut, besser noch als früher, aber nur die Nacht.

Ein großer Mond stand über der Stadt wie ein Glaskugel, und ein lebhafter Wind lag auf allen Dächern. Ich spürte ihn kühl in meinen Haaren, und ich beobachtete den Wind, weil ich dachte, der Mann wandere in ihm. Er war klar und jung und ohne blinde Männer. Ich ging schnell, und ich war sicher, den Blinden bald zu finden, und die Häuser lagen im Dunkel neben mir wie abgemagerte Krähen. Aber als ich ans Ende der Stadt gekommen war, hatte ich ihm noch immer nicht gefunden, obwohl ich überall gesucht hatte. Ich blickte mich ratlos nach allen Seiten um und hielt meine Augen und den Stock des Blinden in meinen Händen. Lichter wuchsen wie weiße Rosen aus der Stadt empor, und der Wind brach sie und nahm sie mit sich, als ich merkte, daß ich meinen Namen verloren hatte. Der Wind flog sehr weiß um den Mond, und ich stand schwarz auf der Straße und erkannte, warum der Mann seinen Namen verloren hatte, und ich wußte auch, daß ich ihm nun den meinen gegeben hatte. Der Blinde tastete sich unweit von mir mit einem krummen Stock weiter, und ich sah, wie glücklich er war, seinen Namen wiedergefunden zu haben, denn er hob sein weißes Gesicht hoch in die Nacht, und dann wandte er seinen Kopf zu mir herüber, ohne ein Wort zu sagen, aber ich wußte, daß er mir dankte. Ich lief zu ihm hinüber und gab ihm seinen alten Stock und meine Augen, die sich auf meiner Hand lebend an fühlten, als seien sie mein Herz. Er sprach noch immer kein Wort, blickte mich lange an, und dann übergab er mir seinen Krummstab. Ich fühlte das morsche Holz in meiner Hand und stocherte damit im Sand neben der Straße, und bohrte viele Löcher hinein, die der Wind wieder zuwehte, sobald ich den Stock herausgezogen hatte. Dann fiel ein Schleier über den Mann, die Stadt und den Himmel, so daß ich nichts mehr sah als die Nacht und ihre schwarzen Finger, die über mich fielen wie ein warmer Regen. Hoch über mir im Wind zogen namenlose Männer vorbei, und dann war ich selbst blind wie sie und machte mich auf, meinen Namen zu suchen.

In der Zwischenzeit

Die Geschworenen saßen ernst auf ihren Plätzen und starrten auf den Angeklagten, und der Staatsanwalt hatte zu sprechen aufgehört. Der Verteidiger hockte da wie ein schmelzender Schneemann, und der Angeklagte saß aufrecht und gefesselt auf der Anklagebank. Er war bleich, und der Schweiß lies in seinen Mund; er konnte ihn kaum noch schlucken. Es war ein grauer Tag ohne Sonne, der Himmel war eine einzige Wolke, und er lastete auch im Raum. Die Bänke waren fast leer. Nur in der letzten Bank saß ein alter, weißhaariger Mann, der den Kopf tief gesenkt hielt, und es war kein Mensch im Saal, der ihn je anders gesehen hatte. Die Verhandlung war ruhig verlaufen, der Verteidiger hatte für den Angeklagten, der Staatsanwalt für die Gerechtigkeit gesprochen, und es war an der Zeit, daß sich die Geschworenen zurückzogen, um das Urteil zu fällen. Der Angeklagte hatte den Mord gestanden. Er war groß und breitschultrig und grob gebaut, und er hatte dem Mann mit der Axt den Schädel eingehauen. Die Geschworenen erhoben sich und gingen langsamen Schrittes in das Nebenzimmer. Die Tür schloß sich leise, und der Mann saß auf der Bank und war an sie gekettet. Er vermochte nur mit Mühe den Kopf zu heben, doch er wußte, daß der alte Mann über ihm saß. Das Fenster war schmutzig und ließ nur wenig Licht herein, und über eine schadhafte Stelle hatte man einen geheftet. Es war sehr still im Saal, nur aus dem Nebenraum war der Richter zu hören. Doch seine Stimme blieb unverständlich. Der Mann sank von Minute zu Minute mehr in sich zusammen; er war wie ein Haufen Heu, den der Wind auseinanderwirft, und der immer kleiner wird und zuletzt verschwindet. Dann begann er zu sprechen, er sprach sehr leise, und die Kehle war ihm zusammengepreßt vor Angst, und er wußte nicht, ob der alte Mann überhaupt zuhörte.

"Ich habe ihn getötet", sagte er, "Ich habe ihn getötet", schrie er und wandte den Kopf nach dem alten Mann, und dieser saß da wie früher und verbarg das Gesicht in seinen Händen. "Ich wollte es nicht tun, aber ich habe ihn gehabt, weil er besser war als ich. Ich konnte es nicht mehr ertragen." Der Mann stöhnte und blickte den anderen scheu an. Der alte Mann schien zu schlafen. "Wir waren Freunde, als wir zur Schule gingen, und selbst, als wir miteinander wetteiferten, blieben wir es anfangs. Er war ein ordentlicher Mann, und er konnte es nicht sehen, daß ich etwas nur halb tat, und deshalb habe ich ihn auch ganz getötet, nicht nur den Körper, sondern auch den Geist." Der alte Mann saß ganz oben in der letzten Reihe und atmete ruhig, und der Mann schwitzte vor Aufregung und Angst, während es draußen zu regnen begann. "Zuerst wurde er wahnsinnig. Dazu brachte ich es auf unnachahmliche Weise : ich nahm ihn jeden Abend in ein gewisses Lokal mit, und wenn wir heimgingen, waren wir immer betrunken, besonders er, und ich erzählte ihm manches, und meist schrie ich und rief seine tote Frau und seine toten Kinder. Oft sah er sie auch und weinte und ich mit. Am Morgen war er dann immer sehr blaß und saß still im Büro und arbeitete den ganzen Tag nicht. Nur gegen Abend unterschrieb er die dringendsten Papiere, bis ich ihn abholte. Zuletzt brachte ich ihn mit Weibern zusammen, und er sah in allen seine Frau und bekam Krankheiten, und dann hatte ich ihn soweit, daß er in eine Nervenheilanstalt eingeliefert werden mußte." Der Mann hielt inne, er hatte die letzten Worte nur geflüstert, und er war ganz schweiß bedeckt, und seine Tränensäcke waren angeschwollen. Er wandte sich nach dem alten Mann. doch dieser saß da wie früher und atmete leise. Draußen grollte ein Gewitter. Im Saal war es noch dunkler geworden. Der alte Mann lauerte über ihm wie ein Rabe, und sein Gesicht war unsichtbar. Er hielt es in seinen Händen wie einen großen Schatz. "Aber Damit gab ich mich noch nicht zufrieden", fuhr der Angeklagte fort, und seine Stimme klang wie das Rascheln eines fallenden BlatteS.&Ich wollte auch seinen Körper töten. Ich besuchte ihn oft und brachte es dazu, daß er unheilbar blieb. Eines Tages ging ich mit ihm spazieren – ich führte ihn wie gewöhnlich am Arm, und es war ein Tag wie der heutige – , und wir schlenderten durch das Parkwäldchen in der Nähe der Anstalt. Es war um die Mittagszeit, und als es zu regnen begann., gingen wir in eine Werkzeughütte : es war sehr dunkel, so daß er nicht sehen konnte, wie ich die Axt aus einer Kiste hervorholte und ihn erschlug. Es war ein guter Schlag, und er war sofort tot. Dann nahm man mich fest, ich hätte mir denken kö nnen, daß uns ein Wärter im Wald verschwinden sah." Der Mann verstummte, und sein Gesicht glänzte von Schweiß und Tränen; das Urteil mußte bald verkündet werden. Da hörte er, wie der alte Mann über ihm sich erhob und schleppenden Schrittes herunterkam. Er hatte einen Stock, der Gefesselte konnte sein Pochen hören, wenn ihn der alte Mann auf eine Stufe setzte. Vor dem Fenster blitzte es, und mit dem folgenden Donner erhob sich der Sturm. Draußen auf der Straße raschelten Papierfetzen, und das Wasser floß über den Himmel, Im Nebenzimmer war es still geworden. Der alte Mann tastete sich näher, und es war so dunkel, daß nur die Gesichter der beiden im Raum schwebten wie dünne Kerzen, und das weiße Haar des alten Mannes erhob sich wie eine Flamme um seinen Kopf. Der Angeklagte saß starr in den Ketten und blickte angestrengt in die Dunkelheit. Dann stand der alte Mann vor ihm, und seine Gestalt war so sehr gebeugt, daß sein Gesicht noch immer unsichtbar war. Dann hob er sein Gesicht und blickte ihn an und schwieg. Der andere sah ihn, und sein ganzes, nasses Gesicht dehnte sich aus und dann faltete es sich wieder wie ein weißes Hemd, und zuletzt sank die Gestalt in den Ketten zusammen wie ein vom Galgen Abgenommener. Und das Leben wich aus ihm. Die Tür zum Nebenzimmer öffnete sich, und die Geschworenen mit dem Richter an der Spitze traten herein und hatten die ganze Würde der Gerechtigkeit in ihren Gesichtern. Der alte Mann breitete die Arme aus und stand im Dunkel des Raumes und lächelte. Das Gesicht des Toten war nun offen und schwarz wie eine breite Kluft in der Erde. Der alte Mann verneigte sich höflich und ging zur Tür. Er stieg die Treppe hinunter, und man konnte seinen schweren, triumphierenden Schritt noch so lange hö ren, bis er auf die Straße hinausgetreten war

Es regnete stärker als früher, und der Wind lief durch die Wolken, während der alte Mann hinausging in den Regen. Das Wasser lief auf sein Haar, und er weinte, aber oben im Saal lag noch immer sein Lächeln, als er schon lange im Regen verschwunden war.

Der Hellseher

Der Mann saß hoch oben auf der Tanne und blickte zur Anstalt hinüber, wo er ihre Insassen in Reih und Glied herumschleichen sah, als seien sie allesamt gerade dabei, das Problem der Kernteilung zu erörtern. Er wandte sich wieder dem Ast zu, auf dem er wie eine Krähe hockte, und starrte auf den rissigen Stamm vor sich, als wollte er ihn mit einem scharfen Blick durchsägen, und dann, als es ihm endlich wieder eingefallen war, was er hier oben eigentlich wollte, ergriff er den Fuchsschwanz, den er vor zehn Minuten aus der Werkzeughütte gestohlen hatte, zog ihn vorsichtig durch den Ast und achtete darauf, daß keiner von den Wärtern, die auf die Patienten aufpaßten, merkte, daß er auf dem Baum saß und den Ast durchsägen wollte, der seinen Unwillen erregt hatte. Sein Gesicht unter dem roten Haar leuchtete friedlich. Über ihm schien blaß, halb von Wolken verdeckt, die Sonne. Jemand kam den kiesbestreuten Weg herauf. Es war ein uralter Mann in Anstaltskleidung, der zu ihm heraufblickte und eifrig grinste.

"Zum Teufel", schrie der Mann auf dem Baum, “was gibt's denn da zu grinsen?”

“Du wirst gleich herunterfallen", sagte der alte Mann. "Warum?", brüllte der Mann auf dem Baum. &Weil du den Ast absägst, auf dem du sitztst", sagte der alte Mann.

"So?", sagte der Mann auf dem Baum. Sein Mund blieb eine Weile offen. Er sah klug und weise aus, wie er so auf den alten Mann hinunterstarrte. “Der Teufel soll Sie holen", sagte er dann, “ich weiß schon selbst, was ich tu. Machen sie bloß, daß Sie weiterkommen."

Der alte Mann lachte. “Viel Glück”, sagte er und humpelte weiter. Dann brach der Ast, auf dem der Mann saß, und dieser fiel herunter. Als er sich aufrichtete, war er sehr erstaunt; sein Kopf schmerzte ein bißchen, und sein Rücken war steif, doch sonst war er ganz in Ordnung. Ach, "Herr Jesus!", dachte er erschüttert. Dann humpelte er so schnell er konnte den Weg hinauf.

“Hallo", brüllte er. Der alte Mann wandte sich schwerfällig um und wartete, bis der andere neben ihm stand.

"Was is'n los?", fragte er.

“Hören Sie mal,” sagte der andere ganz aufgeregt, “woher haben Sie bloß gewußt, daß ich herunterfallen werde? Ich sag Ihnen, ich hab schon viele schlaue Menschen in der Welt getroffen, aber so was wie Sie, das hab ich noch nie erlebt." Der alte Mann sah sehr stolz auS.

“Da siehst du's nun,” sagte er. Er stand sehr klug und intelligent da. “Du hättest auf mich hören sollen."

"Weil Sie so gottverdammt viel zu wissen scheinen", sagte der andere, “da möchte ich Sie nun fragen, wann ich sterben werde." Der alte Mann hustete und hielt sich die Hand vor den Mund.

“Hm", sagte er dann, “hm." “Bitte?” fragt der andere, “was haben Sie gesagt?"

“Du wirst sterben", sagte der alte Mann feierlich, wenn du dreimal geniest hast,"

"So", sagte der andere erschroken.

페터 한트케의 삶과 문학
Eine Biographie und die Literatur von Peter Handke

초판 1쇄 인쇄 2023년 5월 8일 | 초판 1쇄 발행 2023년 5월 14일 | 지은이 윤용호 | 펴낸이 임용호 | 펴낸곳 도서출판 종문화사 | 표지 Design siru | 본문 Design 5 gam | 영업 이동호 이사 | 인쇄 천일문화사 | 제본 영일문화사 | 출판등록 1997년 4월 1일 제22-392 | 주소 서울시 은평구 연서로 34길 2 3층 | 전화 (02) 735-6891 | 팩스 (02)735-6892 | E-mail jongmhs @ naver .com | 값 25,000원 ⓒ 2023, Jong Munhwasa printed in Korea | ISBN 979-11-87141-76-1-93850 | 잘못된 책은 바꾸어 드립니다